DEIN COACH ZUM ERFOLG!

Dein ActiveBook auf My**STARK**:

Du kannst auf alle digitalen Inhalte zu diesem Band online zugreifen. Registriere dich dazu unter **www.stark-verlag.de/mystark** mit deinem **persönlichen Zugangscode**:

C06587-001559

Die Inhalte dieser Auflage stehen bis Schuljahresende zur Verfügung.

W0290709

My**STARK**

Das Active**Book** *bietet dir:*

- Die Original-Prüfungsaufgaben von 2022 mit vollständigen Lösungsvorschlägen
- Interaktive Aufgaben mit sofortiger Ergebnisauswertung
- Videos zur Veranschaulichung der Analyse von Karikaturen und Diagrammen sowie zu zentralen Themen

DEIN COACH ZUM ERFOLG!

So kannst du interaktiv lernen:

Interaktive Aufgaben

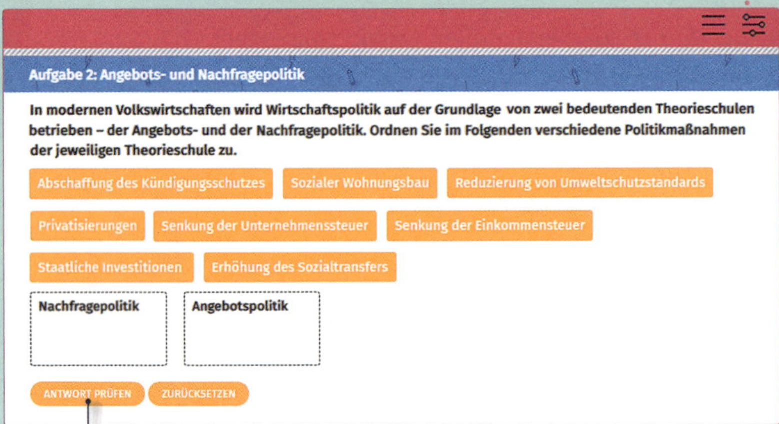

Sofortige Ergebnisauswertung

Lernvideos

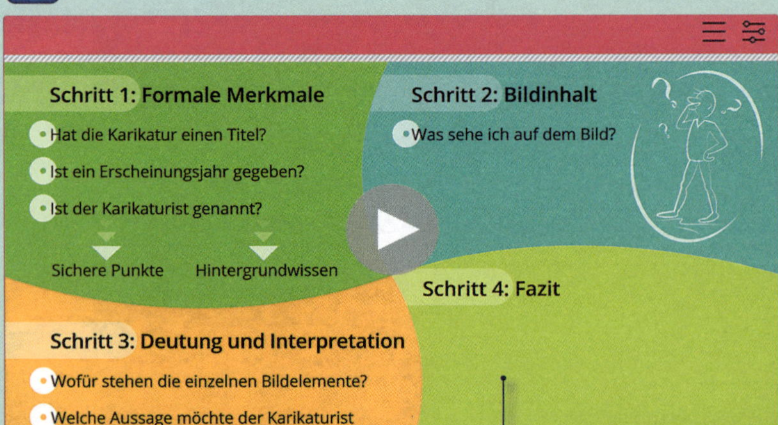

Anschauliche Erklärungen zur Analyse von Karikaturen und Diagrammen sowie zu zentralen Themen

Systemvoraussetzungen:
- Windows 7/8/10 oder Mac OS X ab 10.9
- Mindestens 1024×768 Pixel Bildschirmauflösung
- Chrome, Firefox oder ähnlicher Webbrowser
- Internetzugang

2023

Abitur

Original-Prüfungsaufgaben
mit Lösungen

Hessen

Politik & Wirtschaft

STARK

17. ergänzte Auflage
www.stark-verlag.de

Inhaltsverzeichnis

Vorwort
Stichwortverzeichnis

Hinweise und Tipps zur schriftlichen Abiturprüfung

1 Wie sieht die schriftliche Abiturprüfung im Landesabitur aus? I
2 Welche Art von Aufgaben ist zu erwarten? II
3 Welche Themen sind prüfungsrelevant? VII
4 Verfahren und Kriterien der Bewertung X
5 Der verflixte Fehlerindex XI
6 Tipps zur strukturierten Aufarbeitung und Wiederholung des Stoffs XII
7 Die 10 häufigsten Fehler und wie Sie diese vermeiden XII

Hinweise und Tipps zu den mündlichen Abiturprüfungen

1 Die mündliche Prüfung im 4. Prüfungsfach XIV
2 Die mündliche Prüfung im 5. Prüfungsfach XVIII
3 Tipps zum Verhalten in der Prüfung XXIX

Übungsaufgaben (Mündliche Prüfung, Präsentationsprüfung)

Übungsaufgabe 1: Die Zukunft der Europäischen Union 1
Übungsaufgabe 2: Krieg dem Völkermord? – Wie weit darf man zur Verteidigung der Menschenrechte gehen? 9

Original-Abiturprüfungen

Landesabitur 2019 (Grundkurs)
Vorschlag A: Parteien und Wahlen .... GK 2019-1
Vorschlag B: Wirtschaftspolitik und Globalisierung .... GK 2019-15
Vorschlag C: Die Rolle der Vereinten Nationen in Zeiten der „Weltunordnung“ .... GK 2019-26

Landesabitur 2019 (Leistungskurs)
Vorschlag A: Demokratie und Globalisierung .... LK 2019-1
Vorschlag B: Deutsche Wirtschaftspolitik .... LK 2019-13
Vorschlag C: Internationaler Terrorismus .... LK 2019-26

Landesabitur 2020 (Grundkurs)
Vorschlag A: Medien und Globalisierung .... GK 2020-1
Vorschlag B: Wirtschaftspolitik und Globalisierung .... GK 2020-13
Vorschlag C: Die UNO .... GK 2020-23

Landesabitur 2020 (Leistungskurs)
Vorschlag A: Dialog und Demokratie .... LK 2020-1
Vorschlag B: Wettbewerbspolitik .... LK 2020-13
Vorschlag C: China und die neue Geoökonomie .... LK 2020-24

Landesabitur 2021 (Grundkurs)
Vorschlag A: Politische Prozesse in Europa und Deutschland .... GK 2021-1
Vorschlag B: Konjunkturpaket und Weltwirtschaft .... GK 2021-14
Vorschlag C: Deutsche Sicherheitspolitik .... GK 2021-23

Landesabitur 2021 (Leistungskurs)
Vorschlag A: Soziale Medien und Globalisierung .... LK 2021-1
Vorschlag B: Wirtschafts- und Wettbewerbspolitik .... LK 2021-13
Vorschlag C: Internationale Politik und Wirtschaftspolitik .... LK 2021-24

Abiturprüfungsaufgaben 2022
Aufgaben .... **www.stark-verlag.de/mystark**
Sobald die Original-Prüfungsaufgaben 2022 freigegeben sind, können Sie sie als PDF auf der Plattform MyStark herunterladen (Zugangscode vgl. Farbseiten zu Beginn des Buches).

Autorinnen und Autoren

Andreas Brückmann	Übungsaufgaben; 2019/GK C; 2020/GK C, 2021/GK C
Thomas von Machui	Hinweise; 2019 /LK A, LK C; 2020/LK A, LK C, 2021/LK A, LK C
Sabine Steinbeck	2019 /GK B, LK B; 2020/GK B, LK B; 2021/GK B, LK B
Florina Christian	2019/GK A; 2020/GK A; 2021/GK A

Vorwort

Liebe Schülerin, lieber Schüler,

Sie haben vor, Ihr Abitur im **Fach Politik und Wirtschaft** abzulegen – im Grund- oder Leistungskurs. Ein spannendes Fach, aber seine Bezüge zu vielfältigen Themenbereichen können durchaus eine Herausforderung sein.

Der vorliegende Band enthält **alle erforderlichen Hilfen bei der Vorbereitung** auf das zentral gestellte hessische Abitur. Die umfassenden juristischen Vorschriften werden in verständlicher Form erläutert. Auch für das mündliche 5. Prüfungsfach finden Sie hilfreiche Tipps.

Das hessische **Landesabitur** kombiniert **zentrale schriftliche**, also vom Kultusministerium erstellte **Prüfungsaufgaben** und nach wie vor von den Lehrkräften vor Ort erarbeitete **mündliche Prüfungen**. Zentral geprüft werden die Leistungskurse sowie die Grundkurse im 3. Prüfungsfach. Alle mündlichen Prüfungen im 4. und 5. Prüfungsfach liegen in der Hand der Lehrer. Hier bietet die Präsentationsprüfung im 5. Prüfungsfach besonders interessante Chancen für selbstständiges Arbeiten.

In diesem Band finden Sie:

- einen Überblick über die wichtigsten Bestimmungen,
- die offiziellen Abitur-Prüfungsaufgaben der Jahre 2019 bis 2022 mit von erfahrenen Lehrern ausformulierten Lösungen, jeweils mit Tipps zur Vorgehensweise,
- Informationen und Tipps zur Vorbereitung auf die mündlichen Prüfungen im 4. und 5. Prüfungsfach sowie zwei Übungsaufgaben zu diesen Prüfungsformen.

Lassen Sie sich nicht vom Umfang der vorgeschlagenen Lösungen einschüchtern. Erfahrene Lehrkräfte haben sie verfasst und dabei die offiziellen Lösungshinweise des Ministeriums berücksichtigt, die für einige Arbeitsaufträge neben zwingend notwendigen Kenntnissen auch optionale Lösungswege enthalten.

Sollten nach Erscheinen dieses Bandes noch wichtige Änderungen in der Abitur-Prüfung 2023 vom Kultusministerium Hessen bekannt gegeben werden, finden Sie aktuelle Informationen dazu im Internet unter: www.stark-verlag.de/mystark.

Viel Erfolg!

Stichwortverzeichnis 2019 – 2021

Absatzmarkt LK20
Agenda 2010 GK19-17 f.; LK19-20
Angebotspolitik GK19-18 ff.; LK19-18, 19; GK20-17 ff.
Arbeitnehmerrechte LK21-20
Arbeitslosengeld GK20-17, 19,21
Arbeitslosigkeit GK19-17 f.; LK21-18
Arbeitsplatz LK19-22; LK20-19
Arbeitsteilung LK19-24
Armut GK19-13; LK19-10
Atomwaffen GK19-26
Aufrüstung LK20-20
Außenhandel LK19-25; GK20-19
– ~süberschuss LK19-17
Auslandsinvestitionen GK20-19 f.

Beschäftigung GK19-18
Binnenmarkt GK19-18; GK20-17; LK20-18 ff.
Bruttoinlandsprodukt (BIP) LK19-21
Bundesland LK19-9
Bundesstaatlichkeit GK19-30
Bundestag LK19-8; GK21-6 f.; GK21-29
Bürgergeld GK20-21 f.

Crowding-Out-Effekt LK21-22

Datenschutz LK-19-5
deficit spending LK19-20
Demokratie GK20-29 ff.
– Gefährdung der LK19-4
– repräsentative GK19-7 ff.; LK19-31
Demokratisierungsprozess GK19-12
Deregulierung LK19-19; GK20-18
Dialog
– interkultureller LK19-33
Dienstleistung
– ~sgesellschaft LK21-17
– ~ssektor LK21-18
Digitalisierung GK19-22 f.; LK19-4

Energiewende GK19-23
Entwicklung
– demografische GK19-22
Entwicklungshilfe GK21-32
Erneuerbare-Energien-Gesetz GK19-23
Erwerbsperson GK19-22
EU 1 ff.;
– Außen- und Sicherheitspolitik 6 f.;
– hohe Vertreterin 4
– Kommission LK19-8; GK21-5, 8
– Parlament GK21-5 ff.
– Zukunftsmodelle 3 ff.
Euro
– ~-Krise LK21-27
– ~-Wechselkurs LK19-18
Europäische Zentralbank (EZB) GK19-17
Ewigkeitsgarantie GK19-30; LK19-31
Export GK20-19 f.; GK21-9; LK21-28
– ~überschuss LK19-18

Fachkräftemangel GK19-22
Fake News LK19-7
FDGO LK19-30 f.
Finanzkrise LK19-11

Finanzpolitik GK20-18
Fiskalpolitik LK21-30
Flüchtlingskrise GK19-29; LK21-27
Föderalismus LK19-31
Freihandel GK19-28; LK20-22 f., 28, 32
– ~sabkommen LK19-25
Freiheit
– ~srechte LK19-35
Frieden
– ~ssicherung GK19-13
Fusion
– ~skontrolle LK20-31

Geldmenge GK19-19; GK20-18
Gemeinwesen LK19-30
Gesetzgebung LK19-9; GK21-7
Gewaltenteilung GK19-13; LK19-31; GK21-8; LK21-5 f.
Gewaltmonopol GK19-12
Gewerkschaften LK21-20
Gini-Koeffizient
Globalisierung GK19-29; LK19-4, 9 ff., 34; GK20-9 f., 19 f.
– ~sverlierer LK19-24; LK20-16
– wirtschaftliche GK20-19; GK21-19; LK21-8 f.
Grundeinkommen GK20-17
Grundgesetz GK20-6, 21 f., 31 f.; GK21-31
Grundrechte 12 f.
Grundrente GK20-21 f.

Handelspolitik LK20-16 f.
Hartz IV GK19-18
Handelskrieg LK20-16, 20

Import
– ~quote LK19-17
Indikator LK19-21
Industrieland LK19-24
Innovation LK19-22; GK20-20; LK21-21
Institutionalismus LK20-21
Initiativrecht LK19-9
Internationaler Strafgerichtshof 10 f.
Intervention 11
– humanitäre 10 f.
Investition LK19-21; GK20-9, 17 ff.
Islamischer Staat (IS) GK19-28; LK19-30, 32

Kartellrecht LK21-18
Kaufkraft GK19-18
Keynesianismus LK19-19 f.
Klima
– ~politik LK21-29
– ~wandel GK19-28; LK19-12
Konflikt GK20-31 ff.; LK20-7 f., 11 f., 20, 23
– internationaler GK19-29
Konjunktur
– ~krise GK21-18 f.
– ~paket GK21-17, 21
– ~politik LK19-19 f.
– ~programm GK21-18
– ~zyklus GK21-18
Konkurrenz LK19-24
Kostenvorteile
– komparative LK19-10
Krieg LK20-16, 20, 23
– asymmetrischer LK19-32

Lebensqualität LK19-22
Lebensstandard LK19-22
Legislative LK19-8
Legitimierung GK19-14
Leitzinsen GK19-17
Liberalisierung LK19-11, 25
Liberalismus LK20
Lieferketten GK21-20
Lohn
– kosten LK19-17
– ~nebenkosten GK19-19 f.; LK19-19
– ~stückkosten LK21-20

Macht LK19-7
Machvakuum GK19-13
Markt

– ~konzentration LK21-23
– ~mechanismus LK20-9, 18
– ~ordnung LK21-19
– ~versagen LK21-21
Marktwirtschaft GK19-30
– freie LK20-18 f.
Maßnahmen
– tarifäre LK19-23
– nicht-tarifäre LK19-23
Medien LK19-6 f.; GK20-4 ff.; GK21-28; LK21-4 ff.
– ~demokratie LK21-10
– neue LK19-6 f.; LK21-4 ff.
– Rolle LK19-6 f.; LK21-4 ff.
– soziale LK21-6
Mehrebenensystem LK19-5
Mehrheit GK19-8
Mehrwertsteuer GK21-22
– ~senkung GK21-18, 22
Meinungsfreiheit LK19-5 f.; LK19-36; GK20-4 ff.
Menschenrechte 10 f.; GK19-27; LK19-30
Migration GK19-29; LK19-11 f.
Mindestlohn GK19-17, 20; GK20-21 f.; LK21-20; LK21-30
Monetarismus GK19-19; GK20-18
Monopol LK21-21 f.
Multilateralismus LK19-12; GK20-26 f.; LK21-29
Multinationale Unternehmen LK19-10

Nachfrage LK19-20; GK21-17
Nachfragepolitik LK19-18, 19 f.; LK21-30
Nachhaltigkeit
– ökologische LK19-22
Nachrichtendienst LK19-33
Nationalstaat GK21-10
NATO GK21-26
Neoliberalismus GK20-18
NGOs LK19-12
Niedriglohn
– ~länder LK21-18
– ~sektor GK19-18; GK20-22
Nord-Süd-Gefälle LK20-19

Oligopol LK21-9

Parteien LK19-31; GK21-12
Parteiensystem GK19-6 ff.; GK21-12
Parteiendemokratie GK19-9
Partizipation, politische GK19-7 ff.
Pluralismus GK19-7 ff., 32
Populismus LK19-11, 18
– AfD GK20-30
Pressefreiheit GK20-6 f.
Produktivität GK21-18; LK21-18
Protektionismus LK19-11, 23; LK20-22 f.

Realismus LK20-20 f.
Rechtsgleichheit LK19-30
Rechtsstaat LK19-30; GK20-30
Rechtsstaatsprinzip 12 f.; GK19-30
Regierung und Opposition GK19-8
Regierungskoalition GK19-7
Regulierung GK20-9, 17 f.

Sanktionen GK19-27
– wirtschaftliche LK20-20, 27, 30
Saysches Theorem LK19-19
Sharing Economy LK21-18
Sicherheit
– internationale GK19-31
Souveränität 10 f.;
– nationale GK19-31
Sozialgarantie GK21-22
Sozialleistungen LK19-20
Sozialstaat GK19-30; GK20-17 ff.; LK21-19
– ~gebot LK21-19
– ~sprinzip GK20-21
Sozialleistungsquote GK19-20
Subsidiaritätsprinzip LK19-8
Subventionen LK19-19
Staat

– schwacher GK19-13
– ~sverschuldung LK19-20, 21 f.; GK20-21; GK21-18; LK21-22; LK21--32
Start-Up LK21-23
Steuer
– ~einkommen GK21-18
– ~erhöhung GK21-22
– ~senkung LK21-30
Steuern LK19-19; LK21-22
Struktur
– ~krise LK21-18
– ~wandel LK21-17

Tarif
– ~abschluss GK19-19
– ~verhandlungen LK21-20
Terrorismus GK19-29; LK19-29 ff.; GK21-27 f.
Transferzahlung LK19-21

Umweltschutz LK21-20
UN 11; GK19-26; GK20-26 ff.; GK21-27, 30
– -Generalversammlung GK19-31
– -Menschenrechtsrat 12
– -Sicherheitsrat 6 f.; 11; GK19-31
Ungleichheit LK18-15, 20; GK19-13, 30; LK19-24
Unternehmen
– transnationale LK21-9

Vermittlungsausschuss LK19-9
Völkermord 10 ff.
Volkspartei GK19-6 ff.; GK21-12 f.
Volkssouveränität GK19-8 ff., 32; LK19-31

Wachstum GK20-17 ff.
– ~spostulat LK19-22
– ~srate LK19-21
Wahlen GK19-30; GK21-7, 13
Währungsunion LK19-18
Welt
– multipolare GK19-27
Welthandel GK20-32; LK21-
– ~sorganisation LK19-10; LK19-24
Weltunordnung GK19-26
Weltwirtschaftsordnung LK20-17
Wettbewerb LK20-9, 17 ff.; LK21-19
– freier LK21-21
– ~sdruck LK20-19
– ~sfähigkeit GK19-18 f.; LK21-19
– ~sprinzip LK20-18 f.; LK21-20
– ~sverzerrung LK20-18
Wirtschaftspolitik LK19-17 ff.
– protektionistische LK19-17
Wirtschaftswachstum LK19-21 f.
Wohlfahrtstaat LK21-19
Wohlstandsverluste LK20-19

Zentralbank GK20-18
Zielkonflik LK19-22
Zölle LK19-10; LK20-22

HINWEISE UND TIPPS

Hinweise und Tipps zur schriftlichen Abiturprüfung

1 Wie sieht die schriftliche Abiturprüfung im Landesabitur aus?

Die Abiturklausur unterscheidet sich von den gewohnten Klausuren zunächst in zweifacher Hinsicht: durch die Möglichkeit, **aus mehreren Aufgaben auswählen** zu können, und durch die **längere Bearbeitungszeit**.

Ihnen werden drei Vorschläge mit unterschiedlichen Themen vorgelegt, aus denen Sie einen auswählen. Für das Einlesen und Ihre Entscheidung für ein Thema haben Sie maximal 60 Minuten Zeit. Nach Ihrer Entscheidung gibt es kein Zurück mehr, denn die anderen Vorschläge werden wieder eingesammelt.

Im **Leistungskurs** haben Sie insgesamt 300 Minuten, im **Grundkurs** 255 Minuten Zeit (inklusive Einarbeitung). Nach Ablauf der Bearbeitungszeit zählen Sie die Wörter (vgl. XI). Als **Hilfsmittel** stehen Ihnen ein Wörterbuch der deutschen Rechtschreibung, eine aktuelle Ausgabe des Grundgesetzes für die Bundesrepublik Deutschland, eine aktuelle Ausgabe der Charta der Vereinten Nationen (beides unkommentiert) und eine Liste der fachspezifischen Operatoren zur Verfügung.[1]
Die von Ihnen ausgewählte Aufgabe kann **alternative Arbeitsanweisungen** enthalten. Zum Beispiel: Statt einer sachlichen Erörterung können Sie sich dafür entscheiden, eine Rede vor dem Europäischen Parlament oder die Stellungnahme des Wirtschaftsministers zu entwerfen.
Dass Sie **unter verschiedenen Themen eine Auswahl treffen**, macht auch deshalb Sinn, weil Ihre PoWi-Lehrer (oder Sie selbst!) vermutlich nicht alle vom Kerncurriculum vorgeschriebenen Themen in gleicher Intensität vorbereiten konnten.
Für jedes Abiturjahr werden in einem Erlass die Prüfungsschwerpunkte für alle Fächer im schriftlichen Abitur festgelegt, und diese können auch Sie jederzeit nachlesen.[2]

1 In den bilingualen Prüfungen stehen Ihnen zusätzlich ein einsprachiges sowie ein zweisprachiges Wörterbuch zur Verfügung.

2 „Hinweise zur Vorbereitung auf die schriftlichen Abiturprüfungen im Landesabitur 2023 (Abiturerlass)“. Der Erlass kann unter www.kultusministerium.hessen.de (Durchklicken: Schulsystem > Schulrecht > Abitur) heruntergeladen werden.

2 Welche Art von Aufgaben ist zu erwarten?

Im Landesabitur haben Sie mit **einer Textaufgabe** zu rechnen. Sie beginnt mit Analyse- und Darstellungsaufträgen und verlangt danach in der Regel eine Erörterung, sehr selten auch eine produktorientiere Ausarbeitung (Entwerfen von Reden, Briefen, Strategien usw.).

Das bedeutet im Einzelnen:

1. Vorgegebene **Materialien**, seien es Falldarstellungen, theoretische Texte, Zeitungsartikel, Reden, Statistiken, Karikaturen oder Diagramme, sollen zunächst **analysiert** werden. D. h., aus den Materialien sind Informationen zu erschließen, die für das übergreifende Thema der Prüfungsaufgabe wichtig sind.

2. Im Anschluss daran haben Sie bezogen auf das im ersten Teil dargestellte Problem **fachliche Kenntnisse** zu politischen, gesellschaftlichen und wirtschaftlichen Zusammenhängen **darzustellen**.

3. Abschließend folgt in der Regel, oft durch Vorgabe einer These, eine **Erörterung der Problemstellung**, die in ein eigenes Urteil mündet.

   Wird **statt der Erörterung eine produktorientierte Ausarbeitung** verlangt, z. B. die Abfassung einer Rede oder eines Briefes bzw. der Entwurf einer Strategie, so sollen Sie die Rolle und Sichtweise von konkreten politischen Akteuren einnehmen und dadurch Handlungskompetenz in einer simulierten Situation beweisen. Im Anschluss an die Analyse eines Konflikts (Aufgabenteile 1 und 2) versetzen Sie sich also in die Situation einer daran beteiligten Partei.

   Beispiele für produktorientierte Ausarbeitungen:
   Beispiel 1: *„Die zukünftige Rolle der EU in der Welt wird im Europäischen Parlament diskutiert. Entwerfen Sie zwei Reden: eine, mit der Sie als Befürworter einer neuen Geostrategie das Plenum von Ihrer Position überzeugen wollen, und eine, die die Gegenposition bezieht."*

   Beispiel 2: *„Am Kabinettstisch der Bundesregierung wird die Position Deutschlands für die Sitzung der Landwirtschaftsminister in Brüssel vorbereitet. Die Bundeskanzlerin bittet neben dem Landwirtschaftsminister auch den Wirtschaftsminister und den Minister für wirtschaftliche Zusammenarbeit und Entwicklung um ihre Positionen im ‚Zuckerstreit'. Entwerfen Sie deren mögliche Stellungnahmen und eine nach Ihrer Auffassung denkbare gemeinsame Position der Bundesregierung in Brüssel."*

   In beiden Aufgaben sollen Sie die **Rolle und die Sichtweise von konkreten politischen Akteuren** einnehmen. Eine reizvolle, aber keineswegs einfache Aufgabe! Ihre erfolgreiche Bewältigung setzt – zusätzlich zum Sachwissen – Grundkenntnisse zum Rollenverständnis und zum institutionellen Kontext der Akteure voraus. Ein Abgeordneter des Europäischen Parlaments wird abhängig von seiner Parteizugehörigkeit und (hier) in Auseinandersetzung mit der bisherigen Außen- und Sicherheitspolitik der EU argumentieren. Entsprechende Kenntnisse zur Politik des Ministerrats oder der Kommission sollten also in die Rede einfließen. Analog gilt die geforderte „Einfühlung“ in die Perspektive politischer Akteure bei den beiden Ministerreden. Eine Gefahr liegt in Lösungen, die nur die geforderte Pro- oder Kontra-Position mit Argumenten untermauern. Jede überzeugende Rede bemüht sich zumindest ansatzweise auch um die Entkräftung der Gegenposition.

Kursübergreifender Bezug

Die Aufgabe, die Sie ausgewählt haben, bezieht sich hauptsächlich auf ein Halbjahr, sie enthält aber auch **Verbindungen zu Inhalten von einem oder mehreren anderen Kursen zwischen Q 1 und Q 3**. In den „Einheitlichen Prüfungsanforderungen“ heißt es nämlich: „Unbeschadet einer prüfungsdidaktisch erforderlichen Schwerpunktbildung dürfen sich die von der Schülerin bzw. vom Schüler zu bearbeitenden Aufgaben nicht auf Sachgebiete eines Kurshalbjahres beschränken.“ Darin liegt eine gewisse Hürde, denn dies wurde im Unterricht nicht unbedingt geübt und in Klausuren bisher auch nicht gefordert.

Es kann demnach sein, dass Sie z. B. Probleme der Einkommens- und Vermögensverteilung zunächst anhand von diversen Materialien klären sollen. Insofern geht es also vorrangig um Sozialpolitik, d.h. Schwerpunkte des Kurshalbjahres Q2. Anschließend sollen Sie begründet beurteilen, ob soziale Ungleichheit die Demokratie gefährde. Dafür sind Kenntnisse aus dem Demokratiekurs (Q1) wichtig.

Operatoren

Am meisten hilft ein aufmerksames Lesen der **Arbeitsanweisungen**. Bei genauem Hinsehen lassen sich ihrer Formulierung wichtige Informationen entnehmen. Alle Autoren der zentralen Prüfungsaufgaben orientieren sich an einer gemeinsamen „**Operatorenliste**“, die Sie in der Prüfung einsehen können. Damit sind die Verben gemeint, die für möglichst prägnante, unmissverständliche Aufgaben sorgen sollen. Die folgende Liste umfasst alle offiziell zugelassenen Operatoren mit den verbindlichen Definitionen und verweist auf Beispielaufgaben. Dabei steht z. B. GK21/C/2 für die Grundkursaufgabe 2021, Vorschlag C, Teilaufgabe 2.

Anforderungsbereich I

Operator(en)	Definition	Beispiele
berechnen	anhand vorgegebener Daten durch Rechenoperationen zu einem Ergebnis gelangen und die Rechenschritte dokumentieren (z. T. auch AFB II)	
beschreiben	Aussagen, Sachverhalte, Strukturen o. Ä. in eigenen Worten strukturiert und fachsprachlich verdeutlichen (z. T. auch AFB II)	
nennen	zielgerichtet Informationen zusammentragen, ohne diese zu kommentieren	
skizzieren	einen Sachverhalt oder Gedankengang in seinen Grundzügen angeben (z. T. auch AFB II) Beispiel: *Skizzieren Sie den Einfluss der Medien auf die politische Willensbildung.*	
wiedergeben	ausgehend von einem Einleitungssatz Informationen aus dem vorliegenden Material unter Verwendung der Fachsprache in eigenen Worten ausdrücken	GK21/A/1
zusammenfassen	ausgehend von einem Einleitungssatz die wesentlichen Aussagen eines Textes in strukturierter und komprimierter Form unter Verwendung der Fachsprache herausstellen (z. T. auch AFB II)	GK21/C/1

Anforderungsbereich II

Operator(en)	Definition	Beispiele
analysieren	Merkmale eines Textes, Sachverhaltes oder Zusammenhanges kriterienorientiert bzw. aspektgeleitet erschließen und zusammenhängend verdeutlichen	GK21/B/3
anwenden	einen bekannten Sachverhalt oder eine bekannte Methode auf eine neue Problemstellung beziehen Beispiel: *Wenden Sie die Merkmale von Unterentwicklung auf ein Land Ihrer Wahl an.*	
auswerten	Daten, Einzelergebnisse oder Sachverhalte zu einer abschließenden Gesamtaussage zusammenführen Beispiel: *Werten Sie die vorliegenden Materialien im Hinblick auf die wirtschaftliche Entwicklung des Landes aus.*	
charakterisieren	Vorgänge, Sachverhalte, Personen/Figuren in ihrer jeweiligen Eigenart treffend und anschaulich kennzeichnen und ggf. unter einem bestimmten Gesichtspunkt zusammenführen	GK20/A/3
darstellen	Sachverhalte o. Ä. und deren Bezüge sowie Zusammenhänge aufzeigen (z. T. auch AFB I)	LK21/B/3
einordnen / zuordnen	Texte oder Sachverhalte unter Verwendung von Vorwissen begründet in einen genannten Zusammenhang stellen (z. T. auch AFB I)	GK20/B/2

erklären	Materialien, Sachverhalte o. Ä. in einen Begründungszusammenhang stellen, z. B. durch Rückführung auf fachliche Grundprinzipien, Gesetzmäßigkeiten, Funktionszusammenhänge, Modelle oder Regeln	GK21/B/2
erläutern	Materialien, Sachverhalte o. Ä. mit zusätzlichen Informationen und Beispielen verdeutlichen	LK21/B/2
herausarbeiten	aus Materialien nicht explizit genannte Sachverhalte erschließen	GK19/B/3
in Beziehung setzen	Zusammenhänge unter vorgegebenen oder selbst gewählten Gesichtspunkten begründet herstellen Beispiel: *Setzen Sie die Aussagen des US-Politikers in Beziehung zu den Aufgaben und Zielsetzungen der UNO.*	
untersuchen	Sachverhalte unter bestimmten Aspekten betrachten und belegen	GK21/A/3
vergleichen/ gegenüberstellen	nach vorgegebenen oder selbst gewählten Gesichtspunkten Gemeinsamkeiten, Ähnlichkeiten und Unterschiede begründet darlegen (z. T. auch AFB III)	GK21/A/2 LK20/B/3

Anforderungsbereich III

Operator(en)	Definition	Beispiele
begründen	einen Sachverhalt bzw. eine Aussage durch Argumente stützen (z. T. auch AFB II) Beispiel: *Begründen Sie, wie es zu dem Handelskonflikt/ der Veränderung des Parteiensystems gekommen ist.*	
beurteilen	zu einem Sachverhalt oder einer Aussage unter Verwendung von Fachwissen und Fachmethoden eine begründete Einschätzung geben	GK20/A/4
bewerten/ Stellung nehmen	wie Operator „beurteilen", aber zusätzlich die eigenen Maßstäbe begründet darlegen	LK19/A/4
diskutieren/ sich auseinandersetzen mit	zu einer Aussage, Problemstellung oder These eine Argumentation entwickeln, die zu einer begründeten Bewertung führt	GK21/C/4
entwickeln	einen eigenen Gedankengang bzw. ein Konzept zu einem Thema entfalten und Schlussfolgerungen ziehen	GK19/B/4
erörtern	eine These oder Problemstellung unter Abwägen von Pro- und Kontraargumenten hinterfragen und zu einem eigenen Urteil gelangen	LK21/B/4

gestalten / entwerfen	Aufgabenstellungen kreativ und produktorientiert bearbeiten, z. B. auf der Grundlage eines Materials und seiner inhaltlichen oder stilistischen Gegebenheiten eine kreative Idee in ein selbstständiges Produkt umsetzen Beispiel: *Gestalten Sie auf der Grundlage der vorgegebenen Informationen eine Petition der Gewerkschaftsmitglieder an den Innenminister.*	
interpretieren	auf der Grundlage einer Analyse Sinnzusammenhänge aus Materialien methodisch reflektiert erschließen, um zu einer schlüssigen Gesamtauslegung zu gelangen Beispiel: *Interpretieren Sie die Karikatur im Zusammenhang der Hauptthese des Textes.*	GK21/B/4
überprüfen	Aussagen auf der Grundlage von Fachkenntnissen kritisch hinterfragen und auf ihre Angemessenheit hin begründet einschätzen	GK21/A/4
verfassen	Auf der Grundlage einer Auswertung von Materialien wesentliche Aspekte eines Sachverhaltes in argumentierender Form darlegen	

Eine häufige Fehlerquelle liegt z. B. im Missverständnis, dass mit dem Operator „erläutern" das breitere Ausführen von bereits Gesagtem gemeint ist. In Wirklichkeit handelt es sich um eine Erweiterungsaufgabe, die über die Materialvorgabe hinausreicht. Dieses Operatorenverzeichnis liegt sicher auf dem Schreibtisch Ihres PoWi-Lehrers, wenn er seine Klausuren entwirft. Daher müsste sie auch Ihnen bekannt sein. Wenn nicht, bitten Sie im Kurs darum, dass das Verständnis dieser Verben an Beispielen geübt wird. Sie erhalten damit einen wichtigen Schlüssel zur richtigen Anlage der eigenen Lösung. Während der Prüfung können Sie die Liste der Operatoren einsehen.

Verständnisfragen

Nicht immer sind alle Aufgabenstellungen eindeutig und für jeden sofort verständlich. In diesem Fall haben Sie das Recht, Ihrer Arbeit eine Erläuterung beizufügen. Darin können Sie Ihre Deutung der Aufgabe und den eigenen Lösungsweg erklären. In § 32 (6) der Oberstufen- und Abiturverordnung heißt es sogar: „Sie können in diesen Erläuterungen auch Zweifel an der Richtigkeit der vorgelegten Lösung äußern und begründen, warum Ihnen eine Lösung nicht möglich ist."

3 Welche Themen sind prüfungsrelevant?

Alle prüfungsrelevanten Inhalte der Lehrpläne sollten während der ersten drei Halbjahre der Qualifikationsphase behandelt worden sein. Für welche Inhalte dieser drei Kurse das gilt, wird – wie auf S. 1 erläutert – regelmäßig per Erlass fixiert. So hat das Kultusministerium die unten aufgeführten **thematischen Schwerpunkte für das Landesabitur 2023** als Basis für die Auswahl von Texten und Aufgaben bestimmt.[3] Dabei handelt es sich um eine verkürzte Fassung der im Kerncurriculum Politik und Wirtschaft genannten obligatorischen Inhalte.[4] Die folgende Zusammenstellung können Sie sehr gut als **Checkliste** benutzen: Was kann ich bereits gut, nicht so gut, gar nicht? Die mit „LK" markierten Stichworte können Sie übergehen, wenn Sie sich auf die schriftliche Prüfung im Grundkurs vorbereiten.

Q 1 Demokratie im politischen Mehrebenensystem	**gut**	**nicht so gut**	**gar nicht**
Q 1.1 Verfassung und Verfassungswirklichkeit: Rechtsstaatlichkeit und Verfassungskonflikte • Grundrechte und Rechtsstaatlichkeit, v. a. Art. 1, 20, 79 GG • Parlament, Länderkammer, Bundesregierung und Europäische Institutionen im Gesetzgebungsprozess • Rolle des Bundesverfassungsgerichts bzw. des Europäischen Gerichtshofes **Nur LK** • Veränderungen des Grundgesetzes aufgrund gesellschaftlicher Wandlungsprozesse anhand eines Beispiels • das politische Mehrebenensystem vor dem Hintergrund politischer Theorien zur Gewaltenteilung und Gewaltenverschränkung			
Q 1.2 Herausforderungen der Parteiendemokratie • politische Parteien als klassische Möglichkeiten der Partizipation • alternative Formen politischer Beteiligung und Entscheidungsformen • Besonderheiten des politischen Systems der BRD • Nationale Wahlen und Wahl des Europaparlaments im Zusammenhang mit entsprechenden Parteiensystemen, Bildung der jeweiligen Exekutive **Nur LK** • Modelle des Wählerverhaltens, Wahlforschung • Veränderungen von Parteiensystem und Parteientypen, innerparteiliche Demokratie • Identitäre versus Repräsentative Demokratie • Demokratietheorien der Gegenwart			

3 Die zusätzlichen Schwerpunkte für die bilingualen Prüfungen finden Sie im Abiturerlass (siehe Anmerkung 2).

4 Das Kerncurriculum Politik und Wirtschaft finden Sie auf den Seiten des Hessischen Kultusministeriums unter www.kultusministerium.hessen.de (Durchklicken: Schulsystem > Bildungsstandards, Kerncurricula und Lehrpläne > Gymnasiale Oberstufe > Politik und Wirtschaft).

Q 1.5 Gemeinwohl und organisierte Interessen • Analyse eines exemplarischen Falles aus dem Bereich Sozialpolitik • Verbände zwischen Interessensartikulation und Lobbyismus • politischer Interessensausgleich und Sozialstaatsprinzip **Nur LK** • soziale Bewegungen und Wertewandel			
Q 2 Wirtschaft und Wirtschaftspolitik in der sozialen Marktwirtschaft			
Q 2.1 Konjunkturanalyse und Konjunkturpolitik – Herausforderungen prozessorientierter Wirtschaftspolitik • Beobachtung, Analyse und Prognose wirtschaftlicher Konjunktur in offenen Volkswirtschaften durch Wirtschaftsforschungsinstitute • Grundlagen der keynesianischen stabilisierungspolitischen Konzeption • Möglichkeiten und Varianten nachfrageorientierter Politik • Implementationsprobleme sowie politische und ökonomische Kontroversität nachfrageorientierter Fiskalpolitik **Nur LK** • Erklärungsmodelle konjunktureller Schwankungen • Erfahrungen mit fiskalpolitischen Interventionen im historischen Vergleich			
Q 2.2 Nachhaltiges Wachstum und fairer Wettbewerb – Herausforderungen wirtschaftlicher Ordnungspolitik • Bedeutung und Bestimmungsfaktoren mittel- und langfristigen Wirtschaftswachstums • Grundlagen der neoklassischen Konzeption (Einflussfaktoren auf das Wirtschaftswachstum), wirtschaftspolitische Gestaltung von Angebotsbedingungen • Ziele und Prinzipien angebotsorientierter Wirtschaftspolitik • Wettbewerbsfähigkeit von Staaten und Regionen im europäischen Binnenmarkt (z. B. Lohnstückkosten, Infrastruktur, politische und soziale Rahmenbedingungen) • Probleme sowie politische und ökonomische Kontroversität angebotsorientierter Wirtschaftspolitik **Nur LK** • Wettbewerb in unterschiedlichen Marktformen, wirtschaftliche Konzentrationsprozesse • Wettbewerbspolitik der Europäischen Union • wettbewerbspolitische Aspekte der Konzeption der Sozialen Marktwirtschaft (Ordoliberalismus) in Abgrenzung zu anderen Wirtschaftsordnungen			

Q 3 Internationale Beziehungen im Zeitalter der Globalisierung			
Q 3.1 Internationale Konflikte und Konfliktbearbeitung in einer differenzierten Staatenwelt • Analyse eines aktuellen, exemplarischen Konfliktes vor dem Hintergrund unterschiedlicher Konfliktarten • Ziele, Strategien und möglicher Beitrag deutscher Außen- und Sicherheitspolitik zur Konfliktbearbeitung und -prävention • Möglichkeiten, Verfahren und Akteure kollektiver Konfliktbearbeitung und Friedenssicherung im Rahmen internationaler Institutionen und Bündnisse **Nur LK** • ausgewählte Theorien der internationalen Politik hinsichtlich der Aspekte Frieden/Sicherheit und Kriegsursachen • Wandel staatlicher Souveränität durch Verrechtlichung			
Q 3.2 Strukturwandel der Weltwirtschaft als Herausforderung ökonomischer Globalisierung • Überblick über Entgrenzung und Verflechtung von Nationalökonomien hinsichtlich Außenhandel, Freihandelszonen und Binnenmärkten, Währungsräumen und Währungssystemen, Kapitalmärkten, Arbeit und damit verbundene Chancen und Risiken • Globalisierung von Unternehmen und Produktionsprozessen • Staaten zwischen Wohlfahrtsstaat und Wettbewerbsstaat • exemplarische Auseinandersetzung mit einer der Kontroversen um die politische Gestaltung der Weltwirtschaftsordnung **Nur LK** • ausgewählte Außenwirtschaftstheorien und deren wirtschaftspolitische Implikationen (absolute und komparative Kostenvorteile, Faktor-Proportionen-Theorem, Wettbewerbsmodell nach Porter)			

4 Verfahren und Kriterien der Bewertung

Die Erstkorrektur der Arbeiten liegt in den Händen Ihres PoWi-Lehrers. Dazu erhält er Lösungs- und Bewertungshinweise des Ministeriums, anhand derer die Beurteilung vorzunehmen ist. Die Bewertungshinweise erlauben es ihm jedoch, davon abweichende, sinnvolle Lösungswege als gleichwertig zu akzeptieren. Die Zweitkorrektur erfolgt in der Regel ebenfalls durch Lehrkräfte der eigenen Schule. In drei Fächern, die vom Kultusministerium jährlich neu bestimmt werden, übernehmen Fachlehrer einer benachbarten Schule die Zweitkorrektur („Ringtausch"). Weichen die beiden Beurteilungen voneinander ab, so kann ein neues, übereinstimmendes Gutachten gemeinsam erstellt werden. Gelingt dies nicht, entscheidet die oder der Vorsitzende des Prüfungsausschusses im Rahmen der vorgeschlagenen Beurteilungen. Er könnte eine Drittkorrektur anordnen.

Hierbei gilt: Maximal erreichbar sind **100 Prozent**. Der Schwellenwert für eine ausreichende Leistung (5 Punkte) liegt bei 46 Prozent, für eine gute Leistung (11 Punkte) müssen mindestens 76 Prozent erzielt werden.

Da sich Ihre Strategie in der Abiturklausur auf eine maximale Punktzahl richtet, werden Sie die Aufgaben besonders gründlich bearbeiten, für die es die meisten Prozentpunkte gibt. Diese Anteile werden Ihnen mit der Aufgabenstellung angegeben und zeigen eine Steigerung von relativ einfachen zu komplexeren und anspruchsvolleren Leistungen. Denken Sie bei Ihrer Zeiteinteilung daran.

Die **Wiedergabe von Gelerntem** erbringt in der Regel ein Viertel oder ein Fünftel der Gesamtleistung. Erlernbar sind Kenntnisse und Arbeitstechniken (Anforderungsbereich I), wie sie v. a., aber nicht nur, in der Textzusammenfassung gefragt sind.

Beispiel: *„Geben Sie einen Überblick über die in den Materialien zum Ausdruck kommende Kontroverse."*
(Hier überwiegt die gelernte Technik des geschickt strukturierten, unkommentierten Zusammenfassens mehrerer Texte, möglichst in eigenen Worten.)
Die **Anwendung von Gelerntem** (Transfer, Reorganisation) bildet den Schwerpunkt jeder Arbeit und ermöglicht etwa 50 Prozent der Punkte. Solche Leistungen erbringen Sie durch selbstständiges Auswählen, Erklären, Ordnen, Verarbeiten, Bearbeiten und Darstellen bekannter Sachverhalte unter vorgegebenen Fragestellungen und indem Sie das Gelernte auf vergleichbare neue Sachverhalte und Situationen übertragen (Anforderungsbereich II).

Beispiel: *„Erläutern Sie, nach welchen Verfahrensweisen und Wertorientierungen im Text dargestellte internationale Konflikte in einem demokratischen Verfassungsstaat wie der Bundesrepublik Deutschland geregelt werden."*
(Hier steht die Fähigkeit im Vordergrund, Gelerntes zum politischen System Deutschlands auf neue Sachverhalte – wie sie im Prüfungstext dargelegt sind – zu übertragen.)

Jetzt bleiben noch ca. 25 Prozentpunkte, die Sie durch Ihre **Fähigkeit zu selbstständiger Argumentation** erreichen können, also durch „selbstständige Begründungen, Folgerungen, Deutungen, Wertungen, Lösungen und Gestaltungen" (Anforderungsbereich III). Aus Ihren bisherigen Klausuren wissen Sie, dass die zuletzt genannten Anforderungen in der Regel am Schluss einer Arbeit erbracht werden.

Beispiel 1: *„Überprüfen Sie die Aussagen des Textes an Beispielen von aktuellen internationalen Konflikten."*
(Hier sollen Sie allgemeine Textaussagen daraufhin untersuchen, inwieweit sie mit konkreten Sachverhalten zu vereinbaren sind. Daraus folgern Sie eine Wertung bzw. ein Urteil.)

Beispiel 2: *„Formulieren Sie realistische Vorschläge, um die vom Text angesprochenen Tendenzen zu einer ‚Privatisierung des Krieges' einzudämmen."*
(Hier ist Ihr eigenes, möglichst gut begründetes, also abwägendes Urteil gefragt.)

5 Der verflixte Fehlerindex

Unbedingt qualitätssteigernd wirkt sich aus, wenn Sie Ihre Lösung sprachlich angemessen und gut lesbar, auch: gut leserlich!, darstellen können. Dazu gehört eine **übersichtliche Gliederung** Ihrer Arbeit, z. B. durch Absätze und Überleitungen. Indem Sie formale Schnitzer in Rechtschreibung, Grammatik und Zeichensetzung vermeiden und sich auch um **angemessene Fachbegriffe** bemühen, gewinnen Sie ein bis zwei Notenpunkte. Dies ist im **Fehlerindex** für PoWi geregelt, der für alle Oberstufenklausuren gilt. Wie er funktioniert, zeigt das folgende Beispiel:
Angenommen, Ihre Arbeit umfasst 850 Wörter, und auf jeder der fünf Seiten unterlaufen Ihnen zehn Fehler in Rechtschreibung, Grammatik, Zeichensetzung und fachsprachlicher Begrifflichkeit. Nach der Formel des Fehlerindex ergibt sich:
$50 \times 100 = 5\,000 : 850 = 5{,}9$ (Fehlerindex = Fehlerzahl × 100 : Zahl der Wörter)
Ab Fehlerindex 3 verlieren sie einen Notenpunkt, ab Fehlerindex 6 zwei Notenpunkte. Somit wird Ihnen im Beispiel ein Notenpunkt abgezogen. Ab 51 Fehlern (Fehlerindex 6) verlieren Sie in unserem Beispiel schon zwei Notenpunkte. Einen großen Teil der Fehler vermeiden Sie durch abschließendes **Korrekturlesen**. Reservieren Sie dafür unbedingt **10 Minuten** am Ende der Arbeitszeit. Bei allen Klausuren liegt ein Rechtschreibduden bereit.

6 Tipps zur strukturierten Aufarbeitung und Wiederholung des Stoffs

Nachdem Sie die Checkliste (S. VII ff.) ausgefüllt haben, geht es an die Arbeit! Sie werden sehen, dass sich die Anstrengung auszahlt. Zu allen Themen, bei denen Sie „nicht so gut" oder „gar nicht" angekreuzt haben, legen Sie sich ein Info-Blatt an, das in vier Abschnitte gegliedert ist:

A Thema
B Ausführliche Notizen zum Thema
C Reduziert auf Stichworte
D Noch Unverstandenes (Begriffe, Fragen …)

Je früher Sie damit beginnen, umso besser. Vor allem die eigene Umformulierung des jeweiligen Stoffs auf knappe Stichworte hilft, das Gelernte zu verarbeiten. Greifen Sie dabei auf Aufzeichnungen und Arbeitsblätter aus dem Unterricht sowie auf Lehrwerke zurück, die in Ihrem Grund- oder Leistungskurs benutzt wurden. Schlagen Sie alle wichtigen Begriffe im Lexikon nach. Suchen Sie in Tages- oder Wochenzeitungen nach themenrelevanten Artikeln – eine gute Übung, da die meisten Abiturtexte den überregionalen Tageszeitungen entstammen. Arbeiten Sie mit Mitschülern zusammen. Bitten Sie – am besten mit Angabe von Wunschthemen – Ihren Kurslehrer um Wiederholungsstunden, falls er diese nicht ohnehin bereits geplant hat.

Ihre Abiturklausur soll nicht nur Kenntnisse und Problembewusstsein zeigen, sondern auch **methodische Fähigkeiten beweisen** – in der Textanalyse, der Auswertung einer Statistik oder Karikatur oder in der schlüssigen Formulierung eines differenzierten eigenen Urteils. Aus den im nächsten Abschnitt dargestellten Fehlern erfahren Sie „ex negativo", worauf Sie ganz besonders achten sollten.

1. In der **strukturierten Textwiedergabe** – meist die erste Aufgabe – wird auf die zeitliche Einordnung oder die Nennung des Autors im Einleitungssatz verzichtet; der Text wird nur „chronologisch" und zu nah am Wortlaut zusammengefasst.
   Die strukturierte Wiedergabe sollte **alle wesentlichen Aspekte enthalten**, jedoch so knapp wie möglich sein. Beginnen Sie mit dem Ziel (Resultat) der Argumentation eines Textes. Häufig empfiehlt es sich, von der Reihenfolge der Gesichtspunkte, wie sie im Text auftaucht, abzuweichen, damit die **innere Logik der Gedanken des Autors** deutlich wird. Um zu kennzeichnen, dass es sich nicht um Ihre Gedanken handelt, wählen Sie entweder den **Konjunktiv I** (z. B. „er habe …", „es sei falsch …") oder distanzierende Formulierungen (z. B. „Der Autor grenzt sich ab …", „resümierend stellt er fest, …"). Wörtliche Zitate sind nur bei Schlüsselbegriffen des Textes sinnvoll.

2. Eigene **Aussagen** werden gar nicht, falsch oder einfallslos **miteinander verknüpft**. Zum Beispiel wird eine nichtssagende Verknüpfung wie „weiterhin" oder „außerdem" gewählt, obwohl z. B. „aber", „denn", „während" oder „wenn" erforderlich wären. Häufig kommt es zu „**Brüchen**" in der Gedankenführung und die innere Logik der eigenen Darlegung bleibt unverständlich.
   Unbedingt sollten Sie ein gesundes Maß an „**Wegweisern**" verwenden, also Formulierungen, die Ihre Vorgehensweise erläutern: „Zunächst kläre ich die Grundlagen …", „Dagegen gibt es eine Reihe von Einwänden: …". Besonders geschickt können Querverweise zu anderen Abschnitten Ihrer Arbeit sein.

3. **Eigene Thesen** werden nicht begründet, **Argumente** nicht mit Beispielen belegt, wichtige Gedanken nicht vertieft.
   Die Breite Ihrer Argumentationsbasis, der Aspektreichtum und der Grad der Differenzierung Ihrer Ausführungen sind wichtige Qualitätsmerkmale.

4. Das eigene Urteil geht nicht aus einer Auseinandersetzung mit Gegenargumenten hervor.
   Ihre Stellungnahmen, Wertungen und Urteile gewinnen erst dadurch Überzeugungskraft, dass Sie **Einwände entkräften**.

5. **Wichtige Begriffe** werden nicht definiert oder falsch verwendet. Zum Beispiel wird der Begriff „Grundgesetze" gebraucht, wenn „Grundrechte" gemeint sind.
   Verwenden Sie an zentralen Stellen kurze Definitionen: „Unter Globalisierung versteht man …"

6. Sie lassen sich zu **unangemessenen Übertreibungen** wie „Die Situation auf dem Agrarmarkt ist katastrophal“ hinreißen. Bemühen Sie sich um sachliche Formulierungen ohne Wertungen.

7. **Wiederholungen:** Bereits Gesagtes taucht, leicht verändert, noch einmal auf. Sammeln Sie vor der Ausformulierung jedes Abschnitts Ihrer Arbeit zunächst unsystematisch Stichworte und erstellen Sie daraus eine relativ detaillierte Gliederung.

8. Falsches **Zitieren**, sei es wörtlich oder sinngemäß. So geht's richtig: www.teachsam.de/arb/zit_formen.htm

9. **Spiegelstrich-Aufzählungen** oder Pfeile im Text ersetzen eine zusammenhängende Darstellung.
   Lieber ein markantes Beispiel etwas gründlicher darstellen als alle Einzelfakten aufzählen!

10. Eine sinnvolle **äußere Strukturierung der eigenen Darlegungen** fehlt: Entweder werden zu viele oder gar keine Absätze gemacht.
    Beginnen Sie jede Teilaufgabe auf einem eigenen Blatt, um später Ergänzungen anfügen zu können. Erst am Ende sollten Sie die Seiten vollständig nummerieren.

Hinweise und Tipps zu den mündlichen Abiturprüfungen

Etwa acht Wochen nach den schriftlichen Prüfungen in beiden Leistungskursen und einem Grundkurs legen Sie zwei mündliche Prüfungen ab (4. und 5. Prüfungsfach). Damit nicht beide Prüfungen in einer Woche liegen, ziehen die meisten Schulen die Präsentationsprüfungen und das Kolloquium zur besonderen Lernleistung vor.
Die zuletzt genannten Prüfungsformen sind eingeführt worden, weil sich der Unterricht in der Oberstufe zum einen stärker in Richtung eigenverantwortliches Arbeiten entwickelt. Zum anderen zielen diese Prüfungsformate darauf ab, Sie auf veränderte Anforderungen in Studium und Beruf vorzubereiten. Im Folgenden werden die komplizierten rechtlichen Bestimmungen möglichst klar erläutert.

1 Die mündliche Prüfung im 4. Prüfungsfach

Diese traditionelle Prüfungsform können Sie in Politik und Wirtschaft wählen, wenn das Fach nicht Gegenstand Ihrer schriftlichen Prüfungen ist. Sie wissen: Bei der Wahl der Prüfungsfächer ist darauf zu achten, dass **alle drei Aufgabenfelder abgedeckt** sind und dass es **verpflichtende Abiturprüfungsfächer** gibt, die, wenn sie nicht schriftlich geprüft werden, bei der Wahl der mündlichen Prüfungen einzubeziehen sind.

Zeitplan

Meldung zur Prüfung	Zu Beginn des Prüfungshalbjahres.
Aufgabenstellung	Die Aufgabe wird vom Prüfer gestellt und Ihnen direkt vor der mündlichen Prüfung zu Beginn der Vorbereitungszeit mitgeteilt.
Vorbereitung	Ihre Vorbereitungszeit beträgt mindestens 20 Minuten.
Prüfungsplan	Spätestens am dritten Unterrichtstag vor der mündlichen Prüfung wird der Prüfungsplan in der Schule ausgehängt.
Prüfung	Mindestens 20 Minuten. Ihnen steht in der Regel die Hälfte der Prüfungszeit für einen kurzen, möglichst frei gehaltenen Vortrag (auf der Grundlage von Aufzeichnungen) zur Verfügung. Den zweiten Teil bildet ein Prüfungsgespräch.
Notenbekanntgabe	Das Ergebnis der Prüfung wird Ihnen in der Regel am Prüfungstag bekannt gegeben.

Rahmenbestimmungen für die mündliche Prüfung

Generell sollen Sie nachweisen, dass Sie fähig sind,
- einen kurzen Vortrag zusammenhängend und in sprachlich korrekter und angemessener Weise zu halten,
- ein themengebundenes Gespräch zu führen, dabei
- auf Fragen und Anregungen der Prüfenden einzugehen,
- eigene sach- und problemgerechte Beiträge zu weiteren Aspekten einzubringen sowie
- den eigenen Standpunkt deutlich darzustellen und zu begründen.

Thema und Aufgabenstellung

Das **Thema** der mündlichen Prüfung wird allein von Ihrem PoWi-Lehrer gestellt. Es resultiert aus dem Unterricht aller vier Kurshalbjahre in der Qualifikationsphase, aus denen Ihnen der Prüfer Schwerpunkte nennen kann. Die Aufgaben dürfen aber keine Wiederholung des schriftlichen Abiturthemas darstellen oder schon einmal in einer Klausur gestellt worden sein. Genau wie für die schriftlichen Prüfungen gilt:
- Aufgabenart ist die Problemerörterung auf der Grundlage unbekannten Materials, das allerdings wegen der kürzeren Bearbeitungszeit einen geringeren Umfang als in einer schriftlichen Prüfung aufweist.
- Das Thema hat seinen Schwerpunkt zwar in einem der Kurshalbjahre, muss aber Sachgebiete mindestens eines weiteren Kurshalbjahres miteinbeziehen.
- Die Aufgaben gehen in der Regel von einem neuen Anwendungsfall oder von Fragestellungen aus, die eine Reorganisation des Wissens erfordern. Die Anwendung von Gelerntem bildet also den Schwerpunkt.

Sie erhalten ein der knappen Prüfungszeit entsprechendes Material mit **zwei oder drei Arbeitsaufträgen** (vgl. Operatoren S. IV ff.), zu denen Sie sich stichwortartige Notizen machen. Diese bilden die Grundlage für Ihren **Vortrag**. In diesem ersten Prüfungsteil von etwa **zehn Minuten** tragen Sie Ihre Ergebnisse zusammenhängend vor. Dabei werden Sie vom Prüfer in der Regel nicht unterbrochen.

Im zweiten Prüfungsteil, dem **Prüfungsgespräch**, wird der Prüfer an Ihre Ausführungen anknüpfen und an der einen oder anderen Stelle „nachfassen“, d. h. um Richtigstellung, Präzisierung oder Erläuterung bitten. In dieser Gesprächsphase bleiben Zusammenhänge gewahrt: Sie werden also nicht mit einer großen Anzahl punktueller, unzusammenhängender Fragen konfrontiert. Daraus ergibt sich für die Vorbereitung: Erwerben Sie nicht Detailwissen, mit dem Sie ein Fernsehquiz gewinnen könnten, sondern bemühen Sie sich um ein **Verständnis der wesentlichen Zusammenhänge**.

Die mündlichen Prüfungen werden in der Regel einzeln durchgeführt. Auf Vorschlag des Prüfers und mit Zustimmung der Prüfungsteilnehmer sowie des Vorsitzenden des Prüfungsausschusses können aber auch **Gruppenprüfungen** stattfinden. Dann stehen für jeden Teilnehmer 20 Minuten der Prüfungszeit zur Verfügung, sodass die Leistung jedes einzelnen Schülers angemessen bewertet werden kann. Bei zwei Prüflingen dauert die mündliche Prüfung also 40 Minuten.

Bewertung

Für die Bewertung gelten grundsätzlich die gleichen Kriterien wie bei schriftlichen Abiturarbeiten. Zusätzlich kommt die Fähigkeit hinzu, auf Fragen und Einwände sachgerecht einzugehen, Hilfen zu verwenden sowie dabei den eigenen Standpunkt deutlich darzustellen und zu begründen. Im Protokoll werden die Fragen des Prüfers und Ihre Antworten stichwortartig festgehalten, z. B. auch, ob eine Frage mit Nachhilfe durch den Prüfer beantwortet wurde.
Bei einer mündlichen **Prüfung mit null Punkten** (bei Zusatzprüfungen nach Verrechnung mit der schriftlichen Prüfung) ist das Abitur nicht bestanden. Dies gilt auch für die Präsentationsprüfung und die besondere Lernleistung.

Tipps zur Vorbereitung auf die mündliche Prüfung

Im Fach PoWi haben Sie die Methode der Textanalyse bzw. der Interpretation von Karikaturen, Statistiken und Diagrammen bereits erlernt und häufig geübt. Deshalb sollten Sie sich nicht primär durch Lektüre einzelner Materialien dieser Art vorbereiten, sondern diese höchstens zur Übung noch einmal anschauen. Da Sie in kurzer Zeit relativ viel Stoff wiederholen müssen, empfiehlt sich die Lektüre von Überblicksdarstellungen. Hierbei werden Sie zunächst auf Ihre Lehrbücher zurückgreifen. Weitere Literatur kann Ihnen Ihr Prüfer nennen. Zusätzlich zu den auf S. VII ff. dieses Bandes dargestellten Inhalten geht es bei der mündlichen Prüfung **auch um den Stoff des Prüfungshalbjahrs Q 4** (vgl. S. XVII; soweit im Unterricht behandelt) sowie evtl. im Unterricht behandelte Themen aus Q 1 – Q 3, die nicht zu den ausgewiesenen Schwerpunkten gehören. Diese umfassen folgende Themenbereiche:
Q 1.3 Demokratie jenseits der Nationalstaaten – Europa entscheidet mit
Q 1.5 Gemeinwohl und organisierte Interessen
Q 2.3 Sicherung der Preisniveaustabilität in der Europäischen Währungsunion
Q 2.4 Arbeitsmarkt- und Tarifpolitik
Q 3.4 Herausforderung: transnationale Demokratie
Q 3.5 Weltumweltpolitik

Q 4 Gegenwart und Zukunft Europas in einer globalisierten Welt	gut	nicht so gut	gar nicht
Q 4.1 Chancen und Risiken der wirtschaftlichen Integration Europas • Freiheiten und Schranken des europäischen Binnenmarktes • Grenzen staatlicher Souveränität in zentralen sozioökonomischen Politikfeldern (beispielsweise Fiskalpolitik, Sozialpolitik, Arbeitsmarktpolitik) • Varianten europäischer Sozialstaatlichkeit im Überblick • wirtschaftliche Desintegrationserscheinungen und Krisen als Herausforderungen europäischer Prozess- und Ordnungspolitik			
Q 4.2 Entwicklung des politischen Systems Europas im Kontext von Vertiefung und Erweiterung • Funktion und Bedeutung der europäischen Institutionen im Wandel • Zielvorstellungen der Integration zwischen Staatenbund und Bundesstaat • Chancen und Grenzen des europäischen Parlamentarismus und zivilgesellschaftlicher Demokratie • politische Macht- und Hegemonialbeziehungen innerhalb der EU			
Q 4.3 Identitätsbildung und gesellschaftlicher Pluralismus in Europa • Bedeutung und Grenzen regionaler, nationaler und europäischer Identitätskonstruktionen • Elemente europäischer Verfassung: europäische Staatsbürgerschaft und Charta der Grundrechte der Europäischen Union als möglicher Verfassungskern • Anerkennung von Menschenrechten und Minderheitenschutz angesichts der Pluralität und Diversität von Lebensweisen in europäischen Gesellschaften • Gemeinwohl und Solidarität in einer sich herausbildenden transnationalen Gesellschaft			
Q 4.4 Die Europäische Union als globaler Akteur • Die Gemeinsame Europäische Außen- und Sicherheitspolitik (GASP) in einer multipolaren Weltordnung zwischen Werteorientierung und Machtpolitik oder • Migrations- und Flüchtlingspolitik der Europäischen Union oder • Europas Beitrag zu einer globalen Klimapolitik			
Q 4.5 Europäische Kultur als Partizipationsform und als Politikum • Herausforderungen des europäischen Integrationsprozesses und entsprechender Globalisierungsphänomene in darstellenden Künsten (beispielsweise Spielfilm, Musik, Theater) oder • Fallstudien zur Bildungs- und Forschungspolitik, Kultur- und Sprachenpolitik			

Sie sollten sich unbedingt **Exzerpte** anlegen (ideal: auf Karteikarten), denn beim bloßen Lesen bleibt nicht viel hängen. Gehen Sie dabei wie auf S. XII ff. beschrieben vor. Vermeiden sollten Sie übertriebenes Datenlernen. Wenn Sie nicht gerade grobe Zuordnungsfehler begehen, wird man Ihnen eine Datierungsunsicherheit nachsehen. Bereiten Sie sich möglichst nicht allein vor, sondern treffen Sie sich regelmäßig mit Mitschülern zur Prüfungsvorbereitung. Das macht mehr Spaß, ist effektiver und verhindert, dass Sie mangels Feedback Vorbereitungsfehler machen. Interpretieren Sie gemeinsam ausgewählte Materialien und tragen Sie sich gegenseitig in Form von Kurzreferaten größere Zusammenhänge vor.

2 Die mündliche Prüfung im 5. Prüfungsfach

Die „Oberstufen- und Abiturverordnung" (OAVO) regelt, welche Bedingungen Sie bei der Wahl des 5. Prüfungsfaches zu beachten haben.[5] Außerdem können Sie sich zwischen drei Formaten entscheiden:

- eine weitere mündliche Prüfung,
- eine Präsentationsprüfung oder
- eine besondere Lernleistung.

Nur bei einer besonderen Lernleistung, für die Sie das Thema vorschlagen, müssen der Prüfer und der Prüfungsvorsitzende an Ihrer Schule zustimmen.

2.1 Die Präsentationsprüfung

Während es in der herkömmlichen mündlichen Prüfung um die Abarbeitung von Teilaufgaben nach kleinschrittigen Anweisungen geht, haben Sie in der Präsentationsprüfung größere Freiheiten und können sich mind. vier Wochen lang mit dem Thema beschäftigen. Diese Phase der selbstständigen Erarbeitung fließt auch über die geforderte Reflexion im Kolloquium in die Bewertung ein.
Die Art dieses Prüfungsformats erspart Ihnen den Überraschungseffekt einer normalen mündlichen Prüfung. Ihre Chancen, Inhalt und Ablauf der Prüfung zu beeinflussen, sind erheblich größer. Es ist daher wohl auch kein Zufall, dass die Ergebnisse in Präsentationsprüfungen im Durchschnitt besser ausfallen als in regulären mündlichen Prüfungen. Der größere Aufwand zahlt sich aus!

Rahmenbestimmungen

Sie sollen eine eher **offene Problemstellung** aus dem PoWi-Unterricht von Q 1 bis Q 4 selbstständig klären und darüber einen **mediengestützten Vortrag** halten. Durch die größere Offenheit der Aufgabe, die mehrere Lösungswege und Präsentationsweisen erlaubt, stellen Sie Ihre Kompetenz zur selbstständigen Problemlösung unter Beweis. In der Regel werden Sie mit einer Wertungsfrage oder der Frage nach einer

[5] Die hierfür wichtigen Art. 24 und 37 der OAVO finden Sie auf den Seiten des Hessischen Kultusministeriums: www.kultusministerium.hessen.de (Durchklicken: Schulsystem > Schulrecht > Abitur > Oberstufen- und Abiturverordnung)

Problemlösung konfrontiert. Möglich sind auch gliedernde Fragen entsprechend den drei Anforderungsbereichen oder die Vorgabe von einer oder mehreren Schlüsselquellen (oder anderen Materialien, z. B. Filmen).
Im Unterschied zur besonderen Lernleistung werden Sie bei der Vorbereitung auf die Prüfung nicht betreut. Allerdings haben Sie bei der Ausgabe des Themas die Möglichkeit, neben den Formalia des Prüfungsablaufs auch Fragen zum genauen Verständnis der Aufgabe zu besprechen, was besonders bei einer sehr offenen, nicht gegliederten Problemstellung unbedingt ratsam ist. Ihr Fachlehrer kennt Sie aus dem Unterricht und kann so bei der Wahl des Themas Ihre Interessenschwerpunkte berücksichtigen, er legt es jedoch allein fest.

Ein an vielen Schulen eingeführtes „**Übergabeprotokoll**“, das die Gesprächsinhalte bei der Themenausgabe zusammenfasst, kann Informationen zu folgenden Aspekten enthalten:
- rechtliche Vorgaben (Abgabetermin, Selbstständigkeit)
- technische Voraussetzungen (z. B. Bereithaltung eines Foliensatzes bei Powerpoint-Präsentationen; Abgabe der Präsentationsunterlagen auf einer CD-ROM im Anschluss an die Prüfung, räumliche Bedingungen der Prüfung, Angabe eines Testzeitraums)
- die Art der Quellen, die herangezogen werden können
- Anforderungen des Prüfers an die Dokumentation des geplanten Prüfungsablaufs (z. B. Darstellung des Gangs der Untersuchung, Thesen, verwendete Literatur, Vertiefungsmöglichkeiten im Kolloquium; Angabe der technischen Anforderungen für die Präsentation)
- Gewichtung einzelner Kompetenzen bei der Bewertung (z. B. Vorrang der inhaltlichen Durchdringung eines Themas vor medialer Darstellung, Bedeutung der methodischen Reflexion)

Fachübergreifende Prüfungen sind möglich, z. B. auf der Basis des bilingualen Unterrichts oder bei einer geschichtlich untermauerten Frage. Die Problemstellung verknüpft also Inhalte zweier Kurse oder Fächer. Die meisten Schulen handhaben die **Auflage eines kursübergreifenden Bezugs** übrigens so, dass sie durch einen Fachübergriff ersetzbar ist. Wichtig: Präsentationsprüfungen können nicht in einem der ersten vier Prüfungsfächer abgelegt werden.
Erwartet wird, dass Sie
- die Fragestellung des relativ offenen Themas operationalisieren, d. h. „handhabbar“ machen, in Teilaspekte zerlegen, einen Schwerpunkt festlegen,
- Materialien selbstständig recherchieren oder andere fachspezifische Methoden zur Problemlösung einsetzen,
- gefundenes Material auf seine Zuverlässigkeit und Brauchbarkeit einschätzen,
- eine geeignete mediale Unterstützung auswählen, die Erkenntniswert hat und nicht lediglich illustrativen Zwecken dient,
- einen Vortragstext erstellen und auf den Zeitrahmen von 15 Minuten zuschneiden,
- während des Vortrags oder im Kolloquium die Methoden Ihres Vorgehens bzw. der Visualisierung reflektieren (z. B. durch Überlegung von Alternativen).

Eine Woche vor der Präsentation übergeben Sie Ihrem Prüfer eine „**schriftliche Dokumentation des geplanten Ablaufs**". Dieser etwa zwei- bis dreiseitige Ablaufplan sollte im Kern die Darstellung des Untersuchungsgangs und der Ergebnisse in (ausformulierten) Thesen enthalten. Außerdem geben Sie alle verwendeten Materialien und Quellen an. Schließlich können Sie hier auch **Vertiefungsmöglichkeiten** für das Kolloquium nennen, die Sie sehen. Nicht alles von dem, was Sie in vier bis sechs Wochen erarbeitet haben, lässt sich ja in den 15 Minuten gründlich darstellen. Diese Dokumentation wird nicht zur Beurteilung herangezogen, sondern dient nur der Vorbereitung Ihres Prüfers aufs Kolloquium. Dennoch ist eine Prüfung mit „nicht bestanden" zu bewerten, wenn bei der schriftlichen Dokumentation ein Betrugsversuch nachgewiesen wird oder wenn Sie sie nicht oder nicht fristgemäß abgeben.

Die Gedanken sind so zu strukturieren, dass sich ein „**roter Faden**" erkennen lässt. Ziel ist also ein **rhetorisch geschickter und medial unterstützter Vortrag** vor dem Fachausschuss der Prüfung, einem Expertengremium – anders als bei Referaten im Unterricht, die sich hauptsächlich an ein „Laienpublikum" richten. Dies ist die Regel, einzelne Schulen können jedoch andere Vorgaben machen. Zum Beispiel: „Als Zielgruppe einer solchen Präsentation ist grundsätzlich ‚der Oberstufenschüler' zu sehen. Abweichungen davon sind in der Aufgabenstellung deutlich zu vermerken." Prüfen Sie, ob es besondere Auflagen Ihrer Schule gibt. Anders als in der alternativen mündlichen Prüfung wird Ihr Vortrag nicht vom Prüfer unterbrochen.

Zwischen Vortrag und Kolloquium gibt Ihnen der Fachausschuss in der Regel eine kleine Umbau- und Verschnaufpause. Im **15-minütigen Kolloquium** geht es danach darum, die gefundene Lösung zu erläutern und gegebenenfalls zu verteidigen. Dazu gehört auch, die Methode der Untersuchung und der Präsentation darzulegen und die eigenen Argumente zu reflektieren. Erwartet wird im Kolloquium außerdem, dass Ihnen auf Nachfrage die **Vernetzung des Präsentationsthemas mit Unterrichtsinhalten** der Qualifikationsphase gelingt. Möglich sind also Fragen zur Themenstellung, nach Querverbindungen, Anwendungen, verwendeten Quellen, nach dem methodischen Vorgehen, nach der Funktionalität der gewählten Präsentationsformen, nach der beabsichtigten und der erzielten Wirkung etc.
Nach Abschluss der Prüfung übergeben Sie Ihre Unterlagen (Folien, Flipchart-Bögen, Powerpoint-Präsentation am besten auf CD-ROM) dem Vorsitzenden, der diese dem Protokoll hinzufügt.

Bewertung

Bei der Bewertung Ihrer Präsentation können die im Erlass genannten Kriterien unterschiedlich gewichtet werden. Eine prozentuale Aufteilung in die beiden Prüfungsteile Präsentation und Kolloquium oder eine präzise Gewichtung inhaltlicher und medialer Kompetenzen ist jedoch nicht festgelegt. Viele Schulen verwenden stattdessen **Ausschlussklauseln** folgender Art: „Eine unzureichende fachliche Leistung, die mit 0–3 Punkten zu beurteilen wäre, kann in der Präsentationsprüfung nicht zu einer Gesamtbeurteilung von 5 und mehr Punkten führen. Andererseits kann eine mit befriedigend oder besser zu beurteilende fachliche Leistung nicht durch misslungenes

Präsentieren zu einer Gesamtbeurteilung von weniger als 5 Punkten führen.“ Damit soll betont werden, dass der Inhalt (die Fachkompetenz) im Vordergrund steht. Die Bewertung orientiert sich insgesamt an den folgenden Kriterien:

- Qualität und Umfang der vermittelten fachlichen Informationen, auch Vollständigkeit, exemplarisches Vorgehen, Aktualität, Kreativität,
- Strukturierung der Präsentation (z. B. Problembeschreibung – gegliederte Darstellung – Lösungen – Bewertungen – zusammenfassender Schluss),
- sachgerechter Einsatz der Medien, Qualität der audiovisuellen Unterstützung,
- Präzision und logische Nachvollziehbarkeit der Darstellung,
- kommunikative (einschließlich rhetorischer) Fähigkeiten,
- Reflexion über die gewählte Präsentationsmethode und über die vorgetragenen Lösungen und Argumente.

Zeitplan für die Präsentationsprüfung

Meldung zur Prüfung	Zu Beginn des Prüfungshalbjahres geben Sie an, in welchem Fach Sie eine Präsentationsprüfung ablegen wollen.
Aufgabenstellung	Die allein von Ihrem Prüfer formulierte Aufgabenstellung wird Ihnen in der Regel am Unterrichtstag nach der letzten schriftlichen Prüfung, also meist am letzten Schultag vor den Osterferien, ausgehändigt. Dabei können Sie Ihrem Prüfer Fragen zum Verständnis des Themas stellen.
Vorbereitung	Als Bearbeitungszeit – ohne Betreuung durch den Prüfer – sind mindestens vier Schulwochen anzusetzen – nach den Osterferien.
Abgabe der schriftlichen Dokumentation	Spätestens eine Woche vor der Präsentation ist dem Prüfer eine schriftliche Dokumentation über den geplanten Ablauf der Präsentation abzuliefern („Ablaufplan“).
Prüfungsplan	Die Präsentationsprüfungen können vor den mündlichen Prüfungen stattfinden. Spätestens am dritten Unterrichtstag vor der Prüfung wird der Prüfungsplan in der Schule ausgehängt.
Prüfung	In der Regel 30 Minuten, wobei Ihnen für die Präsentation zunächst etwa 15 Minuten zur Verfügung stehen. In der zweiten Hälfte, dem Kolloquium, beantworten Sie Fragen zu Ihrem Vortrag.
Notenbekanntgabe	Das Ergebnis der Prüfung wird Ihnen in der Regel am Prüfungstag bekannt gegeben.

Wenn Sie sich für diese Form des 5. Prüfungsfachs entscheiden, sollten Sie vorher selbstständiges Arbeiten an einem Problem geübt und die eine oder andere Präsentation gehalten sowie mit Ihrem PoWi-Lehrer ausgewertet haben. So lernen Sie am besten die konkreten inhaltlichen und formalen Erwartungen Ihres Prüfers kennen. Letztlich festlegen müssen Sie sich aber erst mit der Meldung zum Abitur, also zu Beginn des Abiturhalbjahres. Die folgenden Tipps beruhen z. T. auf einer sehr hilfreichen Zusammenstellung des Liebig-Gymnasiums in Gießen, die häufig erprobt wurde.

Checkliste zur Vorbereitung

1. Die Erarbeitungsphase: Problemlösung und Visualisierung Ihres Vortrags

Der zeitliche Aufwand für die Vorbereitung ist hoch. Eine gelungene mediale Aufbereitung des Inhalts für die Präsentation setzt eine gründliche inhaltliche Recherche voraus. Der Prüfer gibt Ihnen u. U. Quellenmaterial zu einem Thema vor, das im Zusammenhang mit dem Unterricht steht. Literatursuche und Exzerpte beim Lesen sind danach selbstständig vorzunehmen. Damit sollten Sie sofort nach der Themenvergabe anfangen und folgende Punkte bedenken:

- Reflektieren Sie das gestellte **Thema** gründlich. Überlegen Sie, welche Vorkenntnisse Sie mobilisieren können (fachlich: Unterricht der Qualifikationsphase, überfachlich: z. B. rhetorische Übungen im Deutschunterricht). Ist das Thema zu allgemein und zu weit gefasst? Dann müssen Sie es „handhabbar" machen! Die leitende Fragestellung muss so „klein" sein, dass sie bearbeitbar ist, sie sollte in eine oder mehrere Thesen umformulierbar sein.
- Was ist das **Ziel** der Präsentation? Klären Sie, worin der Transfer-Auftrag steckt.
  An wen richtet sich Ihr Vortrag?
- Versuchen Sie, alle **Nebenfragen** zu formulieren, die das Thema aufwirft
  (vor allem: Warum-Fragen!).
- Wie lautet die **zentrale Leitfrage**, der rote Faden, die Problemstellung?
  Welche inhaltlichen Informationen gibt es dazu?
- Wie beschaffe ich die erforderlichen **Informationen**, z. B. Internet, Schulbibliothek, evtl. Universitätsbibliothek, Buch- und Zeitschriftenhandel? Möchten Sie eine Befragung von Experten/eine Meinungsumfrage durchführen?
- In welcher logischen **Reihenfolge** lässt sich der Inhalt darstellen? Sie haben mehrere Möglichkeiten: Vom Allgemeinen zum Besonderen (oder umgekehrt); als historischer Zugriff; von einer Problemfrage über mögliche Lösungswege zu einer abschließenden Wertung; über Vergleiche verschiedener Standpunkte (Perspektivenwechsel). Sie können auch zustimmende und widersprechende Aspekte zu einem Problem sammeln. Wichtig ist, dass Sie zu einer Lösung finden sowie mögliche Einwände und offene Fragen formulieren. Diese Gliederung können Sie z. B. in das Argumentationsschema des Fünfsatzes bringen
  (Alternative: Einleitung – Hauptteil – Schluss).
- Was sind die nächsten **Arbeitsschritte**? Machen Sie sich einen Arbeitsplan!
- Wählen Sie die Ihrem Thema angemessenen **Fachmethoden**: Empirische Methoden: Statistik, Erhebung (Übertragung in andere Darstellungsformen), Quellenanalyse und -kritik, Fallanalyse, Zukunftsszenario, Urteilsbildung, Ideologiekritik.
- Auswahl der **Medien**: Welches Medium passt zum Thema, welches liegt mir?
  Möglich sind: Flipchart, Wandzeitung (Mindmap, Skizze etc.), Multimedia: Powerpoint o. Ä., Videosequenzen; Folien: z. B. Entwicklung eines Strukturbildes. Überprüfen Sie unterschiedliche Darstellungsformen auf ihre Aussagekraft/als Mittel der Fokussierung.
- Wie lässt sich der Inhalt mit Bildern, Farben, Überschriften veranschaulichen, ohne dabei überladen zu wirken? Welches Medium möchten Sie einsetzen, z. B. Overhead-Folien, Beamer, Plakat?
- Halten Sie Ihren **Vortrag zur Probe** vor Eltern oder Mitschülern. Wenn möglich, kontrollieren Sie den Vortrag durch Kassette oder Video. Sie erfahren dann eher, wo Sie noch etwas umstellen, ergänzen oder verkürzen sollten, und können Ihren Zeitverbrauch besser einschätzen.
- Klären Sie rechtzeitig die **Anforderungen an die „schriftliche Dokumentation des geplanten Ablaufs"** Ihrer Präsentation mit dem Prüfer. Erstellen Sie einen Ablaufplan, in dem Sie Ihre Hauptaussagen ausformulieren, auf mögliche Schwerpunkte für das Kolloquium hinweisen, ein Verzeichnis der benutzten Literatur geben. Möglich ist auch, ein Thesenpapier als Handout für den Vortrag zu konzipieren.

2. Der Vortrag (15 Minuten)

- **Einführung**
  Benennen Sie Ihr Thema und geben Sie das Material an, auf das Sie sich stützen.
  Geben Sie unbedingt Ihre Problemstellung bzw. Schwerpunktsetzung an.
  Zeigen Sie Ihre Gliederung bzw. Ihre Leitfragen auf und sagen Sie, welches Ziel Sie erreichen möchten.

- **Hauptteil**
  a) Gliederung
     Geben Sie Ihrem Vortrag eine für das Thema geeignete, für den Zuhörer nachvollziehbare Struktur.
     Setzen Sie klare Schwerpunkte.
     Orientieren Sie sich an Wichtigem statt an Details. Exkurse sprengen den Zeitrahmen, gut gewählte Beispiele dagegen nicht.
  b) Spannung
     Halten Sie Blickkontakt zum Publikum, sprechen Sie möglichst frei. Bleiben Sie natürlich, so wie Sie sonst auch sind.
     Achten Sie auf angemessene Betonung, Mimik, Gestik, Lebendigkeit, Artikulation, Lautstärke.
     Wählen Sie ein Sprechtempo, das Mitdenken erlaubt, aber nicht langweilt.
     Regen Sie das Verstehen beim Zuhörer sprachlich, visuell oder auditiv an.
  c) Prägnanz
     Argumentieren Sie kausal: Begründen, vergleichen, belegen, veranschaulichen Sie.
     Halten Sie die Zeitvorgabe von 15 Minuten präzise ein.
     Zu vermeiden sind verschachtelte Sätze, unübliche Fremdwörter, missverständliche Sprechweisen.
     Erklären Sie je nach Adressatenkreis Fachbegriffe, Abkürzungen und nötige Fremdwörter.
     Sprechen Sie auf Ihr Ziel hin, verlieren Sie sich nicht in Details.

- **Zusammenfassung**
  Geben Sie einen Rückbezug zum Einstiegsproblem.
  Fassen Sie kurz zusammen.
  Geben Sie einen Ausblick/einen einprägsamen Schlusspunkt, der zu Fragen anregt.

3. Fragen zur Reflexion Ihres Vortrags im Kolloquium (15 Minuten)

Bereiten Sie sich auf folgende Nachfragen Ihres Prüfers vor:

- Welche Schwierigkeiten hatten Sie mit dem Thema, mit der Materialsuche, der inhaltlichen und methodischen Aufbereitung der Präsentation, und wie sind Sie diese angegangen? Gefragt ist hier die methodische Selbstreflexion des eigenen Weges der Problemlösung (Intentionen, Alternativen, Probleme, Umwege); bedenken Sie Mittel-Zweck-Zusammenhänge/die Leistungsfähigkeit von Methoden zur Erschließung von Sachverhalten.
- Halten Sie die wichtigsten Gründe für die von Ihnen gewählte visuelle Gestaltung fest.
- Welche Aspekte haben Sie am Thema interessiert, welche weniger? Warum?
- Welche Aspekte hätten Sie gerne noch vorgestellt?
- Wo lassen sich Bezüge zu Unterrichtsinhalten in zwei Halbjahren herstellen (alternativ: Bezüge zu einem anderen Fach)?
- Bei Partnerarbeit (Gruppenprüfung): Wie entwickelte sich die Zusammenarbeit, worin bestand Ihr eigener Anteil an der Arbeit? Wie haben Sie Probleme geklärt?
- Welche Stärken, welche Schwächen sehen Sie in Ihrem Vortrag, nachdem Sie ihn gehalten haben?

Themenbeispiele

Wie breit das Spektrum möglicher Themen ist, können Sie den folgenden Beispielen aus Prüfungen der letzten Jahre entnehmen:

- „Ein Schengen-Aus käme Europa teuer zu stehen!“ Erörtern Sie dieses Statement unter Berücksichtigung möglicher aktueller Motive für die Wiedereinführung von Grenzkontrollen.
- Konzentration und Wettbewerb unter Berücksichtigung nationaler und internationaler politischer und wirtschaftlicher Entwicklungen – ein lösbarer Gegensatz?
- Entwickelt sich die BRD von der parlamentarisch-repräsentativen zur medial-präsentativen Demokratie?
- Islamismus und Terrorismus in Afrika – Gefahr für Deutschland?
- Verändert die „Alternative für Deutschland“ das Parteiensystem?
- Untersuchen Sie an Beispielen die Funktionen der Massenmedien in der Demokratie, speziell im Hinblick auf internationale Konflikte.
- Die Vereinten Nationen als Mittler zwischen den Sicherheitsinteressen der Weltgemeinschaft und dem Kernenergieprogramm des Iran.
- Frieden durch Zivilisierung der internationalen Politik? Untersuchen Sie die Rolle des Internationalen Strafgerichtshofs.
- Indien – ein Globalisierungsgewinner oder -verlierer?
- Ist die Ungleichheit zwischen Mann und Frau ein Merkmal von Entwicklungsländern?
- Untersuchen Sie ökonomische Ursachen des Sextourismus in der Dritten Welt. Zeigen Sie darüber hinaus auf, welche Gegenmaßnahmen und Initiativen es gibt. Beziehen Sie lokale Einrichtungen in Ihre Untersuchung mit ein.
- Untersuchen Sie die Entwicklung des Fairen Handels am Beispiel Bananen in unserer Region.
- Untersuchen Sie die Darstellung der Dritten Welt in den lokalen Medien.

2.2 Die besondere Lernleistung

Eine besondere Lernleistung (BL) stellt eine „kleine Forschungsarbeit“ dar, die von einem Lehrer ihrer Wahl über **mehrere Monate kontinuierlich betreut** und von Ihnen schließlich in einem Kolloquium vorgestellt wird. Anders als bei der Präsentation handelt es sich im Kern um eine schriftliche Arbeit „im Rahmen oder Umfang eines Kurses von mindestens zwei Halbjahren“. Da es keine eigenen Kurse für die BL gibt, sollten Sie für die Vorbereitung mit einem **Aufwand von etwa 100 Stunden** rechnen. Die BL kann z. B. eine Fallstudie, ein umfassender Beitrag aus einem Wettbewerb, eine Jahresarbeit oder das Ergebnis eines fachübergreifenden Projektes sein.

Rahmenbestimmungen

Die Problemstellung der BL muss eigenes Nachforschen, Nachdenken und kritisches Untersuchen im wissenschaftspropädeutischen Sinne ermöglichen. Andererseits muss sie mit einem begrenzten Umfang von Sekundärliteratur und ohne großen finanziellen Aufwand zu bewältigen sein. Das genaue **Thema** der BL wird in Absprache mit der

von Ihnen gewählten Lehrkraft oder – bei einem fachübergreifenden Thema – den beiden Lehrkräften vereinbart. Den Themenvorschlag machen Sie! Am besten formulieren Sie zunächst einen Arbeitstitel; nach einer Einarbeitungsphase (etwa 1 bis 2 Monate) legen Sie gemeinsam mit der betreuenden Lehrkraft das endgültige Thema fest. Falls das Thema fachübergreifend ist, übernimmt eine Lehrkraft die Koordination der Betreuung und Bewertung.
Soll die besondere Lernleistung ins Abitur eingebracht werden, darf sie nicht bereits ganz oder teilweise als Leistungsnachweis in einem Ihrer Kurse angerechnet worden sein.

Oberste Priorität für eine gute oder sehr gute BL hat der **Eigenanteil**, d. h. die selbstständige Wahl einer Fragestellung und die **vom Prüfungslehrer betreute Untersuchung**. Wichtig sind ein gewisses Maß an Kreativität und die Fähigkeit, mittels selbstständig angewandter Methoden zu problemlösenden Erkenntnissen zu gelangen. Hüten Sie sich vor dem bloßen Zusammenschreiben fremder Quellen. Eine BL kann auch als **Gruppenprüfung** gewählt werden. Dann muss der Eigenanteil jedes Mitglieds der Gruppe deutlich sein.
Wenn Sie PoWi als Leistungskurs haben, kann die BL ebenfalls in diesem Fach erfolgen. Die Schulleitung entscheidet aufgrund der Themenstellung, ob die besondere Lernleistung einem Aufgabenfeld zuzuordnen ist und dadurch die Auflagen zur Abdeckung der drei Aufgabenfelder erfüllt. Die BL kann dabei aber nicht die Prüfverpflichtung in den Fächern Deutsch, Mathematik und Fremdsprache oder Naturwissenschaft oder Informatik „aushebeln".
Die schriftliche Ausarbeitung wird vom Betreuungslehrer und einem weiteren Lehrer beurteilt. Das **Kolloquium** wird von diesen beiden Lehrkräften sowie der oder dem Vorsitzenden des Fachausschusses durchgeführt. In diesem Prüfungsgespräch von ca. 20 Minuten stellen Sie die Ergebnisse der BL dar, erläutern und verteidigen sie und antworten auf Fragen. Das Kolloquium wird ähnlich wie eine mündliche Abiturprüfung durchgeführt. Es dient auch dazu, die Selbstständigkeit der Leistung festzustellen.

Bewertung

Bei der Bewertung gibt es keine feste Quote für den Anteil der Ausarbeitung und des Kolloquiums an der Gesamtnote der BL. Eine Addition des Ergebnisses beider Teile, der schriftlichen Ausarbeitung und des Kolloquiums, ist im Gegensatz zur mündlichen Zusatzprüfung nicht möglich. Ebenso wenig kann eine formale Gewichtung der beiden Prüfungsteile vorgenommen werden.
Sie sollen nachweisen, dass Sie die Aufgabenstellung selbstständig konzipiert, bearbeitet und reflektiert haben, fachliches Wissen angemessen schriftlich und mündlich darstellen und den Arbeitsprozess exakt und kritisch dokumentieren können. Im Übrigen gelten die Bestimmungen hinsichtlich der **drei Anforderungsbereiche** (Schwerpunkt im Anforderungsbereich II: selbstständiges Auswählen, Erklären, Anordnen, Ordnen; Verarbeiten, Bearbeiten und Darstellen bekannter Sachverhalte unter vorgegebenen Gesichtspunkten und Fragestellungen; selbstständiges Anwenden und Übertragen des Gelernten auf vergleichbare neue Sachverhalte und Situationen).

Die Note der BL wird **im Abitur vierfach gewertet**. Bei null Punkten ist das gesamte Abitur nicht bestanden.

Bei der **Bewertung der schriftlichen Ausarbeitung** gelten folgende Kriterien:

- Konzentration auf die Themenstellung,
- sinnvolle Gliederung,
- Nachvollziehbarkeit der Darstellung,
- sprachliche Korrektheit,
- normgerechte Literatur- und Quellenangaben,
- Qualität von Zeichnungen, Abbildungen oder Experimenten,
- äußere Form und Layout,
- angemessener Ausdruck,
- korrekte Verwendung von Fachbegriffen,
- Benennung der Gültigkeitsbedingungen des Ergebnisses,
- fachspezifische Methodenanwendung und -bewertung,
- Selbstständigkeit/Originalität,
- Qualität und Umfang der Recherchen,
- Nachweis der Arbeitskontakte und Kooperationspartner.

Zeitplan für die besondere Lernleistung

Meldung zur Prüfung	Sie beantragen die Genehmigung einer besonderen Lernleistung spätestens zu Beginn des Prüfungsjahres bei der Schulleitung mit Angabe einer betreuenden Lehrkraft. Die Zustimmung des Betreuungslehrers und das Konzept werden dem Antrag beigefügt. Erst mit der Zustimmung des Schulleiters ist Ihre Meldung perfekt.
Aufgabenstellung	In der Regel schlagen Sie der betreuenden Lehrkraft das Thema vor.
Vorbereitung	Zur Erstellung der Arbeit haben Sie mehrere Monate Zeit: vom Schuljahresbeginn bis zu den Osterferien. Sie werden dabei von einer Lehrkraft Ihrer Wahl betreut.
Abgabe der schriftlichen Ausarbeitung	Die schriftliche Ausarbeitung der besonderen Lernleistung ist spätestens am letzten Tag der schriftlichen Abiturprüfung bei der Schulleitung bzw. dem betreuenden Lehrer abzugeben, d. h. zwei Tage vor den Osterferien.
Prüfungsplan	Die Kolloquien für die besonderen Lernleistungen können vor den mündlichen Prüfungen stattfinden. Spätestens am dritten Unterrichtstag vor der Prüfung wird der Prüfungsplan in der Schule ausgehängt.
Prüfung	Das Kolloquium dauert mindestens 20 Minuten und besteht aus Vortrag und Prüfungsgespräch.
Notenbekanntgabe	Das Gesamtergebnis aus schriftlicher Ausarbeitung und Kolloquium wird Ihnen in der Regel am Prüfungstag bekannt gegeben.

Gründe für die Wahl einer besonderen Lernleistung

- Die Beschäftigung mit aktuellen Themen aus dem Bereich Politik und Wirtschaft ist sehr motivierend. Verschiedenartige Quellen, unterschiedliche Perspektiven und sehr oft ein persönlicher Bezug zum Thema machen die BL in PoWi zu einer äußerst interessanten Unternehmung.
- Sie können sie als Chance für die eigene Entwicklung wahrnehmen: Sie entwerfen Ihre Fragestellung selbst, stellen sich (eventuell gemeinsam mit anderen) eine Aufgabe, ein Ziel, und bearbeiten dieses planvoll und eigenverantwortlich über längere Zeit.
- Sie können einen eigenen Wettbewerbsbeitrag einbringen (siehe Themenbeispiele) oder reflektieren ein Praktikum, einen Auslandsaufenthalt.
- Sie wissen bereits besonders viel zu einem Thema, sei es, weil Sie dazu sehr viel Literatur gelesen haben, sei es, weil das Thema für Sie auch von persönlicher Bedeutung ist.
- Im Gegensatz zum Lehrer-Schüler-Verhältnis im regulären Unterricht stellt sich während der Betreuungsphase der BL ein eher kollegiales Verhältnis zwischen Lehrer und Schüler ein.
- Die besondere Lernleistung wird im Abitur gesondert ausgewiesen und kann daher in Bewerbungsverfahren eine besondere Rolle spielen.
- Eine BL geht mit vierfacher Wertung in die Gesamtqualifikation ein.

Themenbeispiele

- Eine Fallstudie, z. B. „McDonald's als Global Player – Vorbild wirtschaftlicher und kultureller Globalisierung?"; „Parteienfinanzierung in Deutschland und in anderen Demokratien – Welche Rolle soll der Staat spielen?"
- Ergebnisse aus einer Wettbewerbsbeteiligung, z. B. „Jugend gründet", „Schule macht Zukunft", „Alle für EINE WELT – EINE WELT für alle". Dazu gehört z. B. die Erstellung von Filmen, Theaterstücken, Musicals, Büchern, Internet-Auftritten, Dokumentationen.
- Dokumentation und Bericht zu einem Auslandspraktikum, z. B. „Entwicklungshilfe in Peru" oder zu einem EU-Projekt an Ihrer Schule.
- Ergebnisse eines fachübergreifenden Projekts, z. B. „Investigativer Journalismus am Beispiel von …" (PoWi, Deutsch); „Die ‚Nationale Identität' von Nachfahren italienischer Immigranten in Deutschland" (PoWi, Geschichte); „Körpersprache im Unterricht" (PoWi, Biologie, Deutsch); „Wie wird das Zusammentreffen unterschiedlicher Kulturen in der Jugendliteratur dargestellt?" (PoWi, Englisch, Deutsch); „Jurisdiction in Germany and the US" (PoWi, Englisch).

Wie gewinnen Sie einen Betreuungslehrer?

Zunächst die schlechte Nachricht: Es gibt keinen Anspruch auf Betreuung durch eine bestimmte Lehrkraft. Nur ganz wenige Schulen entlasten ihre Lehrkräfte nämlich für diese zusätzliche Arbeit – und Engagement ist notwendige Voraussetzung für Qualität. Die gute Nachricht: Die allermeisten Lehrer freuen sich, wenn ihre Schüler aktiv werden und sich dieser Herausforderung stellen. Einer dieser Lehrkräfte an Ihrer

Schule legen Sie Ihre Idee oder Ihren Themenvorschlag vor, am besten gleich mit einem Rohkonzept, das folgende Fragen berücksichtigt:

- Welches Thema soll mit welchen Methoden und in welchem Zeitrahmen erarbeitet werden?
- Liegt der Schwerpunkt der Arbeit in einem bestimmten Fach, oder ist sie fächerübergreifend? Als Referenzfächer gelten alle in der Schule angebotenen Fächer.
- Geht die Arbeit aus einem Wettbewerb hervor, oder ist eine Wettbewerbsteilnahme geplant?
- Unterstützen schulische oder außerschulische Institutionen (Förderverein, Institute, Firmen …) die Arbeit?
- Wurden die geplante Arbeit oder wesentliche Bestandteile bereits anderweitig im Rahmen der Schule angerechnet?

Der erwünschte Betreuungslehrer kann Ihrem Vorhaben zustimmen, dabei aber Änderungen verlangen (z. B. Einbeziehung bestimmter Quellen). Er kann die Wahl als Betreuungslehrer auch ablehnen oder Ihnen einen anderen Lehrer empfehlen. Die Betreuung sollte neben der Korrektur und Bewertung der schriftlichen Arbeit sowie der Durchführung des Kolloquiums folgende Elemente umfassen:

- Hilfe bei der Themenfindung und -formulierung: Der Betreuungslehrer weiß, was „machbar“ ist und kennt die zu berücksichtigenden drei Anforderungsbereiche,
- drei bis fünf Begleitgespräche, die stichwortartig zu protokollieren sind,
- Unterstützung beim Zeitplan und bei der praktischen Durchführung (z. B. Bereitstellen von Hilfsmitteln, Literaturhinweise usw.).

Umfang und Gliederung der schriftlichen Arbeit

Erfahrungsgemäß umfassen die meisten Arbeiten 25 bis 50 maschinenschriftliche Seiten (ohne Anhang). Zur schriftlichen Ausarbeitung gehören:

- Titelblatt (enthält Thema, Referenzfach/-fächer, Name der Schule, Name der betreuenden Lehrkraft, Schuljahr, Abgabezeitpunkt),
- Inhaltsverzeichnis (alle Gliederungspunkte des gesamten Textes vollständig mit genauer Seitenangabe),
- Einleitung: Begründung für die Themenwahl, Erläuterung und Abgrenzung des Themas, Begründung seiner Relevanz,
- Hauptteil: Darstellung des Problems, von Lösungswegen, Methoden, Ergebnissen,
- Schlussteil: Zusammenfassung der Ergebnisse bzw. ein Ausblick, am besten in einer Kurzfassung von einer Seite, evtl. Darstellung möglicher Konsequenzen, Querverbindungen, Auswirkungen,
- Anhang: wichtige Materialien und Präsentationselemente, eventuell Abbildungsverzeichnis, Abkürzungsverzeichnis,
- eine kritisch-reflektierende Darstellung des Arbeitsprozesses in Form eines Arbeitsberichtes (in der Einleitung oder im Schlussteil),
- die Angaben der verwendeten Literatur und weiterer Hilfsmittel und
- eine Erklärung über die selbstständige Anfertigung der Arbeit.

Wie geht die besondere Lernleistung in den Abiturschnitt ein?

Die besondere Lernleistung wird als 5. Prüfungsfach eingebracht und geht dabei vierfach gewertet in den Abiturprüfungsbereich ein. 16 bis 17 Punkte mehr in der Gesamtqualifikation verbessern die Note um ein Zehntel. Allerdings sollte man die Einbringung einer besonderen Lernleistung nicht nur unter dem Gesichtspunkt der möglicherweise verbesserten Gesamtqualifikation sehen. Wichtig ist vielmehr, dass man in einem Spezialgebiet zeigen kann, dass man zu langfristigem und zielgerichtetem quasi-wissenschaftlichen Arbeiten fähig ist.

3 Tipps zum Verhalten in der Prüfung

1. **Ihr Auftreten in der Prüfung überlegen!** Wenn Sie die besondere Bedeutung dieses Tages in Ihrer Kleidung ausdrücken möchten, tun Sie das, ohne zu übertreiben. Wenn Sie mit Krawatte Atemnot bekommen oder in einer Bluse verkleidet aussehen, lassen Sie diese Sachen im Schrank. Keine Kaugummis oder Mützen! Wichtiger als der äußere Eindruck ist, dass Sie sich wohlfühlen. Ihre Nervosität wird jeder verstehen, doch meist verfliegt sie rasch. Bemühen Sie sich um ein selbstbewusstes Auftreten, aber verstellen Sie sich nicht, spielen Sie keine Rolle.
2. **Nicht verunsichern lassen!** Lassen Sie sich nicht von der Anwesenheit der Prüfungskommission irritieren (Prüfer, Protokollant, Vorsitzender des Fachausschusses, evtl. außerdem Schulleiter als Vorsitzender der Prüfungskommission, Zuhörer). Zunächst haben Sie das Wort, und das Prüfungsgespräch wird allein Ihr Prüfer führen. Prüfungsvorsitzender und Protokollant haben ein Fragerecht, von dem sie aber in der Regel keinen Gebrauch machen. Allenfalls erwartet Sie von dieser Seite eine „Schlussfrage“, die aber relativ allgemein gehalten sein wird oder sich konkret auf Ihre Ausführungen bezieht. Gehen Sie immer davon aus, dass Ihr Prüfer Sie nicht bloßstellen, sondern Ihnen Gelegenheit geben will, Ihre Kompetenzen zu zeigen. Bei einer kritischen Nachfrage sollten Sie nicht voraussetzen, dass Ihr Prüfer Sie verunsichern will, sondern überlegen, ob er Sie vielleicht behutsam von einem Irrweg zurückholt.
3. **Initiative zeigen!** Im Verlauf Ihrer Darlegung können eine eigene Gliederung des Themas, markante Beispiele, die Darstellung von Gegenpositionen, der Entwurf einer Tafelskizze und sporadisch eingestreute kritische Anmerkungen sowie ein Sprachstil, der sich von der Schriftsprache unterscheidet, das Interesse eines Prüfers aktivieren, der vielleicht zehn Prüfungen hintereinander abzunehmen hat.
4. **Anforderungsbereiche beachten!** Die reine Reproduktion von Gelerntem erfüllt nur den Anforderungsbereich I. Wesentlicher für die Bewertung ist der Anforderungsbereich II, der sich über die Anwendung von Kenntnissen auf neue Zusammenhänge definiert. Dieser Anforderungsbereich stellt den Prüfungsschwerpunkt dar. Im höchsten Anforderungsbereich III geht es um die begründete Darlegung eigenständiger Deutungen und um kompetente Beurteilungsleistungen. Deshalb sollten Sie auf keinen Fall vergessen, dass Sie früher oder später dazu aufgefordert

werden, einen eigenen Deutungsansatz darzustellen oder einen Sachverhalt zu beurteilen. Die schriftliche Aufgabenstellung enthält diesen Anforderungsbereich zumeist in der dritten Aufgabe. Machen Sie auch sprachlich deutlich, wenn Sie sich in Anforderungsbereich III bewegen („Mich überzeugt die vorliegende Argumentation nicht", „Die Kritik des Autors greift an einer entscheidenden Stelle zu kurz"). Die Nichterfüllung dieses Anforderungsbereiches kann ein Argument gegen eine zweistellige Punktzahl sein.

5. **Fragen vom Allgemeinen zum Besonderen beantworten!** Die meisten Fragen sind nicht nur mit einem Wort zu beantworten, sondern berühren ein breiteres Feld. Dann empfiehlt es sich, die Antwort „von oben nach unten", also vom Allgemeinen zum Besonderen anzugehen. Erläutern Sie zunächst die groben Kategorien und gehen Sie sukzessive ins Detail. Der Prüfer erfährt dadurch, dass Sie „den Überblick haben" und nicht nur den Lernstoff „auswendig herunterbeten".
6. **Demonstrativ angemessene Fachbegriffe verwenden!** Damit stellen Sie nicht nur Ihre Kompetenz unter Beweis, sondern Sie sparen auch Zeit.
7. **Aktuelle Beispiele einbauen!** Lesen Sie in den Wochen vor der Prüfung regelmäßig Zeitung. So können Sie den Aktualitätsbezug in Ihren Ausführungen herstellen und zeigen zugleich, dass Sie Anwendungszusammenhänge im Blick haben.
8. **Die Reaktion des Prüfers beobachten!** Natürlich ist es etwas schwierig, in einer ohnehin angespannten Situation, wie sie eine Prüfung darstellt, einen Stoff gegliedert vorzutragen und gleichzeitig noch Mimik und Körperhaltung des Prüfers zu beobachten. Trotzdem sollte man dies zumindest versuchen. Dafür ist es wichtig, dass Sie Blickkontakt zum Prüfer halten. Durch nonverbale Indizien kann man beispielsweise bei der Darstellung einer Grobgliederung abschätzen, welche Unterpunkte willkommen oder unwillkommen sind.
9. **Strategisch mit Wissenslücken umgehen!** Untersuchungen zum Verhalten in mündlichen Prüfungen deuten an, dass immer das Bemühen des Prüflings durchscheinen sollte, die Prüfung erfolgreich absolvieren zu wollen. Unter diesem Gesichtspunkt können Sie durchaus eventuell auftretende Wissenslücken explizit zugeben. Sie sollten aber zugleich versuchen, ein eigenes Lösungskonzept zu entwickeln. „Ich könnte mir eine Lösung dieser Frage etwa so vorstellen …", wäre beispielsweise ein Einleitungssatz dazu.
10. **Zeitplan der Prüfung beachten!** Nach etwa zehn Minuten werden Sie in der Regel unterbrochen, bis dahin haben Sie im Idealfall Ihre Ausführungen zu den Arbeitsaufträgen beendet. Gegebenenfalls empfiehlt es sich, die eigene Darstellung so zu raffen, dass dieser Zeitplan eingehalten wird. Zeitknappheit kommt häufiger vor als ein vorzeitig beendeter Vortrag.

ÜBUNGSAUFGABEN

DIE ZUKUNFT DER EUROPÄISCHEN UNION

Aufgabenstellung

1 Geben Sie M 1 in eigenen Worten wieder. Ordnen Sie dabei die Veränderungen der EU, die Cohn-Bendit voraussagt, in sinnvolle Kategorien ein. (30 BE)

2 Beurteilen Sie anhand von Beispielen aus dem Text die Chancen dafür, dass die von Cohn-Bendit geschilderte Zukunft eintritt. (40 BE)

3 Cohn-Bendit geht davon aus, dass die Europäische Union 2057 einen Sitz im UN-Sicherheitsrat innehat (vgl. Z. 13 ff.).
Stellen Sie die Strukturen der UN kurz dar und diskutieren Sie anschließend die Chancen auf Erfolg für einen Sitz der EU im UN-Sicherheitsrat. (30 BE)

M Odyssee Europa – Europa 2057

Heute feiert Brüssel und zeigt sich in seiner schönsten Pracht. Die Stadt, die […] einziger Sitz des Europäischen Parlaments ist, bereitet sich auf den hundertsten Geburtstag der Europäischen Union vor. Tausend junge Zivildienstleistende wurden für die „European Tour" engagiert, eine Tournee von 500 Künstlern, die nach dem EU-Beitritt der westlichen Balkanländer ins Leben gerufen wurde. Die Musiker, Literaten und Artisten bereisen auf dem transeuropäischen Schiffs- und Eisenbahnnetz den Kontinent. […] Vergangene Woche wurde die Einweihung der ICE-Strecke von München über Zagreb, Sarajevo, Skopje und Tirana nach Athen gefeiert. Inzwischen gibt es auch den „IGC" (Intercity-Güter-Express), der den Lkw-Verkehr um 40 Prozent reduziert hat. […]

Die Europäische Union hat Zeit gebraucht, um stark zu werden. Die schwindende Macht der Staaten hat schließlich zu einer gemeinsamen Außen- und Sicherheitspolitik geführt, die auch die Sicherung der Energieversorgung einschließt. Das emanzipierte die EU nicht nur von den USA, sondern bescherte ihr auch einen Sitz im Sicherheitsrat der Vereinten Nationen.

Wir müssen verstehen, dass gemeinsame europäische Politik nicht immer so selbstverständlich war wie heute. Bei jedem Schritt der Integration wehrten sich die Staatschefs mit Händen und Füßen. Besonders schlimm war es vor dem „Wunder vom Bosporus". Die Türkei, ein wichtiges Transitland für die Gas- und Ölversorgung Europas, hatte für die Verkrampfung des ganzen Kontinents gesorgt. Die Annahme eines Vertrags, der den Türkei-Beitritt erlauben sollte, war schwierig. Aufklärungsfeindliche Gedanken bedrückten das Europa des beginnenden 21. Jahrhunderts. Es zerstritt sich über einen Gottesbezug in seiner Verfassung und über den Vorstoß des verstorbenen

Papstes Benedikt XVI., das göttliche Recht über die irdischen Gesetze zu stellen. Länder wie Polen wollten die Theorien Darwins durch den Schöpfungsglauben ersetzen, andere blockierten den biotechnologischen Fortschritt. Nicht minder schädlich war der damalige französische Präsident, der ein Ministerium für Einwanderung und nationale Identität gründete. Eine zeitlang igelte sich Europa ein.

Aber an diesem 25. März 2057 können wir festhalten, dass diese schwierige Ära lange überwunden ist. Die europäischen privaten und öffentlich-rechtlichen Funk- und Fernsehanstalten haben gerade das Kommissionsgebäude gestürmt, um die Rede des Kommissionspräsidenten zu übertragen. Eines Präsidenten übrigens, dessen Beliebtheit die seiner Vorgänger bei weitem übertrifft – mit Ausnahme der des ersten Präsidenten, der [...] direkt vom europäischen Volk gewählt wurde.

Durch ihr weitsichtiges Klima-Engagement ist die EU das weltweit führende Exportland für Spitzentechnologie geworden. Die durch die Wettbewerbsfähigkeit geschaffenen Arbeitsplätze und Maßnahmen gegen das Altern der Bevölkerung (freie Wahl des Rentenalters, bessere Beschäftigungsmöglichkeiten für Frauen und ältere Arbeitnehmer, eine nachhaltige Erweiterungspolitik und legale Einwanderung) haben für Wiederbelebung und Aufschwung der europäischen Gesellschaften gesorgt. 2022 wurde die Türkei und 2027 die Ukraine aufgenommen.

Der Präsident tritt an das Rednerpult und für den Bruchteil einer Sekunde hält die ganze Welt den Atem an.

Daniel Cohn-Bendit, Frankfurter Rundschau vom 24. 03. 2007

Lösungsvorschlag

Unterrichtsinhalte:

- Bundesrepublik Deutschland und europäische Integration: Prozess der europäischen Integration; institutionelle Strukturen und Entscheidungsprozesse in der EU (Europäisierung von Entscheidungsprozessen); Frage nach dem Demokratiedefizit in der EU
- Wirtschaftliche Integration Europas: wirtschaftliche Integration und nationalstaatliche Interessen
- Aktuelle internationale Konfliktregionen und die Möglichkeiten kollektiver Friedenssicherung: Entscheidungsprozesse in internationalen Organisationen (UNO, NATO)

1 **TIPP** *Anforderungsbereich: I*

Grundsätzlich kennen Sie dieses Aufgabenformat aus den Klausuren, es ist eine ganz normale Textwiedergabe, die zwei Besonderheiten aufweist: Zum einen ist der Text aufgrund der geringeren Vorbereitungszeit kürzer als ein Klausurtext. Zum anderen sollen Sie hier den Text systematisch wiedergeben, d. h., Sie sollen die vorhergesagten Veränderungen in Kategorien einordnen. Diese Kategorien können Politikfelder wie Innen-, Außen- oder Wirtschaftspolitik sein, oder auch Kategorien wie „wahrscheinlich“, „möglich“, „unwahrscheinlich“ und „unmöglich“ – hier ist Ihre Gliederungskompetenz gefragt.

Bei dem Text handelt es sich um eine Utopie im Sinne einer positiven Zukunftsvorstellung. Der Autor Daniel Cohn-Bendit beschreibt in seinem Beitrag „Odyssee Europa – Europa 2057” für die Frankfurter Rundschau aus dem Jahr 2007 die EU in fünfzig Jahren. Die dargestellten Veränderungen können in folgende Kategorien eingeteilt werden:

Außenpolitische Veränderungen
- Ständiger Sitz der EU im UN-Sicherheitsrat
- Balkanländer als Mitglieder der EU
- Türkei und Ukraine als EU-Mitglieder
- Gemeinsame europäische Außenpolitik, gemeinschaftliche Sicherung der Energieversorgung im Rahmen der GASP

Institutionelle und innenpolitische Veränderungen
- Brüssel als alleiniger Sitz des EU Parlaments
- Direktwahl des Kommissionspräsidenten
- Europäische Verkehrspolitik mit europaweiten Netzen
- Europäische Rundfunkanstalten (privat und öffentlich-rechtlich)

Gesellschaftliche Veränderungen
- Überwindung „aufklärungsfeindlicher“ Gedanken (z. B. erfolgloser Versuch Papst Benedikts, göttliches Recht über das irdische Recht zu stellen, u. a.)
- Nachhaltigkeit beschert der EU einen Aufschwung und mildert die Folgen des demografischen Wandels (Klimaengagement sichert Spitzenreiterposition in Zukunftstechnologien, nachhaltige Erweiterungs- und Einwanderungspolitik)

2 **TIPP** *Anforderungsbereich: III*

Hier sollen Sie Beispiele aus dem Text aufgreifen und beurteilen, ob Sie deren Eintreten für wahrscheinlich halten. Natürlich können Sie (ebenso wie Ihre Prüfer) nicht in die Zukunft sehen. Aber Sie kennen Gegenwart und Geschichte der EU und können (und sollen) aus dieser Position heraus eine Prognose abgeben. Der Vorteil dieser Aufgabenstellung besteht darin, dass Sie die Möglichkeit haben, diejenigen Punkte aufzugreifen, bei denen Sie sich gut auskennen. Nutzen Sie diesen Vorteil. Niemand erwartet von Ihnen, dass Sie sämtliche Aspekte ansprechen. Greifen Sie die Beispiele auf, die Sie im Unterricht behandelt haben. Den von Cohn-Bendit angesprochenen Sitz im UN-Sicherheitsrat sollten Sie an dieser Stelle aber nur erwähnen, zu einer ausführlichen Erörterung haben Sie in Aufgabe 3 Gelegenheit.

- Ständiger **Sitz im UN-Sicherheitsrat**
  Unwahrscheinlich, siehe Aufgabe 3
- **Balkanländer (z. B. Kroatien, Serbien) als Mitglieder der EU**
  Kroatien wurde am 1. Juli 2013 der 28. Mitgliedstaat der EU; Serbien, Montenegro und Mazedonien haben den Status von Beitrittskandidaten. Eine Mitgliedschaft der Balkanstaaten in der EU ist bis 2057 durchaus wahrscheinlich.
- **Türkei und Ukraine** als EU-Mitglieder
  Der ehemalige ukrainische Präsidenten Wiktor Juschtschenko hat 2004 bekundet, eine baldige EU-Mitgliedschaft anzustreben; unter dem seit 2010 amtierenden Präsident Wiktor Janukowytsch näherte sich die Ukraine aber eher Russland an. Infolge der Verhaftung von Julija Tymoschenko 2011 und der desolaten Menschenrechtslage kühlten die Beziehungen zwischen der EU und der Ukraine weiter ab, die EU hat mittlerweile die Unterzeichnung eines Assoziierungsabkommens vorläufig ausgesetzt.
  Die Türkei hat seit 1999 den Status eines Beitrittskandidaten. Gegen den Türkeibeitritt formierte sich in der Vergangenheit starker Widerstand, der im Text zwar erwähnt wird, in der Zukunft aber wohl keine Rolle mehr spielt.
- **Europäische Energiepolitik im Rahmen einer funktionierenden GASP**
  Der Vertrag über die europäische Energiecharta ist 1994 bereits unterzeichnet worden, jedoch fehlen bisher sowohl die Ratifikation Russlands als auch eine gemeinsame europäische Energiepolitik. Die Weiterentwicklung der GASP ist seit 1992 Anliegen der EU. Die Erfolge sind bisher jedoch bescheiden, denn die Bereitschaft der Mitgliedstaaten, auf ihre außenpolitische Souveränität zu verzichten, ist gering. Der Vertrag von Lissabon entwickelt die GASP in geringem Maße weiter, etwa durch den „Hohen Vertreter der EU für Außen- und Sicherheitspolitik" – den Titel eines EU-Außenministers hat man jedoch bewusst vermieden.
- Brüssel als **alleiniger Sitz** des EU-Parlaments
  Derzeit hat das EU-Parlament in Brüssel und Straßburg (und Luxemburg) einen Sitz; ein alleiniger Standort in Brüssel erfordert einen Verzicht Frankreichs. Zwar

wird ein Umzug sowohl vom Europäischen Parlament als auch von den europäischen Bürgern befürwortet, es ist jedoch mit Widerstand aus Frankreich zu rechnen.

- **Direktwahl** des Kommissionspräsidenten
  Durchaus denkbar, eine solche Reform würde allerdings bedeuten, dass der Europäische Rat sein Vorschlagsrecht für den Kommissionspräsidenten einbüßt und das Europäische Parlament sein Recht verwirkt, den Kommissionspräsidenten zu wählen.
- **Europäische Verkehrspolitik** mit europaweiten Netzen
  Seit 1987 gibt es ein Eurocity-Netz im Personenverkehr, dessen Ausbau möglich erscheint. Die Annahme hingegen, der Güterverkehr ließe sich weitgehend auf die Schiene verlagern, erscheint angesichts der zunehmenden Verlagerung des Verkehrs auf die Straße mittelfristig aber kaum realistisch.
- **Europäische Rundfunkanstalten** (privat und öffentlich-rechtlich)
  Trotz Kooperationen im Medienbereich (z. B. deutsch-französischer TV-Sender Arte) erscheinen europäische Rundfunkanstalten ob des Sprachproblems eher unwahrscheinlich. Auch eine Etablierung öffentlich-rechtlicher Rundfunkanstalten entspricht nicht der Tradition aller Mitgliedstaaten.
- **Überwindung „aufklärungsfeindlicher“ Gedanken**
  Einerseits betont die EU ihre „aufklärerischen“ Wurzeln, andererseits stehen der Überwindung „aufklärungsfeindlicher“ Gedanken stark verfestigte religiöse Traditionen entgegen. Auch religiöser Fundamentalismus (vgl. internationaler Terrorismus), der zwar nicht von Europa ausgeht, aber durchaus Auswirkungen auf Europa haben könnte (vgl. Debatte über innere Sicherheit, Türkei als „Risikofaktor“), behindert eine derartige Entwicklung.
- **Nachhaltigkeit** sichert der EU-Gesellschaft einen Aufschwung
  Im Rahmen einer nachhaltigen Klimapolitik bemüht sich die EU, den Anstieg der globalen Durchschnittstemperatur zu begrenzen. Die EU ist schon heute Vorreiter in Sachen Klimaschutz, möglicherweise wird sich ein Vorsprung in klimafreundlichen Technologien und Produktionsverfahren zum Standortvorteil entwickeln, von dem die EU 2057 profitiert.
  Was die Einwanderungspolitik betrifft, so geriet die EU bisher vor allem durch ihre eher restriktive Einwanderungspolitik in die Schlagzeilen (afrikanische Flüchtlinge auf der italienischen Insel Lampedusa).

3 **TIPP** *Anforderungsbereich: II und III mit Schwerpunkt auf AFB III*

Diese Aufgabe verbindet die EU-Thematik mit der internationalen Politik. Zunächst sollen Sie die Struktur der UN kurz darstellen, beschränken Sie sich hierbei auf die zentralen Organe wie Generalversammlung, Generalsekretär und Sicherheitsrat. Verzetteln Sie sich nicht in Details, die eigentliche Aufgabe kommt erst noch: Die Frage nach einem Sitz der EU im Sicherheitsrat. Kernpunkt ist hier eine Erörterung der Reformfähigkeit der UN. Aber selbst wenn sich eine solche Reform realisieren ließe – ist die EU für einen solchen Sitz bereit? Damit sind Sie wieder bei der Beurteilung der Prognose Cohn-Bendits. Verknüpfen Sie daher Aufgabe 2 und 3. Ist eine solche Reform des Sicherheitsrats möglich und sind die Europäer überhaupt für einen gemeinsamen Sitz bereit (Zukunft der EU und der GASP)?

Eine tief greifende Reform der UN erscheint unwahrscheinlich.

Zwar besteht **dringender Reformbedarf**,
- da viele Artikel der UN-Charta – z. B. einzelne Abschnitte des Kapitels VII (Maßnahmen bei Bedrohung oder Bruch des Friedens und bei Angriffshandlungen) – sich als **nicht praktikabel** erwiesen haben oder – wie die sogenannten Feindstaatenklauseln – an Bedeutung verloren haben,
- da sich den UN nun **neue Aufgaben** stellen, wie z. B. Krisenprävention und Umweltschutz,
- da die **Zusammensetzung des Sicherheitsrats** nicht mehr zeitgerecht ist: die fünf ständigen Mitglieder spiegeln die Machtverhältnisse nach Ende des Zweiten Weltkriegs wider und die Zahl der nichtständigen Mitglieder entspricht der Struktur der UN zu Beginn der 60er-Jahre,
- da das zunehmend als ungerecht empfundene Vetorecht der fünf ständigen Mitglieder den Sicherheitsrat **handlungsunfähig** machen kann,
- da die Arbeit der Generalversammlung **wenig effizient** ist.

Allerdings
- sieht die UN-Charta für institutionelle Reformen eine **2/3-Mehrheit** in der Generalversammlung vor (denkbar) und eine Zustimmung **aller** ständigen Mitglieder (unwahrscheinlich),
- würde ein Sitz der EU im Sicherheitsrat dazu führen, dass die Franzosen und die Briten ihre ständigen Sitze aufgeben müssten → **Widerstand** in diesen Ländern, weil sie zentrale außenpolitische Vorrechte aufgeben müssten,
- würde das **Stimmgewicht der EU** durch einen einzigen gemeinsamen Sitz abnehmen (bisher: durch Großbritannien und Frankreich haben die Europäer im Prinzip zwei ständige Sitze inne),
- gibt es grundsätzliche **Widerstände** der übrigen ständigen Mitglieder (z. B. USA) gegen tief greifende Reformen der UN.

Auch ist ungewiss, ob die EU für einen gemeinsamen Sitz im UN-Sicherheitsrat überhaupt bereit wäre: Wenn sich die EU heute nicht einmal einen Außenminister

„leistet", wie wahrscheinlich ist es, dass sie 2057 eine **kollektive Außenpolitik** praktikziert, die geschlossen im Sicherheitsrat vorgebracht wird? Andererseits: Vor 30 Jahren gab es noch nicht einmal auf dem Papier die GASP. Bis 2057 wäre eine europäische Außenpolitik also durchaus nicht unmöglich.

Mögliche Nachfragen

TIPP Der Prüfer bereitet für den zweiten Teil der mündlichen Prüfung Fragen vor. Während Sie im ersten Teil (ca. 10 Minuten) i. d. R. kaum unterbrochen werden, wird der zweite Teil eher als Gespräch gestaltet. Dabei kann der Prüfer Unklarheiten oder Lücken aus dem Vortrag ansprechen. Oft gehen die Prüfungsfragen über Ihren Vortrag hinaus und bieten Ihnen die Gelegenheit, zu zeigen, dass Sie in den letzten zwei Jahren nicht nur Wissen erworben haben, sondern dieses auch flexibel anzuwenden wissen. Bei manchen Fragen sollten Sie ruhig ein paar Sekunden nachdenken, ehe Sie antworten. Wenn Sie eine Frage nicht verstehen, so zögern Sie nicht, nachzufragen, i. d. R. wird der Prüfer die Fragestellung etwas umformulieren, um Ihnen die Beantwortung zu erleichtern.

Mögliche Nachfragen:

- Um welche Textgattung handelt es sich bei dem Artikel von Cohn-Bendit?
- Wie heißt der aktuelle Kommissionspräsident?
- Wie wird gemäß dem Vertrag von Lissabon der Kommissionspräsident gewählt?
- Welche Folgen hätte es für das europäische Institutionengefüge, wenn die EU-Bürger den Kommissionspräsidenten direkt wählen würden?
- Wie könnte eine weniger idealistische Zukunftsperspektive für die EU 2057 aussehen? Welche gegenwärtigen Tendenzen sprächen für eine solche Zukunft?
- Eines der zentralen Probleme der EU ist das sogenannte Demokratiedefizit. Erläutern Sie diesen Begriff.
- Cohn-Bendit geht davon aus, dass im Jahr 2057 die Türkei Mitglied der EU ist. Welche Vor- und Nachteile sehen Sie in einem EU-Beitritt der Türkei?
- Würden Sie gerne in dieser EU 2057 leben? Warum?
- Welche Ziele verfolgen die UN gemäß ihrer Charta?
- Welche Reformmodelle für die UN kennen Sie?
- Wäre ein gemeinsamer Sitz der EU im Sicherheitsrat ein Gewinn für Europa?

KRIEG DEM VÖLKERMORD? – WIE WEIT DARF MAN ZUR VERTEIDIGUNG DER MENSCHENRECHTE GEHEN?

Aufgabenstellung

1 Fassen Sie die wichtigsten Gedanken von Helmut Schmidt aus M 1 in eigenen Worten zusammen und verdeutlichen Sie das Dilemma zwischen den beiden angesprochenen Prinzipien anhand von Beispielen.

2 Erläutern Sie, warum die UN offenbar kein geeigneter Akteur sind, um „Kriege im Namen der Menschenrechte" zu führen und Menschenrechtsverletzungen zu unterbinden.

3 Der amerikanische Soziologe und Politikwissenschaftler Daniel Goldhagen fordert in seinem Buch „Schlimmer als Krieg. Wie Völkermord entsteht und wie er zu verhindern ist" unter anderem, ein Kopfgeld auf die Verantwortlichen von Völkermord auszusetzen: *„Stellen wir uns vor, dass ein Kopfgeld ausgesetzt würde. Wir in den USA haben ja bereits so etwas für die Bekämpfung der Terroristen. Jeder, der Völkermord beginge, müsste ab sofort dann sich darauf einstellen, dass er verfolgt und gejagt wird. Er könnte nicht mehr sicher sein, dass selbst die Mitglieder der eigenen Leibwache ihn nicht ergriffen, um zum Beispiel eine Million Kopfgeld einzustreichen."*
Nehmen Sie zu Goldhagens Vorschlag wertend Stellung.

M Über Kriege im Namen der Menschenrechte

Lieber Herr Schmidt, über kein Thema haben wir uns so oft gestritten wie über Menschenrechte. Ich gehöre zu jenen, die sagen: Da, wo Unrecht sichtbar wird, gibt es eine Pflicht, den Opfern zu helfen. Ihrer Ansicht nach ist das eine unzulässige Einmischung in die inneren Angelegenheiten eines anderen Staates. Ist das nicht ein Freibrief für jede Form von Unrecht?

Nein. Richtig ist, dass beide Prinzipien Gültigkeit haben, sowohl das völkerrechtliche Kernprinzip der Nichteinmischung in die inneren Angelegenheiten eines anderen Staates als auch das Prinzip der Mitmenschlichkeit. Beide Prinzipien können in Konflikt miteinander geraten.

Ein Beispiel?

Nehmen Sie die gegenwärtige Lage im Osten des Kongos.

Ja, fünf Millionen Tote in den letzten zehn Jahren!

Wenn der Westen sich hier aus Motiven der Mitmenschlichkeit ernsthaft einmischen will, dann müsste er es in ganz großem Maßstab tun, mit Zehntausenden von Soldaten und mit sehr vielen zivilen Helfern. Dann würde sich aber, leider Gottes, sehr schnell herausstellen, dass die entsendenden Staaten mit dieser Mission zugleich auch imperiale und ökonomische Motive verknüpfen. Sie sehen das auch in Afghanistan.

Dort ging es aber vor allem darum, den Terrorismus zu bekämpfen.

Die Intervention in Afghanistan begann nach dem Attentat auf die Zwillingstürme in Manhattan. Die Nato hat sie aus Mitmenschlichkeit gemeinsam mit den Amerikanern unternommen, um der terroristischen al-Qaida den Boden zu entziehen. Das liegt jetzt sieben Jahre zurück. Tatsächlich ist al-Qaida infolge der Intervention nach Pakistan ausgewandert. Jetzt kämpft man gegen die Taliban, vor Jahren haben aber die Amerikaner die Taliban mit Sprengstoff und Waffen ausgestattet.

Die Intervention im Kosovo gegen ethnische Säuberung – war es da nicht gerade für Deutsche ein moralisches Gebot einzuschreiten?

Das habe ich damals nicht für richtig gehalten, ich glaube es auch heute nicht. Jetzt wird das Kosovo zu einem Staat erklärt, und trotzdem kommen wir da nicht weg. Es ist relativ einfach, den Entschluss zu fassen, in ein fremdes Land einzumarschieren. Aber es ist beinahe unmöglich, wieder abzuziehen, wenn man nicht Mord und Totschlag und Katastrophe hinterlassen will.

Die Alternative zur Einmischung beschreibt das widerliche Wort vom „Ausblutenlassen".

Nein, das ist falsch. Es gibt immer mehrere Möglichkeiten, dazu gehört auch die militärische Intervention. Aber kaum eine besitzt wirklich positive Erfolgsaussichten. Es ist unausweichlich ein Element der conditio humana, dass es Grausamkeit, Verfolgung und Unterdrückung immer wieder gibt.

Sie sind da so pessimistisch?

Die Menschen werden vielleicht eines Tages einsehen, dass man Gewalt nicht mit Gewalt ausrotten kann.

Hat denn der Druck der Weltöffentlichkeit gegen den Vietnamkrieg der Amerikaner nichts bewirkt?

Weniger der Druck der Weltöffentlichkeit als vielmehr die späte Einsicht in die eigenen Interessen Amerikas – unter Hinterlassung von ungezählten zivilen Toten.

Halten Sie internationale Strafgerichtshöfe für eine sinnvolle Einrichtung?

Die theoretische Antwort lautet: Ja. In der Praxis läuft es leider darauf hinaus, dass nur diejenigen angeklagt werden, die verloren haben.

Immerhin. Einen Karadzic in Fesseln zu sehen ist doch eine Genugtuung!

Ich empfinde keine Genugtuung, wenn jemand in Fesseln vorgeführt oder gar exekutiert wird. Es gibt eine Reihe von Staaten, wo man aus Gründen der Mitmenschlichkeit eigentlich eingreifen müsste, nicht nur große Staaten wie den Kongo, auch kleine wie Simbabwe oder Somalia. Aber wenn wir uns überall einmischen wollten, wo himmelschreiendes Unrecht geschieht, dann riskierten wir den Dritten Weltkrieg.

Auf eine Zigarette mit Helmut Schmidt – Zeitmagazin Nr. 4 (15. 01. 2009) „Über Kriege im Namen der Menschenrechte". Das Gespräch führte Giovanni di Lorenzo.

Anmerkung
weitere nützliche Quelle:
Goldhagen, Daniel Jonah: Schlimmer als Krieg – Völkermord verstehen und verhindern, TV-Dokumentation 2009
(Der Trailer zum Film http://www.youtube.com/watch?v=y39V0tPWn2o)

Lösungsvorschlag

Unterrichtsinhalte:

- Verfassungsnorm und Verfassungsrealität: Grundprinzipien der Verfassungsordnung der Bundesrepublik Deutschland; Art. 1 und Art. 20 GG; Grundrechte und Grundrechtsabwägung (GG, BVerfG)
- Aktuelle internationale Konfliktregionen und die Möglichkeiten kollektiver Friedenssicherung: Interessen, Entstehungsgründe, Konfliktpunkte (Sicherung von Menschenrechten, Terrorismus, Friedenssicherung durch Vereinbarungen und Verträge, Einflusssphären); Entscheidungsprozesse in internationalen Organisationen (UNO, NATO); Die deutsche Außenpolitik: Aufgaben, Erwartungen, Probleme: Bundeswehreinsätze in Konfliktregionen

1 **TIPP** *Anforderungsbereich: I und II*

Hier geht es darum, die Thesen von Helmut Schmidt knapp zusammenzufassen. Es ist sinnvoll, diese Aufgabe gleich mit dem in der Aufgabenstellung angesprochenen Dilemma zu verbinden: Was geht vor – Schutz der Menschenrechte oder das Prinzip der Nichteinmischung in die inneren Angelegenheiten eines Staates? Nachdem Sie das Dilemma dargestellt haben, sollen Sie Beispiele für eine militärische Intervention im Namen der Menschenrechte anführen und auch Konflikte nennen, in denen trotz Menschenrechtsverletzungen nicht militärisch eingegriffen wurde. Ein Blick in die Tagespresse oder in die Online-Archive diverser Zeitungen bietet ausreichend Auswahlmöglichkeiten. Vielleicht haben Sie auch im Unterricht bereits einen konkreten Konflikt behandelt. Sie müssen die Auseinandersetzungen nicht im Detail darstellen, es geht nur darum, die noch sehr abstrakten Prinzipien mit konkreten Inhalten zu füllen.

Altkanzler Schmidt bekräftigt im Interview zwar die Gültigkeit beider Prinzipien – das **Prinzip der Nichteinmischung** in die inneren Angelegenheiten eines Staates und das **Prinzip der Mitmenschlichkeit** –, er betont allerdings, dass, falls beide Prinzipien in Konflikt geraten, das Prinzip der Nichteinmischung aufgrund **mangelnder Erfolgsaussichten** eines militärischen Einsatzes Vorrang hätte (vgl. Z. 6 ff., Z. 28 ff., Z. 35). Gewalt könne nicht mit Gegengewalt bekämpft werden, andernfalls riskiere man aufgrund der Vielzahl an Staaten, in deren innerstaatliche Konflikte aus Gründen der Mitmenschlichkeit eingegriffen werden müsste, einen **Dritten Weltkrieg** (vgl. Z. 52 f.).

Außerdem stelle sich das Problem, dass hinter den Einsätzen häufig auch imperiale und ökonomische **Eigeninteressen** der intervenierenden Staaten stünden (vgl. Z. 15 ff.). Auch der Internationale Strafgerichtshof ist für Schmidt keine praktikable Lösung für das Problem des Völkermords, da nur die Verlierer eines Krieges angeklagt würden (vgl. Z. 46 f.).
Aktuelle Beispiele, die man für eine Intervention im Namen der Menschenrechte anführen kann, sind der Einsatz im **Kosovo** (1999) oder auch die Einsätze in **Afghanistan** (2001), im **Irak** (2003), in **Libyen** (2011) oder in **Mali** (2012/13), bei denen zumindest eine Verbesserung der Menschenrechtslage als Legitimation immer mit angeführt wurde. Hierbei sind sowohl **Erfolge** (Ende des organisierten Völkermords auf dem Balkan) als auch **Misserfolge** (keine stabilen Staaten nach dem Eingreifen, Menschenrechtslage weiterhin angespannt) zu verzeichnen. Beispiele für Konflikte, die sich ohne ein entschlossenes militärisches Eingreifen bis zum Völkermord hin entwickelten, sind die Bürgerkriege in **Darfur** (2003) und im **Kongo** (2006–2009).

2 **TIPP** *Anforderungsbereich: II und III*

Der Operator „erläutern" erfordert, einen Sachverhalt mit Informationen und Beispielen zu verdeutlichen. Bei dieser Aufgabe ist eine konkrete These vorgegeben und Sie sollen diese mit Argumenten untermauern. Sicher haben Sie die UN bereits als Akteur der internationalen Politik kennengelernt und sich mit deren strukturellen Problemen befasst. Sie müssen also die bereits bekannten Argumente für die beschränkte Handlungsfähigkeit der UN vor allem neu strukturieren und anschaulich präsentieren.

Die UN scheinen aufgrund ihrer **eingeschränkten Handlungsfähigkeit** kaum geeignet, Völkermorde wirksam zu verhindern. Über militärische Interventionen entscheidet der **UN-Sicherheitsrat**. Da alle Entscheidungen einstimmig getroffen werden, kann ein Einsatz durch den Einspruch eines der fünf ständigen Mitglieder jederzeit **blockiert** werden (z. B. Veto von China und Russland gegen eine militärische Intervention in Darfur 2003). Ein **Veto** ist nicht nur dann wahrscheinlich, wenn sich der Einsatz gegen eine der fünf Großmächte selbst richtet, sondern auch, wenn deren nationale Interessen mit im Spiel sind – ein Problem, das auch Schmidt im Interview anführt (vgl. Z. 15 ff.). Hinzu kommt, dass die UN nicht über **eigene Einsatztruppen** verfügen. Sie sind auf die Bereitschaft der Mitgliedstaaten angewiesen, militärische Kontingente zur Verfügung zu stellen. Dabei ist zu beachten, dass gerade in den westlichen Demokratien die Solidarität mit den Opfern von Völkermorden an Grenzen stößt, wenn „eigene" Soldaten bei einem Einsatz ums Leben kommen.
Darüber hinaus verbietet die UN-Charta die Einmischung in die inneren Angelegenheiten eines Staates (vgl. UN-Charta Art. 2 Abs. 7). Bei Verbrechen gegen die Menschlichkeit steht dieses Prinzip allerdings im Widerstreit zu Art. 1 Abs. 3, der die UN dazu verpflichtet, „die Achtung vor den Menschenrechten und Grundfreiheiten für alle […] zu fördern und zu festigen". Dieses **Dilemma** erfordert eine Entscheidung über die **Rolle der UN** in der internationalen Politik: Will man eine **Weltpolizei**, die

Menschenrechtsverletzungen und Völkermorde unter Missachtung der Souveränität der Staaten bekämpft? Militärische Interventionen können mit folgenschweren Akzeptanzproblemen verbunden sein: Kaum ein Staat wird bereit sein, die Einmischung in innere Angelegenheiten zu tolerieren, da es gerade das Wesen staatlicher Souveränität ist, in innerstaatlichen Fragen keiner anderen Instanz gegenüber rechenschaftspflichtig zu sein. Eine militärische Intervention könnte daher einen Krieg und weitere Gewalt heraufbeschwören.
Eine Möglichkeit des Eingreifens der UN liegt im Bereich der **Prävention**, etwa durch Blauhelmeinsätze oder durch Dialogforen, Entwicklungshilfe u. Ä.

3 **TIPP** *Anforderungsbereich: III*

Diese Aufgabe hängt eng mit Teilaufgabe zwei zusammen: Wenn die UN kein geeigneter Akteur sind – wer dann? Goldhagens These ist sehr provokativ. Sie müssen nicht zwangsläufig das „Für und Wider" abwägen. Allerdings können Sie Ihre Stellungnahme differenzieren. Wenn Sie so vorgehen, sollten Sie zunächst die Position vorstellen, der Sie nicht zustimmen, und mit Ihrer eigenen Ansicht enden. Beachten Sie, dass der Operator „Stellung nehmen" verlangt, dass Sie über Ihre eigenen Maßstäbe Auskunft geben. Kategorien wie Effizienz, Moral, Legitimität sowie Umsetzbarkeit können dabei helfen, Ihre Argumente zu gewichten. Machen Sie nicht den Fehler, mit einer demütigen Aussage wie „Aber ich weiß es auch nicht" zu enden – Sie haben sich mit dem Thema mehrere Wochen beschäftigt; keiner erwartet ein Fazit, das den UN zur Umsetzung vorgelegt werden kann, aber eine eigene Meinung zu Goldhagens These, die Sie begründet vortragen, sollten Sie sich aneignen.

Die Überlegung, Kopfgelder auf Völkermörder und damit auf die jeweiligen Politiker und Militärs auszusetzen, die eine eliminatorische Politik betreiben, ist als bewusste **Provokation** zu verstehen. Goldhagen argumentiert betont rational, indem er auf die Kosten-Nutzen-Rechnung eines jeden Völkermörders verweist, die durch eine Aussetzung von Kopfgeldern durchkreuzt werde.
Der Vorschlag wirft aber einige Fragen auf: Wie kann man einem Missbrauch vorbeugen? Wie verhindert man, dass z. B. unliebsame Politiker als Völkermörder deklariert werden, damit man sie aus dem Weg schaffen kann? Hiermit verbindet sich auch die Frage nach dem **Gremium**, das über die Aussetzung eines Kopfgelds entscheidet. Am Beispiel des UN-Menschenrechtsrats, der 2006 die UN-Menschenrechtskommission ablöste, lässt sich das Problem der Legitimation und der Zusammensetzung eines derartigen Gremiums veranschaulichen. Die Menschenrechtskommission war in die Kritik geraten, weil auch Staaten, die offen gegen Menschenrechte verstießen, Mitglied werden konnten. Auch nach der Reform ist die **Integrität der Mitgliedstaaten** fraglich. Besteht das gleiche Problem nicht auch bei einem Gremium, das Kopfgelder auf Völkermörder aussetzen kann? Außerdem: Auf welcher Basis könnte mit Anführern, die Völkermorde verantworten, noch ein friedlicher Dialog entstehen?

Neben diesen eher „technischen“ Problemen stellt sich die Frage nach dem Geltungsanspruch **universeller Menschenrechte**. Auch wenn argumentiert werden kann, es gehe um den Schutz der Opfer, so werden hier fundamentale Menschenrechte aufgewogen. Der Völkermörder verliert **das Recht auf körperliche Unversehrtheit** und **das Recht auf Leben**. Die Verhängung von Todesurteilen, ohne dem Angeklagten die Möglichkeit der Verteidigung zu geben, kollidiert darüber hinaus mit dem Prinzip der Rechtsstaatlichkeit.
Goldhagens Vorschlag ist m. E. keine realistische und ethisch-moralisch tragbare Lösung – genauso wenig wie das „Zusehen“ der Staatengemeinschaft, wenn Völkermorde stattfinden. Daniel Goldhagen gelingt es aber, durch seine provokante These eine **gesellschaftliche Diskussion** in Gang zu setzen, die möglicherweise zu einer politisch tragfähigen Lösung führt.

Mögliche Nachfragen

TIPP Die Präsentation sollte i. d. R. 15 Minuten nicht überschreiten, sie stellt nur einen Teil der Prüfung dar. Anschließend werden Sie zu Ihrem Vortrag befragt. Sie sollten in der Lage sein, Fragen sowohl zur medialen Gestaltung als auch zum methodischen Vorgehen zu beantworten. Hierauf können Sie sich gut vorbereiten, denn es werden meist ähnliche Fragen gestellt. Überlegen Sie sich vorab, warum Sie z. B. als Mittel der Darstellung eine PowerPoint-Präsentation gewählt haben (die Antwort „Ich wollte die Effekte nutzen“ wirkt bei einer effektlosen Präsentation nicht sehr glaubwürdig). Der Prüfer wird sich im Kolloquium auch auf die Inhalte beziehen und vertiefende Nachfragen stellen. Denkbar sind zudem Verknüpfungen zu nahe liegenden Themen. Grundsätzlich muss sich das Prüfungsgespräch aber auf Ihr Thema beziehen, eine Frage zur angebotsorientierten Wirtschaftspolitik wäre z. B. nicht zulässig.

Mögliche Nachfragen:

Zur Präsentation:
- Warum haben Sie diese Art der Präsentation und Gestaltung gewählt?
- Wie sind Sie vorgegangen, wie haben Sie sich dem Thema genähert?
- Welche Entscheidungen mussten Sie treffen, welche Probleme sind aufgetreten?

Zu den Quellen:
- Die einfache Eingabe der Begriffe UN und Menschenrechte ergibt bei Google über zwei Millionen Treffer. Warum haben Sie genau diese Quellen verwendet?
- Wie haben Sie geprüft, ob es sich hierbei um seriöse Quellen handelt?

Zum Inhalt:
- Sind Menschenrechte universell, unteilbar und miteinander verbunden?
- Ist eine militärische Intervention nur dort gerechtfertigt, wo politische Rechte und Bürgerrechte missachtet werden? Wäre z. B. auch ein Eingreifen in Italien zulässig, wenn dort die Pressefreiheit bedroht ist?

- Sie haben Samuel P. Huntingtons Thesen („clash of cultures“) kennengelernt: Was würde Huntington zu Goldhagens Vorschlag sagen?
- Die UN-Charta verbietet jegliche Form der Gewaltanwendung – gibt es Ausnahmen? Könnten diese Sonderfälle nicht als Instrument für militärische Interventionen zur Verhinderung von Völkermord eingesetzt werden?
- Woran scheitert es, eine handlungsfähige UN zu erschaffen, die die Macht hat, schweren Menschenrechtsverletzungen wirksam entgegenzutreten?
- Kennen Sie Beispiele, bei denen über den Kopf des Sicherheitsrats hinweg interveniert wurde?
- Welches Risiko liegt in der Missachtung der Autorität des Sicherheitsrats?
- Welche (negativen) Konsequenzen könnte ein aktives Eintreten der Staatengemeinschaft (oder nur eines Teils, z. B. der NATO) für die Menschenrechte haben?
- Können es sich die NATO/die UN/„der Westen“ überhaupt leisten, bei Menschenrechtsverletzungen nicht einzugreifen? Was sind mögliche Folgen?
- Gibt es für das Problem des Widerspruchs der beiden Prinzipien „Souveränität der Staaten“ und „Durchsetzung der Menschenrechte“ überhaupt eine Lösung?

PRÜFUNGSAUFGABEN

Hessen ▪ Politik und Wirtschaft ▪ Grundkurs 2019
Vorschlag A

PARTEIEN UND WAHLEN

Aufgabenstellung

1 Fassen Sie den vorliegenden Text zusammen. (Material 1) (25 BE)

2 Stellen Sie die Bedeutung von Wahlen und Parteien im politischen System der Bundesrepublik Deutschland dar. (20 BE)

3 Untersuchen Sie, inwieweit sich die Aussagen des Autors zur Entwicklung der Parteien in den vorliegenden Daten zu den Bundestagswahlen wiederfinden lassen. (Material 1–4) (25 BE)

4 „Wahlen abhalten ist kein einfacher Job in Afghanistan." So äußert sich Wahlkommissionschef Abdul Badi Sajad im April 2018 in Kabul bei der Festsetzung des Datums der seit 2015 verschobenen Parlamentswahl auf den 20. Oktober 2018.
Beurteilen Sie anhand des Beispiels einer selbstgewählten Krisenregion die Schwierigkeiten, die bei der Etablierung demokratischer Strukturen auftreten können. (30 BE)

M 1 Wolfgang Merkel: Der Niedergang der Volksparteien (2017)

Die zweite Hälfte des 20. Jahrhunderts war die Blütezeit der Volksparteien. Seither trocknen die Individualisierung der Gesellschaft, die Fragmentierung ihrer Öffentlichkeit und die Diversifizierung von Arbeitsmarkt und Anstellungsverhältnissen den gesellschaftlichen Nährboden aller Großverbände aus.

Was ist los mit den Volksparteien in Deutschland und Europa? Blickt man über den Augenblick und die Landesgrenzen hinaus, ergibt sich folgendes Bild: Europas Parteiensysteme zerfasern, Parlamente mit zehn oder mehr Parteien sind eher die Regel als die Ausnahme, es sei denn, Mehrheitswahlsysteme wie in Großbritannien verzerren die demokratisch gebotene proportionale Übersetzung von Wählerstimmen in Parlamentsmandate.

Parteien, die noch in den siebziger Jahren des vergangenen Jahrhunderts je mehr als 40 Prozent der Wählerstimmen auf sich vereinigen konnten, ja in Schweden, Deutschland oder Österreich bisweilen auch die 50-Prozent-Schwelle überschritten, rutschen heute unter die 30-Prozent- oder gar 20-Prozent-Marke. Deutschland bildet keine Ausnahme: Hierzulande läuft diese Entwicklung asymmetrisch, verzögert und moderat ab. […]

Partei, Bürokratie, Oligarchie[1], aber auch innerparteiliche Demokratie waren gestern. Heute sind sie Relikt und Hindernis. Die Volksparteien also im Niedergang. Stimmt das? Und wenn ja, wie kam es dazu? Wird der Niedergang anhalten, und was wird er für die Demokratie bedeuten?

Volkspartei ist ein sehr deutscher Begriff. Im Englischen existiert er nicht. Der deutsch-amerikanische Politikwissenschaftler Otto Kirchheimer misstraute dem ideologieanfälligen Begriff. Er schrieb deshalb bewusst von „catch-all parties". Der Begriff wurde bisweilen und nicht ganz zutreffend als „Allerweltspartei" übersetzt. Die negative Konnotation war offensichtlich. Kirchheimer enthielt sich solcher Wertungen. Er beschrieb mit „catch-all party" einen Parteityp, der sich vorrangig der Maximierung der Wählerstimmen verschrieb. Diese Parteien waren bereit, ihr Programmangebot zu entideologisieren und so breit zu fächern, dass möglichst viele Wähler aus möglichst vielen Schichten und Milieus angesprochen wurden. Vor allem drei Elemente kennzeichnen „catch-all parties": Sie sollten groß genug sein, um in Regierungskoalitionen wie in der Opposition eine klare Führungsposition beanspruchen zu können; sie sollten aus allen sozialen Schichten und Milieus Wähler und Mitglieder anziehen; und sie sollten ein politisches Programm entwickeln, das möglichst viele Politikfelder für möglichst viele Interessen abzudecken vermag und dabei radikale Positionen vermeidet.

Ich halte den deutschen Begriff Volkspartei für zutreffender. Er impliziert den politischen Anspruch, sich an das ganze Volk zu wenden und nicht nur an bestimmte Klassen, Konfessionen oder sozial-moralische Milieus. Programmatisch beliebig sind die Parteien dieses Typs nicht. Vielmehr schwingt in dem Anspruch einer Volkspartei stets auch die Idee des Allgemeinwohls mit. […]

Welches aber sind die Symptome, die die These des Niedergangs der Volksparteien rechtfertigen? Es sind im Wesentlichen vier: kontinuierlicher und nennenswerter Verlust an Wählerzuspruch; Schrumpfung durch Tod der Mitglieder ohne nennenswerte Neurekrutierung; hohes Durchschnittsalter und anhaltender Vertrauensverlust der (Volks-)Parteien bei den Bürgern. […]

Es gehört zu den Paradoxa der europäischen Demokratien, dass die Bürger jenen Institutionen, die sie selbst wählen dürfen, wie etwa den Parteien, Parlamenten und Regierungen, mehrheitlich misstrauen, während sie jenen staatlichen Institutionen, die sie nicht wählen können, wie Polizei, Militär, Verwaltung oder Justiz, mit einem erheblichen Maß an Vertrauen und Wertschätzung begegnen. […]

Der Niedergang der Volksparteien hat negative wie positive Auswirkungen auf die Demokratie. Erstere überwiegen. Problematisch ist die Diskrepanz zwischen einer fortschreitenden gesellschaftlichen Entwurzelung der Volksparteien und ihrer konstanten staatlichen Macht, ein Prozess, der in der angelsächsischen Parteienforschung als Kartellierung[2] der auf der Wählerebene schrumpfenden großen Parteien beschrieben wurde.

Dennoch reichen die Stimmenanteile der Volksparteien nur noch in Ausnahmefällen für Zweiparteienkoalitionen. Generell werden Regierungskoalitionen heterogener, vielschichtiger und instabiler oder münden in klein gewordene Große Koalitionen, die den Niedergang der Volksparteien nur weiter beschleunigen. Diese Entwicklung lässt sich gegenwärtig selbst in so stabilen Ländern wie Deutschland und Österreich studieren.

Die Integrationskraft der politischen Parteien hat nachgelassen. Die politische Integrationsmaschine Volkspartei stottert just in dem Augenblick, da sich die Gemeinschaft der Gesellschaft ausdünnt, das Vertrauen der Bürger untereinander abnimmt und sich dissoziative[3] Tendenzen verstärken. Andererseits erlaubt die Schwächung der Volksparteien eine Pluralisierung des Parteiensystems und ein größeres und spezifischeres Angebot für die Wähler, die nicht mehr das diffusere Gesamtpaket „Volksparteien" nachfragen müssen.

Ohne starke Parteien funktionieren repräsentative Demokratien nicht. Parteien haben trotz unzweifelhaften Akzeptanzverlusts aufgrund der allgemeinen und freien Wahl einen Legitimitätsvorsprung gegenüber anderen politischen Akteuren oder Entscheidungsverfahren. […]

Alle gesellschaftlichen und politischen Zeichen deuten darauf hin, dass es zu einer Renaissance der großen Volksparteien nicht kommen wird. Die Formen politischer Beteiligung und Loyalität haben sich verändert. Den jüngeren Bürgern erscheinen Volksparteien als Endmoränen[4] eines vergangenen Jahrhunderts. Gewerkschaften und Kirchen werden keine kollektiven Deutungskompetenzen zugeschrieben. Diese werden individuell in den digitalen Echokammern des Netzes gesucht.

Volksparteien werden nicht völlig verschwinden, aber sie werden nicht mehr zu alter Größe zurückkehren. Parteien sind Teile und nicht das Ganze, auch nicht en miniature[5]. Je früher das die Hauptquartiere dieser bedrohten Spezies verstehen, umso freier können sie zum Wohle der Demokratie ihr politisches Überleben im 21. Jahrhundert organisieren.

Professor Dr. Wolfgang Merkel, Der Niedergang der Volksparteien, FAZ vom 10. 11. 2017, https://www.faz.net/aktuell/politik/die-gegenwart/der-niedergang-der-volksparteien-15258528.html?printPagedArticle=true#pageIndex_0,

Anmerkung

1 Der Begriff Oligarchie beschreibt eine Staatsform, in der eine kleine Gruppe die politische Herrschaft ausübt.
2 Kartellierung kann hier im Sinne von Kartellbildung der großen Parteien gegen den zunehmenden Einfluss der kleinen Parteien verstanden werden.
3 Hier ist die Tendenz zur Abkopplung von der Gesellschaft gemeint.
4 Der Begriff wird hier im übertragenen Sinn verwendet und kann als „Überbleibsel" verstanden werden.
5 en miniature: im Kleinen

M 2 Wählerwanderung von und zu der SPD bei der Bundestagswahl am 24. September 2017 im Vergleich zur Bundestagswahl am 22. September 2013

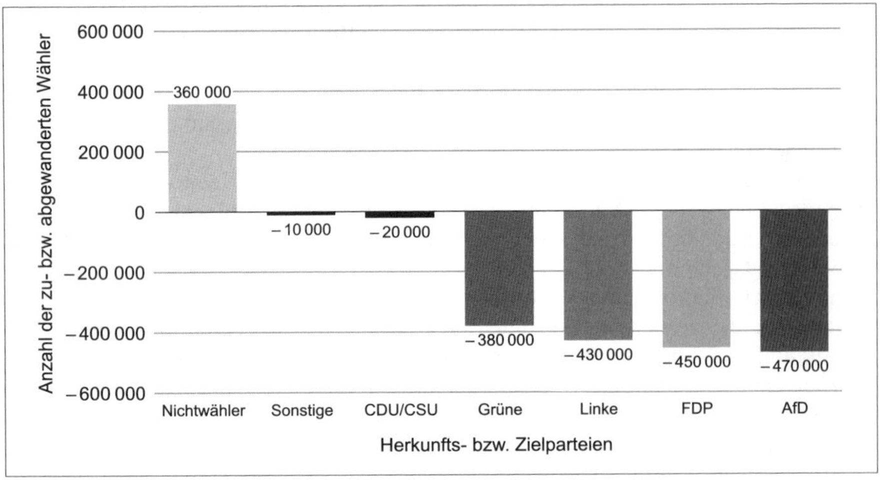

eigene Darstellung nach Daten von Infratest dimap

M 3 Wählerwanderung von und zu der CDU bei der Bundestagswahl am 24. September 2017 im Vergleich zur Bundestagswahl am 22. September 2013

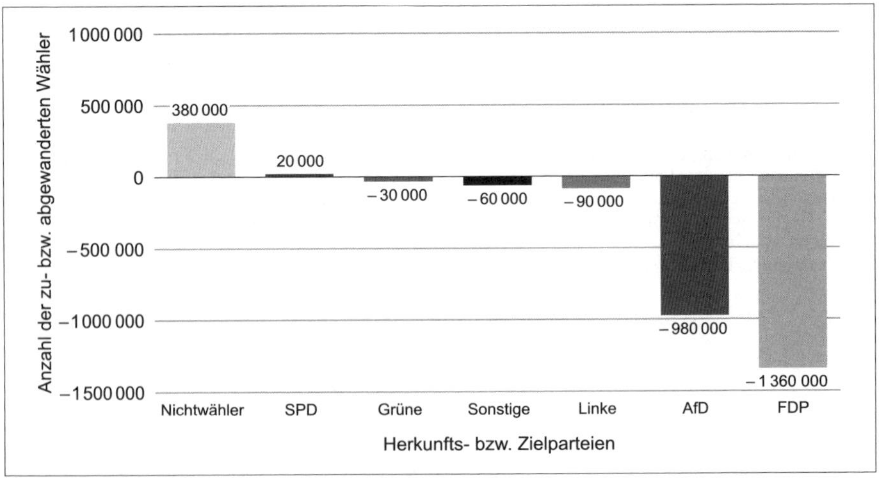

eigene Darstellung nach Daten von Infratest dimap

M 4 **Ergebnisse für CDU und SPD bei den Bundestagswahlen seit 1990 sowie in der Sonntagsfrage (*) vom Juli und Oktober 2018 in %**

Jahr	1990	1994	1998	2002	2005	2009	2013	2017	07/2018*	10/2018*
CDU	43,8	41,4	35,1	38,5	35,2	33,8	41,5	32,9	30	26
SPD	33,5	36,4	40,9	38,5	34,2	23,0	25,7	20,5	18	15

Hinweis
Die Frage „Welche Partei würden Sie wählen, wenn am nächsten Sonntag Bundestagswahl wäre?" bezeichnet man in der Wahlforschung als Sonntagsfrage.

eigene Darstellung nach Daten von Deutscher Bundestag

Lösungsvorschlag

Unterrichtsinhalte:

- Herausforderungen der Parteiendemokratie: politische Parteien als klassische Möglichkeiten der Partizipation; Nationale Wahlen und Wahl des Europaparlaments im Zusammenhang mit entsprechenden Parteiensystemen, Bildung der jeweiligen Exekutive
- Internationale Konflikte und Konfliktbearbeitung in einer differenzierten Staatenwelt: Analyse eines aktuellen, exemplarischen Konfliktes vor dem Hintergrund unterschiedlicher Konfliktarten und einer differenzierten Staatenwelt

1 **TIPP** *Anforderungsbereich: I*

In dieser Aufgabe sollen Sie den vorliegenden Text strukturiert, prägnant und in eigenen Worten wiedergeben. Arbeiten Sie dafür ausgehend von einem vollständigen Einleitungssatz die Kernaussagen des Textes heraus, beachten Sie bei der Wiedergabe von indirekter Rede die korrekte Verwendung des Konjunktivs und kennzeichnen Sie wörtliche Rede. Der vorliegende Text ist bereits gekürzt und relativ pointiert formuliert. Achten Sie also darauf, welche Ausführungen zielführend sind und verlieren Sie sich nicht in Einzelheiten.

In dem vorliegenden Auszug eines Artikels von Wolfgang Merkel mit dem Titel „Der Niedergang der Volksparteien", der am 10. 11. 2017 auf faz.net erschienen ist, untersucht der Autor die Entwicklung der Parteienlandschaft in Deutschland und Europa und erklärt seine These vom **Niedergang der Volksparteien**. Quelle Thema

Merkel erläutert, dass seit der zweiten Hälfte des 20. Jahrhunderts gesellschaftliche und wirtschaftliche Entwicklungen zum Bedeutungsverlust aller gesellschaftlichen Großverbände geführt hätten.

Die **Parteiensysteme in Europa lösten sich im Zuge dessen auf**, in den einzelnen Parlamenten befänden sich immer mehr Parteien und ehemals große Parteien verlören zunehmend an Stimmen. Dies sei auch in Deutschland beobachtbar, auch wenn hier die „Entwicklung asymmetrisch, verzögert und moderat“ (Z. 15) ablaufe.

Zerfasern der Parteiensysteme

Der Autor diskutiert, ob sich die Volksparteien im Niedergang befänden und welche Auswirkungen dies auf die Demokratie habe. Dabei unterscheidet er zunächst den Begriff **Volkspartei** und den ebenfalls genutzten Begriff der **„catch-all parties“** (vgl. Z. 21 ff.). Letzterer beschreibe einen Parteientypus, der versuche, möglichst viele Wähler und Mitglieder aus unterschiedlichen Schichten und Milieus anzusprechen. Merkel favorisiert jedoch die Bezeichnung Volkspartei, da diese den „politischen Anspruch, sich an das ganze Volk zu wenden“ (Z. 36 f.) beinhalte und die Idee des Allgemeinwohls darin mitschwinge.

Abgrenzung der Begriffe „catch-all party“ und „Volkspartei“

Merkel führt Probleme an, die die Hauptursachen für den Niedergang der Volksparteien darstellen. Der **Parteitypus verliere schon länger deutlich an Wählern**. Das Durchschnittsalter der Parteimitglieder sei zudem hoch und die Parteien schrumpften durch das Ableben ihrer Mitglieder, ohne dem durch das Gewinnen neuer Parteimitglieder entgegenwirken zu können. Der **„Vertrauensverlust der (Volks-)Parteien bei den Bürgern“** (Z. 44 f.) halte zudem an.

Hauptursachen für den Niedergang der Volksparteien

Die Folgen eines Niedergangs der Volksparteien werden vom Autor vor allem als **negativ für die Demokratie** eingestuft. So sei es problematisch, dass die gesellschaftliche Verwurzelung der Parteien zwar abnehme, gleichzeitig ihre **staatliche Macht** aber **konstant** bleibe (vgl. Z. 51 ff.). Durch die Schwäche der Volksparteien käme es seltener zu Zweiparteienkoalitionen und **Regierungskoalitionen würden „heterogener, vielschichtiger und instabiler“** (Z. 58 f.). Die Entwicklungen zeigten zudem, dass das Zustandekommen von „klein gewordene[n] Große[n] Koalitionen“ (Z. 59) den Abwärtstrend der Volksparteien sogar noch weiter beschleunige.

Konsequenzen für die Demokratie

Der Autor weist darauf hin, dass die Volksparteien in einem gesellschaftlichen Umfeld des Misstrauens und der Entfremdung der Bürger **als integrative Kraft** zunehmend **versagten**.

Positiv bewertet Merkel die **Pluralisierung des Parteiensystems**. Diese habe zwar aus seiner Sicht negative Auswirkungen auf die Regierungsbildung, aber statt des diffusen Gesamtpakets Volkspartei (vgl. Z. 68 f.) könne der Bürger somit aus einem größeren und **spezifischeren Parteienangebot** wählen.

Doch Merkel betont, dass es in einer repräsentativen Demokratie starker Parteien bedarf. Trotz ihres Akzeptanzverlustes hätten sie aufgrund ihrer verfassungsrechtlichen Stellung „einen **Legitimitätsvorsprung gegenüber anderen politischen Akteuren** und Entscheidungsverfahren“ (Z. 72 f.).

Stellung von Parteien in repräsentativen Demokratien

Dennoch, führt der Autor abschließend aus, hätten sich die Formen der **politischen Partizipation und Loyalität verändert.** Es gebe keine Hinweise darauf, dass sich die Volksparteien in absehbarer Zeit von ihrer Schwächung erholen könnten. Merkels Einschätzung nach werden sie zwar nicht ganz von der politischen Bühne verschwinden, doch zu alter Größe und Glanz werden sie seiner Ansicht nach nicht zurückfinden. Deshalb sollten die Strategen der Volksparteien umdenken, freier agieren und somit ihr **politisches Überleben zum Wohle der Demokratie organisieren** (vgl. Z. 83 f.).

Fazit und Ausblick

2 **TIPP** *Anforderungsbereich: I und II*

Hier wird von Ihnen gefordert, die Bedeutung von Wahlen und Parteien umfassend darzustellen.
Nutzen Sie dabei Ihre Kenntnisse des Grundgesetzes, um die wichtigsten verfassungsmäßigen Grundlagen von Wahlen und Parteien darzulegen.

Im politischen System der Bundesrepublik Deutschland drücken Wahlen die **Volkssouveränität** aus. Das Selbstbestimmungsrecht des Volkes („Alle Staatsgewalt geht vom Volke aus") ist in Artikel 20 GG festgelegt und wird „vom Volk in Wahlen und Abstimmungen" (Art. 20 Abs. 2 GG) ausgedrückt. Die Stimmabgabe bei Wahlen ist **in einer repräsentativen Demokratie** die allgemeinste, meist sogar die **einzige Form der Partizipation**, somit kommt Wahlen eine herausragende Bedeutung zur Sicherung des politischen Systems zu.

Verankerung im Grundgesetz

Die Bürger entscheiden in repräsentativen Demokratien nicht ständig selbst, sondern wählen Parteien und Personen für eine Legislaturperiode, also für eine begrenzte Zeit. Durch wiederkehrende Wahlen wird **politisches Bewusstsein** geschaffen. Bürger werden **mobilisiert und integriert**, ihre **Interessen und Meinungen werden durch Wahlen repräsentiert** und ihr Wille wird zu etwas Politischem. Wahlen sind ein Verfahren zur friedlichen Kanalisierung und demokratischen Beilegung politischer Konflikte, an dessen Ende der **Gemeinwille politisch aktionsfähig** wird.

Bedeutung in repräsentativen Demokratien

In einer Demokratie wie in der Bundesrepublik Deutschland bedeuten Wahlen auch **Wahlfreiheit**. Es herrscht Konkurrenz der Parteien, ihrer Programme und der personellen Akteure.

Wahlen als Ausdruck des Wählerwillens

Im Parlament werden die unterschiedlichen Ansichten und Meinungen der Gesellschaft infolge von Wahlen abgebildet und zusammengeführt. Durch **parlamentarische Mehrheiten** werden Regierungsführung ermöglicht, Ämter besetzt und verbindliche Entschlüsse gefasst. Bei Wahlen werden **Regierung und Opposition** gebildet,

Regierende werden infolgedessen legitimiert und zugleich kontrolliert.
Wahlergebnisse verleihen politische Macht und sind somit von erheblicher Bedeutung für die allgemeine Entwicklung eines Landes und die Lebenswelt seiner Bürger.

Parteiendemokratie

Parteien besitzen eine zentrale Stellung im politischen Prozess der BRD, da sie als **Vermittler zwischen Gesellschaft und Staat** agieren. Nach Art. 21 GG haben sie die Aufgabe, bei der politischen Willensbildung des Volkes mitzuwirken („Parteien wirken bei der politischen Willensbildung des Volkes mit"). Aufgrund dieser **verfassungsrechtlichen Verankerung** von Parteien im Grundgesetz wird die Bundesrepublik auch als **Parteiendemokratie** bezeichnet.
In Parteien sammeln sich verschiedene Meinungen und Interessen der Bürger, politische Konflikte werden durch **innerparteiliche Kompromissbildung** geschlichtet, gemeinsame Positionen gefunden und politische Ziele artikuliert.
Die Partei- und Wahlprogramme sowie das Personal der Parteien konkurrieren um die Zustimmung der Wähler, die mit ihrer Stimme in Wahlen eine Richtungsentscheidung treffen. Die Volksvertreter sind allerdings an keine Weisungen gebunden, sondern nur ihrem Gewissen verpflichtet (Art. 38 GG).

Partizipation

Parteien **rekrutieren politisches Personal**, nominieren Kandidaten und stellen somit das Personal für Parlament, Regierung und Opposition. Bürger haben verschiedene Möglichkeiten, in Parteien mitzuarbeiten und **politische Verantwortung** zu übernehmen, beispielsweise indem sie sich zur Wahl stellen. Aber auch ohne Amt bieten Parteien ein Forum, um aktiv zu werden, sich auszutauschen und Einfluss auf die Parteiprogrammatik zu nehmen. Sie sind also für die **Partizipation der Bürger** von großer Bedeutung und bieten ihnen durch ihre starke Position in der Verfassung die Möglichkeit, ihre politischen Ziele einzubringen und politisch zu handeln. Sie machen den Bürger entscheidungsfähig und **integrieren ihn in den politischen Prozess**.

Integration und Repräsentation

Parteien haben jedoch nicht nur die **Funktion, die Bürger zu repräsentieren**, sondern zudem auch die Aufgabe, dem Wähler Angebote zu machen und den politischen Diskurs zu strukturieren. Parteien sind in Demokratien in vielerlei Hinsicht von Bedeutung, allerdings leiden sie zunehmend an einem Vertrauensverlust der Bürger, die sie repräsentieren sollen.

Fazit

Wahlen und Parteien sind also für eine funktionierende repräsentative Demokratie von immenser Bedeutung, da ihnen eine Schlüsselrolle bei der **Verbindung zwischen Bürger und Staat** zukommt.

3 **TIPP** *Anforderungsbereich: II*

Es empfiehlt sich, die Hauptaussagen der vorliegenden drei Statistiken kurz vorab zu notieren. Es geht hier nicht darum, die Daten im Detail wiederzugeben, sondern zu prüfen, inwieweit die Aussagen des Autors durch Daten zu stützen sind. Setzen Sie also die Daten mit den Hauptaussagen des Autors sinnvoll in Beziehung und nutzen Sie dafür Textbelege. Die vorliegenden Daten lassen sich durch Kenntnis der entsprechenden tagespolitischen Lage noch lebendiger und aussagekräftiger einordnen.

Die vorliegenden drei Statistiken zeigen die Bundestagsergebnisse von CDU und SPD seit 1990 (M 4) sowie die Wählerwanderung von und zu beiden Volksparteien bei der Bundestagswahl 2017 im Vergleich zur vorherigen Bundestagswahl (M 2 und M 3).

Wählerabwanderung bei CDU und SPD

Demnach sind bei der Bundestagswahl 2017 zu beiden Parteien ähnlich viele Wähler gewandert (SPD: 360 000, CDU: 380 000). Die Zahl der abgewanderten Wähler ist bei beiden Volksparteien allerdings deutlich höher, bei der SPD sind es knapp 1,8 Millionen, bei der CDU etwas mehr als 2,5 Millionen. Die **CDU verliert vor allem an AfD und FDP Stimmen** und scheint somit besonders im liberalen und rechten Lager an Integrationskraft eingebüßt zu haben. Die **SPD fasert nach allen Seiten aus** und neben AfD und FDP profitieren auch die Grünen und Linken von der Schwäche der Partei.

Verlust an Bindungs- und Integrationskraft

„Die **politische Integrationsmaschine Volkspartei stottert**" (Z. 63 f.), stellt Wolfgang Merkel in seinem Aufsatz fest. Die in M 2 und 3 aufgezeigte Wählerabwanderung legt tatsächlich die Schlussfolgerung nahe, dass beide Volksparteien gesellschaftliche Interessen nicht mehr wie früher bündeln und integrieren können.

Die beiden Volksparteien konnten, wie M 4 belegt, in früheren Jahren bei Bundestagswahlen durchaus jeweils über 40 Prozent der Wählerstimmen auf sich vereinen. 1990 kamen sie zusammen noch auf über 77 Prozent der Wählerstimmen, 2013 verhalfen ihnen 67 Prozent zur Großen Koalition, 2017 waren es nur noch knapp über 53 Prozent der Wählerstimmen.

Aktuelles Beispiel der Union

Wie schwierig es für eine Volkspartei sein kann, als Integrationsort zu fungieren, hat vor der Bundestagswahl 2017 der hart geführte parteiinterne Konflikt zwischen CDU und CSU vor dem Hintergrund der Flüchtlingspolitik deutlich gemacht. **Innerparteiliche Konflikte** haben die Bindungs- und Integrationskraft der Union auf die Probe gestellt und sind vermutlich für die Stimmverluste ins liberale und rechte Lager mitverantwortlich.

Kleine Parteien profitieren

Von der hohen **Wählerabwanderung beider Volksparteien profitieren die kleineren Parteien**, bei der Bundestagswahl 2017 vor allem FDP und AfD. Mit ihnen ziehen bei der Bundestagswahl 2017 zudem zwei Parteien in den Bundestag ein, die vier Jahre zuvor dort nicht vertreten waren. Es findet offenbar mit der Schwächung der Volksparteien einhergehend eine **„Pluralisierung des Parteiensystems“** (Z. 67) statt, wie sie auch Merkel herausarbeitet.

Regierungskoalitionen erschwert

Durch den vermehrten Zuspruch der kleinen Parteien entsteht – die Ergebnisse der Bundestagswahl 2017 bestätigen Merkels Ausführungen –, ein **„größeres und spezifischeres Angebot für die Wähler“** (vgl. Z. 67 f.), was auch in der Bundesrepublik zumindest perspektivisch zu „heterogener[en], vielschichtiger[en] und instabiler[en]“ (Z. 58 f.) Regierungskoalitionen führen wird. Das beweisen die erstmals geführten Verhandlungen zu einer sogenannten Jamaika-Koalition. Auch wenn die Verhandlungen zu diesem neuartigen Bündnis von CDU/CSU, Grüne und FDP nach der Bundestagswahl 2017 **nach wochenlangem Verhandeln gescheitert** sind, stützt diese Entwicklung die Prognose des Autors, dass Mehr-Parteien-Koalitionen dieser Art in Zukunft wahrscheinlicher werden. Die insgesamt monatelangen Verhandlungen im Nachgang zur Wahl bestätigen zudem die Einschätzung Merkels, dass Regierungsbildung sich durch die neuen Bündnis-Optionen zukünftig komplizierter und langwieriger gestalten wird.

Abwärtstrend nach Großer Koalition

Aus Ermangelung an Alternativen und Sorge vor Neuwahlen kam es nach der Bundestagswahl 2017 schließlich erneut zu einer Großen Koalition. Die vorliegenden Umfrageergebnisse der Sonntagsfrage im Oktober 2018 bestätigen die vom Autor beschriebene Entwicklung, dass solche kleinen Großen Koalitionen (vgl. Z. 59 f.) den **Abwärtstrend** der Volksparteien noch weiter verstärken. Bei der Sonntagsfrage ein Jahr nach der Wahl würden die beiden Volksparteien keine Mehrheit mehr erhalten, nur noch 41 Prozent der Wähler würden ihnen ihre Stimme geben. Bei der SPD scheint der **Verlust des Status einer Volkspartei** hier noch deutlicher erkennbar, sie liegt bei dieser Umfrage im Oktober 2018 sogar nur noch bei 15 Prozent.

Diskrepanz zwischen Akzeptanzverlust und konstanter Machtposition

Durch eine starke Verhandlungsposition in den Koalitionsverhandlungen hat die SPD einen erheblichen Teil der Regierungsverantwortung und zumindest vorerst eine **starke Macht- und Gestaltungsposition** inne. Die hier vorliegenden Wahl- und Umfrageergebnisse der SPD sind somit ein besonders deutliches Beispiel für die von Merkel aufgezeigte „Diskrepanz zwischen einer **fortschreitenden gesellschaftlichen Entwurzelung** der Volksparteien und ihrer [vorerst] konstanten staatlichen Macht“ (Z. 52 ff.). Wobei man dem entgegenhalten kann, dass in einer repräsentativen Demokratie auch konstante Regierungsführung ermöglicht werden soll. Veränderte Zustimmungswerte schlagen sich in der Regel nicht innerhalb einer Legislaturperiode, sondern erst in erneuten Wahlergebnissen und somit mit Verzögerung nieder.

Abschließend lässt sich sagen, dass die vorliegenden Daten umfassend die vom Autor konstatierte **Schwächung der Volksparteien** belegen. Trotz dieses „unzweifelhaften Akzeptanzverlusts" (Z. 71) haben Parteien aber, das arbeitet Merkel ebenfalls heraus, in repräsentativen Demokratien einen **Legitimitätsvorsprung vor anderen politischen Akteuren** (vgl. Z. 71 f.). Fazit

Ein Wiedererstarken der Volksparteien hält Merkel für unwahrscheinlich, die vorliegenden Daten lassen keinen Schluss darüber zu, ob die **Talsohle der Schwächung** bereits erreicht ist.

4 **TIPP** *Anforderungsbereich: II und III*

Diese Aufgabe ermöglicht Ihnen, je nach Unterrichtsschwerpunkten oder Interesse, eine geeignete Krisenregion für Ihre Bearbeitung frei zu wählen. Auch inhaltlich sind dementsprechend unterschiedliche Schwerpunktsetzungen denkbar. Ein geeignetes Beispiel kann ein Land im Verlauf eines innerstaatlichen Konflikts oder ein Entwicklungsland sein, das vor der Herausforderung steht, demokratische Strukturen zu etablieren. Das vorliegende Zitat des afghanischen Wahlkommissionschefs bietet Ihnen aber zugleich Afghanistan als ein geeignetes Beispiel für Ihre Beurteilung an.

Bringen Sie Ihr Wissen zu der konkreten Krisenregion ein und versuchen Sie, die spezifischen Schwierigkeiten des Demokratisierungsprozesses in diesem Land möglichst systematisch und differenziert zu beurteilen.

Einleitung

In Afghanistan konnten die Parlamentswahlen im Oktober 2018 erst mit drei Jahren Verspätung durchgeführt werden. Es kam allerdings zu massiven organisatorischen Mängeln bei der Durchführung und Auswertung, sodass auch ein halbes Jahr nach der Wahl für zahlreiche Provinzen noch keine Ergebnisse vorliegen. Das **Aufschieben und die mangelhafte Durchführung der Wahl** sind ein herber **Rückschlag für den zarten Demokratisierungsprozess** des Landes und zeigen eine Vielzahl von Problemen auf, die bei der Etablierung demokratischer Strukturen auftreten können.

Partizipation als Basis

Durch eine Parlamentswahl soll eine neue Regierung gebildet und legitimiert werden, wofür in einer Demokratie **politische Partizipation die Grundlage** ist. Doch die Möglichkeit zur Teilnahme aller Afghanen an der Wahl, die Sicherheit der Wähler und den Zugang zu den Wahllokalen kann die **geschwächte Regierung** in Kabul nicht in allen Landesteilen gewährleisten. Sie hat nicht die Kontrolle über das gesamte Staatsgebiet, weshalb das **staatliche Gewaltmonopol** in einigen Landesteilen nicht durchgesetzt werden kann. Nach dem Abzug eines Großteils der NATO-Truppen 2014 haben die Taliban Teile des Landes zurückerobert. Dabei sind die Taliban die

Kein staatliches Gewaltmonopol

stärkste aufständische Macht, aber auch Clans sowie weitere religiöse und ethnische Gruppen kämpfen um politischen und ökonomischen Einfluss.

Fragmentierung der Gesellschaft

Die afghanische Gesellschaft ist **tief zersplittert**, die **mangelnde Kommunikation und Kooperation** der unterschiedlichen Gruppen hemmt den weiteren Demokratisierungsprozess. Die komplexe Situation wird durch die Unterstützung der unterschiedlichen Gruppen und ihrer Ziele durch **externe Akteure**, wie die Großmächte USA, Russland und China, aber auch das Nachbarland Pakistan, zusätzlich verschärft. Seit Bestehen des Konflikts verfolgen diese Akteure auch eigene strategische Interessen im Land.

Schlechte Regierungsführung

Afghanistan ist zudem ein **„schwacher" Staat**. Rechtsstaatliche Strukturen werden durch die Gewalt, aber auch schlechte Regierungsführung im Sinne von **Korruption und Vetternwirtschaft** untergraben. Die **Gewaltenteilung** ist durch einen starken Präsidentenapparat aufgehoben. Demokratischen Institutionen fehlt es an **Funktionalität und Effektivität**.

Stagnation des wirtschaftlichen Wiederaufbaus

Das Anhalten des politischen Konfliktes blockiert zudem den wirtschaftlichen Aufbau des Landes. **Armut und Ungleichheit** nehmen zu, während die **Drogenökonomie** wächst. Der Opium-Anbau expandiert vor allem in Landesteilen, in denen es weniger Sicherheit und schlechteren Zugang zu Bildung und zum Gesundheitswesen sowie zu anderen Märkten gibt.

Implementierung und Akzeptanz demokratischer Strukturen

Verlässliche politische Rahmenbedingungen wären nötig, um die Wirtschaft wieder aufzubauen. Die staatlichen Strukturen wurden aber in dem langwierigen Konflikt zerstört und das entstandene **Machtvakuum** von einer Vielzahl an Gruppen gefüllt. Dies ist in anderen „zerfallenen" oder „schwachen" Staaten ein ähnlich gelagertes Problem. Entscheidend für eine erfolgreiche Demokratisierung Afghanistans ist, die **Fragmentierung der Gesellschaft zu überwinden** und dass die zunächst **von außen installierten demokratischen Strukturen** in Zukunft von breiten gesellschaftlichen Gruppen des Landes getragen werden. Dies unterstreicht die Bedeutung der Parlamentswahlen im Oktober 2018.

Damit die Ansätze der Demokratie nicht „weggebombt" oder unterwandert werden, braucht es eine **nicht-militärische Lösung**, eine friedliche Kooperationskultur und eine breite **innerafghanische Akzeptanz** der staatlichen Strukturen.

Sicherheit und Frieden als Bedingungen

Nur in Sicherheit und Frieden können demokratische Institutionen wachsen, **Friedenssicherung und Demokratisierung** gehen also in Afghanistan Hand in Hand.

Verhandlungen mit Taliban

Lange wurden **Verhandlungen mit den Taliban** vonseiten der anderen Konfliktparteien kategorisch abgelehnt, doch da der Konflikt militärisch nicht zu lösen ist, setzt sich die Erkenntnis durch, dass die unterschiedlichen lokalen Autoritäten und auch die wiedererstarkten Taliban beim „**state building**“ miteingebunden werden müssen. Seit die Taliban und die USA kurz vor den Parlamentswahlen im Oktober 2018 erste Gespräche aufgenommen haben, ist in den festgefahrenen Konflikt etwas Bewegung gekommen. Allerdings finden die Gespräche zurzeit noch ohne die gewählte afghanische Regierung statt. Solange die Konfliktparteien nicht alle an einem **gemeinsamen Verhandlungstisch** zusammenkommen, wird es für die afghanische Regierung schwer, Grundprinzipien der Demokratie im Land zu etablieren.

Fazit

Das Beispiel Afghanistan zeigt sehr eindrücklich, was auch für andere Krisenregionen gilt: Demokratische Strukturen können **nicht von außen installiert** werden, sondern müssen in einem meist langwierigen Prozess wachsen und von innen herausgetragen werden. Eine **demokratische Legitimierung** einer Regierung wie durch die Parlamentswahl in Afghanistan im Oktober 2018 in möglichst freien und allgemeinen Wahlen ist ein wichtiger Schritt in diese Richtung und eine Mindestvoraussetzung für Demokratie.

Hessen ▪ Politik und Wirtschaft ▪ Grundkurs 2019
Vorschlag B

WIRTSCHAFTSPOLITIK UND GLOBALISIERUNG

Aufgabenstellung

1 Geben Sie die wesentlichen Aussagen Bofingers zur Entwicklung der deutschen Wirtschaft wieder. (Material) (25 BE)

2 Erklären Sie die Grundüberlegungen und Instrumente der angebotsorientierten Wirtschaftspolitik. (20 BE)

3 Arbeiten Sie vor dem Hintergrund des Textes das Verhältnis zwischen sozialstaatlicher Absicherung und dem marktwirtschaftlichen Wettbewerb im Zeitalter der Globalisierung heraus. (Material) (30 BE)

4 Entwickeln Sie unter Berücksichtigung konkreter Standortfaktoren ein Maßnahmenpaket „Agenda 2030“, das die Zukunfts- und Wettbewerbsfähigkeit Deutschlands sichern soll. (25 BE)

M Interview von Stephan Kaufmann für die Frankfurter Rundschau (FR) mit Peter Bofinger: Deutschland ist kein Vorbild (2017)

FRANKFURTER RUNDSCHAU (FR): Herr Professor Bofinger, die deutsche Wirtschaft läuft rund, die Arbeitslosigkeit ist immer tiefer gesunken, immer mehr Menschen sind erwerbstätig. Das hat die Bundesregierung doch gut gemacht?

BOFINGER: Ich würde sagen, das Hauptverdienst hat die hierzulande viel kritisierte Europäische Zentralbank. Sie hat durch ihre Garantien die Euro-Krise gestoppt und durch Zinssenkungen die Konjunktur stabilisiert. Dank der EZB müssen die europäischen Ökonomien nicht mehr auf Teufel komm raus sparen, sondern können wachsen. Davon profitiert die deutsche Wirtschaft massiv. Und von der hohen Inflation, die viele meiner Kollegen als zwingende Folge der EZB-Politik vorhergesagt haben, ist nichts zu sehen.

FRANKFURTER RUNDSCHAU (FR): Nun mag die EZB ein gutes Umfeld geschaffen haben. Aber es könnte immer noch das Verdienst der Bundesregierung sein, dass die deutsche Wirtschaft in der Lage ist, von den günstigen Umständen zu profitieren? Stichworte Wettbewerbsfähigkeit, starke Industrie …

BOFINGER: Ich wüsste nicht, was die Bundesregierung in den vergangenen Jahren getan hat, um die Wettbewerbsfähigkeit Deutschlands zu stärken. Sicher, ein paar wichtige Dinge sind geschehen – aber da ging es um die Verbesserung der sozialen Sicherung und die Einführung des Mindestlohns. Das hat mit einer Stärkung der Wettbewerbsfähigkeit nichts zu tun – hat diese allerdings auch nicht vermindert.

Wir sehen deutlich: Gute soziale Absicherung ist kein Widerspruch zu wirtschaftlicher Dynamik.

FRANKFURTER RUNDSCHAU (FR): Dann gehen wir zur Erklärung der deutschen Stärke ein bisschen weiter in der Zeit zurück. Viele Ökonomen und Politiker sagen, Deutschlands Wirtschaft profitiere heute von den rot-grünen Reformen, vor allem von der Agenda 2010.

BOFINGER: Ich glaube nicht, dass die Agenda 2010 der deutschen Gesamtwirtschaft sehr geholfen hat.

FRANKFURTER RUNDSCHAU (FR): Die Zahlen sagen etwas anderes. Als die Agenda im Jahr 2005 in Kraft trat, galt Deutschland als kranker Mann Europas mit 5,2 Millionen Arbeitslosen. Seitdem ist die Arbeitslosigkeit auf 2,5 Millionen Menschen gefallen, die Erwerbstätigkeit liegt rekordhoch.

BOFINGER: Die Rede vom „kranken Mann“ war schon damals falsch. Das Problem damals war vielmehr die Wiedervereinigung. Anfang der 2000er-Jahre lag die transformationsbedingte Unterbeschäftigung in Ostdeutschland sehr hoch. Damit war die Arbeitslosigkeit auch für Gesamtdeutschland hoch. Was zudem oft übersehen wird: Bis Mitte der neunziger Jahre kamen noch 2,8 Millionen Spätaussiedler nach Deutschland, von denen 30 Prozent unterbeschäftigt waren. Diese 2,8 Millionen sind in der Statistik nie gesondert ausgewiesen worden. Und schließlich stieg die Arbeitslosigkeit 2005 allein dadurch, dass durch Hartz IV viele Menschen aus der Sozialhilfe-Statistik in die Arbeitslosen-Statistik wechselten.

FRANKFURTER RUNDSCHAU (FR): Was macht Sie so sicher, dass der Rückgang der Arbeitslosigkeit nicht doch an den Hartz-Reformen lag?

BOFINGER: Um die Wirkung der Agenda 2010 zu messen, muss man konjunkturelle und strukturelle Effekte trennen. 2005 zum Beispiel war ein konjunkturell schwaches Jahr, 2016 war ein starkes. Will man die Wirkung der Hartz-Reformen messen, muss man den Konjunktureffekt herausrechnen. Das Vergleichsjahr für 2016 ist für mich daher nicht 2005, sondern 2001, das konjunkturell dem Jahr 2016 ähnlicher ist. Der Vergleich ergibt für West-Deutschland einen Rückgang der Arbeitslosen zwischen 2001 und 2016 um nur noch 350 000 – von einem „Hartz-Wunder“ ist also wenig zu sehen.

FRANKFURTER RUNDSCHAU (FR): Im Osten allerdings schon …

BOFINGER: Dort ist die Zahl der Arbeitslosen um beachtliche 820 000 geschrumpft. Dieser Unterschied zwischen Ost und West spricht allerdings dafür, dass es sich weniger um einen Effekt der Hartz-Reformen handelte, sondern um einen Rückgang der transformationsbedingten Arbeitslosigkeit im Osten. Die Wiedervereinigung musste einfach verdaut werden.

FRANKFURTER RUNDSCHAU (FR): Aber spricht nicht die Logik dafür, dass die Hartz-Reformen viele Menschen in Arbeit gebracht haben? Schließlich erhöhten sie den Druck auf die Arbeitslosen, auch schlechtere Stellen anzunehmen.

BOFINGER: So einfach funktioniert das nicht. Bräuchte man nur mehr Druck auf die Arbeitslosen, um eine gute Beschäftigungsentwicklung zu bekommen, dann müssten die Arbeitsmärkte in Griechenland und Italien boomen. Dort erhält man spätestens nach einem Jahr Arbeitslosigkeit nämlich nichts mehr. […] Anders gesagt: Ob jemand arbeitslos ist oder nicht, liegt eher selten daran, dass er keinen Job will und man ihn daher zwingen muss.

FRANKFURTER RUNDSCHAU (FR): Ökonomen loben die Hartz-Reformen aber auch noch für ihren indirekten Effekt: Der Druck auf die Arbeitslosen hat die Arbeitnehmer zu Zugeständnissen beim Lohn motiviert. Aus Furcht vor Hartz IV haben sie Lohnzurückhaltung geübt, um ihre Arbeitsplätze zu sichern. Diese Lohnzurückhaltung wiederum hat die deutsche Wirtschaft wettbewerbsfähig gemacht und einen Exportboom ermöglicht, der wiederum den Aufschwung eingeleitet hat.

BOFINGER: Tatsächlich war die Lohnzurückhaltung für die deutsche Wirtschaft bedeutsam. Nur: Sie war gar kein Effekt der Hartz-Reformen, sondern begann lange vorher, nämlich in der zweiten Hälfte der neunziger Jahre. Damals verzichteten die deutschen Gewerkschaften bewusst auf reale Lohnerhöhungen, um über diesen Verzicht Arbeitsplätze zu erhalten. International war diese Gewerkschaftsstrategie wohl einzigartig. In der Folge weitete sich der Niedriglohnsektor bis 2004 deutlich aus – ganz ohne Hartz-Reformen.

FRANKFURTER RUNDSCHAU (FR): Für die deutsche Wirtschaft hat sie sich gelohnt.

BOFINGER: Nicht unbedingt. Zwar profitierte die Exportwirtschaft. Die Lohnzurückhaltung bescherte Deutschland allerdings eine jahrelange Stagnation der Binnenwirtschaft.

FRANKFURTER RUNDSCHAU (FR): Viele Ökonomen und Politiker fordern von den anderen Euro-Staaten, dem deutschen Vorbild zu folgen: Sparsamkeit, Lohnzurückhaltung für mehr Wettbewerbsfähigkeit. Auch von Frankreichs neuem Präsidenten Emmanuel Macron wird ein „Schröder-Moment“ erwartet.

BOFINGER: Deutschland ist kein Vorbild. Die deutsche Strategie der relativen Lohnsenkung hat nur funktioniert, weil die anderen Staaten sie nicht mitgemacht haben. Nur weil sie keine Sparsamkeit und Lohnzurückhaltung geübt haben, konnte Deutschland seine relative Wettbewerbsposition verbessern und von der ausländischen Nachfrage profitieren.

FRANKFURTER RUNDSCHAU (FR): Und wenn das jetzt alle machen würden?

BOFINGER: Wenn alle Euro-Staaten die Löhne senken[,] um wettbewerbsfähiger zu werden, dann ist das ein Nullsummen-Spiel, bei dem keiner gewinnt. Die pauschale Forderung deutscher Politiker nach „Reformen“ in den anderen Euro-Staaten führt in die Irre. Sollte Macron erfolgreich die Löhne in Frankreich drücken, dann verspreche ich Ihnen, dass bald Stimmen in Deutschland laut werden, die den Verlust unserer Wettbewerbsfähigkeit beklagen und Lohnzurückhaltung fordern.

Interview von Stephan Kaufmann mit Professor Dr. Peter Bofinger, Deutschland ist kein Vorbild, Frankfurter Rundschau vom 11.08.17, https://www.fr.de/wirtschaft/deutschland-kein-vorbild-11030436.html

Hinweis

Peter Bofinger lehrt Ökonomie an der Universität Würzburg. Als Wunschkandidat der Gewerkschaften ist er seit 2004 Mitglied im Sachverständigenrat zur Begutachtung der gesamtwirtschaftlichen Entwicklung.

Lösungsvorschlag

Unterrichtsinhalte:

- Nachhaltiges Wachstum und fairer Wettbewerb – Herausforderungen wirtschaftlicher Ordnungspolitik, Ziele und Prinzipien angebotsorientierter Wirtschaftspolitik
- Konjunkturanalyse und Konjunkturpolitik – Herausforderungen prozessorientierter Wirtschaftspolitik
- Strukturwandel der Weltwirtschaft als Herausforderung ökonomischer Globalisierung, Staaten zwischen Wohlfahrtsstaat und Wettbewerbsstaat am Beispiel verschiedener Politikfelder (Fiskalpolitik, Sozialpolitik, Bildungspolitik, Beschäftigungspolitik)

1 **TIPP** *Anforderungsbereich: I*

Ausgehend von einem Einleitungssatz, in dem Sie die Textquelle nennen, fassen Sie die wesentlichen Aussagen des vorliegenden Interviews in eigenen Worten unter Verwendung der Fachsprache zusammen. Verdeutlichen Sie Ihre Distanz zum Text, indem Sie den Konjunktiv verwenden oder entsprechende sprachliche Signale einsetzen. Fokussieren Sie sich auf die in diesem Interview thematisierte Problematik und die Position des Autors.

In dem unter dem Titel „Deutschland ist kein Vorbild" am 11. 08. 2017 in der Tageszeitung Frankfurter Rundschau von Stephan Kaufmann geführten Interview mit dem Wirtschaftsweisen Peter Bofinger äußert sich dieser zu der Frage, worauf die gute konjunkturelle Lage Deutschlands zurückzuführen ist.

Quelle, Textart

Zentrales Thema des Interviews

Die mehrfach im Interview vorgebrachte Behauptung, die **Politik der Bundesregierung** habe zu der **guten Wirtschaftslage** mit Rekordzahlen bei der Beschäftigung in Deutschland geführt (vgl. Z. 1 ff., Z. 11 f.), weist Bofinger zurück. Vielmehr seien die anhaltend niedrigen **Leitzinsen** der **Europäischen Zentralbank** eine Ursache für die Stabilisierung der Konjunktur. Viele europäische Staaten hätten so ihren Sparkurs verlassen können, wovon die deutsche Wirtschaft profitiert habe (vgl. Z. 4 ff.).

Gute Konjunktur nicht Erfolg der Regierung

Niedrige Leitzinsen als Konjunkturmotor

Auch zur Stärkung der deutschen **Wettbewerbsfähigkeit** habe die Bundesregierung wenig beigetragen. Vielmehr habe man sich auf den Ausbau der **sozialen Sicherungssysteme** konzentriert und den **Mindestlohn** eingeführt (vgl. Z. 17 f.). Dies habe dem konjunkturellen Aufwärtstrend jedoch nicht geschadet.

Ausbau des Sozialstaats und Mindestlohn

Die 2005 eingeführte **Agenda 2010** schätzt Bofinger nicht als Faktor zur Stärkung der Konjunktur ein (vgl. Z. 26 f.). Die hohe **Arbeitslosigkeit** im Jahr 2005 sei im Wesentlichen durch eine Neustrukturierung der Statistik sowie durch die Wiedervereinigung und die

Agenda 2010 mit geringer Wirkung auf Konjunktur

massive Zuwanderung von Spätaussiedlern (vgl. Z. 36 ff.) verursacht worden, was dieses Jahr zu keinem sinnvollen Vergleichsjahr mache (vgl. Z. 46 f.). Realistischer sei es, das Jahr 2016 mit dem ökonomisch ähnlichen Jahr 2001 zu vergleichen. Dann relativiere sich der angebliche Erfolg von **Hartz IV** sehr schnell. Es sei auch keinesfalls so, dass durch den auf Arbeitslose ausgeübten **Druck der Hartz IV-Reformen** (vgl. Z. 60 ff.) die **Beschäftigung** erhöht worden sei. Die Arbeitnehmer hätten bereits über eine lange Zeit aus Angst um ihre Arbeitsplätze sehr **zurückhaltende Lohnforderungen** gestellt. Dieses Vorgehen der Gewerkschaften sei im internationalen Vergleich eine Ausnahme (vgl. Z. 74 ff.). Es habe zu einer **Stärkung der Wettbewerbsfähigkeit** geführt und einen Zuwachs bei den Exporten ermöglicht. Gleichzeitig habe man durch die Lohnzurückhaltung jedoch die **Kaufkraft** im Inland und somit den **Binnenmarkt geschwächt** (vgl. Z. 80 ff.). Außerdem habe sich dadurch bereits vor der Hartz IV-Reform der **Niedriglohnsektor** erheblich ausgedehnt (vgl. Z. 77).

Hartz IV steigert Beschäftigung nicht

Lohnzurückhaltung sichert Beschäftigung

Schwächung der Inlandsnachfrage

Deutschland nun als Vorbild für **andere europäische Staaten** zu benennen, hält Bofinger für falsch. Wenn die anderen Staaten sich ähnlich verhalten hätten, wäre die deutsche **Wettbewerbssituation** schlechter (vgl. Z. 89 ff.) und man hätte **weniger von der Auslandsnachfrage profitiert**. Insofern solle man anderen Euro-Staaten **keinesfalls einen Sparkurs bei den Löhnen aufzwingen**. Dies ende unweigerlich in einem „Nullsummen-Spiel" (Z. 94), bei dem am Ende kein Land profitiere.

Fazit:

Deutschland ist kein Vorbild

Kein Sparkurs für andere Länder

2 **TIPP** *Anforderungsbereich: II*

In dieser Aufgabe sollen Sie die grundlegenden Wirkungsmechanismen und mögliche Instrumente angebotsorientierter Wirtschaftspolitik erklären. Hier bietet es sich an, zunächst die theoretischen Annahmen aufzugreifen und anschließend mögliche Instrumente der Angebotstheorie aus verschiedenen Politikfeldern darzustellen.

Die **angebotsorientierte Wirtschaftspolitik**, als deren Begründer der amerikanische Ökonom Milton Friedman gilt, hat das Ziel, wirtschaftliches **Wachstum** zu erreichen und somit einer möglichen Schwächung der Konjunktur entgegenzuwirken. Dieser aus der Mitte des letzten Jahrhunderts stammende Ansatz wurde in Europa vor allem durch den Ökonomen Friedrich von Hayek weiterentwickelt. Die **Angebotstheorie** zählt zu den **liberalen Wirtschaftstheorien** und basiert auf dem Paradigma der **Selbstregulierung des Marktes**. Die Aufgabe des Staates besteht lediglich darin, die **Rahmenbedingungen** für einen **freien Markt** zu setzen. Der Marktme-

Grundlagen der Angebotstheorie

Selbstregulierung des freien Marktes

chanismus, so die Annahme, sorgt für einen Ausgleich zwischen **Angebot** und **Nachfrage** und somit für gerechte Preise und leistungsgerechte **Einkommensverteilung**. In einer Krise soll durch staatliche Eingriffe die Angebotsseite gestärkt werden, um die Wirtschaft anzukurbeln.

Stärkung der Angebotsseite

Sorgt der Staat für günstige Bedingungen, erwirtschaften die Unternehmen höhere Gewinne und investieren in Produktion und Arbeitsplätze. Dies führt zu mehr **Nachfrage** und sorgt schließlich für Wachstum. Eingriffe des Staates in Form von höheren **Staatsausgaben**, steuerlichen **Umverteilungsmechanismen** oder der Erhöhung staatlicher **Transferzahlungen** zur Stärkung der Nachfrageseite lehnen angebotsorientierte Ökonomen strikt ab.

Passive Rolle des Staates bei der Steuerung der Konjunktur

Das konjunkturpolitische Instrumentarium der Angebotstheorie stammt überwiegend aus den Politikfeldern der **Ordnungspolitik**, der **Steuerpolitik**, der **Beschäftigungspolitik** und der **Geldpolitik**.

Instrumentarium der Angebotstheorie

Um die Investitionsbereitschaft der Unternehmen zu erhöhen, kann der Staat **Regulierungen** zum Beispiel in Bezug auf Umweltschutzauflagen, Bestimmungen des Baurechts oder Verbraucherschutz abbauen, was in einer Steigerung des Wachstums resultiert.

Ordnungspolitik

Im Bereich der **Steuerpolitik** sind gezielte **Senkungen der Steuer- und Abgabelast für Unternehmen** ein mögliches Instrument. Es wird davon ausgegangen, dass den Firmen dann mehr Geld für Investitionen zur Verfügung steht.

Steuerpolitik

Beschäftigungspolitische Instrumente sind die **Senkung von Lohnnebenkosten** sowie die Möglichkeit für Unternehmen, **Beschäftigungsverhältnisse flexibel zu gestalten**. Auch der Verzicht auf **Mindestlöhne**, das Einfrieren von Mindestlöhnen auf möglichst niedrigem Niveau oder das Einfordern niedriger **Tarifabschlüsse** sind Maßnahmen im Sinne der Angebotstheorie.

Beschäftigungspolitik

Im Rahmen der Angebotstheorie stellt ursprünglich auch das Instrument der **Geldpolitik** – hier vor allem die Regulierung der im Umlauf befindlichen **Geldmenge** durch die **Zentralbank** – einen zentralen Mechanismus dar. Aufgrund der Annahme, dass man über den Umfang der Geldmenge die wirtschaftliche Entwicklung stark beeinflussen kann, wird die Angebotstheorie auch mit dem Begriff **Monetarismus** bezeichnet. Allerdings lässt sich dieses Instrument in der Europäischen Währungsunion mit gemeinsamer Zentralbank, die für 19 Staaten gleichzeitig zuständig ist, kaum zur Durchsetzung nationaler Wirtschaftsinteressen einsetzen.

Geldpolitik

Regulierung der Geldmenge

All die hier angeführten Maßnahmen stellen **Erleichterungen für die Angebotsseite** im Sinne der Angebotstheorie dar und verbessern die wirtschaftlichen Bedingungen für Unternehmen. Sie stärken auch im internationalen Vergleich die **Wettbewerbsfähigkeit** der Unternehmen, was dann zu mehr Wachstum führen soll.

3 **TIPP** *Anforderungsbereich: I und II mit Schwerpunkt auf AFB II*

Der Operator „herausarbeiten" verlangt von Ihnen eine strukturierte und differenzierte Herangehensweise an die Frage, in welchem Spannungsverhältnis die Gewährleistung sozialstaatlicher Absicherung und die Notwendigkeit des Wettbewerbs in einer Marktwirtschaft stehen. Es wird erwartet, dass Sie Ihre Überlegungen ausgehend vom Hintergrund der ökonomischen Globalisierung entwickeln. Sie sollen hier auf Inhalte des Interviews (Material) zurückgreifen, müssen aber unbedingt auch darüber hinausgehende Inhalte erläutern. Kennzeichnen Sie Zitate und inhaltliche Bezüge sorgfältig. Ihre persönliche Einschätzung zu diesem Thema ist nicht gefordert, beschränken Sie sich daher auf eine sachliche und objektive Darstellungsweise.

Einleitung mit Formulierung der Problemstellung: Schadet der Wohlfahrtsstaat der Wettbewerbsfähigkeit?

In dem Interview mit Peter Bofinger äußert dieser die These, dass der Ausbau sozialstaatlicher Leistungen in den Jahren zwischen 2000 und 2016 auf die internationale Wettbewerbsfähigkeit Deutschlands keine negativen Auswirkungen hatte (vgl. Z. 17 ff.). Die Frage, ob die **Ausweitung des Wohlfahrtsstaates** der **internationalen Wettbewerbsfähigkeit entgegensteht**, wird jedoch sehr kontrovers diskutiert. Vor allem Unternehmerverbände kritisieren regelmäßig, dass die im internationalen Vergleich überdurchschnittlich hohe **Sozialleistungsquote**, die mittlerweile bei rund 30 Prozent des BIP liegt, eine Gefahr für die Wettbewerbsfähigkeit und somit auch die gute konjunkturelle Lage darstellt.

Dilemma der sozialen Marktwirtschaft

Die in Deutschland bestehende Wirtschaftsordnung einer **sozialen Marktwirtschaft** kombiniert beide Aspekte. Der Staat ist mit dem **Dilemma** konfrontiert, dass er zum einen für **soziale Absicherung,** zum anderen aber auch für **möglichst freien Wettbewerb** und **Wirtschaftswachstum** sorgen soll. Um soziale Absicherung garantieren zu können, ist eine stabile Konjunktur unbedingt notwendig, da der **Staat auf die Einnahmen aus Steuern und Beiträgen** angewiesen ist.

Staat sorgt für soziale Absicherung

Der Sozialstaat gewährleistet mit der **Arbeitslosen- und Rentenversicherung** eine umfassende Absicherung der Bürger und Bürgerinnen. Dies führt jedoch zu – im internationalen Vergleich sehr hohen – **Lohnnebenkosten**. Aus Sicht der Unternehmen wirken sich **hohe Lohnnebenkosten und hohe Steuern negativ auf die Wettbewerbsfähigkeit aus**. Deutsche Produkte sind dadurch teuer und werden eventuell weniger nachgefragt. Ausländische Unternehmen werden auf der Suche nach neuen Standorten, die Arbeitsplätze mit sich bringen könnten, durch hohe Kosten abgeschreckt. Auch inländische Unternehmen suchen nach **kostengünstigeren Standorten** und verlegen eventuell ihre Produktion ins Ausland, was Arbeitsplätze vernichtet. Unweigerlich fordern die Unternehmerverbände

Hohe Lohnnebenkosten als Standortfaktor

Risiko der Standortverlegung ins Ausland

zum Erhalt ihrer Wettbewerbsfähigkeit daher regelmäßig eine **Kostensenkung über niedrigere Steuern** oder **niedrigere Anteile an den Lohnnebenkosten**. Für den Staat bedeutet dies jedoch, dass die **fehlenden Einnahmen** über Kürzungen bei den staatlichen Leistungen ausgeglichen werden müssten. Einschränkungen beim Arbeitslosengeld oder Kürzungen bei den Renten sind jedoch politisch schwer durchzusetzen. Vor allem in Zeiten guter Konjunktur sind die Gewerkschaften langfristig auch nicht bereit, sich mit niedrigen Tarifabschlüssen zufriedenzugeben.

Wettbewerb um niedrige Löhne ist umstritten

Bofinger weist im Interview in diesem Zusammenhang darauf hin, dass ein **Wettbewerb zwischen den Staaten** um möglichst **geringe Sozialausgaben** und **niedrige Löhne** ein „Nullsummen-Spiel" (Z. 94) sei, welches am Ende keinem Staat Vorteile verschaffe.

Erhöhung der Einkommen führt zu verstärkter Nachfrage

Ein mögliches Argument für die **Ausweitung des Wohlfahrtsstaates** und die **Erhöhung sozialer Leistungen** oder **Transferzahlungen** besteht in der Annahme, dass damit insgesamt die Einkommenssituation verbessert und die inländische Nachfrage gestärkt wird. Dies würde – genau wie höhere Löhne – den deutschen Binnenmarkt und somit die Konjunktur unterstützen. Somit würde dies auch die Abhängigkeit von einer stabilen Auslandsnachfrage vermindern. Peter Bofinger äußert sich ebenfalls in diesem Sinne: Die in Deutschland über viele Jahre erfolgte Zurückhaltung der Gewerkschaften bei den Tarifabschlüssen habe dazu geführt, dass der Binnenmarkt stagnierte (vgl. Z. 81 ff.).

Mehr Markt oder mehr Sozialstaat?

Die angeführten Beispiele verdeutlichen, dass die Entscheidung für „mehr Markt" oder „mehr Sozialstaat" für den Staat eine immense politische Herausforderung darstellt.

4 **TIPP** *Anforderungsbereich: II und III mit Schwerpunkt auf AFB III*

Diese Aufgabe fordert von Ihnen, unter dem Titel „Agenda 2030" einen Maßnahmenkatalog zu entwickeln, der die deutsche Wettbewerbsfähigkeit auch in der Zukunft sicherstellen soll. Ihr Konzept soll ausgewählte Standortfaktoren berücksichtigen, die im internationalen Wettbewerb eine Rolle spielen. Beim Verfassen Ihres Lösungstextes können Sie durchaus kreativ vorgehen: Geben Sie Ihrem Text eine Überschrift und strukturieren Sie ihn zum Beispiel mit passenden Zwischenüberschriften.

„Agenda 2030" – den Standort Deutschland heute und in Zukunft sichern

Herausforderungen für den Standort Deutschland

Die deutsche Wirtschaft wächst, die Arbeitslosigkeit ist auf dem niedrigsten Niveau seit 30 Jahren, die Exporte boomen: Vom „kranken Mann Europas" (vgl. Z. 29) ist in den Medien und in der Politik längst nicht mehr die Rede. Bei aller Freude über die **starke Position**

Deutschlands in der Weltwirtschaft stellt sich die Frage, wie nachhaltig der Höhenflug der deutschen Wirtschaft ist und was getan werden kann, um auch **in der Zukunft die deutsche Wettbewerbsfähigkeit** zu erhalten und den vielfältigen Anforderungen zu begegnen. Die im Folgenden vorgestellte „Agenda 2030" stellt einen Maßnahmenkatalog dar, der die zentralen Herausforderungen der deutschen Wirtschaftspolitik aufgreift.

Standortfaktor Arbeitsmarkt

Arbeitsmarkt und demografische Entwicklung

Die demografische Entwicklung in Deutschland mit einer alternden Gesellschaft führt dazu, dass die Anzahl der Erwerbspersonen **in der Zukunft sehr stark zurückgehen** wird. Das Schlagwort „Arbeitslosigkeit" wurde in den letzten Jahren durch den Begriff „Fachkräftemangel" abgelöst. In vielen Regionen und Branchen können freie Stellen, zum Beispiel in Berufen mit technischem Hintergrund, nicht mit geeigneten Fachkräften besetzt werden. Aus Sicht der Unternehmen stellt dieser Engpass ein **Risiko** dar, da eine Ausweitung der Produktion oder die Entwicklung neuer Technologien in Zukunft nur eingeschränkt möglich sein könnte.

Fachkräftemangel

- Um die Leistungsfähigkeit der deutschen Wirtschaft auch in Zukunft sicherzustellen, muss unbedingt mit massiven staatlichen **Investitionen im Bildungssektor** reagiert werden. Die Stärkung der MINT-Fächer in den Schulen, Investitionen in deren digitale Ausstattung und die Einführung des Faches Informatik als Pflichtfach können hier gegensteuern.

Bildungsoffensive

- Auch im Bereich der **Weiterbildung und Qualifikation** sind umfangreiche Maßnahmen erforderlich, damit geringer qualifizierte Arbeitskräfte aufholen und den Anforderungen des Arbeitsmarktes der Zukunft entsprechen können. Hier sind nicht nur staatliche Investitionen erforderlich, es müssen Anreize für privatwirtschaftliche Investitionen in Bildung und Weiterbildung geschaffen werden.

Qualifikation von Fachkräften

- Ein weiterer Ansatzpunkt ist die **Erleichterung der Zuwanderung gut qualifizierter Arbeitskräfte** aus dem Ausland, um den Fachkräftemangel zu kompensieren. Hier sind unbedingt arbeits- und aufenthaltsrechtliche Programme erforderlich, damit der Fachkräftemangel ohne hohe bürokratische Hürden ausgeglichen werden kann.

Zuwanderung von Fachkräften als Chance

Standortfaktor Digitalisierung

Digitalisierung

In einer von globalen Handelsbeziehungen geprägten Welt ist die **Digitalisierung** einer der zentralen Standortfaktoren im internationalen Wettbewerb. Der Anteil digital gesteuerter, weitgehend autonomer Produktionsprozesse und vernetzter Maschinen und Systeme

(Industrie 4.0) wird in der Zukunft noch zunehmen. Die **Verfügbarkeit schneller Internetverbindungen** stellt für Unternehmen einen bedeutenden Standortfaktor dar.

Ausbau der digitalen Infrastruktur

- Um den Status Deutschlands als innovatives Land auch in Zukunft sicherzustellen, muss die **Verbesserung der digitalen Infrastruktur** dringend vorangetrieben werden. Der flächendeckende Ausbau des Glasfasernetzes ist dazu notwendig; **Investitionsanreize** und **deregulierende Maßnahmen** können den Ausbau beschleunigen.

Datenschutz

- Mit der zunehmenden Digitalisierung stellt sich immer mehr die Frage nach der **Sicherheit der verarbeiteten Daten**. Hier sind weitere Maßnahmen erforderlich, um zum einen das Know-how zu schützen und zum anderen auch die Sicherheit von Verbraucherdaten zu gewährleisten. Die Datenschutz-Grundverordnung auf EU-Ebene ist hier aber ein guter Anfang.

Standortfaktor Wissenschaft und Forschung

Wissenschaft und Forschung

In Deutschland gibt es viele **innovative und forschungsintensive Branchen**. Wissenschaft und Forschung leisten einen großen Beitrag für die Entwicklung moderner Technologien. Jahrelang lag Deutschland weltweit uneinholbar an der **Spitze beim Export von Hightech-Produkten**, wurde jedoch mittlerweile von China abgelöst.

Wissenschaft fördern

- Um dem internationalen Wettbewerbsdruck zu begegnen, sind für Wissenschaft und Forschung weitere **staatliche Ausgaben und privatwirtschaftliche Investitionen**, die steuerlich gefördert werden, unverzichtbar.

Europäische Kooperation in der Forschung

- Die **europäische Zusammenarbeit in Forschung und Entwicklung** sollte vorangetrieben werden, um Europa als gemeinsamen Wirtschaftsraum auch in Zukunft konkurrenzfähig zu machen.

Standortfaktor Energie

Energie

Ein harter Standortfaktor für Unternehmen ist die **Energieversorgung**. Vor allem produzierende Unternehmen sind auf die umfangreiche und verlässliche **Verfügbarkeit von Energie** angewiesen. Mit der Energiewende und dem Erneuerbare-Energien-Gesetz (EEG) wurde bereits der Grundstein für eine umweltverträgliche Energieversorgung gelegt.

Energiekosten mit Augenmaß

- Im internationalen Standortwettbewerb spielen die Energiekosten eine zentrale Rolle. Sie dürfen im Vergleich nicht zu hoch sein. Mit einer langfristigen **Vergünstigung von Energiekosten** für Unternehmen kann hier gegengesteuert werden.

Energieversorgung sichern

- Die **Verlässlichkeit der Energieversorgung** ist sicherzustellen. Dazu gehört der **Ausbau des Stromnetzes**, um zum Beispiel den auf der Nordsee gewonnenen Strom aus Windenergie in den Westen und Süden Deutschlands zu transportieren.

Hessen ▪ Politik und Wirtschaft ▪ Grundkurs 2019
Vorschlag C

DIE ROLLE DER VEREINTEN NATIONEN IN ZEITEN DER „WELTUNORDNUNG"

Aufgabenstellung

1 Fassen Sie den vorliegenden Text zusammen. (Material) (20 BE)

2 Erläutern Sie ausgehend von dem Begriff der „Weltunordnung" (Material) wichtige politische Herausforderungen für die Staatengemeinschaft nach dem Ende der bipolaren Weltordnung. (25 BE)

3 Der Autor spricht von „Demokratien westlicher Prägung". (Material)
Stellen Sie die im Grundgesetz der Bundesrepublik Deutschland formulierten Strukturprinzipien einer westlichen Demokratie dar. (25 BE)

4 „Die UN ist alles andere als perfekt. Aber in Zeiten der Weltunordnung wichtiger denn je." (Material)
Überprüfen Sie ausgehend von der UN-Charta diese Position des Autors. (30 BE)

M Tobias Matern: Den Vereinten Nationen fehlt der moralische Kompass (2017)

Für den neuen US-Präsidenten handelte es sich schlicht um eine Quasselbude, in der Diplomaten zusammenkommen, Cocktails schlürfen, „eine gute Zeit haben" und nichts zustande bringen. Die Vereinten Nationen und Donald Trump, die Weltorganisation und der Amerika-zuerst-Mann, schienen nur eine Gemeinsamkeit zu haben: eine Adresse in New York. Neun Monate später. Trump nimmt am Rande der Generalversammlung an einem Gipfel von mehr als 120 Staaten zur Reform der Weltorganisation teil. Stellt sich der mächtigste UN-Kritiker etwa an die Spitze der UN-Verbesserer?

Die Renaissance der Vereinten Nationen hat zunächst zwei Gründe: Trump und Trump. Erstens: In einem Crashkurs internationaler Diplomatie hat der Präsident verstanden, dass die UN den USA nutzen, dass er etwa sein Ziel, weniger für Blauhelm-Missionen auszugeben, leichter mit statt gegen die Institution durchsetzen kann. Vor allem ist ihm klar geworden, dass er China und Russland im Atomkonflikt mit Nordkorea braucht. Trump rückt also nicht von nationalen Interessen ab. Er erweitert seine Optionen. […]

Aber hinter der Wiederbelebung der UN steckt deutlich mehr. Sie ist Ausdruck nach einer Sehnsucht, dem Wirrwarr, den Konflikten, die jeden Winkel der Welt erreicht haben oder erreichen können, mehr Stabilität entgegenzusetzen. Nordkorea und das neue atomare Wettrüsten, Syrien, Ukraine, Terrorismus – das sind nur einige von Dutzenden Konflikten, die über Landesgrenzen hinaus wirken.

Die Rückbesinnung auf das Multilaterale ist also vor allem das Ergebnis der Weltunordnung. Niemand spricht mehr vom „Ende der Geschichte", wie es sich der Westen nach dem Kollaps des Kommunismus Ende der 1980er-Jahre ausgemalt hatte. Die Geschichte ist vielmehr in vollem Gange. Der Anspruch, dass ein politischer Liberalismus reüssiert[1] und überall eine Demokratie nach westlicher Prägung die alten Autokratien ersetzen müsste, ist vorbei. Nun dominiert vielmehr die Frage, ob die Menschheit noch einmal so selbstzerstörerisch sein wird und die Atombombe einsetzt.

In dieser Phase fehlen ausgleichende Faktoren. Die Supermächte von einst sind verkeilt, die EU fällt noch immer als globale Ordnungsmacht aus, die Nato ist als Konfliktpartei im Duell mit Russland zu voreingenommen. Bleiben die UN, um diese Krisen wenigstens zu sortieren. Denn zu glauben, dass sie die Konflikte lösen könnten, wäre vermessen. Die Organisation kann nur so stark sein, wie ihre 193 Mitglieder es zulassen.

Aber beim Thema Atom ist auf mehreren Ebenen erkennbar, wie stark diese UN sein können. Im Tagesgeschäft lässt Trump seine UN-Botschafterin im Konflikt mit Nordkorea Runde für Runde um neue Sanktionen gegen Nordkorea ringen. Da sind Russland und auch China mit an Bord. Das ist Diplomatie, die wirkt. Auch Kim Jong-un zieht seinen Botschafter nicht aus den UN-Gremien ab, der Diktator will trotz allen Getöses vor allem eines: wahrgenommen werden und seine Macht erhalten. Der Besitz der Bombe ist seine Lebensversicherung; setzt er sie jedoch ein, ist sein Regime beendet.

Jenseits des Megakonflikts haben bei den Vereinten Nationen mehr als 120 Länder einen Vertrag ausgehandelt, der Atomwaffen verbietet. Selbst gegen den Willen der Vetomächte und nuklearer Teilhabestaaten wie Deutschland lassen sich auf dieser Bühne also Abkommen beschließen, die nicht sofort, aber zumindest für die nächste Generation eine historische Wirkung entwickeln können.

Trotz solcher Erfolge brauchen die UN Reformen, doch sie haben wenig mit Trumps gewünschter Beitragssenkung gemein. Der Sicherheitsrat müsste mehr als 70 Jahre nach dem Ende des Zweiten Weltkriegs die aktuellen globalen Machtverhältnisse spiegeln, also auch einem Kontinent wie Afrika und Ländern wie Indien mehr Gewicht einräumen. Auch fehlt der moralische Kompass, solange Staaten, die Menschenrechte mit Füßen treten, in den entsprechenden Gremien eine führende Rolle spielen dürfen. Die UN sind alles andere als perfekt. Aber in Zeiten der Weltunordnung wichtiger denn je.

Tobias Matern, Den Vereinten Nationen fehlt der moralische Kompass, Süddeutsche Zeitung vom 19. 09. 2017, https://www.sueddeutsche.de/politik/vereinte-nationen-den-vereinten-nationen-fehlt-der-moralische-kompass-1.3671837

Anmerkung

1 reüssieren: hier im Sinne von „Erfolg haben"

Lösungsvorschlag

Unterrichtsinhalte:

- Internationale Konflikte und Konfliktbearbeitung in einer differenzierten Staatenwelt: Möglichkeiten, Verfahren und Akteure kollektiver Konfliktbearbeitung und Friedenssicherung im Rahmen internationaler Institutionen und Bündnisse
- Verfassung und Verfassungswirklichkeit: Rechtsstaatlichkeit und Verfassungskonflikte: Grundrechte und Rechtsstaatlichkeit in der Verfassung

1 TIPP *Anforderungsbereich: I*

In dieser Aufgabe soll die Position des Autors in eigenen Worten zusammengefasst werden. Beachten Sie dabei, dass der Operator auch eine Einleitung (Autor, Titel, Textsorte, Erscheinungsjahr, Thema) fordert. Achten Sie weiterhin auf Distanz zum Text (z. B. durch indirekte Rede, Konjunktiv etc.).

In dem Kommentar, den Tobias Matern am 19. 9. 2017 auf der Online-Plattform der Süddeutschen Zeitung veröffentlicht hat, geht es um die **gegenwärtige Bedeutung** und die **zukünftige Rolle der Vereinten Nationen (UN)**. *Quelle, Textsorte* *Thema*

Matern stellt zunächst fest, dass sich der Umgang des amerikanischen Präsidenten Trump mit den Vereinten Nationen deutlich **geändert** habe. Entgegen den früheren Diffamierungen (vgl. Z. 1 ff.) des US-Präsidenten habe Trump nun sogar an einem Gipfel zur Reform der UNO teilgenommen (vgl. Z. 5 ff.). *Trump und die UN*

Diesen **Sinneswandel** erklärt Matern damit, dass Trump erkannt habe, dass er die **nationalen Ziele** der USA (Senkung der amerikanischen Ausgaben für Blauhelmeinsätze, Lösung des Nordkoreakonfliktes u. a.) besser zusammen mit den Vereinten Nationen erreichen könne (vgl. Z. 9 ff.). *Ziele der USA*

Matern sieht in der „Wiederbelebung der UN" aber deutlich mehr, nämlich die Sehnsucht der Weltgemeinschaft, **zahlreichen internationalen Konflikten Stabilität entgegenzusetzen** (vgl. Z. 15 ff.). Die Sicherheit des Westens, die liberale Demokratie werde nach dem Zerfall der Sowjetunion nun ihren Siegeszug beginnen, sei einer „**Weltunordnung**" gewichen (vgl. Z. 20 ff.). Diese Unordnung könne weder von den USA und Russland, noch von der mit inneren Problemen beschäftigten EU, noch von der NATO gelöst werden (vgl. Z. 27 ff.) – **allein die UN blieben noch**, „um diese Krisen wenigstens zu sortieren" (Z. 29 f.). *Weltunordnung und Wunsch nach Stabilität* *Stabilität nur durch UN möglich*

Anhand des „Thema[s] Atom" (Z. 33), womit die Frage nach der **Verbreitung von Atomwaffen**, insbesondere dem Streben Nordkoreas nach der Atombombe, gemeint ist, zeigt Matern exemplarisch *Internationale Atompolitik* auf, wo die **UN handlungsfähig** seien: sowohl bei den **Sanktionen** (vgl. Z. 34 ff.), die gegen das nordkoreanische Regime verhängt werden, als auch bei der **Aushandlung des Atomwaffensperrvertrages**, dem mittlerweile über 120 Länder beigetreten sind (vgl. Z. 41 f.). Trotz dieser Erfolge könne dies aber nicht darüber hinwegtäuschen, dass der **Sicherheitsrat nicht die multipolare Welt** des 21. Jahrhunderts, sondern die Machtverhältnisse nach dem Zweiten Weltkrieg widerspiegele: Matern fordert daher eine **Reform des Sicherheitsrates**, bei der Indien oder auch afrikanische Länder berücksichtigt werden (vgl. Z. 47 ff.). Außerdem verlangt er ein **stringenteres Agieren** der UNO für **Menschenrechte** – auch gegen Staaten des Sicherheitsrates selbst, wenn diese Menschenrechte verletzten (vgl. Z. 50 ff.). Hier fehle der UNO bislang ein „**moralische[r] Kompass**“ (Z. 50).

Kritik: veraltete Machtverhältnisse

Forderungen: Reform

Fokus auf Menschenrechte

2 **TIPP** *Anforderungsbereich: I und II mit Schwerpunkt auf AFB II*

Hier empfiehlt es sich, zunächst eine knappe Definition der „Weltunordnung“ zu geben, wie sie sich aus dem Text ergibt. Danach geht es darum, die multipolare Welt des 21. Jahrhunderts in ihren Verwerfungen darzustellen. Achten Sie dabei von vorneherein auf eine Gliederung und vermeiden Sie, mit Pfeilen und Sternchen Textbausteine nachträglich einzufügen. Bedenken Sie auch, dass Sie sich bei dieser sehr umfangreichen Aufgabe auf Wesentliches beschränken müssen, um noch genügend Zeit für die anderen Aufgaben zu haben.

Einleitung

Der von Tobias Matern verwendete Begriff der „Weltunordnung“ beschreibt die **Parallelität diverser internationaler Konflikte**, die sich zunehmend den Lösungsversuchen durch die Nationalstaaten als zentrale Akteure der internationalen Politik entziehen.

Beispiele

Matern nennt dabei exemplarisch drei Beispiele: Die **Konflikte in der Ukraine und in Syrien**, die Bedrohung durch den **internationalen Terrorismus** und den **atomaren Rüstungswettlauf** (vgl. Z. 17 ff.). Alle drei Konflikte führten – so Matern – zu einer „Rückbesinnung auf das Multilaterale“ (Z. 20) und somit auch zu einem **Bedeutungsgewinn der UNO** (vgl. Aufgabe 4).

Konflikte in Syrien und der Ukraine

Die Konflikte in der Ukraine und in Syrien stehen exemplarisch für die Konflikte, die sich in einer **multipolaren Welt** ergeben, in der die einzig verbliebene Supermacht, die USA, mit zahlreichen **regionalen Großmächten** konkurriert – in der Ukraine und in Syrien mit Russland, aber auch mit China und den Regionalmächten Iran und der Türkei. Dabei zeigt sich, dass die **Strukturen** der **UNO** mit den fünf Vetomächten **kaum noch zu Lösungen** führen: Zu unterschied-

Unterschiedliche Interessen

lich sind die **Interessen** aber auch **Werte** alter und neuer Großmächte, sodass der UN-Sicherheitsrat in keinem der beiden Konflikte substanzielle Lösungen entwickeln konnte.

Atomarer Rüstungswettlauf

Die **Multipolarität** zeigt sich auch im atomaren **Rüstungswettlauf**, der von Staaten wie Nordkorea und vermutlich auch dem Iran weiter betrieben wird, um durch den Besitz von strategischen Atomwaffen als Akteur ernst genommen zu werden. Die „übersichtliche" Welt nach dem Zweiten Weltkrieg mit den USA und der Sowjetunion als Blockmächten, denen sich letztendlich alle größeren Staaten zuordnen ließen, hat sich aufgelöst. Sie muss daher durch **multinationale Verträge**, wie den Atomwaffensperrvertrag oder durch ebensolche Regime, wie die **UNO**, mit einer weit **größeren Zahl an Akteuren** ersetzt werden.

Multinationale Regime

Gegenbewegung: wachsender Nationalismus

Dieser von Matern als „Rückbesinnung auf das Multilaterale" (Z. 20) skizzierten Entwicklung steht jedoch eine **Gegenbewegung** entgegen: In den USA ist mit Donald Trump ein Präsident an der Macht, der wenig Ambitionen zu haben scheint, sich internationalen Verpflichtungen unterzuordnen. Stattdessen wird mit der „america first"-Haltung eine sicher geglaubte Basis infrage gestellt, ob es sich nun um **Freihandel** oder die **Rolle der NATO** handelt. **Nationalistische Töne** lassen sich dabei aber nicht nur in den USA finden, sondern auch in Brasilien, Russland, der Türkei – und auch innerhalb der EU gibt es eine immer lautere Bewegung, die nach **nationalen Lösungen** verlangt, bis hin zu Exit-Bestrebungen, die in Großbritannien am weitesten fortgeschritten sind (Brexit).

Internationaler Terrorismus

Der **internationale Terrorismus**, der von Matern ebenfalls angeführt wird, ist seit dem 11. September 2001 im Bewusstsein der Öffentlichkeit kaum mehr wegzudenken: Ob im großen Stile wie durch den **Islamischen Staat** in Syrien, als Guerilla-Kampf wie in Afghanistan oder durch **Anschläge** wie in Paris oder Berlin: Das **Gefühl** von **Sicherheit der Bevölkerung** wurde in den letzten Jahren **eingeschränkt**, was auch eine Erklärung für die Rückbesinnung auf **nationale Prinzipien** darstellen könnte. Tatsächlich ist eine absolute Sicherheit, v. a. von „weichen Zielen" wie z. B. eines Weihnachtsmarktes, nicht möglich. Ebenso **wenig gelingt** es den USA, trotz militärischer Überlegenheit, gegen den IS in Syrien oder gegen die Taliban in Afghanistan **Erfolge einzufahren**. Dies hängt auch damit zusammen, dass der Bekämpfung der **Ursachen von Terrorismus** immer noch zu wenig Energie gewidmet wird: Nach wie vor ist der **Nahostkonflikt** nicht gelöst, nimmt die **internationale Ungleichheit** zu, werden Regionen Opfer des **Klimawandels** und werden Menschenrechte von **autokratischen Regierungen** missachtet. Bei alledem gibt es keine klare Haltung des Westens, was Matern in Bezug auf die UN als Fehlen eines „moralische[n] Kompass[es]" (Z. 50) bezeichnet.

Ursachen des Terrorismus

Seit 2015 lassen sich diese Probleme immer weniger ausblenden, die **Flüchtlingskrise** verdeutlichte, dass sich die **internationalen Probleme** nicht aussitzen lassen werden. Auch hier fehlte und fehlt es im Wesentlichen an einer **internationalen Lösung des Problems**, nicht einmal innerhalb der EU war es möglich, einen Mechanismus zu finden, Flüchtlinge fair auf die EU-Mitglieder zu verteilen. Flüchtlingskrise

Schließlich kommen zahlreiche **Konflikte jenseits der klassischen Sicherheitspolitik** hinzu, die sich jedoch sicherheitspolitisch auswirken: Der **Klimawandel** führt in einigen Regionen zu Wasserknappheit oder zu Überschwemmungen, was zu einer **Verstärkung von Migration** führt. Ein wachsender **Rohstoff- und Energiebedarf** der Menschheit, vor allem der westlichen Welt, führt dazu, dass alle Großmächte den Nachschub an Rohstoffen als nationales Interesse begreifen, wodurch kein Konflikt mehr als ein lokaler Konflikt angesehen wird. Die **Globalisierung** führt zu einer Vernetzung von Staaten und Gesellschaften in ungeahntem Ausmaß, was jedoch auch zu ungelösten Fragen und Anfälligkeiten führt: Von der Frage, wie **Cyber-Kriminalität** zu ahnden ist, über die Anfälligkeit globaler Handelsströme für Störungen durch **Piraterie** bis hin zu einem **Wiedererstarken des Protektionismus**. Weitere Problemfelder / Klimawandel und Wasserknappheit / Globalisierung

Es ist fraglich, ob die UNO in ihrer aktuellen Verfassung für diese Herausforderungen ausreichend vorbereitet ist. Fazit

3 **TIPP** *Anforderungsbereich: I und II mit auf Schwerpunkt AFB II*

„Demokratien westlicher Prägung" ist ein sehr unscharfer Begriff, der im Laufe der Aufgabe präzisiert werden soll. Ausgangspunkt soll das Grundgesetz sein. Empfehlenswert ist dabei, Artikel 20 heranzuziehen, in dem die wesentlichen Staatsstrukturprinzipien aufgeführt sind. Vielleicht haben Sie im Unterricht auch Merkmale moderner (westlicher) Demokratien erarbeitet (z. B. Volkssouveränität, Rechtsstaatlichkeit, Gewaltenteilung, Pluralismus), dann können Sie auch mit diesen Prinzipien arbeiten – müssen sie aber gemäß der Aufgabenstellung mit dem Grundgesetz in Zusammenhang stellen.

Der Begriff des politischen **„Westens"** ist ein sehr weit gefasster Begriff, der so **unterschiedliche politische Systeme** wie die USA, die Bundesrepublik Deutschland, Großbritannien oder die Schweiz umfasst. Im Kern findet sich die allen westlichen Systemen zugrunde liegende **Demokratievorstellung** in **Artikel 20 GG** wieder. In Art. 20 (1) heißt es: Die BRD „ist ein demokratischer und sozialer Bundesstaat". Einleitung / Grundgesetz

Mit dem Wort „demokratisch" ist das **Prinzip der Volkssouveränität** angesprochen: Entscheidungen werden dann als legitim erachtet, wenn sie auf den **Willen des Volkes** oder zumindest seiner **Mehrheit** zurückzuführen sind. Die Staatsgewalt wird dabei durch das Volk in Form von **Wahlen und Abstimmungen** (Art. 20 (2) GG) ausgeübt. Im Falle der BRD bedeutet das, dass alle vier Jahre der **Bundestag** gewählt wird, dessen Abgeordnete dann den **Bundeskanzler** wählen und an der Wahl des **Bundespräsidenten** sowie der Richter der Bundesgerichte beteiligt sind.

Demokratieprinzip

In Art. 20 (3) GG wird die Bindung an die **verfassungsmäßige Ordnung** verankert, was essenzieller Bestandteil des **Rechtsstaatsprinzips** ist. Regierung und Rechtsprechung sind an **Recht und Gesetz** gebunden, der Gesetzgeber selbst an die Grundsätze der Verfassung. Somit ist staatliche Gewalt immer durch das Recht eingehegt und kann – da die **Grund- und Menschenrechte** in den Artikeln 1–19 Teil des Grundgesetzes sind – nicht über diese Grenzen hinaus expandiert werden. Hinzu kommt, dass die Artikel 1 und 20 durch Art. 79 (3) besonders geschützt sind („**Ewigkeitsklausel**").

Rechtsstaatsprinzip

Allein die Aufzählung jener **drei Gewalten** (Gesetzgebung, ausführende Gewalt, Rechtsprechung), ebenso wie die in Art. 20 (1) festgelegte **Bundesstaatlichkeit** verdeutlicht den Aspekt der Gewaltenteilung. Dieser Aspekt ist in den Demokratien westlicher Prägung sehr unterschiedlich ausgestaltet, in der Bundesrepublik etwa sind die **Legislative und die Exekutive eng verflochten** (Abhängigkeit der Regierung vom Parlament), dafür gibt es jedoch eine sehr **strenge vertikale Gewaltenteilung** zwischen Bund und Ländern. Gewaltenteilung als Prinzip soll verhindern, dass einzelne Institutionen zu viel Macht erlangen und einsetzen.

Gewaltenteilung

Ein weiteres zentrales Prinzip von westlichen Demokratien stellt der **Pluralismus** dar: Hier **konkurrieren** eine Vielzahl gesellschaftlicher Gruppen und Organisationen miteinander um **gesellschaftliche, wirtschaftliche und politische Macht**. Dies können politische Parteien ebenso wie Verbände, Gewerkschaften, Kirchen, Vereine oder Bürgerinitiativen sein. Das Grundgesetz verwendet zwar den Begriff des Pluralismus nicht, sichert aber **alle zentralen Rechte**, die nötig sind, um Pluralismus zu gewährleisten, etwa das Recht auf freie **Meinungsäußerung** (Art. 5 GG), **Versammlungsfreiheit** (Art. 8 GG) und **Vereinigungsfreiheit** (Art. 9 GG).

Pluralismus

Neben diesen politischen Prinzipien westlicher Demokratien sind auch einige **wirtschaftliche Grundprinzipien** allen Staaten dieses Typs gemein: Alle westlichen Staaten sind (jedoch in unterschiedlichem Maße) freie **Marktwirtschaften**, ebenso gibt es in allen westlichen Staaten (auch hier aber in unterschiedlichem Maße) Anteile von **Sozialstaatlichkeit**. Damit wird zum einen die politische Frei-

Wirtschaftliche Prinzipien

Marktwirtschaft

Sozialstaat

heit auch auf den wirtschaftlichen Bereich ausgedehnt, das Grundgesetz garantiert z. B. das Eigentum (Art. 14 GG) und sichert die freie Berufswahl zu (Art. 12 GG). Gleichzeitig gewähren westliche Demokratien jedoch Bürgern, die wirtschaftlich in Not geraten, eine gewisse soziale Absicherung, im Grundgesetz wird diese in Art. 20 (1) durch das Adjektiv „sozial" verdeutlicht.

4 **TIPP** *Anforderungsbereich: I*

Die Aufgabenstellung ist hier etwas kompliziert: Einerseits sollen Sie von der UN-Charta ausgehen – in diesem Fall bedeutet das, die wichtigsten Strukturen der UN kurz darzustellen. Dann sollen Sie die Position des Autors „überprüfen" – was zunächst einmal bedeutet, die Position des Autors richtig wiederzugeben. Die Frage lautet dann also, inwiefern die UN ein geeignetes Mittel sind, die „Weltunordnung" etwas zu beherrschen.

Einleitung

Die These „Die UN ist alles andere als perfekt. Aber in Zeiten der Weltunordnung wichtiger denn je" (Z. 52 f.) enthält zwei zentrale Aussagen: Im ersten Teil wird die **Unvollkommenheit der UN** hervorgehoben („alles andere als perfekt"), der zweite Teil stellt hingegen die **zentrale Bedeutung der UN** für die internationale Politik in den Vordergrund („wichtiger denn je").

Aufstellen der Thesen

Ziele der UN-Charta

Die **Ziele** der UN sind in der **UN-Charta** von 1945 festgelegt: Die Aufgabe der UN ist es, den **„Weltfrieden und die internationale Sicherheit zu wahren"** (Art. 1). Dabei geht die Charta ausdrücklich von der „souveränen Gleichheit aller ihrer Mitglieder" (Art. 2) aus. Die UN stärken damit also das **Prinzip der nationalen Souveränität**, ein Eingreifen in die inneren Angelegenheiten eines anderen Staates wird ausdrücklich abgelehnt (Art. 2 (7)). Die einzige Ausnahme ist die **internationale Sicherheit**, hier übertragen die Mitglieder dem **UN-Sicherheitsrat** die „Hauptverantwortung für die Wahrung des Weltfriedens" (Art. 24). Der Sicherheitsrat ist damit das **entscheidende Organ** im Hinblick auf **Konfliktfeststellung**, **Konfliktlösung** und **Friedenssicherung**. Dabei kommt den fünf **ständigen Mitgliedern** (USA, Russland, China, Großbritannien, Frankreich) eine besondere Rolle zu, da gegen ihren Willen keine Entscheidung getroffen werden kann. Dies bedeutet, dass das **Veto** eines der ständigen Mitglieder den Sicherheitsrat de facto lahmlegt.

Nationale Souveränität

Ausnahme: Wahrung des Weltfriedens

Rolle der fünf ständigen Mitglieder

Erste These

Damit wird zunächst der erste Teil der These („alles andere als perfekt") bestätigt, da das zentrale Organ der UN, der **Sicherheitsrat**, bei den meisten internationalen Konflikten **handlungsunfähig** ist. Da in einer globalisierten Welt nahezu alle internationalen Konflikte die Interessen einer der fünf Veto-Mächte tangieren, ist dieser

Zustand nahezu permanent. Was bleibt ist die Suche nach Kompromissen und dem kleinsten gemeinsamen Nenner. Der Bürgerkrieg in Syrien oder der Krieg in der Ostukraine sind Beispiele dafür, dass so **kaum Frieden zu schaffen** ist.

Reform unwahrscheinlich

Hinzu kommt, dass eine **Reform dieses Systems** nicht in Sicht ist, denn dafür müssten die fünf ständigen Mitglieder alle zustimmen – und es ist **unwahrscheinlich**, dass einer der fünf Staaten freiwillig auf seine Veto-Macht verzichten wird.

Finanzielle Probleme

Im Text von Tobias Matern wird darüber hinaus angedeutet, dass der amerikanische Präsident Trump das Ziel verfolgt, für die UNO-Einsätze weniger auszugeben (Z. 10 f.). Dies verweist auf die **chronische Geldknappheit** der UN, deren Mittel durch die Mitglieder bestritten werden – gerade die USA haben die Finanzzuweisungen an die UN schon als **Druckmittel** genutzt.

Menschenrechtsprobleme bei Veto-Mächten

Außerdem sitzen im UN-Sicherheitsrat mit Russland und China Staaten, die in dem **Schutz von Menschenrechten nicht die oberste Priorität** sehen. Selbst im UN-Menschenrechtsrat sitzen Staaten, die für die **Missachtung von Menschenrechten** bekannt sind – dies ist es, was Matern mit dem **Fehlen eines moralischen Kompasses** (vgl. Z. 50) meint.

UN handlungsunfähig

So stecken die UN in einer Sackgasse: **Handlungsunfähig** bei den meisten Konflikten, von **reformunwilligen** Veto-Staaten blockiert, die (zum Teil) selbst Teil des Problems sind.

Zweite These

Dennoch ist Tobias Matern offenbar **nicht völlig desillusioniert**, schließlich hält er die UN trotz aller Probleme für „**wichtiger denn je**“.

Starke Position der Generalversammlung

Dies hängt zum einen damit zusammen, dass vor allem die **UN-Generalversammlung** und auch der **Generalsekretär** noch **Impulse zu setzen** vermögen. Gerade die Generalversammlung ist ein Ort für den **internationalen Austausch**, an dem sich Staaten, die ansonsten jegliche Kommunikation abgebrochen haben, einander noch begegnen.

Moralische Wirkung

Auch vermag die Generalversammlung mit ihren **Beschlüssen** zwar keine juristisch bindende Wirkung zu entfalten, die Tatsache aber, dass „die Weltgemeinschaft“ hinter den Beschlüssen der Generalversammlung steht, hat eine **nicht zu unterschätzende moralische Wirkung** – zumindest in den westlichen Gesellschaften, in denen Politiker Wahlen gewinnen müssen.

Bewertung des Fazits

Matern kommt daher zu einem relativ **optimistischen Fazit**, das ich so **nicht teilen kann**. Ich würde aufgrund der kaum behebbaren Probleme der UN eher die These vertreten: „Die UN funktionieren sehr schlecht – aber wir haben auch nichts Besseres.“

Hessen ▪ Politik und Wirtschaft ▪ Leistungskurs 2019
Vorschlag A

DEMOKRATIE UND GLOBALISIERUNG

Aufgabenstellung

1 Fassen Sie die wesentlichen Aussagen des vorliegenden Textes zusammen. (Material) (20 BE)

2 Albrecht thematisiert einerseits eine „postfaktische, antidemokratische und verrohte Diskussionskultur", andererseits aber auch den „Qualitätsjournalismus". (Material) Stellen Sie vor diesem Hintergrund die Funktionen und Probleme klassischer und neuer politischer Massenmedien dar. (25 BE)

3 Albrecht erwähnt in seinem Text auch die „Demokratie im Mehrebenensystem internationaler Staatlichkeit".
Erläutern Sie wesentliche Strukturen des politischen Mehrebenensystems der Bundesrepublik Deutschland anhand der Gesetzgebung unter Einbeziehung der EU. (25 BE)

4 Bewerten Sie anhand ausgewählter Beispiele der ökonomischen Globalisierung, inwieweit „globale Herausforderungen und Verflechtungen" (Material) eine Chance oder ein Risiko sind. (30 BE)

M Jan Philipp Albrecht: Die Demokratie im Handgemenge (2017)

Rutschen wir in ein postdemokratisches Zeitalter, in dem die Menschen sich zwar Demokratie wünschen, aber Unternehmen, Technokraten oder gar Algorithmen die Entscheidungen treffen? Geprägt hat den resignativen Begriff der „Postdemokratie" der britische Politikwissenschaftler Colin Crouch. Für Crouch ist Politik nur noch die Vorderbühne von Marktprozessen. Abgeordnete und gar Minister und Regierungschefs hätten weder die Zeit, sich durch hundertseitige, hochkomplexe Akten und Vertragswerke zu lesen, noch die Expertise, um sie sachkundig zu beurteilen. Sie verfügen laut Crouch auch nicht über ausreichend Personal, um der geballten Macht hochspezialisierter Anwalts- und Beraterstäbe aus der Wirtschaft Paroli zu bieten. Gesetze, sagt Crouch, würden heute von Kanzleien im Auftrag von Konzernen gemacht und von Politikern hilflos abgenickt. Gerade angesichts der undurchsichtigen und schnelllebigen Prozesse der Globalisierung und Digitalisierung stünden unsere gewählten Vertreter auf verlorenem Posten.

Die immer wieder ans Tageslicht tretende Einflussnahme auf die Politik, bis hin zur Korruption, und die immer größere Entfernung der Entscheidungsprozesse von der

Bevölkerung verstärken den Eindruck einer entkernten Demokratie, die scheinbar nur noch eine Fassade für die Öffentlichkeit ist.

Dieses Bild hat sich bei vielen Menschen breitgemacht. Immer mehr Menschen glauben nicht mehr daran, dass Wahlen etwas ändern und Politiker wirklich Einfluss auf die Geschehnisse in der Welt haben – zumindest nicht diejenigen, die derzeit in den Parlamenten und Regierungen sitzen. Deshalb geben auch immer mehr Menschen Populisten ihre Stimme, die ihnen versprechen, dass mit ihnen alles anders würde und sie die Komplexität, die Kompromisse und die politische Korrektheit durch einfache Einordnungen, knallharte Entscheidungen und eine neue Ehrlichkeit ersetzen würden. […]

Die Verachtung für die politischen Eliten ist so groß geworden, dass sich eine postfaktische, antidemokratische und verrohte Diskussionskultur Bahn bricht, die mit aller Macht versucht, die Realitäten globaler Herausforderungen und Verflechtungen zu leugnen und zurück in eine autokratische Regierungsform strebt. […]

Es gibt jedoch keinen Grund, das gewachsene Modell demokratischer Entscheidungsprozesse, wie wir sie kennen, auf die Müllhalde der Geschichte zu verbannen und uns der Autokratie, der Technokratie oder gar der Algorithmokratie[1] zu ergeben. […]

Komplexität und Globalität sind nicht unregierbar, aber wir brauchen eine Neudefinition demokratischer Prozesse sowie grenzübergreifende Kompromissfindung und Rechtsdurchsetzung. Nötig ist die Erkenntnis, dass wir uns von den althergebrachten nationalen Denkmustern demokratischer Herrschaft lösen und parallel zu den nationalen einen überstaatlichen Demos[2] entwickeln müssen. „Demokratie im Mehrebenensystem internationaler Staatlichkeit“ – so lautete dereinst ein Seminar, dass ich in meinem Studium belegen durfte. Damals war es graue Theorie. Heute müssen wir es durch starke politische Repräsentanten mit Leben füllen. Selbst wenn es kompliziert und zunächst unattraktiv wirkt.

Dass Politik nicht machtlos ist, habe ich als Verhandlungsführer des Europäischen Parlaments für die Reform des europäischen Datenschutzrechts erlebt. Dort habe ich den Druck und die Macht großer Internetkonzerne am eigenen Leib zu spüren bekommen. […]

Angesichts des enormen Lobbydrucks, der komplexen und oft technischen Fragestellungen der Datenschutzreform, knapper Vorbereitungszeit für wichtige Entscheidungen und der Flut an Terminen ist es für viele Politiker schwierig, den Überblick zu behalten. In diesen Momenten droht die Politik zur Marionette der Wirtschaft zu werden. Aber entgegen der landläufigen Wahrnehmung und wiederholt schlechten Erfahrungen ist dies bei Weitem nicht unmöglich. Es ist mühsam und erfordert viel Rückgrat und Initiative, aber es ist möglich: So ist es dem Europäischen Parlament gelungen, trotz eines überwältigenden Einflusses großer Internetkonzerne und trotz eines im Vergleich zum technischen Fortschritt erschreckend langsamen politischen Prozesses mit der Datenschutz-Grundverordnung die Grundlage für ein selbstbestimmtes digitales Leben der Verbraucher zu legen. Das Gesetz gilt von 2018 an für alle Unternehmen, die auf dem europäischen Markt Geschäfte machen. Wer sich nicht an die Regeln hält, dem drohen Milliardenstrafen – eine Ansage, die in dieser selbstbewussten Form durch kein einziges EU-Land formuliert worden wäre.

Die Internetkonzerne nehmen diese scharfe und wirksame EU-weite Regulierung jetzt schon ernst, viele haben beschlossen, diese Regelungen der Europäischen Union künftig weltweit zum Standard zu machen. Statt zum „digitalen Entwicklungsland" zu werden, wie Angela Merkel selbst noch während des Prozesses warnte, wird der EU-Markt globale Standards setzen und Vorreiter bei datenschutzfreundlichen Technologien sein. Statt das Heft des Handelns entweder in die Hände von Wirtschaftsvertretern, emotionslosen Technokraten oder laut brüllenden Autokraten zu legen, sollten wir wieder am Ideal eines glaubwürdigen und selbstbewussten Parlaments als Zentrum der Macht und Ort der Kompromissfindung arbeiten. Dazu gehört, Interessengruppen zuzuhören, aber sich nicht von ihnen abhängig zu machen, und dazu gehören Respekt und eine gute Ausstattung für die Arbeit politischer Repräsentanten.

Als ich vor acht Jahren als Abgeordneter ins Europäische Parlament gewählt wurde, war mein wichtigstes Anliegen neben dem Einsatz für Grund- und Verbraucherrechte die Stärkung der Demokratie in der Europäischen Union. Wie fast alle war ich davon überzeugt, dass die EU ein großes Defizit hat. Heute weiß ich, dass wir die Fortschritte, die wir bereits gemacht haben, massiv unterschätzen. Es mag provokant klingen, aber aus meiner Sicht ist die EU schon heute demokratischer als manche ihrer Mitgliedstaaten.

Gelingt es uns, die parlamentarische Demokratie durch ihre jetzige Krise zu bringen, wird am Ende ein neues Modell internationaler demokratischer Prozesse stehen. Die gescholtene Europäische Union stellt das wichtigste Experiment und eine große Chance für den Erhalt der Demokratie dar. Wir müssen uns dafür darauf einlassen, dass europäische Parteien und deren Programmatik und Personal mehr Einfluss im alltäglichen politischen Geschäft bekommen. Wir sollten Qualitätsjournalismus deutlich stärker fördern und einfordern, dass dieser die komplexen Zusammenhänge überstaatlicher Demokratie erklärt und ausleuchtet. Und wir sollten den Menschen auch unbequeme Wahrheiten über den Zustand unserer Handlungsfähigkeit in einer globalisierten Welt zumuten.

Jan Philipp Albrecht, Demokratie im Handgemenge, FAZ vom 05. 07. 2017, https://www.faz.net/aktuell/feuilleton/debatten/jan-philipp-albrecht-ueber-demokratie-in-der-eu-15080046.html

Hinweis
Jan Philipp Albrecht ist ein deutsch-französischer Politiker, der von 2009 bis 2018 für die deutsche Partei Bündnis 90/Die Grünen dem Europäischen Parlament angehörte. Seit dem 01. 08. 2018 ist er Minister für Energiewende, Landwirtschaft, Umwelt, Natur und Digitalisierung des Landes Schleswig-Holstein.

Anmerkung
1 Gemeint ist die Herrschaft der Algorithmen. Der Autor bezieht sich darauf, dass die Algorithmen in sozialen Netzwerken oder von Suchmaschinen die Informationen, die der Nutzer bekommt, filtern und die Nutzer somit beeinflusst werden.
2 dẽmos (griechisch) – Demokratie, Gebiet und Volksgemeinde eines altgriechischen Stadtstaates

Lösungsvorschlag

Unterrichtsinhalte:

- Q 1: Verfassung und Verfassungswirklichkeit: Rechtsstaatlichkeit und Verfassungskonflikte, insbesondere: Parlament, Länderkammer, Bundesregierung und Europäische Institutionen im Gesetzgebungsprozess (insbesondere Spannungsverhältnis Exekutive – Legislative) und Öffentlichkeit im Wandel – Zivilgesellschaft und Medien im politischen Prozess (insbesondere Aufgaben, Funktionen und Probleme klassischer politischer Massenmedien und Chancen und Risiken neuer politischer Kommunikationsformen im Internet)
- Q 3: Strukturwandel der Weltwirtschaft als Herausforderung ökonomischer Globalisierung, insbesondere Überblick über Entgrenzung und Verflechtung von Nationalökonomien hinsichtlich Außenhandel, Freihandelszonen und Binnenmärkten, Währungsräumen und Währungssystemen, Kapitalmärkten, Arbeit und damit verbundene Chancen und Risiken

1 **TIPP** *Anforderungsbereich: I*

In der geforderten Zusammenfassung benennen Sie einleitend Autor, Titel, Textsorte sowie Thema und Veröffentlichungsdatum des Textes. Anschließend fassen Sie die Argumentation mit eigenen Worten und strukturiert zusammen. Die Hauptthese des Textes stellen Sie an den Anfang. Bei der unkommentierten Wiedergabe seiner Kernaussagen können Sie wichtige Begriffe und Wendungen wörtlich zitieren, um sie herauszuheben.

Quelle, Thema

Der GRÜNEN-Politiker Jan Philipp Albrecht setzt sich in einem Kommentar, der am 05. 07. 2017 in der Frankfurter Allgemeinen Zeitung erschienen ist, mit **Gefahren für die Demokratie** in Deutschland und in der Europäischen Union auseinander. Er wehrt sich dabei jedoch gegen Behauptungen, die Europäische Union sei postdemokratisch und plädiert für eine weitere **Stärkung der europäischen Demokratie**.

Gefährdung der Demokratie

Dazu greift Albrecht zunächst den Eindruck eines „**postdemokratische[n] Zeitalter[s]**" (Z. 1) auf, das der Politikwissenschaftler Colin Crouch als Überwältigung der Politik durch „Marktprozess[e]" (Z. 5) charakterisiere. Crouch argumentiere, es drohe eine „entkernt[e] Demokratie" (Z. 16), in der die Entscheidungen fernab von den Bürgern und statt von gewählten Politikern durch „Unternehmen, Technokraten oder gar Algorithmen" getroffen würden (Z. 2). Außerdem kämen übermächtige wie „undurchsichtige Prozesse der **Globalisierung** und **Digitalisierung**" (Z. 11 f.) hinzu.

Erfolge des Populismus

Dieses Denken habe sich, so Albrecht, bei zahlreichen Menschen durchgesetzt, was auch den Wahlerfolg von **Populisten**, die einer komplexen Welt mit einfachen Lösungen begegneten, ermögliche (vgl. Z. 21 ff.). Diese verachteten jedoch die politischen Eliten und förderten eine „postfaktische, antidemokratische und verrohte Diskussionskultur" (Z. 26 f.), die Realitäten verleugne und eine autokratische Ordnung begünstige.

Gegenthese

Im zweiten Teil seines Aufsatzes stellt Albrecht dieser Krisendiagnose seine These gegenüber, dass die bestehende demokratische Ordnung verteidigt, allerdings von „nationalen Denkmustern" (Z. 37) befreit und als „**Demokratie im Mehrebenensystem**" verstanden werden müsse, die neben dem nationalen auf einem „überstaatlichen" Volk beruht (vgl. Z. 38).

Beleg am Beispiel der Reform des Datenschutzes

Der Autor nutzt dabei seine Erfahrung als Mitglied des Europäischen Parlaments (EP), wo er die erfolgreiche **Reform des Datenschutzes** begleitet habe (vgl. Z. 43 ff.). Dieses **Beispiel** zeige, dass die Interessen mächtiger Internetkonzerne gebändigt werden könnten. Den Einfluss von Lobbyisten und Technokraten könne ein selbstbewusstes und kompromissfähiges Parlament brechen (vgl. Z. 61 ff.). So erweise sich das EP inzwischen als „Zentrum der Macht" (Z. 68 f.). Frühere Demokratiedefizite der EU seien inzwischen überwunden (vgl. Z. 75 ff.), die EU sogar demokratischer als mancher Mitgliedstaat (vgl. Z. 77 ff.).

Fazit

In seinem Resümee unterstreicht Albrecht, dass die aktuelle Krise der parlamentarischen Demokratie durch die EU im Sinne eines „**neue[n[Modell[s] internationaler demokratischer Prozesse**" (Z. 80) überwunden werden könne. In der EU sieht er das „wichtigste Experiment und eine große Chance für den Erhalt der Demokratie" (vgl. Z. 82 ff.). Dazu gehörten aber auch einflussreiche europäische Parteien (vgl. Z. 84 ff.), ein Qualitätsjournalismus sowie das Aussprechen „unbequemer Wahrheiten" (Z. 86 f.).

2 **TIPP** *Anforderungsbereich: I und II mit Schwerpunkt auf AFB II*

Diese Aufgabe knüpft an das Unterrichtsthema „Öffentlichkeit im Wandel" (Q 1.4) an. Sie verlangt eine Erläuterung der aktuellen Medienlandschaft aus klassischen und neuen Massenmedien. Ihre Leitfrage sollte sich auf die Bedeutung der beiden Medienarten für den demokratischen Prozess richten. Beachten Sie: Es geht nicht um Unterhaltungsmedien. Die Lösung dieser Aufgabe gelingt am besten, wenn Sie erkennbar Schwerpunkte auswählen, diese vertieft behandeln und mit Beispielen veranschaulichen.

Einleitung

Das Grundrecht des Art. 5 GG gewährleistet die Meinungs- und Pressefreiheit, die Medien werden gegen staatliche Eingriffe geschützt. Denn ohne eine wahrheitsgemäße Informationsvermittlung auf der Basis vielfältiger Quellen kann sich Demokratie, die auf der rationalen Meinungsbildung ihrer Bürger beruht, nicht entfalten. Der Beitrag der klassischen Massenmedien Presse, Radio und Fernsehen sowie der internetbasierten neuen Medien lässt sich in **vier Aufgaben** zusammenfassen. Zunächst einmal **informieren** sie sachlich über politische und ökonomische Entwicklungen. Außerdem unterstützen sie die **Urteilsbildung** der Bürger, indem sie das Geschehen analysieren und kommentieren. Durch **Kritik und Kontrolle** der Mandatsträger machen sie auf Probleme im politischen Prozess aufmerksam. Ohne diese Wächterfunktion blieben der Öffentlichkeit viele Missstände verborgen. Schließlich bieten die Massenmedien den Bürgern auch die Möglichkeit, ihre **Interessen und Forderungen in die Öffentlichkeit** zu bringen.

Funktion der Massenmedien

Die schnelle Weiterentwicklung der Massenmedien durch Online-Portale und soziale Netzwerke hat zu neuen Nachrichtenquellen und einem ungehinderten, oft kostenfreien **Zugang zu Informationen** geführt. Nahezu in Echtzeit können die Bürger auf Informationen aus allen Teilen der Welt zugreifen. Stärker als die klassischen Massenmedien ermöglicht das Internet durch Diskussionsforen, Blogs und soziale Netzwerke gleichzeitig den **interaktiven Austausch**, eine wesentliche Voraussetzung für demokratische Partizipation im Sinne der genannten vierten Funktion.

Neue Entwicklungen

Sowohl bei klassischen als auch bei den neuen Medien sind jedoch einige Probleme zu erkennen.

So wirken alte Gefahren von Massenmedien weiter. Das klassische Leitmedium Fernsehen oder der Boulevardjournalismus beeinflussen durch eine **dramatisierende Berichterstattung**, oft mit dem Schwerpunkt auf negativen Nachrichten, oder durch **Personalisierung** und Polarisierung die Willensbildung und Entscheidungsfindung von Politikern und Bürgern. **Infotainment**, die Vermischung von informierenden und unterhaltenden Formaten, nimmt zu.

Klassische Probleme der Medien

Dabei stehen oft **wirtschaftliche Interessen** im Vordergrund, bei privaten Anbietern mehr als bei öffentlich-rechtlichen. Auf geringe Quoten, zu wenige Klicks oder Auflagen- und Werbeeinbußen reagieren diese Medien mit Einsparungen im redaktionellen Bereich, der für die Erfüllung der anfangs genannten politischen Aufgaben wichtig ist. Auch die Sendezeit für Nachrichten ist viel geringer. Der private Rundfunk- und Fernsehmarkt wird von wenigen Medienkonzernen beherrscht, die in der Regel auch im Online-Bereich aktiv sind. Außerdem wächst die Zahl der Regionen, in denen nur noch eine Zeitung informiert. Damit wird die bedrohte Lage des „Qualitätsjournalismus“ (Z. 84) deutlich.

Wirtschaftliche Interessen und Probleme

Dennoch verringern in Deutschland institutionelle und rechtliche Rahmenvorgaben die Gefahren zumindest für die klassischen Massenmedien. Diese beruhen auf der **Konkurrenz von öffentlich-**

Sicherung der Pluralität durch Rahmenvorgaben

rechtlichen und privaten Anbietern sowie auf der kartellrechtlichen Kontrolle der Medienkonzentration, die die Pluralität des Meinungsangebots sicherstellen.

Risiken der neuen Medien – fake news

Bedeutende **Risiken** sind eindeutig aufseiten der neuen Massenmedien zu erkennen. Unternehmen wie Facebook und Twitter verbreiten die Inhalte anderer, wodurch Fehlinformationen (**fake news**) erleichtert werden, weil eine eigene redaktionelle Kontrolle der Nachrichtenquellen meist fehlt. Anders als im Qualitätsjournalismus sind in den sozialen Netzwerken vertiefte, unabhängige Recherchen selten. So steuern diese die Art, wie Menschen Informationen verarbeiten und damit deren soziales Verhalten.

Demokratiegefährdung durch Echokammern

Neben sozialen Netzwerken begünstigen Suchmaschinen wie Google oder das Videoportal YouTube durch **Algorithmen**, die auf Vorlieben der Nutzer beruhen, die Bildung von „Filterblasen" oder „Echokammern". Es kommt zu einer personalisierten Auswahl von Nachrichten und Meinungen, die das eigene Weltbild bestätigen. Ein Beispiel hierfür ist die Diskussion über Schutzimpfungen gegen Kinderkrankheiten. Wer durch Klicks ein Urteil erkennen lässt, bekommt fast nur noch entsprechendes Material empfohlen. Wenn andere Meinungen und Ideen nicht mehr wahrgenommen werden, gerät jedoch der kontroverse Austausch in Gefahr. Dadurch können problematische Merkmale von Medien demokratiegefährdend auf das politische System übergreifen.

Agenda-Setting an Beispielen

Ein weiteres Problem ist, wenn die Massenmedien egal welcher Form die politische **Agenda bestimmen** und den öffentlichen Diskurs verzerren. Eine Medienkampagne führte 2012 zum Rücktritt des Bundespräsidenten Wulff, obwohl er vor Gericht vom Korruptionsvorwurf freigesprochen wurde. 2016 hatten im US-Wahlkampf und beim englischen Brexit-Referendum Computerprogramme massenhaft politische Botschaften in den sozialen Netzwerken erzeugt. Offenbar aus Russland stammende, aber schwer zu enttarnende Meinungsroboter simulierten menschliche Anhänger von Ideen und Kandidaten. Der Zugriff auf die Daten von Milliarden Nutzern weltweit verschafft den Internetkonzernen **politische Macht**, die mit demokratischen Spielregeln nicht vereinbar ist (vgl. Z. 44 ff.). In Deutschland war die Flüchtlingskrise seit 2015 der Auslöser für ähnliche Fehlentwicklungen, die Albrechts Charakterisierung der Diskussionskultur (Z. 26 f.) bestätigen. Hass gegen Migranten, Flüchtlinge, „korrupte Politiker" und Angst vor Verschwörungen, z. B. der Vorwurf einer geplanten „Umvolkung" oder „Islamisierung", fanden aufgrund der Anonymität im Netz leichte Verbreitung.

Soziale Medien als Chance für Qualitätsjournalismus

Dennoch bieten die neuen Medien auch **Chancen für den Qualitätsjournalismus**, da auch seriöse Zeitungen ihre Artikel in sozialen Medien teilen und damit eine Zielgruppe erreichen, die sie auf klassischem Weg nicht mehr erreichen würden.

3 **TIPP** *Anforderungsbereich: I und II mit Schwerpunkt auf AFB II*

In dieser Aufgabe geht es im Kern um das Zusammenwirken der „Ebenen" Bund, Länder, Kommunen und EU bei der Gesetzgebung. Sie sollen die hierfür wichtigen Strukturen und das Zusammenwirken der Organe erklären. Dabei können Sie sicher auf ein Unterrichtsbeispiel oder auf Kenntnisse aus der aktuellen Zeitungslektüre zurückgreifen. Benennen Sie die wichtigsten GG-Bestimmungen und die Vorgaben der EU.

Klärung des Vorgehens

Im Folgenden möchte ich an einem Beispiel aus dem Bereich der Abfallwirtschaft zeigen, wie die **verschiedenen Ebenen** und **Organe** der **Legislative in Deutschland und in der EU** zusammenwirken. Gesetze, Vorschriften und Verordnungen entstehen im Rahmen der vom GG vorgegebenen Ordnung auf den vier Ebenen der **Gemeinde**, des **Landes**, des **Bundes** und der **EU**. Nach Art. 20 GG ist Deutschland ein Bundesstaat. Den Gemeinden kommen laut Art. 28 GG Selbstverwaltungsrechte zu. Die Einbindung Deutschlands in die EU wird durch Art. 23 GG ermöglicht, der es erlaubt, Hoheitsrechte auf die EU zu übertragen. Zu beachten ist stets das **Subsidiaritätsprinzip**, nach dem eine staatliche Aufgabe soweit wie möglich von der unteren Ebene bzw. kleineren Einheit wahrgenommen werden soll.

Normative Vorgaben

Grundlagen für EU-Gesetz

Wie die anderen Mitgliedsstaaten hat Deutschland in einem der EU-Verträge die Regelung der **Abfallwirtschaft** im Rahmen des Umweltschutzes zum Teil an die Organe der Europäischen Union übertragen. Deshalb konnten das **Europäische Parlament und der Rat der Europäischen Union** (Ministerrat) auf den Vorschlag der **Kommission** Richtlinien und Verordnungen (die beiden Arten von EU-Gesetzen) in diesem Bereich erlassen. Gesetzgebung in der EU ist nämlich Aufgabe des „institutionellen Dreiecks" aus Kommission, Parlament und Ministerrat, wobei in letzterem die regierenden Fach-Minister der Mitgliedstaaten das Sagen haben. Für die meisten Politikbereiche gilt das ordentliche Gesetzgebungsverfahren (Mitentscheidungsverfahren), nach dem Parlament und Rat gemeinsam die Gesetze erlassen. Die Vorschläge entwirft in der Regel die Kommission. Rat und Parlament können die Kommission auch zu solchen Initiativen auffordern. 2008 kam auf diese Weise die EU-**Abfallrahmenrichtlinie** zustande.

EU-Rahmenrichtlinien

Richtlinien binden die Mitgliedstaaten, nicht jedoch deren Bürger. Sie sind daher in nationales Recht umzusetzen, was der **Deutsche Bundestag** 2012 durch das Kreislaufwirtschaftsgesetz auf der Grundlage der Abfallrahmenrichtlinie tat.

Gesetz des Bundestags

Nationale Gesetze können aber nicht nur als Folge von EU-Richtlinien oder -Verordnungen entstehen, auch zahlreiche Akteure in

Deutschland, nämlich Bundestag, Bundesregierung und Bundesrat, haben ein sogenanntes Initiativrecht.

Rolle des Bundesrats

Wie stark der Bundesrat als Organ der Länderregierungen „mitregiert“, hängt davon ab, ob es sich um ein **Zustimmungs- oder Einspruchsgesetz** handelt. Zustimmungsbedürftig sind Gesetze, die die Interessen der Länder berühren oder die Verfassung ändern. Das GG führt sie in den Artikeln 79 Abs. 2 GG, 104 a Abs. 4 GG und 105 Abs. 3 GG auf. Diesen muss der Bundesrat ausdrücklich zustimmen. Bei allen anderen Gesetzen kann der Bundesrat nach einem Vermittlungsverfahren Einspruch erheben, der jedoch vom Bundestag überstimmt werden kann. Im **Vermittlungsausschuss** sind beide Häuser gleich stark vertreten. Seine Einigungsvorschläge müssen von Bundestag und Bundesrat gebilligt werden. So konnte das zustimmungspflichtige Kreislaufwirtschaftsgesetz erst nach einem solchen Vermittlungsverfahren beschlossen werden.

Hessisches Ausführungsgesetz

Die Abfallwirtschaft gehört zur **konkurrierenden Gesetzgebung** (Art. 74 Abs. 1 Nr. 24 GG). Dies bedeutet, dass die Bundesländer die Befugnis zur Gesetzgebung nur so lange haben, wie es kein Gesetz auf Bundesebene gibt (Art. 72 Abs. 1 GG). Die **Bundesländer** können – wie in diesem Fall dann auch geschehen – zum Bundesgesetz ein Ausführungsgesetz beschließen. Hessen hat so 2013 die Zuständigkeiten einzelner Landesbehörden und Bußgeldvorschriften detailliert geregelt.

Kommunale Satzung

Wie in **Städten und Kreisen** die privaten Haushalte die Abfälle sammeln, welche Gebühren anfallen und welche Vorschriften sie z. B. im Hinblick auf gefährliche Abfälle zu beachten haben, wird schließlich in den kommunalen Abfallsatzungen geregelt. Das fällt aufgrund der kommunalen Selbstverwaltungsrechte in ihre Kompetenz.

4 **TIPP** *Anforderungsbereich: III*

Der letzte Auftrag soll Sie anregen, eigene Argumente und Beispiele zu Chancen und Risiken der Globalisierung zusammenzustellen, also die allgemeinen Aussagen des Textes zu konkretisieren. Für die geforderte Bewertung wägen Sie zuvor jeweils Pro und Kontra ab. Fassen Sie Ihre eigene Position am Ende zusammen.

Einleitung

Die Erreichbarkeit von Menschen, Ideen, Waren und Finanzen nimmt weltweit immer mehr zu. Insbesondere die **neuen Informationstechnologien** haben den Prozess der Globalisierung beschleunigt. Vielfach wird heute ein Gut – oder ein Problem – nicht mehr an einem Ort produziert und dann grenzüberschreitend exportiert, die Produktion ist oft selbst schon ortsungebunden. Dies wird dadurch erleichtert, dass sich die Kluft zwischen ökonomisch entwickelten und sich entwickelnden Staaten beim Zugang zum Internet und anderen Kommunikationsmedien wie Mobilfunk zunehmend verkleinert.

Klärung der Fragestellung

Der Autor thematisiert in diesem Zusammenhang angebliche „undurchsichtig[e] und schnelllebig[e] Prozesse“ (Z. 11 f.), einen „überwältigenden Einfluss[] großer Internetkonzerne (Z. 54) und die Gefahr einer ohnmächtigen, „entkernten Demokratie“ (Z. 16 ff.). Lässt sich diese überwiegend negative Darstellung von Risiken der Globalisierung belegen, oder bieten „globale Herausforderungen und Verflechtungen“ auch Chancen?

Freihandelsabkommen

Die ökonomische Globalisierung wird auf der Basis internationaler **Arbeitsteilung** durch **komparative Kostenvorteile** der beteiligten Volkswirtschaften, aber auch durch **verringerte Transportkosten und den Abbau von Zöllen** und anderen Handelserschwernissen angetrieben. Aktuelle Beispiele dafür sind neue Handelsverträge mit Kanada (CETA) und Japan (JEFTA), die die EU abgeschlossen hat. Dadurch sinken die Preise für die Verbraucher und die Auswahl an verschiedenen Produkten nimmt zu. Risiken sind dabei jedoch, dass in den Verträgen private Schiedsgerichte mit aufgenommen werden, die es Konzernen ermöglichen, gegen demokratisch legitimierte politische Entscheidungen zu klagen. Weiterhin besteht auch die Gefahr, dass errungene Sozial- und Ökostandards aufgeweicht werden.

WTO und Auswirkungen des Freihandels

Die **Welthandelsorganisation WTO** fördert den Freihandel und schlichtet Konflikte. Industrielle und landwirtschaftliche Anbieter finden dadurch leichteren **Zugang zu neuen Absatzmärkten.** Dies begünstigt nicht nur in den Industrieländern Wachstum. 2015 war weltweit **kaum jeder Zehnte von extremer Armut betroffen** – rund 700 Millionen Menschen. Früher lag die Zahl um ein Vielfaches höher. Andererseits sind auch hier einige Risiken anzumerken. Durch große Milch- und Hühnerfleischexporte aus der EU in die afrikanischen Staaten wird die dortige Landwirtschaft zerstört. Dies führt dazu, dass immer mehr Menschen ihre Lebensgrundlage auf dem Land verlieren und entweder in die Großstädte ziehen (Urbanisierung) oder gleich versuchen nach Europa zu migrieren.

Multinationale Unternehmen und Steuervermeidung

Auch **Multinationale Unternehmen** (MNU), die sogenannten Multis, haben die Globalisierung vorangetrieben. Sie verfügen über große technische und finanzielle Ressourcen, ihr Anteil am Welthandel ist hoch, konzentriert sich aber auf Direktinvestitionen in Industrie- und einigen Schwellenländern. Am Beispiel der Unternehmen Apple, Amazon, Google und Facebook wird deutlich: Durch ihre hohe Mobilität können sie von Steuervorteilen einzelner Standorte profitieren. In Europa schwankt der Unternehmenssteuersatz zwischen den verschiedenen Staaten deutlich, sodass z. B. US-Firmen das für sie günstigste Land wählen und so nur sehr geringe Steuern zahlen müssen.

Vor- und Nachteile des Freihandels

Die Globalisierung produziert also nicht nur Gewinner, sondern auch Verlierer. Den **Vorteilen** für Verbraucher wie niedrige Preise oder eine wachsende Angebotsvielfalt stehen **Nachteile** wie dürftige Sozialstandards in Niedriglohnländern, Arbeitsplatzverluste durch Produktionsverlagerungen und undemokratische Schiedsgerichte gegenüber. Außerdem sinken die Löhne der geringer qualifizierten Arbeitskräfte.

Fehlinvestitionen und Krisen

Eine weitere Herausforderung ist die **Liberalisierung des internationalen Kapitalverkehrs**. Die globale Finanzwirtschaft ist enorm angewachsen und hat die Versorgung innovativer Unternehmen mit Kapital erleichtert, zugleich nimmt aber auch die Anfälligkeit für Schwankungen und Fehlinvestitionen zu. Das zeigte sich im Platzen der Dotcom-Blase im Jahr 2000, als die Technologiewerte an den Börsen in den Keller rauschten, und in der **Weltfinanzkrise** 2008, die von einer Immobilienblase in den USA ausging. Die Banken waren bei Immobilienkrediten erhebliche Risiken eingegangen. Durch den vermehrten Einsatz von Fremdkapital wollten sie einen höheren Gewinn erzielen. Deutschland, die USA und viele andere Industrieländer rutschten in die größte Rezession nach dem Zweiten Weltkrieg. Aus ihr entwickelte sich eine europäische Währungskrise und damit eine Staatsschuldenkrise, in deren Folge z. B. Griechenland nur durch die Hilfe der EU vor dem Bankrott bewahrt werden konnte.

Beispiele

Neuer Protektionismus

Um nachteiligen Folgen der Liberalisierung des Handels zu begegnen, wachsen in den USA inzwischen **protektionistische Tendenzen**. Unter der Parole „**America First**" hat Präsident Trump mit China und der EU einen Handelsstreit begonnen und den Freihandelsvertrag mit Mexiko und Kanada (NAFTA) neu ausgehandelt. Nun müssen Autos z. B. zu 75 Prozent in einem der drei Länder gebaut sein, damit sie zollfrei über die Grenze können. Mexiko muss Löhne, soziale Standards und Umweltschutzregeln anheben. Das macht US-amerikanische Unternehmen konkurrenzfähiger. Und Kanada öffnet seine Grenzen für Milch und andere landwirtschaftliche Produkte aus dem Süden.

Populismus

Obwohl durch die internationale wirtschaftliche Verflechtung wie auch durch Global Governance – die multilaterale Gestaltung der Globalisierung – politische Grenzen an Bedeutung verlieren, bleibt der einzelne Staat nach wie vor Adressat der Erwartungen seiner Bürger. Dies zeigte sich in Europa an der **populistischen Gegenreaktion auf die Migrationswelle** 2015, als Befürchtungen vor einer Bedrohung des Sozialstaats laut wurden. Flüchtlinge und Migranten aus den Kriegsgebieten des Nahen Ostens, aber auch aus Osteuropa stellten die Sozialsysteme vor neue Herausforderungen. Globalisierung wirkt sich also auf die Innenpolitik aus, was ein Regierungsmitglied mit den Worten bestätigte: Die Zuwanderung sei ein „Rendezvous unserer Gesellschaft mit der Globalisierung."

Klimawandel

Globales Wirtschaften verursacht auch einen globalen **Klimawandel**. Durch **fossile Brennstoffe**, d. h. Autoverkehr, Industrie, Kraftwerke oder Heizung kommt es zur Erderwärmung. Außerdem ist die weltweite Abholzung der Wälder, in erster Linie des Regenwaldes in Südamerika, ein wichtiger negativer Faktor, ebenso wie die intensive Landwirtschaft, darunter vor allem Viehzucht. Nur ein international abgestimmtes, **multilaterales Vorgehen** kann eine Klimakatastrophe verhindern. Hierfür steht das Pariser Klimaabkommen von 2015, das die Aufheizung der Erdatmosphäre auf maximal 1,5 Grad Celsius gegenüber dem vorindustriellen Niveau zu begrenzen versucht und von fast allen Staaten unterschrieben wurde. Internationale **NGOs** wie Greenpeace und zuletzt die Schülerbewegung „Fridays for Future" zeigen, dass über die staatliche Ebene hinaus transnationale gesellschaftliche Akteure an Einfluss gewinnen.

Fazit

Aus der Abwägung von Chancen und Risiken ergibt sich ein **gemischtes Bild**. „Globale Herausforderungen und Verflechtungen" erzeugen Risiken und bedeuten zugleich Chancen. Gefahren für die Umwelt und ein drohendes Übergewicht des Wirtschafts- und Finanzsektors habe ich an Beispielen zu zeigen versucht. Auch kann der Freihandel nicht nur positiv bewertet werden, wenn auch Verbraucher durch niedrigere Preise profitieren und die absolute Armutsquote weltweit abgenommen hat. Sollen also ein global umweltverträgliches wirtschaftliches Wachstum und eine weitere Verringerung der Armut für die wachsende Weltbevölkerung erreicht werden, so kann dies nur durch gemeinsame Anstrengungen von Staaten, internationalen Organisationen und NGOs erreicht werden.

Hessen ▪ Politik und Wirtschaft ▪ Leistungskurs 2019
Vorschlag B

DEUTSCHE WIRTSCHAFTSPOLITIK

Aufgabenstellung

1 Fassen Sie die wesentlichen Aussagen des Kommentars zusammen. (Material 1) (25 BE)

2 Erklären Sie, wie die Konzepte der angebots- und nachfrageorientierten Wirtschaftspolitik zu einem gesteigerten Wirtschaftswachstum führen sollen, und ordnen Sie die vom Autor und den zitierten Kritikern vertretenen wirtschaftspolitischen Positionen in diese Konzepte ein. (Material 1) (25 BE)

3 Untersuchen Sie die Bedeutung des Wirtschaftswachstums für eine Gesellschaft. (20 BE)

4 US-Präsident Trump verfolgt eine protektionistische Handelspolitik.
Diskutieren Sie das Spannungsverhältnis von Freihandel und Protektionismus auf globaler Ebene und in Bezug auf Deutschland unter Berücksichtigung der Materialien 1–3. (30 BE)

M 1 Uwe Jean Heuser: Böser, böser deutscher Export (2017)

Und jetzt auch noch der *Economist!* In der G20-Woche entschied sich das britische Blatt, nicht etwa Donald Trump als großes globales Problem auf den Titel zu heben, auch nicht das zu hoch verschuldete Italien oder die Britische Insel in ihrer Splendid Isolation[1]. Nein: „Das deutsche Problem" hieß es groß und schwarz auf dem erfolgreichsten Wirtschaftsmagazin der Erde. Unser Handelsüberschuss beschädige die Weltwirtschaft.

Die These ist beliebt, vor allem amerikanische Ökonomen und Politiker wiederholen sie bei jeder Gelegenheit. Bloß wird sie davon nicht besser.

Die Begründung geht in etwa so: Die deutsche Exportnation steckte rund um die Jahrtausendwende in einer Krise, litt unter hoher Arbeitslosigkeit und mangelndem Erfolg auf den Weltmärkten. Also hat sie reagiert. Die Tarifpartner haben die Löhne nur noch moderat angehoben und gleichzeitig die Einsatzzeiten für die Arbeiter flexibilisiert. Und Gerhard Schröder hat mit der Agenda 2010 die Arbeitslosen dazu gedrängt, lieber einen Niedriglohnjob anzunehmen, als von Hartz IV zu leben.

Verglichen mit anderen Ländern, wurde Arbeit in Deutschland in der Folge deutlich billiger. Das wiederum machte deutsche Autos und Maschinen günstiger, und ihre Hersteller dominierten die Konkurrenz aus Italien oder den USA.

Damit nicht genug, kaufen die erfolgreichen Deutschen auch noch zu wenig Waren aus dem Ausland. Das liegt in der Logik der Kritiker nicht nur an den niedrigen Löhnen, sondern auch daran, dass die Bundesbürger gerne Geld auf die hohe Kante legen – jährlich fast zehn Prozent ihres verfügbaren Einkommens. Und auch der deutsche Staat will partout nicht mehr Geld ausgeben, als er einnimmt. In der Sprache der Kritiker heißt das, der Staat investiere zu wenig. Würde er sich dagegen neu verschulden, dann würde er auch mehr ausländische Waren und Dienstleistungen einkaufen, und vor allem könnte er auf diese Weise die Löhne antreiben, sodass auch die Arbeitnehmer mehr Importe konsumieren könnten.

Doch was genau ist an der deutschen Wirtschaftsweise nun schädlich? Erstens rufen die hohen Exporte angeblich Protektionisten wie Donald Trump auf den Plan. Und zweitens hemmen sie demnach das globale Wirtschaftswachstum, weil andere Länder ihre Löhne auch dämpfen müssen, um mit den teutonischen Konkurrenten mithalten zu können.

Bloß, glaubt irgendjemand wirklich, dass Donald Trump für seine nationalistischen Umtriebe einen Anlass braucht? Der Mann im Weißen Haus lebt politisch davon, dass er Mauern um sein Land zieht, gegen fremde Produkte und fremde Menschen. Wer so inbrünstig wie er „America first“ sagt, der sieht die ganze Welt als Gegner.

Wichtiger als Trump ist der ökonomische Kern der Kritik. Die Forderungen sind auf die Nachfrageseite der Volkswirtschaft konzentriert. Hohe Löhne bedeuten in dieser Logik mehr Konsum, der die Unternehmen zu neuen Glanztaten treibe. Allerdings besteht eine Marktwirtschaft nicht nur aus Nachfrage, sondern auch aus dem Angebot, also daraus, was Unternehmen zu welchem Preis anbieten. Und aus dieser Sicht ist es Lohnzurückhaltung, die uns produktiver macht. Sie verbilligt und vergrößert das Angebot und schafft dadurch Beschäftigung. Genau das ist ja auch die deutsche Erfahrung in diesem Jahrhundert. […]

Allerdings ist das Loch im Außenhandel nicht das einzige Problem. Schließlich müssen Exporte wie Importe bezahlt werden. Und wenn dazwischen wie jetzt bei Deutschland eine Lücke von rund acht Prozent der Wirtschaftsleistung klafft, dann ergibt sich auch in den Geldflüssen ein Ungleichgewicht. Schließlich nehmen die Deutschen viel mehr Geld aus dem Ausland ein, als sie ihrerseits bezahlen müssen. Das bedeutet, dass sie unter dem Strich dem Ausland Kapital leihen – beziehungsweise es dort anlegen. […]

Dagegen wenden die Kritiker ein, dass wir deutschen Exportkönige durch unsere Sparsamkeit den Rest der Welt zwingen, sich bei uns zu verschulden. Doch abgesehen davon, dass zum Schuldentango immer zwei gehören: Was daran schlimm sein soll, sagen sie nicht so genau. Wenn überhaupt, treibt die Entwicklung die Konjunktur im Ausland an und lähmt sie nicht.

Der *Economist* lässt so gut wie keines dieser Argumente aus und betont mehrfach, wie merkwürdig stur die deutsche Spar- und Stabilitätsseele doch sei. Irgendwie fühlen sich die Deutschen wohl, wenn sie gering verschuldet sind und eine sichere Arbeit haben, auch wenn ihre Löhne dann nur langsam, aber zuletzt doch stetig steigen. Das ist vielen angelsächsischen Kritikern ein Dorn im Auge, und der *Economist* fordert stellvertretend für sie alle: „Die Regierung sollte zur Unterstützung mehr Geld ausgeben.“ […]

[D]ie Aufforderung aus Übersee lautet: Werdet endlich so wie wir. Spart nicht, und zwingt die anderen Europäer nicht zum Sparen. Dann heizt ihr zwar die eigene Konjunktur an, und die Immobilienpreise steigen weiter, was zu neuer Ungleichheit führt, aber das gehört dazu. Lasst uns gemeinsam die Konjunktur antreiben und dann mithilfe neuen Wachstums die höheren Schulden bedienen – bis zum nächsten Crash. Den werden wir auch irgendwie überstehen. [...]

Das heißt nicht, dass wir uns über den riesigen Überschuss im Handel freuen sollten. Solch ein Ungleichgewicht ruft Spekulanten auf den Plan, schafft neue Abhängigkeiten und kann deshalb die Wirtschaft ins Schleudern bringen. Doch den derzeit größten Anteil an der Entwicklung hat eine Größe, die Deutschland kaum beeinflussen kann: der Wechselkurs des Euro.

Die Zentralbank hat ihn mit ihrer Geldflut absichtlich nach unten getrieben, damit Importe bei uns teurer und unsere Exporte für den Rest der Menschheit billiger werden. Die Rechnung ist aufgegangen, was man auch daran sehen kann, dass viele Euro-Mitgliedsländer mittlerweile Überschüsse im Handel erwirtschaften.

Kritisiert werden dafür ausschließlich die Deutschen. Die haben dank moderater Löhne und innovativer Exportprodukte einen Weg gefunden, um ihre Industriearbeitsplätze zu bewahren. Der Anteil dieser Jobs an ihrer Gesamtbeschäftigung ist heute fast doppelt so hoch wie in Großbritannien oder den USA. Auch dem ist es zu verdanken, dass die Populisten in der Bundesrepublik viel schwächer sind als in Trump-Amerika und Brexit-England.

Gemach also! Die Löhne steigen in der Bundesrepublik, und die öffentlichen Investitionen nehmen zu, nur eben langsam. Die Welt sollte etwas Geduld haben, zum Besten aller.

Uwe Jean Heuser, Böser, böser deutscher Export, Die ZEIT Nr. 29/2017 vom 13. 07. 2017, https://www.zeit.de/2017/29/handelsueberschuss-deutschland-exporte-weltwirtschaft-oekonomie

Anmerkung

1 freiwillige Bündnislosigkeit eines Landes

M 2 Entwicklung des deutschen Außenhandels von 2000 bis 2016 in Mrd. Euro

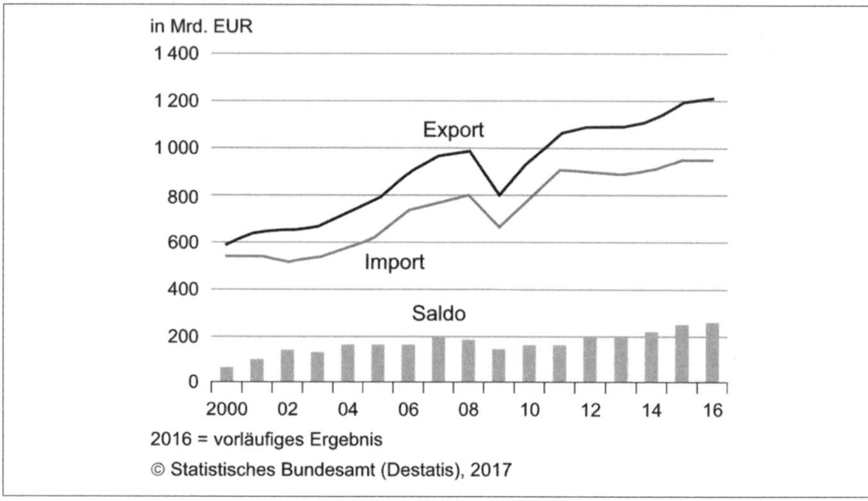

eigene Darstellung nach Daten von Statistisches Bundesamt: Außenhandel

M 3 Die größten Handelspartner Deutschlands 2016 in Mrd. Euro

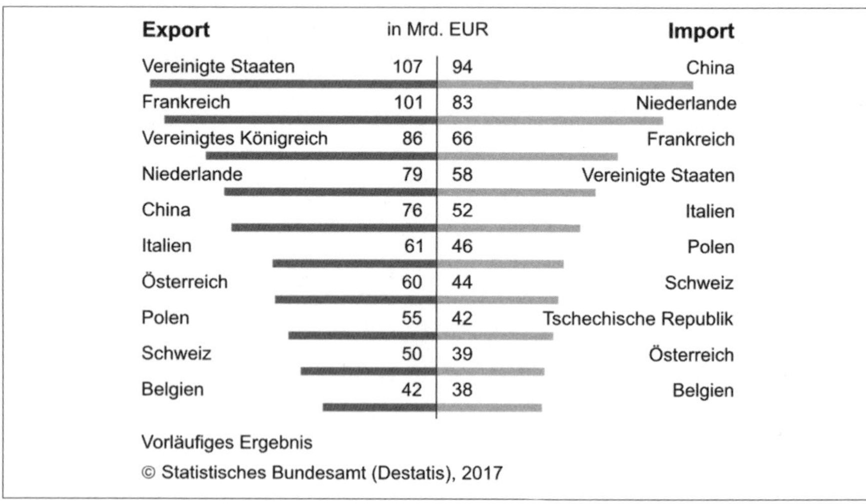

eigene Darstellung nach Daten von Statistisches Bundesamt

Lösungsvorschlag

Unterrichtsinhalte:

- Konjunkturanalyse und Konjunkturpolitik: Herausforderungen prozessorientierter Wirtschaftspolitik, Bestimmungsfaktoren nachhaltigen Wirtschaftswachstums am Beispiel: angebotsorientierte und nachfrageorientierte Wirtschaftspolitik
- Strukturwandel der Weltwirtschaft als Herausforderung ökonomischer Globalisierung am Beispiel: die Kontroverse um die Ausrichtung von Wirtschaftspolitik an Freihandel oder Protektionismus

1 **TIPP** *Anforderungsbereich: I*

Ausgehend von der formalen Bestimmung der Quelle fassen Sie die wesentlichen Aussagen des vorliegenden Kommentars in eigenen Worten unter angemessener Verwendung der Fachsprache zusammen. Stellen Sie Distanz zum Text her, indem Sie den Konjunktiv oder entsprechende sprachliche Mittel verwenden. Verdeutlichen Sie die im Text aufgegriffene Kontroverse und die Position des Autors.

In seinem Kommentar „Böser, böser deutscher Export“, veröffentlicht in der Wochenzeitung „Die Zeit“ am 13. 07. 2017, befasst sich Uwe Jean Heuser kritisch mit dem Vorwurf, die **deutschen Exportüberschüsse** seien **schädlich für die Weltwirtschaft** und begünstigten den Erfolg von populistischen Politikern wie Donald Trump, die eine **protektionistische Wirtschaftspolitik** propagieren. *Quelle, Textart* *zentrales Thema des Kommentars*

Anlass für Heusers Beitrag ist der Titel des britischen Magazins „Economist“, auf dem der deutsche **Außenhandelsüberschuss** als „Das deutsche Problem“ bezeichnet wurde (vgl. Z. 4). Die britischen und amerikanischen Kritiker würden den Deutschen vorwerfen, sie hätten angesichts einer **wirtschaftlichen Schwäche** um die Jahrtausendwende die **Löhne** nicht angemessen erhöht, flexible Beschäftigungsformen ermöglicht und im Rahmen von Hartz IV Arbeitslose in den Niedriglohnsektor gedrängt (vgl. Z. 9 ff.). Dies habe die **Arbeitskosten** und somit die **Preise für deutsche Exportgüter** erheblich gesenkt. Gleichzeitig, so die Argumentation der Kritiker, sei die **Importquote** Deutschlands zu niedrig (vgl. Z. 18 f.), was zum einen an den niedrigen Löhnen und zum anderen an der übermäßigen Sparbereitschaft der Deutschen liege. Auch der deutsche Staat spare, weil er die **Neuverschuldung gering halten** wolle. Nur durch eine Neuverschuldung und den staatlichen Erwerb ausländischer Güter und Dienstleistungen, so das Fazit der Kritiker, würde die Importquote steigen und dadurch auch das Lohnniveau (vgl. Z. 21 ff.). *Anlass des Kommentars* *Vorwürfe gegen deutsche Wirtschaftspolitik* *niedrige Importquote* *Forderung der Kritiker: mehr Staatsausgaben*

Insgesamt, so führt Heuser weiter aus, stehe der massive **Vorwurf** im Vordergrund, dass die deutschen Exporte den Erfolg des **Populismus** befeuern würden (vgl. Z. 27 f.). Diese Sichtweise teilt der Autor nicht. Zum Beispiel sei der Zusammenhang zwischen dem Erfolg Trumps und dem deutschen **Exportüberschuss** infrage zu stellen, da Trump ohnehin die ganze Welt als Feind betrachte (vgl. Z. 32 ff.).

Exportüberschuss und Populismus

Das Ziel der Kritiker sei es, eine **Neuausrichtung der deutschen Wirtschaftspolitik** einzufordern und die **Nachfrageseite** zu stärken. Die Schlussfolgerung, dass Lohnerhöhungen die Nachfrage antreiben, sei jedoch nur bedingt richtig (vgl. Z. 38 ff.). Ganz im Gegenteil, so argumentiert Heuser, seien es vor allem **angebotsorientierte Maßnahmen** wie die Lohnzurückhaltung, die für Produktivität und Beschäftigung sorgten (vgl. Z. 40 ff.).

Stärkung der Nachfrageseite …

… oder Angebotsorientierung?

Heuser räumt ein, dass in der Außenhandelsbilanz ein Ungleichgewicht bestehe (vgl. Z. 44 ff.). Dieses jedoch bedeute nicht nur, dass die Deutschen Einnahmen aus dem Ausland verbuchen könnten, sondern eben auch, dass sie dem Ausland Geld leihen würden (vgl. Z. 49). Und genau das unterstütze die Konjunktur bei den Handelspartnern (vgl. Z. 54 f.).

Deutschland stärkt Wirtschaft im Ausland

Der **Exportüberschuss**, der für das Ausland einen Kapitalabfluss bedeute, sei aus einem anderen Grund problematisch. Es würden **Abhängigkeiten** geschaffen, die beim Abschwung zum Risiko werden können (vgl. Z. 70 f.). Dass aber Deutschland andere Länder zwinge, sich zu verschulden (vgl. Z. 51 f.), sei ein schwaches Argument.

Exportüberschuss als Problem

Dennoch werde gefordert, der deutsche Staat solle **mehr Geld ausgeben und weniger sparen**. Heuser sieht in diesem Vorschlag der Kritiker die fatale Aufforderung, die Wirtschaft solange künstlich anzuheizen (vgl. Z. 63), bis es zum nächsten „Crash“ (Z. 67) käme.

Wirtschaft anheizen

Den größten Einfluss auf die derzeitige Entwicklung, so bilanziert Heuser, habe der **Euro-Wechselkurs** (vgl. Z. 73). Die EZB habe für **inflationäre Tendenzen** gesorgt, indem sie Geld in die Wirtschaft gepumpt und somit die Exportpreise gesenkt habe. Dies habe tatsächlich die Wirtschaft in der gesamten **Währungsunion** angekurbelt (vgl. Z. 74 ff.). Die speziell an die Deutschen gerichtete Kritik sei daher ungerechtfertigt. Immerhin sei es in Deutschland gelungen, mithilfe innovativer Produkte und gemäßigter Löhne Arbeitsplätze zu erhalten und den Einfluss populistischer Parteien einzudämmen (vgl. Z. 78 ff.).

Rolle des Wechselkurses

Die Strategie der Kritiker lehnt Heuser in seinem **Fazit** ab. Deutschland solle seinen Weg weitergehen, das Ansteigen der Löhne und Staatsausgaben erfolge hier eben etwas langsamer, was am Ende für alle vorteilhaft sei (vgl. Z. 84 ff.).

Fazit des Autors

2 **TIPP** *Anforderungsbereich: I und II mit Schwerpunkt auf AFB II*

In dieser Aufgabe sind zwei Operatoren enthalten. Nutzen Sie die angebotene Struktur und erklären Sie zunächst die Wirkungsmechanismen der angebots- und der nachfrageorientierten Wirtschaftspolitik, die beide das Ziel des Wirtschaftswachstums verfolgen. Im zweiten Aufgabenteil wird ein Bezug auf M 1 verlangt. Arbeiten Sie die Forderungen, die der Autor und die von ihm zitierten Kritiker stellen, heraus und ordnen Sie diese jeweils in die beiden Konzepte ein. Dabei sollten Sie sich auf Textstellen aus dem Kommentar beziehen und diese korrekt zitieren.

Einleitung

In der Diskussion um die wirtschaftspolitische Ausrichtung eines Staates lassen sich zwei Ansätze unterscheiden. Beide Theorien verfolgen das Ziel, Wirtschaftswachstum zu erreichen und eine Rezession zu vermeiden.

Angebotsorientierte Wirtschaftspolitik

Die **angebotsorientierte Wirtschaftspolitik**, als deren Begründer Milton Friedman gilt, setzt auf der Angebotsseite an. Diese Theorie vertraut grundsätzlich auf die **Selbstregulierung des Marktes**. Die Aufgabe des Staates besteht lediglich darin, die **Rahmenbedingungen** für einen freien Markt mit einem freien Wettbewerb zu schaffen. Kommt es dennoch zu einer Krise, soll durch politische Maßnahmen die Angebotsseite gestärkt werden, um Wirtschaftswachstum zu erreichen.

Wirkungsmechanismus: Stärkung der Angebotsseite

Schafft der Staat **günstige Bedingungen für die Unternehmen**, so die Annahme, erwirtschaften diese höhere Gewinne und investieren wieder, um ein höheres Angebot zu schaffen. Nach dem **sayschen Theorem** schafft jedes Angebot seine Nachfrage selbst. Infolge steigender Investitionen werden Arbeitsplätze geschaffen, was dann zu höherem Wachstum führt.

Instrumente zur Stärkung des Angebots

Ein Instrument der **Konjunkturpolitik** zur Stärkung der Angebotsseite ist im Bereich der Beschäftigungspolitik zum Beispiel die **Deregulierung** des Arbeitsmarktes. Der Staat kann Regelungen zur Flexibilisierung von Arbeitsverhältnissen (Zeitarbeit, Leiharbeit) treffen. Auch niedrige (Unternehmens-)**Steuern**, eine Erleichterung bei den **Lohnnebenkosten** oder **Subventionen** für Unternehmen sind angebotsorientierte Maßnahmen.

Nachfrageorientierte Wirtschaftspolitik

Die **nachfrageorientierte Wirtschaftspolitik**, die von dem Ökonomen John M. Keynes geprägt wurde und auch als **Keynesianismus** bezeichnet wird, geht davon aus, dass die Selbstregulierung eines freien Marktes nur eingeschränkt funktioniert. Schwankungen von Angebot und Nachfrage müssten vielmehr durch den Staat ausgeglichen werden. In einer **Rezession**, also wenn die Nachfrage ausbleibt, weil die Konsumenten sparen müssen, soll der Staat eine **aktive Rolle** übernehmen und die fehlende private Nachfrage ausgleichen. Folglich muss er die Staatsausgaben erhöhen. Nach Ansicht der Keynesianer führt dies zu erhöhtem Konsum und einer besseren Auslastung der Unternehmen, beeinflusst also die Konjunktur positiv. Der Staat handelt **antizyklisch**, also gegen den Konjunkturverlauf. Die Finanzierung der Mehrausgaben kann durch eine Erhöhung der **Staatsverschuldung** (*deficit spending*) vorgenommen werden. Mögliche **Ansatzpunkte zur Stärkung der Nachfrage** sind Investitionen in den Ausbau der Infrastruktur, Ausweitung der staatlichen Beschäftigung, Baumaßnahmen, eine Erhöhung des Mindestlohns, die Senkung der Einkommensteuer oder die Erhöhung von Transferleistungen wie Kindergeld und Sozialhilfe.

Wirkungsmechanismus: Stärkung der Nachfrageseite

Instrumente zur Stärkung der Nachfrage

In dem Kommentar „Böser, böser deutscher Export“ von Heuser (M 1) treffen **beide wirtschaftspolitischen Ansätze** aufeinander.

Überleitung zur Analyse

Die von Heuser zitierten **Kritiker** aus England und Amerika vertreten eindeutig eine **nachfrageorientierte Position**. Sie kritisieren zum Beispiel die niedrigen **Tarifabschlüsse** in Deutschland (vgl. Z. 11 f.) und fordern deutliche Lohnerhöhungen. Die höheren Löhne sollen die **Nachfrage** der Verbraucher stärken und so das Wachstum fördern (vgl. Z. 37 f.). Dieses Instrument setzt eindeutig auf der Nachfrageseite an. Unter Bezug auf die **Agenda 2010** wird außerdem kritisiert, dass der Staat bei den **Sozialleistungen** gespart habe, denn Arbeitnehmer seien in den Niedriglohnsektor gedrängt worden, anstatt Hartz IV zu erhalten (vgl. Z. 13 f.). Besonders deutlich wird die Nachfrageorientierung der Kritiker am Beispiel der Forderung, der deutsche Staat spare zu viel und gebe zu wenig Geld aus. Sie fordern eine **Erhöhung der Staatsausgaben**, mit denen Investitionen vorgenommen und Einkäufe im Ausland getätigt werden könnten (vgl. Z. 23 f.). Dafür dürfe die Regierung „mehr Geld ausgeben“ (Z. 61 f.) und sogar die **Staatsverschuldung** erhöhen (vgl. Z. 23), also *deficit spending* betreiben.

Einordnung der Kritiker

Beispiele aus M 1

Die **Position des Autors** ist dagegen **angebotsorientiert**. Er grenzt sich nicht nur mit seinen Argumenten, sondern auch mit seiner zum Teil fast schon polemischen Wortwahl von der nachfrageorientierten Kritik aus dem Ausland ab. **Hohe Löhne**, so seine Argumentation, treibe die Unternehmen nicht zu neuen „Glanztaten“ (Z. 38). Vielmehr sieht er die **Stärkung der Angebotsseite**, die durch niedrige Löhne und die Flexibilisierung des Arbeitsmarktes geleistet werde, als den richtigen Weg an (vgl. Z. 40 ff.). Er wehrt sich auch vehement dagegen, dass der *Economist* die Deutschen als „stur“ (Z. 57) bezeichne und ihnen eine „Spar- und Stabilitätsseele“ (Z. 57) unterstelle. Eine höhere Staatsverschuldung lehnt Heuser ab. Auch das **Antreiben der Konjunktur** (vgl. Z. 66) durch den Staat, das auf dem Wirkungsmechanismus des **Keynesianismus** beruht, ist für Heuser keine Lösung, da dieses Vorgehen nur zu einem neuen „Crash“ (Z. 67) führe.

Einordnung des Autors

Beispiele aus M 1

Am Ende von Heusers Beitrag ist jedoch der Ansatz eines Einlenkens zu erkennen: Der Autor ist höheren Löhnen und staatlichen Investitionen gegenüber nicht grundsätzlich abgeneigt. Sie sollten „nur eben langsam" (Z. 85) angehoben werden.

Einlenken des Autors

3 **TIPP** *Anforderungsbereich: II und III mit Schwerpunkt auf AFB III*

Der Operator „untersuchen" erfordert eine differenzierte Auseinandersetzung mit der Frage, welche Bedeutung Wirtschaftswachstum für eine Gesellschaft hat. In Ihrer Betrachtung des Gegenstands sollten Sie diesen unbedingt aus verschiedenen Perspektiven beleuchten. Ausgehend von einer begrifflichen Eingrenzung von Wirtschaftswachstum sollten Sie zum einen die positiven Auswirkungen von Wirtschaftswachstum darlegen, zum anderen aber auch Kritik aufgreifen und mögliche Probleme darlegen. Nicht gefragt ist in dieser Aufgabe Ihre persönliche Haltung zu diesem Thema, achten Sie deshalb auf eine sachliche Darstellungsweise.

Einleitung

Die Bekanntgabe der Konjunkturdaten wird jedes Jahr mit Spannung erwartet. Nicht nur Ökonomen, sondern auch Politiker, Unternehmer, die Medien und die Bevölkerung interessieren sich für die Frage, ob die Wirtschaftsleistung wächst, stagniert oder schrumpft.

Definition BIP

Der wichtigste **Indikator** zur Messung der wirtschaftlichen Entwicklung eines Landes ist das **Bruttoinlandsprodukt** (BIP). Das Bruttoinlandsprodukt spiegelt den Marktwert aller für den Endverbrauch vorgesehenen **Güter und Dienstleistungen** wider, die in einer Volkswirtschaft in einem bestimmten Zeitraum produziert werden. Um eine Vergleichbarkeit mit anderen Zeiträumen herzustellen, wird in der Regel die auf ein Kalenderjahr bezogene **Wachstumsrate** des BIP angegeben.

Stellenwert des BIP

Der hohe **Stellenwert dieses Messwerts** wird durch die Festschreibung von **Wirtschaftswachstum** als eines von vier Zielen staatlicher Wirtschaftspolitik im **Gesetz für Stabilität und Wachstum** von 1967 deutlich. International wird das BIP eines Landes als wichtigster Indikator für **Wohlstand und Wohlergehen** betrachtet. Allerdings gibt es durchaus auch kritische Positionen, die das Wachstumsdogma infrage stellen und ganzheitliche Methoden zur Messung von Wohlstand fordern.

positive Effekte

Bedeutung für den Staat

Für den **Staat** bedeutet Wirtschaftswachstum zunächst **wachsende Steuereinnahmen** aus Einkommens- und Unternehmenssteuern. Höhere Steuereinnahmen erleichtern es, **staatliche Aufgaben** zu erfüllen, wie zum Beispiel Leistungen des Sozialstaats, **Transferzahlungen** an die Bevölkerung, staatliche **Investitionen** in Infrastruktur, Digitalisierung, Bildung, Forschung und Entwicklung oder die Rückzahlung bestehender **Staatsschulden**.

Die **Bevölkerung** profitiert ebenfalls von einem wachsenden BIP. Die **Arbeitsplätze** sind sicherer, höhere Löhne sind möglich, die Menschen können für ihre Altersversorgung sparen, ihr Vermögen vermehren und der **Lebensstandard** steigt.

Bedeutung für die Bevölkerung

Auf Unternehmerseite führt mehr Wachstum zu höheren Gewinnen und steigenden **Aktienkursen**. Dadurch vergrößert sich der Spielraum für **Investitionen**, **Innovationen** und die Schaffung neuer **Arbeitsplätze**, auch um die höhere **Nachfrage** der Verbraucher zu decken.

Bedeutung für Unternehmen

Auf den ersten Blick erscheint die Forderung nach immer mehr Wachstum, die von Kritikern oft polemisch als **Wachstumspostulat** bezeichnet wird, gut begründet zu sein. Allerdings bringen hohe Wachstumsraten auch negative Effekte mit sich. So lässt sich zwischen Wachstum und **ökologischer Nachhaltigkeit** eindeutig ein **Zielkonflikt** feststellen. **Wirtschaftswachstum** ist im Normalfall auch mit einem erhöhten **Verbrauch von Ressourcen** verbunden, eine langfristige Schädigung der Umwelt ist ein Resultat. Aus diesem Zusammenhang können sich auch **gesellschaftliche Konflikte** entwickeln. Das Engagement vieler Schülerinnen und Schüler für einen verantwortungsvollen Umgang mit der Natur bei den Fridays-for-Future-Demonstrationen ist nur ein Beispiel.

Negative Effekte

Umweltschäden

Gesellschaftliche Konflikte

Ein Problem des Wirtschaftswachstums als Wohlstandsindikator resultiert daraus, dass das BIP nur **ökonomische Transaktionen** abbildet. Es gibt keine Auskunft darüber, wie der **Wohlstand in einer Gesellschaft verteilt ist** und wie hoch die **Lebensqualität** in einem Land tatsächlich ist. Auch werden **ökologische Folgekosten** des Wachstums oder **Beiträge zur Gesellschaft** in Form von unbezahlten Tätigkeiten vom BIP **nicht abgebildet**.

Aussagekraft des BIP ist beschränkt

Zusammenfassend ist festzuhalten, dass mit steigenden Wachstumsraten viele **positive**, aber auch viele **negative Effekte** verbunden sind. Sogar der Deutsche Bundestag hat dieses **Dilemma** erkannt und 2010 eine Enquete-Kommission eingesetzt, die sich mit der Forderung nach einem **nachhaltigeren Verständnis** von Wachstum beschäftigte und einen neuen Indikatorenansatz zur Messung von Wachstum und Wohlstand erarbeiten sollte. Die Auseinandersetzung mit der Forderung nach „mehr Wachstum" hat auf jeden Fall ein sehr große **gesellschaftliche Dimension** und somit auch ein **hohes Konfliktpotenzial**.

Zusammenfassung

4 **TIPP** *Anforderungsbereich: II und III mit Schwerpunkt auf AFB III*

Der letzte Arbeitsauftrag fordert Sie auf, sich unter Berücksichtigung globaler Zusammenhänge mit dem Spannungsverhältnis zwischen Freihandel und Protektionismus auseinanderzusetzen und daraus eine eigene Argumentation zu entwickeln. Zusätzlich sollen Sie die Bedeutung von Freihandel bzw. Protektionismus für Deutschland in den Blick nehmen. Zur inhaltlichen Entwicklung Ihrer Argumentation sollen Sie die Materialien 1–3 berücksichtigen. Sie können sich inhaltlich auf den Text und auf das statistische Datenmaterial beziehen, sollten aber unbedingt auch eigene Argumente und Beispiele ausführen. Achten Sie beim Verfassen Ihrer Lösung auf eine Struktur, die den Anforderungen einer Argumentation entspricht und kommen Sie zu einer eigenen begründeten Position.

Einleitung mit aktuellem Bezug

Mit seinem viel zitierten Wahlspruch *America First* ist es dem amerikanischen Präsidenten Donald Trump gelungen, die von den meisten Staaten der Welt verfolgte Ausrichtung ihrer Wirtschaftspolitik am Prinzip des globalen **Freihandels** infrage zu stellen. Durch die von Trump eingeführten Schutzzölle und das Scheitern des TTIP-Abkommens ist es zu verschiedenen Handelskonflikten gekommen. Sowohl die EU als auch China haben in diesem Handelskonflikt mit eigenen Strafzöllen reagiert, um sich gegen die protektionistische Politik Trumps zur Wehr zu setzen. Die wirtschaftlichen Beziehungen zwischen den USA und China lassen sich derzeit als Handelskrieg charakterisieren.

Problematisierung

Angesichts dieser aktuellen Entwicklungen stellt sich die Frage, welche Chancen und Risiken sich aus einer **protektionistischen Wirtschaftspolitik** für den globalen Handel ergeben. Inwiefern wäre Deutschland von einer solchen Neuausrichtung der Weltwirtschaftsordnung betroffen, die vom Freihandelsprinzip abrückt und protektionistische Maßnahmen in den Vordergrund stellt?

Begriffserklärung

Unter **protektionistischer Handelspolitik** versteht man den Versuch, die inländische Wirtschaft vor ausländischen, preisgünstigeren Importen zu schützen. Den Staaten stehen im Politikfeld der Außenhandelspolitik tarifäre und nicht-tarifäre Maßnahmen zur Verfügung. **Tarifäre Maßnahmen** sind Zölle oder Einfuhrgebühren, die den Import ausländischer Waren verteuern und so die Absatzmöglichkeiten für die inländische Wirtschaft vergrößern. **Nicht-tarifäre Maßnahmen** umfassen die Beschränkung von Einfuhren durch Quoten, Subventionen für inländische Produzenten, Vorschriften zur Genehmigung von bestimmten Gütern sowie die wirtschaftspolitisch motivierte Ablehnung angebotener Freihandelsabkommen.

Chancen des Freihandels

Für den globalen Handel hat der Freihandel eine große Bedeutung. Die internationale Öffnung der Märkte hat weltweit zu **Wohlstandszuwächsen** und zu einer **Verringerung von Armut und Hunger** geführt. Beispiele sind China und Indien, denen es durch eine Öffnung ihrer Märkte gelungen ist, ihre Armutsquote deutlich zu senken. China hat sich innerhalb weniger Jahre von einem Entwicklungsland zu einer der mächtigsten Wirtschaftsnationen entwickelt. Die **internationale Arbeitsteilung** mit globalen Produktions- und Lieferketten kann nur im Rahmen eines liberalen Weltmarktes funktionieren. Nur durch den Freihandel ist es möglich geworden, dort zu produzieren, wo es am billigsten ist. Nur der Freihandel ermöglicht es, Produkte dort zu verkaufen, wo eine möglichst große Nachfrage existiert. Protektionistische Maßnahmen hingegen stehen dem Erschließen neuer Absatzmärkte entgegen und machen es den Unternehmen schwer, **international wettbewerbsfähig** zu bleiben.

Rolle der WTO (World Trade Organization)

Dass das Prinzip des Freihandels weltweit anerkannt ist, lässt sich auch daran festmachen, dass **164 Länder Mitglied der WTO** sind, deren Hauptziel eine Liberalisierung der Märkte ist und die für Chancengleichheit aller Länder in den internationalen Wirtschaftsbeziehungen eintritt. Dabei geht man neben Vorteilen für die allgemeine Entwicklung aller Länder davon aus, dass Freihandel, der auf verlässlichen Abkommen und gemeinsamen Normen basiert, den Frieden zwischen den Nationen und die Stabilität internationaler Beziehungen fördert.

Frieden durch Freihandel

Positive Aspekte von Protektionismus

Bei allen Vorteilen des Freihandels können **protektionistische Maßnahmen** für einzelne Länder – zum Beispiel Entwicklungsländer, die ihre **schwache Wirtschaft vor ausländischer Konkurrenz wie der EU schützen müssen** – dennoch ein sinnvoller Weg sein. Verzichten diese jedoch als Gegenleistung für Entwicklungshilfe auf Zollschranken, können die heimischen Agrarbetriebe gegen die Konkurrenz aus der EU, die hoch subventionierte und somit billige Agrarprodukte exportiert und gleichzeitig ihre Märkte gegen den Import von Agrarprodukten absichert, nicht bestehen.

Negative Aspekte von Freihandel: Globalisierungsverlierer und -gewinner

Nicht alle Länder profitieren außerdem gleichermaßen vom Freihandel. Der Begriff „**Globalisierungsverlierer**" unterstellt, dass der globale Freihandel den **großen Industrieländern erheblich höhere Gewinne** ermöglicht als den Schwellen- oder Entwicklungsländern. Ein aktuelles Beispiel dafür, dass sich sogar reiche Industrieländer durch den Freihandel benachteiligt fühlen, ist neben Trumps *America First*-Politik auch der **Brexit**: Eine Mehrzahl der britischen Bürger fühlte sich durch die EU wirtschaftlich „abgehängt" und votierte 2016 für einen Austritt aus dem mit (noch) 28 Staaten größten Binnenmarkt der Welt.

Ungleichgewicht im Außenhandel

Ein weiterer Effekt des Freihandels, der auch in M 1 angesprochen wird, ist die mögliche **Ungleichheit in den Außenhandelsbilanzen**. Diese führt zu Abhängigkeiten, die im Falle einer Krise zu einem Wegbrechen der Nachfrage aus dem Ausland führen können. Eine solche Ungleichheit in der Handelsbilanz verzeichnet Deutschland.

Das **Liniendiagramm** zur **Entwicklung des deutschen Außenhandels** (M2) des Statistischen Bundesamtes von 2017 zeigt für die Jahre 2000 bis 2016, dass sich die **Differenz zwischen Exporten und Importen** bis auf einen kleinen „Einbruch" durch die Weltwirtschaftskrise 2008/2009 kontinuierlich vergrößert hat. Die **Exporte** steigen dabei immer weiter, was Deutschland mehrfach den Titel des „Exportweltmeisters" eingebracht hat. Protektionistische Maßnahmen gegen die Autoindustrie, wie Trump sie anstrebt, könnten diese Branche, von der in Deutschland überdurchschnittlich viele Arbeitsplätze abhängen, ernsthaft gefährden. Auch der **Brexit** – dessen Befürworter mehr nationalen Spielraum für bilaterale Handelsabkommen und eigene Zölle fordern – hätte **für die deutsche Wirtschaft gravierende Folgen**.

Situation Deutschlands

Mögliche Auswirkungen von Trumps Politik

Mögliche Auswirkungen des Brexits

Auskunft über die größten **Handelspartner Deutschlands** gibt das vom Statistischen Bundesamt im Jahr 2017 erstellte **Balkendiagramm** (M 3). Großbritannien war 2016 mit einem Volumen von 86 Mrd. Euro der drittgrößte Absatzmarkt Deutschlands. An erster Stelle stehen die Vereinigten Staaten mit 107 Mrd. Euro. **Höhere Zölle** oder die Aufkündigung von Handelsabkommen durch diese Länder **könnten das deutsche Wirtschaftsmodell gefährden**.

Handelsbeziehungen

Auf der anderen Seite sind, wie M 3 zeigt, viele Handelspartner Deutschlands **Mitglieder der EU**, auf deren Nachfrage sich die deutsche Wirtschaft **langfristig** verlassen kann.

Sicherheit durch EU-Binnenmarkt

Deutschland als **überdurchschnittlich globalisiertes Land** ist besonders vom Freihandel abhängig. Viele in Deutschland entwickelte Produkte sind **Exportschlager**. „Made in Germany" ist längst mehr als ein Herkunftsnachweis, denn es steht symbolisch für die Attraktivität des „Standorts Deutschland". Die Beispiele eines möglichen Brexits und der von Trump forcierten Handelskonflikte zeigen, dass das verstärkte Eintreten für protektionistische und nationale Interessen ausländische Handelspartner verunsichert oder sogar zum Rückzug motiviert. Deutschland als ein Land, das sich immer wieder für Frieden einsetzt, sollte deshalb meiner Meinung nach weiterhin – auch innerhalb der EU – die **Liberalisierung internationaler Handelsbeziehungen** unterstützen und vorantreiben. Dies ist erst vor Kurzem mit dem Abschluss der **Freihandelsabkommen** zwischen der EU und Kanada bzw. Japan erfolgt. Allerdings ist es wichtig, dass mit solchen Abkommen die Verbraucher vor Nachteilen durch niedrigere Produktstandards in Bezug auf ihre Sicherheit und Gesundheit geschützt werden. Auch private Schiedsgerichte, die oft Teil solcher Freihandelsabkommen sind, sollten vermieden werden. Verzichten sollte man aber auf die **Vorteile des Freihandels** nicht. Der möglichst uneingeschränkte Zugriff auf Produkte und Dienstleistungen aus dem Ausland und die Sicherung exportabhängiger Arbeitsplätze durch freien Handel sind für mich ein zu schützender Wert.

Fazit

Eigene Position

INTERNATIONALER TERRORISMUS

Aufgabenstellung

1 Fassen Sie den vorliegenden Text zusammen. (Material) (20 BE)

2 Erläutern Sie die Merkmale der freiheitlich-demokratischen Grundordnung in der Bundesrepublik Deutschland. (20 BE)

3 Stellen Sie Merkmale des internationalen Terrorismus dar und untersuchen Sie mögliche Strategien der Staatengemeinschaft gegen den internationalen Terrorismus. (30 BE)

4 Diskutieren Sie die Forderung nach einer Ausweitung von Überwachungsmaßnahmen in Deutschland im Kampf gegen den internationalen Terrorismus. (30 BE)

M Thomas Jäger: Viel Heu, wenig Effektivität (2017)

Der Terroranschlag auf die U-Bahn in St. Petersburg[1] ist allem Anschein nach aufgeklärt. Zwar stehen noch einige Ermittlungen an, die in den nächsten Tagen zu weiteren Einsichten führen könnten, aber schon jetzt überragt eine Frage alle anderen: Warum lassen sich diese Anschläge immer noch nicht verhindern?

Die Antwort fällt zwiespältig aus. Es wurden in den vergangenen Jahren viele Verfahren und Kooperationen auf den Weg gebracht. Doch kranken sie daran, dass die überbordende Fülle an Informationen zu selten zu einer Fokussierung auf Einzeltäter führt. Zudem stellen sie demokratische Staaten vor ein ethisches Problem bei der Kooperation mit Nicht-Demokratien.

Auch wenn Terrorakte jeweils nur in einem Land verübt werden und verschiedene Bevölkerungen unterschiedlich lange und stark verängstigt werden, stellen diese Anschläge eine verbindende Herausforderung an die Regierungen dar. Deshalb haben sie schon viele Maßnahmen angepackt, um – bei aller Distanz und Gegnerschaft auf anderen Gebieten – gerade hier zu kooperieren. Dennoch können nicht alle Anschläge verhindert werden. Immer wieder gelingt es Einzeltätern, der Beobachtung zu entgehen. [...] Dass sie zuvor schon auf dem Radarschirm der Sicherheitskräfte waren, dann aber wieder verschwanden, mussten die Behörden schon allzu oft eingestehen. [...]

Trotz dieser Rückschläge führt kein Weg am Informationsaustausch der Sicherheitsdienste vorbei, wenn man die Gefahr des Terrorismus eingrenzen möchte. Nach den Anschlägen vom 11. September 2001 erfuhr diese Zusammenarbeit eine rasante Dynamik, weil die USA tatkräftige Führung übernahmen. Inzwischen hat die amerikanische Regierung, wie die von Edward Snowden entwendeten Dokumente belegen, ein weites Netz zur Beobachtung von Individuen gespannt und steht hier auch in engem Austausch mit einer Vielzahl anderer Staaten.

In den USA läuft eine Menge Wissen zusammen, von dem viele Regierungen profitieren sollten. Doch das ist nicht umsonst zu haben. Zudem haben andere Staaten parallele Strukturen aufgebaut. Den Terrorismus zu bekämpfen, wurde in den Jahren seither endgültig von einer nationalen Aufgabe zu einer internationalen. Auch dadurch hat die Zusammenarbeit der Staaten durch die Wirksamkeit effektiver terroristischer Netzwerke und die immens gestiegenen Möglichkeiten, diese zu durchdringen, eine neue Qualität erreicht. [...]

Die Arbeit der Dienste ist aber weiterhin fragmentiert und es existiert kein internationales Zentralregister, weil sich unterschiedliche Aufgaben stellen [...]

Um Verluste zu vermeiden, müsste die Aufklärung eigentlich zentral koordiniert werden. Doch stellt dies, weil es immer auch um Herrschaftswissen und Autorität geht, ein veritables Problem dar. Neben den Vereinten Nationen haben sich auch die G7, die Europäische Union, der Internationale Währungsfonds und andere zur Überwachung von Entwicklungen verpflichtet, um terroristische Vorbereitungen zu unterbinden. Institution reimt sich in der internationalen Politik aber nicht immer auf Effektivität. [...]

Je umfassender die Anti-Terror-Maßnahmen definiert werden, desto problematischer wird die Koordinierung. Denn im gleichen Zug, in dem man die Nadel im Heuhaufen besser identifizieren kann, wird der Heuhaufen größer und größer und wühlen mehr und mehr Hände darin herum. Die Effektivität der internationalen Kooperation zu bilanzieren, ist daher schwierig. Denn sie kann nur anhand der Summe der verhinderten Anschläge beurteilt werden.

Aber die Komplexität der Informationsverarbeitung ist nur ein Problem. Demokratischen Regierungen stellt sich noch ein weiteres: Wie arbeitet man mit Regierungen zusammen, wenn es unterschiedliche Vorstellungen darüber gibt, was unter Terrorismus zu verstehen ist? Seit Monaten belastet das die Zusammenarbeit der USA und der EU-Mitgliedstaaten mit der Türkei. Denn die politischen Motive hinter terroristischen Anschlägen können zwischen Staaten ganz unterschiedlich bewertet werden. Handelt es sich bei Kämpfern in Syrien um „moderate Rebellen" oder um Terroristen? Wie ist die Gülen-Bewegung einzuordnen? Die Kämpfe in der Ost-Ukraine? In Xinjian? Regimekritiker in autoritären Staaten? Kritische Journalisten? [...]

Folglich stellt sich die Frage, welche Daten geteilt [werden], über welche Personen informiert und welches Wissen mit den Diensten anderer Regierungen geteilt wird. Russlands Präsident Wladimir Putin hat US-Präsident Donald Trump nach den Anschlägen in St. Petersburg aufgefordert, bei der Bekämpfung des internationalen Terrorismus intensiver zu kooperieren. Das klingt auf den ersten Blick einleuchtend. Auf den zweiten Blick drängt die Frage in den Vordergrund, wer denn die Terroristen sind, gegen die man zusammenarbeiten will. Und drittens steht die Entscheidung an, welche Mittel dabei angewandt werden. Heiligt der Zweck, die Terroristen zu besiegen, jedes Mittel? Das wirft sogleich viertens die Frage auf, wer die Sicherheitsorgane bei ihrer Arbeit kontrolliert. So einfach, das zeigen diese wenigen Hinweise, ist das mit der Kooperation gegen den Terrorismus nicht. Denn sie bringt alle Fragen nach der Legitimität politischer Ordnung und der Zusammenarbeit auf den Verhandlungstisch. [...]

Liegt die Lösung des Dilemmas darin, sich auf den Kampf gegen bestimmte Gruppen – beispielsweise den sogenannten Islamischen Staat und die von ihm inspirierten Täter – zu konzentrieren? Das würde erfordern, Filter in den Austausch der Dienste einzubauen und deren Verbindung zu anderen Gruppen zu ignorieren.

Die Zusammenarbeit bei der Verfolgung kann also nur Teil eines umfassenden, strategisch ausgerichteten Vorgehens sein. Die Kooperation bei der Prävention von Radikalisierung stellt dabei sogar noch größere Anforderungen. Deshalb hat die Organisation für Sicherheit und Zusammenarbeit in Europa (OSZE) dieses Thema auch zum Schwerpunkt ihrer diesjährigen Arbeit erklärt.

Thomas Jäger, Viel Heu, wenig Effektivität, Cicero vom 05. 04. 2017,
https://www.cicero.de/aussenpolitik/kampf-gegen-den-terror-viel-heu-wenig-effektivitaet

Anmerkung

1 Beim Terroranschlag am 03. 04. 2017 in Sankt Petersburg tötete ein Selbstmordattentäter 14 Menschen und verletzte 51 Menschen.

Lösungsvorschlag

Unterrichtsinhalte:

- Internationale Konflikte und Konfliktbearbeitung in einer differenzierten Staatenwelt, insbesondere Analyse eines aktuellen, exemplarischen Konfliktes vor dem Hintergrund unterschiedlicher Konfliktarten (innerstaatliche Bürgerkriege/internationalisierte Bürgerkriege/zwischenstaatliche Konflikte/Terrorismus) und einer differenzierten Staatenwelt (klassische Nationalstaaten/failed states/transnational eingebundene Staaten)
- Verfassung und Verfassungswirklichkeit: Rechtsstaatlichkeit und Verfassungskonflikte (Grundrechte und Rechtsstaatlichkeit in der Verfassung, insbesondere Art. 1, 20, 79 GG)

1 **TIPP** *Anforderungsbereich: I*

Die erwartete Zusammenfassung leiten Sie ein, indem Sie die Textquelle, den Autor und die Kernaussage vorstellen. Legen Sie in eigenen Worten und ohne Wertungen die wichtigsten Aussagen in strukturierter Form dar. Sie können dabei die Reihenfolge der Aussagen so verändern, dass ihr innerer Zusammenhang deutlich wird. Konjunktiv und analytische Wendungen („Der Autor geht der Frage nach ..., fächert ... auf, gelangt zum Fazit ...") zeigen die erforderliche Distanz zum Text. Textbelege mit direkten Zitaten sollten Sie auf Schlüsselbegriffe beschränken.

Einleitung
Quelle, Thema

Thomas Jäger beschreibt in seinem Kommentar „Viel Heu, wenig Effektivität", erschienen am 5. 4. 2017 auf cicero.de, die komplexen Probleme internationaler Zusammenarbeit im Kampf gegen den Terrorismus.

Fragestellung

Ein **Anschlag in Russland** bildet den aktuellen Ausgangspunkt für die Frage, warum solche Verbrechen bisher nicht zu verhindern sind. Bei der Suche nach Antworten fächert der Autor eine Reihe von **Faktoren** auf, die zu berücksichtigen seien.

Erfolge und Probleme internationaler Kooperation

Die **internationale Kooperation** bei der Aufklärung der Gefahren sei seit den Anschlägen vom 11. September 2001 unter der Führung der USA weit vorangekommen (vgl. Z. 20 ff.). So ermögliche sie die **effiziente Durchdringung** terroristischer Netzwerke (vgl. Z. 27 ff.), erzeuge jedoch einen kaum zu beherrschenden **Informationsüberfluss**, sodass Einzeltäter nicht greifbar würden (vgl. Z. 41 ff.). Weiterhin blieben Anti-Terror-Maßnahmen **fragmentiert**, da es an einer **zentralen Koordination** fehle (vgl. Z. 32 f.). Sie stießen – auch durch die Beteiligung internationaler Organisationen – an die **Grenzen staatlicher Autoritäten**, die ihr „Herrschaftswissen" (Z. 35) nicht preisgeben.

Außerdem führt in den Augen des Autors die Zusammenarbeit mit undemokratischen Regimen zu **ethischen Problemen**. Was unter Terrorismus zu verstehen sei, werde von der Türkei bis China unterschiedlich bewertet (vgl. Z. 51 ff.). Der Autor fragt dabei auch, ob im Kampf gegen den Terror der Zweck jedes Mittel heiligen dürfe (vgl. Z. 63 f.). Dabei kommt er zu dem Schluss, dass die Sicherheitsorgane zu kontrollieren seien.

Fazit

Abschließend fasst der Autor die Probleme internationaler Kooperation darin zusammen, dass diese „alle Fragen nach der **Legitimität** politischer Ordnung und der Zusammenarbeit" (Z. 66 f.) aufwerfe. Eine Lösung könne darin liegen, die Zusammenarbeit auf die Bekämpfung einzelner Gruppen, z. B. des „Islamischen Staats", einzugrenzen. Auch müsse die „**Prävention** von Radikalisierung" (Z. 73 f.) Teil der Gesamtstrategie sein.

2 **TIPP** *Anforderungsbereich: I und II mit Schwerpunkt auf AFB II*

Diese Aufgabe erwartet von Ihnen, dass Sie die wichtigsten Merkmale unserer Verfassungsordnung im Zusammenhang darstellen. Eine aufzählende Benennung reicht nicht, da eine Erläuterung gefragt ist. Geben Sie dabei die entsprechenden GG-Artikel an und verdeutlichen Sie die abstrakten Prinzipien durch Erklärungen.

Herkunft des Begriffs

Die **freiheitlich-demokratische Grundordnung** bildet den Kernbereich des Grundgesetzes. Art. 21 verwendet diesen Begriff z. B. im Sinne eines Kriteriums wehrhafter Demokratie. Um ihn zu konkretisieren, hat das Bundesverfassungsgericht mehrere Prinzipien herausgehoben. Dabei kann man von den beiden gleich wichtigen Adjektiven „freiheitlich" und „demokratisch" ausgehen.

Menschenrechte

Die „**freiheitliche**" **Grundordnung** hat die unantastbare Würde des Menschen im Blick, die zu achten und zu schützen Verpflichtung aller staatlichen Gewalt ist (Art. 1 Abs. 1 GG). Folgerichtig kennzeichnet das GG unverletzliche und unveräußerliche Menschenrechte als Grundlage jeder menschlichen Gemeinschaft. Die Freiheit des Menschen ist am deutlichsten im Recht der Persönlichkeit auf Leben und freie Entfaltung (Art. 2 GG) verankert. Im Hintergrund steht ein optimistisches Menschenbild, das vom Erfolg freiheitlicher Selbststeuerung ausgeht.

Rechtsstaat

Zu den Menschenrechten gehört auch die **Rechtsgleichheit** („Gleichheit vor dem Gesetz", Art. 3 GG), die vor Diskriminierung aufgrund des Geschlechts oder der Religion schützt. Die **Rechtssicherheit** (Art. 20 Abs. 3 GG) begründet den **Rechtsstaat**, indem sie alle Menschen vor staatlicher Willkür schützt. Alle Staatsorgane sind an Gesetze, vor allem an die Grundrechte, gebunden.

Das zweite Grundelement, die „**demokratischen**" **Grundordnung**, bedeutet, dass die Beteiligung aller Bürger an der Gestaltung des Gemeinwesens gewährleistet sein muss. — Demokratie

Die oberste Leitidee dafür ist die **Volkssouveränität**, die in Art. 20 Abs. 2 GG verankert ist. Das GG formuliert, dass die Staatsgewalt vom Volk ausgeht und „in Wahlen und Abstimmungen und durch besondere Organe der Gesetzgebung, der vollziehenden Gewalt und der Rechtsprechung ausgeübt" wird. Indem die Staatsgewalt als vom Volke ausgehend beschrieben wird, soll der Gegensatz von Staat und Bürger überwunden werden. Der Bürger ist nicht bloßes Objekt der Staatsgewalt. — Volkssouveränität

Art. 20 GG verankert zugleich die Grundsätze der **repräsentativen Demokratie** und der **Gewaltenteilung**. Die organisatorische Unterscheidung der Funktionen Gesetzgebung, Ausführung der Gesetze und Rechtsprechung beruht auf der Erfahrung, dass eine zentralisierte Machtkonzentration wegen eines möglichen Missbrauchs gefährlich ist und dient der wechselseitigen Kontrolle der Macht im Sinne von „Checks and Balances". Weil die Gesetzesinitiative auch von der Exekutive ausgehen kann (Art. 76 Abs. 1 GG) ist dieses Prinzip aber nicht streng durchgehalten. Darüber hinaus widerspricht die Verflechtung von Regierung und Parlamentsmehrheit, die sogenannte **Gewaltenverschränkung**, einer eindeutigen Gewaltentrennung, was zulasten der parlamentarischen Kontrollfunktion geht. — Gewaltenteilung

Neben der horizontalen Gewaltenteilung steht die **föderale Struktur** als vertikale Aufteilung der Staatsgewalt zwischen Bund und Ländern (Art. 20 Abs. 1 GG). Bund wie Länder verfügen über eigene Gesetzgebungs-, Verwaltungs- und Gerichtszuständigkeiten. Wichtige Gesetzgebungskompetenzen der Länder liegen in den Bereichen innere Sicherheit und Schulpolitik; darüber hinaus können sie über den Bundesrat die Gesetzgebung des Bundes beeinflussen und dabei die Machtkontrolle im Parlament stärken. — Bundesstaat

In Art. 21 bestimmt das GG, dass politische **Parteien** aktiv an der politischen Willensbildung mitwirken. Sie müssen demokratisch aufgebaut sein. Ihre Gründung ist frei, kleine und große Parteien sollen die gleichen Chancen erhalten, was sich z. B. in der Parteienfinanzierung zeigt. Allein das Bundesverfassungsgericht darf die Verfassungswidrigkeit einer Partei oder ihren Ausschluss von staatlicher Finanzierung feststellen. — Parteien

Einige besonders wichtige Bestimmungen des Grundgesetzes dürfen nach **Art. 79 Abs. 3 GG** nicht geändert werden. Man spricht hier von einer **Ewigkeitsgarantie**. Sie umfasst die in den Artikeln 1 und 20 GG niedergelegten Grundsätze, also insbesondere Menschenwürde sowie die Verfassungsgrundsätze Republik, Bundesstaat, Demokratie, Rechtsstaat und Sozialstaat. — Ewigkeitsgarantie

3 **TIPP** *Anforderungsbereich: I und II mit Schwerpunkt auf AFB II*

Diese Aufgabe ist zweigeteilt: Nachdem Sie zunächst Merkmale des Terrorismus mit internationalem Bezug zusammengestellt haben, gehen Sie in einem zweiten Schritt auf mögliche Vorgehensweisen der Staaten ein, dieser Gefahr zu begegnen. Wie in der 2. Aufgabe ist eine Bezugnahme auf den Text nicht unbedingt verlangt, wertet aber Ihre Leistung auf. Achten Sie auf eine strukturierte Gedankenführung, sachlichen Stil und begriffliche Präzision.

Definition

Nachrichten über den internationalen Terrorismus in Amerika, Europa, Afrika oder Asien erreichen die Öffentlichkeit seit dem 11. September 2001 regelmäßig. **Terroristische Gewalt**, ausgeführt von **nicht staatlichen Organisationen**, von Individuen oder Gruppen, steht heute meist im Zusammenhang mit **islamistischem** Fundamentalismus, aber auch **rassistische** oder **antisemitische Motive** spielen inzwischen eine Rolle. Jäger deutet in seinem Kommentar außerdem an, dass die Abgrenzung des Terrorismus von politischem Widerstand in verschiedenen Staaten unterschiedlich ist (vgl. Z. 51 ff.).

Gewalt als Mittel

Gemeinsam ist allen Arten des Terrorismus, dass versucht wird, Ziele mit **Gewalt** durchzusetzen. Ziel ist dabei, die Bevölkerung in Angst zu versetzen und bestehende politische und gesellschaftliche Zustände zu **destabilisieren**.

Basis in zerfallenden Staaten

International agierende Terrorgruppen entstehen meist in **zerfallenden Staaten**, da sie dort ideale Verhältnisse vorfinden, um beispielsweise Ausbildungslager und Verstecke zu errichten. Von dort aus kann eine zentrale Planung der weltweiten Anschläge vorgenommen werden.

Anschlagsziele und asymmetrische Kriegsführung

Der internationale Terrorismus greift häufig **Orte mit symbolischer Bedeutung** an, oder solche, an denen eine **hohe Zahl ziviler Opfer** zu erreichen ist. Diese sogenannten weichen Ziele sind leichter zu treffen als beispielsweise einzelne Personen, die vor allem Ziel des linken Terrors der RAF oder der Roten Brigaden waren. Außerdem ist ein bedeutendes Merkmal des internationalen Terrorismus, dass es keine Trennung zwischen Beteiligten und Unbeteiligten gibt, sondern die gesamte Bevölkerung in den Konflikt mit hineingezogen werden soll. Dabei fällt die Opferbereitschaft der **Selbstmordattentäter** auf. Weil diese mit geringen Ressourcen gegen eine eigentlich deutlich überlegene staatliche Macht vorgehen, spricht man auch von einer **asymmetrischen Kriegsführung**.

Politische und wirtschaftliche Ziele

Indem überzogene staatliche Gegenreaktionen auf Anschläge, wie z. B. Einschränkungen von Grundrechten, provoziert werden, möchte man die betroffenen demokratischen Ordnungen delegitimieren. Weiterhin wird versucht, ganze Wirtschaftszweige wie beispielsweise den Tourismus der betroffenen Länder zu zerstören.

Auf diese Weise rechnen die Täter mit einer **Medienwirkung**, die die Bevölkerung in Angst und Schrecken versetzt und damit Unsicherheit erzeugt. Weiterhin sollen den Sympathisanten dadurch die Erfolge der Anschläge verdeutlicht und diese für weitere Anschläge mobilisiert werden. Auch werden die Medienwirkung und die Nutzung sozialer Medien zur Rekrutierung neuer Mitglieder genutzt. Solange beispielsweise ein eigenes Staatsgebiet als Teil eines behaupteten weltweiten „Kalifats" im Irak und in Syrien existierte, übte der „**Islamische Staat**" (IS) eine erhebliche Anziehungskraft auf Anhänger selbst in europäischen Staaten aus. Sie glaubten dort ihre Wunschvorstellung einer intakten, heroischen, auserwählten und gerechten Gemeinschaft im Keim verwirklicht zu sehen.

Medien und Terrorismus

Die **Bekämpfung des internationalen Terrorismus** durch die Staatengemeinschaft reicht von **präventiven Maßnahmen** gegen die Radikalisierung über die **Unterbindung der Finanzierung** bis zur **Ausweitung der Überwachung** und zu **militärischem Vorgehen**. Alle diese Aktionen müssen nationale und globale Ebenen vernetzen, da sie sich gegen international operierende Terrornetzwerke richten.

Kampf gegen den Terrorismus

Ziel der militärischen Aktionen ist es, in den zerfallenen Staaten, in denen die Terrorgruppen ihre Ausbildungslager errichten, für **Ordnung zu sorgen** und die Lager zu zerstören. Es gelang so, dem IS in Syrien und im Irak sein **Staatsgebiet** wieder zu nehmen. In Afghanistan funktioniert diese Strategie aber bislang nicht, dort sind die Taliban wieder auf dem Vormarsch und das Land ist nach wie vor nicht befriedet. Inwieweit diese Strategie also als erfolgreich bezeichnet werden kann, hängt davon ab, welche Länder man sich anschaut und was genau als Ziel vorgegeben wurde.

Militärische Aktionen

Auch in den Staaten des Westens selbst wurde politisch versucht, gegen den internationalen Terrorismus vorzugehen. Dazu wurden vor allem **Überwachungsmaßnahmen** ausgeweitet. So wurde z. B. in Deutschland in den letzten Jahren durch Einrichtungen wie eine **Antiterrordatei** und ein **Terrorismusabwehrzentrum** die Zusammenarbeit von Behörden verbessert. Die Möglichkeit, gegen potenzielle Täter vorzugehen, wurde weit ins **Vorfeld von Terrorakten** ausgedehnt. Vieles, was der Vorbereitung von Anschlägen dienen kann, wird inzwischen bestraft. Ermittlungen wurden durch die Erlaubnis zur **Online-Durchsuchung** erleichtert. Der Aufklärung internationaler Finanz- und Kommunikationsstrukturen dienen **erweiterte Befugnisse der Nachrichtendienste**. Im internationalen Rahmen arbeiten sie eng mit den Behörden befreundeter Staaten zusammen.

Überwachungsmaßnahmen

Neben der Symptombekämpfung wird aber auch versucht, die **Ursachen** zu bekämpfen. Dabei spielt der **interkulturelle Dialog** eine wichtige Rolle, damit die verschiedenen Religionen sich gegenseitig akzeptieren und keine radikalen Auslegungen überhandnehmen. Interkultureller Dialog

Weiterhin wird diskutiert, inwieweit eine neue **Weltsozialpolitik** bzw. **Reform der Globalisierung** notwendig wäre, um die Ursachen des Terrorismus zu bekämpfen. Die negativen Auswirkungen der Globalisierung bzw. die **Nicht-Integration** mancher Staaten in die globalen Wertschöpfungsketten werden auch als Ursache für die Zunahme von potenziellen Selbstmordattentätern herangeführt. Reform der Globalisierung

4 **TIPP** *Anforderungsbereich: III*

Abschließend geht es um einen Ausschnitt aus der möglichen Bandbreite des Anti-Terror-Kampfs. Sie sollen erörtern, ob eine „Ausweitung von Überwachungsmaßnahmen in Deutschland" sinnvoll ist. Stützen Sie Ihre Pro- und Kontra-Argumente auf Bestimmungen des GG und untermauern Sie sie mit Beispielen. Gelangen Sie am Ende des Abwägens zu einer begründeten eigenen Position, die dem Zielkonflikt zwischen Sicherheit und Freiheit gerecht wird.

Einleitung

Wie stark darf im Kampf gegen den internationalen Terrorismus die Freiheit eingeschränkt werden, um Sicherheit zu gewährleisten? Braucht es mehr Kontrolle und Überwachung oder mehr Ursachenbekämpfung und Prävention? Besteht das Risiko, dass Grundrechte in Gefahr geraten und Minderheiten diskriminiert werden?

Pro-Argumente

Um dem internationalen Terrorismus effektiv begegnen zu können, kann sich der Staat heute sehr wirksamer **Überwachungsmethoden der Telekommunikation** bedienen, die dem konspirativen Vorgehen des Gegners frühzeitig auf die Spur kommen können. Aus Mobiltelefonen oder Apps wie „WhatsApp" und „Google Maps" lassen sich detaillierte Bewegungsprofile gewinnen, aus den von Verdächtigen besuchten Webseiten Interessenprofile. Zur Sammlung solcher Daten ist es nötig, individuelle Freiheitsrechte einzuschränken; man erhält dafür jedoch größere Sicherheit. So konnten nach Aussagen der Bundesregierung bereits **Anschläge verhindert** bzw. Täter überführt werden.

Befürworter halten es daher für notwendig, einzelne Freiheitsrechte einzuschränken, damit die Mehrheit der Bevölkerung in Freiheit und ohne Angst vor Anschlägen leben kann. Darüber hinaus habe, wer nichts zu verbergen habe, auch nichts zu befürchten.

Außerdem bleiben solche Freiheitsbeschränkungen begrenzt, auch deshalb, weil sie auf kritische Medien und andere **Kontrollinstanzen** treffen. Sie unterliegen zunächst strikten **rechtlichen Auflagen**.

Jede Einschränkung eines Grundrechts kann nur auf der Grundlage eines Gesetzes erfolgen.
Bei der polizeilichen Überwachung der Computer- und Telefonkommunikation ist ein **richterlicher Beschluss**, für entsprechende Aktivitäten der Nachrichtendienste die Zustimmung der **G10-Kommission** des Bundestags nötig. Auch das in Art. 45 d GG verankerte Parlamentarische Kontrollgremium des Bundestags verfügt über gewisse Kontrollrechte.
Bei der Überwachung von Gefährdern müssen die Polizeien des Bundes und der Länder einheitlich vorgehen. Dass in einzelnen Bundesländern eine Überwachungsmaßnahme nicht fortgesetzt werden kann, wenn ein Gefährder in ein Land ohne eine entsprechende Regelung umzieht, erscheint dagegen schwer nachvollziehbar. So entsteht oft der Eindruck eines **Neben- und Durcheinander von Behörden**. Ähnliches gilt für die Kooperation in der EU. Der Fall Amri untermauert diese Beobachtung. Vor diesem Hintergrund spricht einiges dafür, die Überwachung auszuweiten, um solche Fälle in Zukunft zu verhindern.
Wichtige Argumente sprechen allerdings **gegen die Ausweitung von Überwachungsmaßnahmen**.

Kontra-Argumente

Bürger erwarten vom Staat im Rahmen seines Sicherheitsversprechens nicht nur den Schutz vor Terroristen, sondern auch den Schutz ihrer persönlichen Kommunikation. Ein Staat, der in alle privaten Lebensbereiche vordringt und eine nahezu unbegrenzte Macht entwickelt, weil er alles über seine Bürger weiß, verstößt gegen **Freiheitsrechte des GG**. In Gefahr sind insbesondere das allgemeine Persönlichkeitsrecht, auf das sich der Datenschutz beruft (Art. 1 Abs. 1 in Verbindung mit Art. 2 Abs. 1 GG) sowie das Brief-, Post- und Fernmeldegeheimnis (Art. 10 GG).
Nicht unproblematisch ist der Austausch deutscher Behörden mit den Nachrichtendiensten anderer Länder. Die **US-Geheimdienste** können auf die Datenbestände im E-Mail-Verkehr oder in sozialen Netzwerken leichter zugreifen, weil viele große Anbieter dort ihren Sitz haben. Daher stellen sich einige Fragen: Wie realistisch ist angesichts der global verflochtenen Struktur des Internets ein nationales Angehen gegen zusätzliche Datensammlung? Wer kontrolliert die Algorithmen der Geheimdienste?
Fraglich ist, ob die Überwachung das Gebot der **Verhältnismäßigkeit** beachtet. Die Sammlung und Speicherung von Daten ufert aus und wird sogar ineffizient, je mehr die Befugnisse der Nachrichtendienste auf den internationalen Bereich erweitert werden. Jäger hat daher recht, dass die Suche nach der „Nadel im Heuhaufen" immer schwieriger wird (vgl. Z. 41 ff.).

Wenn Menschen verdachtsunabhängig bei der Grenzkontrolle ausgewählt, gestoppt und befragt oder durchsucht werden, weil sie gewisse Kriterien erfüllen (z. B. Menschen mit dunkler Hautfarbe), dann können ganze gesellschaftliche **Gruppen diskriminiert** werden. Ein solches *racial profiling* ist mit dem Grundgesetz nicht vereinbar und auch aus ethischen Gründen abzulehnen.
Indem nicht nur potenzielle Gefährder überwacht werden und folglich die Bürger nicht mehr wissen, wann und in welchem Maße sie beobachtet werden, verhalten sie sich aus Angst vor Repressionen auch vorsichtiger im Sinne von „angepasster". Es droht folglich eine **Einschränkung der Meinungsfreiheit** für alle Bürger (Art. 5 GG). Ein Klima des Misstrauens entsteht.

Eigenes Urteil

Insgesamt überwiegen für mich die Argumente gegen eine pauschale Intensivierung der Überwachung. Der Kampf gegen den Terror soll doch die freiheitliche Demokratie verteidigen, deren **Legitimationsgrundlage** die Grundrechte bilden.
Anstatt den Verdacht unterschiedslos nun gegen alle zu richten, müssen die großen Internet-Unternehmen verpflichtet werden, Hassreden und Hassprediger zu identifizieren bzw. ihre Plattformen zu verbieten. Sobald neue Techniken auftauchen, mit denen Anschlagspläne oder Wege der Terrorismusfinanzierung leichter aufzudecken wären, sollten diese jedoch **Einzelfallprüfungen** unterzogen werden. Programme zur **Prävention einer Radikalisierung** sind zudem europaweit zu fördern. Schließlich muss die Außen- und Entwicklungspolitik stärker auf die **Ursachen des Terrorismus**, also auf die Bekämpfung von Armut und Korruption und für die Etablierung einer verantwortungsvollen Staatsführung, ausgerichtet werden. Solche Maßnahmen sind viel wirkungsvoller im Kampf gegen den Terrorismus als eine immer weiter fortschreitende Überwachung der Bevölkerung.

Hessen ▪ Politik und Wirtschaft ▪ Grundkurs 2020
Vorschlag A

MEDIEN UND GLOBALISIERUNG

Aufgabenstellung

1 Geben Sie die Kernaussagen des Textes wieder. (Material) (20 BE)

2 „Vor allem Tageszeitungen übernehmen oft unkritisch digitale Storys: Was online trendet, muss gedruckt werden." (Material)
Erläutern Sie die Auswirkungen der zunehmenden Bedeutung sozialer Medien als Informationsquelle der Bürger auf die klassischen politischen Massenmedien. (25 BE)

3 Im Material wird die globale Macht der Internetkonzerne thematisiert.
Charakterisieren Sie das Verhältnis von transnationalen Unternehmen und Nationalstaaten vor dem Hintergrund der Globalisierung. (25 BE)

4 „Bürger verbringen immer mehr Zeit im Netz, digitale Debatten ersetzen zunehmend klassische Formen der Partizipation." (Material)
Beurteilen Sie die Folgen dieses von Marinić festgestellten Wandels für das politische System in Deutschland. (30 BE)

M Jagoda Marinić: Hashtags bringen die Demokratie nicht weiter (2018)

Als ich 2009 meinen Account einrichtete, war Twitter genau drei Jahre alt. Damals antwortete der Gründer Jack Dorsey so gut wie jedem Nutzer noch persönlich. Es war aufregend, mit Menschen auf der ganzen Welt ins Gespräch zu kommen. Twitter sollte eine Plattform werden, an der Nutzer Freude haben – wobei schon der Begriff Plattform irreleitet. Soziale Medien sind gelenkte Interaktion, sie wollen ihre Nutzer lenkbar machen und ihre Besitzer reicher.

Auch heute sollen Nutzer ihre Freude haben. Und zwar alle Nutzer. Diese Woche verteidigte Jack Dorsey die Entscheidung, Tweets des Verschwörungstheoretikers Alex Jones nicht zu löschen. Facebook weigert sich, Posts von Holocaustleugnern zu entfernen. Google brüstet sich damit, bald eine Suchmaschine präsentieren zu können, mit der auch China zufrieden wäre.

Die großen Fragen der Meinungsfreiheit werden derzeit im Silicon Valley erörtert. Das Problem: Sie werden auch dort entschieden. Ein Aufschrei dagegen käme vermutlich als Hashtag daher und würde bald verpuffen. Viele Politiker haben die Macht dieser Konzerne nicht verstanden. Jene, die verstanden haben, nutzen sie vor allem für die Spaltung. Nigel Farage[1] bedankte sich bei Zuckerberg[2] für den Brexit.

Internet-Pionier Jaron Lanier liefert in seinem jüngsten Buch zehn Gründe, warum jeder seine Social-Media-Accounts löschen sollte. In Deutschland wird meist noch auf der Anwendungsebene diskutiert: Wie abhängig werden Nutzer? Wie digital kompetent sind unsere Kinder und Jugendlichen? Darauf lassen sich teilweise beruhigende Antworten finden. Weniger beruhigend fallen sie aus, wenn die Frage lautet: Was geschieht mit der Demokratie und ihren Bürgern, wenn weite Teile der öffentlichen Debatte auf diese Weise ökonomisiert werden? Die klassischen Medien lieferten Nachrichten. Soziale Medien hingegen wollen die Plattformen der Debatte sein. Werden sie sich einem Verschwörungstheoretiker widersetzen, wenn dieser mehr Reichweite und Aufmerksamkeit, ergo mehr Geld bringt?

Alle Dissidenten der Tech-Industrie warnen vor der Manipulation der Aufmerksamkeit, vor dem Suchtfaktor [...]. Sie sprechen von einem Experiment an der Menschheit. Die Algorithmen der Plattformen sind, der erhöhten Interaktion wegen, auf Radikalisierung programmiert. Bürger verbringen immer mehr Zeit im Netz, digitale Debatten ersetzen zunehmend klassische Formen der Partizipation. Die Aktivitäten vieler Bürger und Experten bündeln sich dort, digitale Analphabeten sind naturgemäß ausgeschlossen. Jaron Lanier mahnt: „Soziale Medien hassen eure Seele!“ Hassen sie auch die Seele der Demokratie?

„Eine Plattform für alle Ideen“, beteuert Zuckerberg gerne, als würden Ideen auf Facebook neutral zur Verfügung gestellt. Doch auch hier gewinnt, wer am meisten bezahlt. Selbst Kritiker bezahlen. Unter Heiko Maas beispielsweise, der das Netz-DG[3] auf den Weg brachte, war das Bundesjustizministerium einer der Top-Werbekunden bei Facebook. Noch mehr gab das Verteidigungsministerium aus, das unter anderem in digitale Rekrutierungskampagnen beinahe 3,5 Millionen Euro investierte.

Darüber, ob in Schulen rekrutiert werden sollte, wurden noch Debatten geführt. Über das Internet rekrutiert man sogar in den Wohnungen der Jugendlichen, finanziert durch Steuergeld. Ergebnis? Noch nie gingen so viele Minderjährige zur Bundeswehr. Gleichzeitig lässt sich beobachten, wie die Fitness-Industrie über Instagram weltweit eine Generation von Fitness-[...]Influencern kreiert, die höchstens noch von Kokosraspeln träumt statt von einer besseren Gesellschaft. Diskutiert wird diese digitale Modellierung von Massen oft erst, wenn das Ergebnis sichtbar wird.

Das Dilemma: Kritiker benennen die Risiken der sozialen Medien, doch brauchen sie deren Verteiler, um die Zielgruppen zu erreichen. Vor allem Tageszeitungen übernehmen oft unkritisch digitale Storys: Was online trendet, muss gedruckt werden. Obwohl gerade das den Spott sichert: Zeitungen sind die Blätter, in denen steht, was gestern im Netz stand, heißt es dann.

Vielleicht sehen sich herkömmliche Medien durch das Bedürfnis von digitalen Trendsettern, auch hier präsent zu sein, in ihrer Bedeutung bestärkt. Dabei unterschätzen sie sich oft selbst. So wie ihre Möglichkeiten, die digitalen Leser eigenständig zu erobern. Die New York Times zeigt derzeit durch den rapiden Anstieg an digitalen Abonnements, wie es anders gehen könnte.

Zurück zu Twitter und Deutschland: Hier ist Jack Dorseys blauer Vogel noch immer ein Nischenphänomen. Doch immer mehr Politiker und Medienschaffende positionieren sich zu allem über Tweets. Es ist, als wäre Hashtags-Erfinden ein Aufbaustudiengang. Wie frustrierend muss es da sein, wenn der renommierte Medienkritiker Jay

Rosen nach seinem Aufenthalt in Berlin bilanziert: Twitter lässt sich in Deutschland getrost ignorieren. Doch gerade die Printmedien übernehmen jeden Hashtag, als stünde eine soziale Bewegung dahinter. Man möchte nicht hintanstehen. Twitter stattdessen für Hintergrundinformationen und mehr Transparenz für Leser und Zuschauer zu nutzen wäre erfolgversprechend, wie die Reichweite in den USA zeigt. Umgesetzt wird das zu wenig.

Die digitale Demokratie ist eine gefährliche, wenn sie in den Händen von Silicon Valley bleibt. Für den digitalen Weg, die Demokratie und ihre Werte zu verteidigen, gibt es hierzulande leider keine Strategie, obgleich man aus Fehlern anderer Länder lernen könnte. Online agieren allmählich auch jene, die für die gute Sache zu kämpfen meinen, im Modus „Gegen die anderen!“ Sie mutieren zu Zerrbildern der Trolle, die sie bekämpfen – und erfahren so mehr gelenkten Hass.

Auf Plattformen, die allen offenstehen, werden Empathie-Kampagnen geführt, dabei ist das Internet eben kein geschützter Raum. Hier kann eine Gesellschaft nicht therapiert werden. Das Internet braucht derzeit gute Analytiker, die Nutzern helfen, die Mechanismen der Mobilisierung zu durchschauen. Stattdessen weitet sich die Kampfzone aus. Ein Kampf, der vorwiegend in demokratische Institutionen und auf die Straßen statt ins Netz gehört. Bitte jetzt nicht tweeten oder teilen.

Jagoda Marinić: Hashtags bringen die Demokratie nicht weiter, Süddeutsche vom 12.08.2018, https://www.sueddeutsche.de/politik/soziale-medien-hashtags-bringen-die-demokratie-nicht-weiter-1.4088486

Anmerkung

1 Nigel Farage: britischer Politiker, der sich für ein Referendum über den Brexit eingesetzt hat.
2 Marc Zuckerberg: US-amerikanischer Unternehmer, ist Gründer und Vorstandsvorsitzender des Unternehmens Facebook.
3 Netz-DG: Netzwerkdurchsetzungsgesetz: Gesetz zur Verbesserung der Rechtsdurchsetzung in sozialen Netzwerken des ehemaligen Justizministers Heiko Maas.

Lösungsvorschlag

Unterrichtsinhalte:

- Öffentlichkeit im Wandel – Zivilgesellschaft und Medien im politischen Prozess (Q 1.4):
  - Aufgaben, Funktionen und Probleme klassischer politischer Massenmedien
  - Chancen und Risiken neuen politischer Kommunikationsformen im Internet
- Strukturwandel der Weltwirtschaft als Herausforderung ökonomischer Globalisierung (Q 3.2):
  - Globalisierung von Unternehmen und Produktionsprozessen (Veränderungen internationaler Arbeitsteilung, Standortfaktoren und Standortwettbewerb)

1 **TIPP** *Anforderungsbereich I*

In der hier geforderten Zusammenfassung sollen Sie ausgehend von einem vollständigen Einleitungssatz (Autor, Titel, Textsorte, Erscheinungsort und -datum, Thema) den vorliegenden Text strukturiert und in eigenen Worten wiedergeben. Arbeiten Sie hierfür die Kernaussagen des Textes heraus. Da der Text viele Details beinhaltet, sollten Sie Aspekte bündeln und sich nicht in Einzelheiten verlieren.
Achten Sie auf die nötige Distanz zum vorliegenden Kommentar und verwenden Sie deshalb den Konjunktiv bei indirekter Rede und kennzeichnen Sie wörtliche Rede.

In dem vorliegendem Kommentar von Jagoda Marinić mit dem Titel „Hashtags bringen die Demokratie nicht weiter", am 12. 08. 2018 in der Süddeutschen Zeitung erschienen, untersucht die Autorin den **Einfluss der sozialen Medien auf die Demokratie**. Dabei arbeitet sie Risiken der sozialen Medien für die Demokratie und ihre Werte heraus. *Quelle* *Thema*

Zu Beginn der sozialen Medien hätten sich Menschen dort vernetzt und Nutzer seien miteinander ins Gespräch gekommen. Mittlerweile seien diese Plattformen keine Orte mehr von Debatten, sondern **gelenkter Interaktion, was die Nutzer manipuliere** (vgl. Z. 2 ff.). Die Autorin kritisiert, dass Fragen der **Meinungsfreiheit** somit nun im Silicon Valley entschieden würden. Politiker hätten diese Macht der Internetkonzerne oft nicht verstanden. Sei dies doch der Fall, nutzten sie die Plattformen zur Spaltung der Gesellschaft (vgl. Z. 12 ff.). *Gelenkte Interaktion und Manipulation*

In sozialen Medien zählten einzig **Reichweite und Aufmerksamkeit**, da dies den Betreibern Geld bringe. Deshalb würden auch problematische Posts nicht gelöscht. Teile der öffentlichen Meinungsbildung würden aber somit ökonomisiert (vgl. Z. 21 ff.). Da die *Ökonomisierung der Meinungsbildung*

Algorithmen der Plattformen auf erhöhte Interaktion reagierten, führten sie zu einer Manipulation der Aufmerksamkeit und würden die **Gefahr der Radikalisierung** bergen. Marinić stellt fest, dass Menschen immer mehr Zeit im Netz verbringen und **digitale Debatten klassische Formen der Demokratie zunehmend ersetzen**. Allerdings sei nicht absehbar, welche Auswirkungen diese Veränderung der Debattenkultur für die Demokratie und ihre Bürger habe (vgl. Z. 27 ff.).

Keine Neutralität

Die soziale Plattform Facebook behauptete, sie sei eine neutraler Ort, der allen Menschen offen stehe. Doch auch bei Facebook **zähle im Endeffekt, wer für seine dort geschaltete Werbung bezahle** (vgl. Z. 35 ff.). Instagram wiederum beeinflusse vor allem junge Menschen durch Werbung und Lifestyle-Themen und führe so zu einer Modellierung von Massen ins Unpolitische (vgl. Z. 43 ff.).

Twitter und die klassischen Medien

Auch wenn Twitter in Deutschland noch ein „Nischenphänomen" sei, nutzten zunehmend Politiker und Medienschaffende die Plattform, um sich über Tweets und mit Hashtags Gehör zu verschaffen. Traditionelle Massenmedien, insbesondere **Printmedien, übernähmen diese Hashtags oft unkritisch**, statt Twitter und seine Reichweite für Hintergrundinformationen oder mehr Transparenz für die User zu nutzen, wie dies in den USA zunehmend geschehe (vgl. Z. 58 ff.).

Eigenständigkeit klassischer Medien bewahren

Die Autorin behauptet, Tageszeitungen spürten viel zu oft digitalen Storys einfach nach. Offenbar wollten sie digitale Trends nicht verpassen, obwohl sie aufgrund ihres Mediums die relevanten Inhalte dann verspätet veröffentlichten. Stattdessen sollten die **klassischen Medien/Tageszeitungen auf ihre Möglichkeiten und Stärken vertrauen** und ihre digitalen Leser eigenständig, z. B. durch digitale Abonnements, überzeugen (vgl. Z. 58 ff.).

Dilemma der Kritiker

Zunehmend würden die im Text aufgezeigten Risiken der sozialen Medien erkannt, doch selbst deren **Kritiker bräuchten die Plattformen und deren Reichweite, um ihre Zielgruppe zu erreichen**. Und auch diejenigen, die dort für die Werte der Demokratie kämpften, operierten allmählich im Modus ihrer Gegner und setzten sich deshalb dem gelenkten Hass aus (vgl. Z. 59 f., 71 ff.).

Strategielosigkeit

Die Autorin stellt fest, dass es keine Strategie gibt, die digitale Demokratie der Vorherrschaft aus Silicon Valley zu entreißen, und **kein Konzept, die Demokratie und ihre Werte in der digitalen Welt zu bewahren** (vgl. Z. 68 ff.).

Meinungsbildung durch klassische Partizipation

Das Internet brauche gute Analytiker, die den Nutzern helfen, die Mechanismen der sozialen Medien und somit ihre eigene Mobilisierung zu durchschauen, sonst werde die Netzwelt weiter zur Kampfzone. Der **Kampf der Meinungen** dürfe aber nicht nur im Netz und digital ausgefochten werden, sondern **müsse in den demokratischen Institution und auf den Straßen geführt werden** (vgl. Z. 76 ff.).

2 **TIPP** *Anforderungsbereich I und II mit Schwerpunkt auf AFB II*

Im vorliegenden Text wird die zunehmende Bedeutung sozialer Medien als Informationsquelle für die Bürger kritisch dargelegt. Die hier genannten Aspekte sowie das vorangestellte Zitat können Sie als Ausgangspunkt aufgreifen und ergänzen, um die Auswirkungen auf Situation und Aufgaben klassischer Medien strukturiert und differenziert zu verdeutlichen.

Einleitung

Die zunehmende Bedeutung sozialer Medien als Informationsquelle für die Bürger hat deutliche Auswirkungen auf die klassischen politischen Massenmedien. Deren Aufgabe ist es, zu informieren, Meinungsbildung zu ermöglichen, die Politik zu kontrollieren und zu kritisieren sowie für Interessen und Forderungen der Bürger eine Öffentlichkeit zu schaffen. Diese Aufgaben sind in einer pluralistischen Gesellschaft elementar für das **Funktionieren der Demokratie**, deshalb wird die **Meinungs-, Informations- und Pressefreiheit im Grundgesetz Art. 5 Abs. 1 GG** gewährleistet.

Aufgaben klassischer Medien in einer Demokratie

Bei der **Vermittlung** zwischen den politischen Akteuren und der Zivilgesellschaft haben die klassischen politischen Massenmedien durch die sozialen Medien an Bedeutung verloren. Plattformen wie Twitter und Facebook haben **neue Optionen für Veröffentlichungen und Artikulation** der Bürger geschaffen. Zudem können sie als **digitaler Versammlungsort** und für **zivilgesellschaftliche Handlungenformen** dienen. Einzelne Politiker wie Donald Trump kommunizieren nahezu ausschließlich über soziale Medien und brauchen die klassischen Medien kaum mehr als Vermittler und Verstärker. Diese Möglichkeiten zur Weiterverbreitung von Informationen und Meinungen in **hoher Geschwindigkeit** setzen die klassischen Medien (aber auch die politischen Akteure) unter Druck. Die von Marinić dargestellte Tatsache, dass Tageszeitungen digitale Storys oft unkritisch übernähmen, ist ein Ausdruck des **Gefühls von Dringlichkeit**, welches bei den traditionellen Medien erzeugt wird.

Informationsverbreitung durch soziale Medien

Besonders Tageszeitungen haben ihre **Präsenz deshalb im Internet** in Form von **Online-Portalen** verstärkt und bieten hier oft kostenlosen und vor allem zeitnahen Zugang zu Informationen, die durch Kommentarfunktionen oder Diskussionsforen ergänzt werden.

Präsenz im Netz

Wenn klassische Medien den digitalen Medien einfach folgen, verstärken sie die Bedeutung der hier geteilten Inhalte und machen sie zu den **neuen Leitmedien**. Menschen halten die Themen, die sie im Netz lesen, hören und sehen für die Themen, die wichtig sind. Es ist, eine Entwicklung hin zu „**Echtzeitjournalismus**" zu beobachten, der diese digitalen Inhalte lediglich verstärkt und nicht ergänzt. Als Informationsquelle für die Bürger bedeutet diese Entwicklung klas-

Agenda-Setting, Informations- und Thematisierungsfunktion

sischer Massenmedien, dass **Themen wegfallen** und die **Informationsfunktion leidet**. Wenn Tageszeitungen nicht selbst Themen setzen und bloß digitalen Trends folgen, hat das Auswirkungen auf ihr **Agenda-Setting**. Diese wichtige Funktion für die Zivilgesellschaft wird zunehmend durch soziale Medien und somit von anderen Faktoren wie deren Algorithmen beeinflusst. Dabei ist gerade die **Thematisierungsfunktion eine zentrale Leistung** für die öffentliche Kommunikation und die Meinungsbildung in der Demokratie und eine wichtige Aufgabe klassischer Medien.

Soziale Medien können auch Einzelnen oder kleinen Gruppen ermöglichen, **Informationen und Meinungen ungefiltert** zu veröffentlichen, sie schaffen eine schier unendliche Menge an Mitteilungen. Diese stehen oft zusammenhangslos nebeneinander und finden nur **Teilöffentlichkeiten**. Da sie unmittelbar, schnell und weltweit verfügbar sind, haben sie an **Bedeutung im Artikulationsprozess** der Bürger gewonnen. Da den Nutzern hier eine durch Algorithmen bestimmte personalisierte Auswahl an Informationen angezeigt wird, entsteht die Gefahr der **Bildung von Filterblasen und Echokammern**, die die eigene Sichtweise bestätigen und in denen andere Meinungen und Weltbilder nicht vorkommen. Darauf sollten **klassische Medien** reagieren, da sie eine **wichtige Rolle im Meinungsbildungsprozess** einnehmen.

Abbilden von Meinungspluralismus und Diskurs

Sie **ermöglichen Diskurs**, schlüsseln Themen auf, versachlichen sie und machen sie verständlich. Sie sind für die Demokratie von Bedeutung, da sie somit den Bürger befähigen, Zusammenhänge zu begreifen, Absichten und Handlungen zu verstehen, seine eigenen Interessen zu erkennen und schließlich selbst aktiv am politischen Prozess teilzunehmen (z. B. Wähler, Parteimitglieder). Dazu müssen sie den gesamten **Meinungspluralismus widerspiegeln** und dürfen nicht nur Trends folgen.

Qualitätsjournalismus

Qualitätsjournalismus ist dadurch gekennzeichnet, dass Informationen strukturiert, Ideen eingeordnet und Meinungen als Kommentar gekennzeichnet werden. Das beinhaltet, dass **Redaktionen Inhalte prüfen und Hintergründe recherchieren**. Informationen und gezielte Fehlinformationen (Fake News) gehen nicht einfach viral, sondern werden geprüft.

Ökonomischer Druck

Die traditionellen Medien sind in puncto Schnelligkeit und Reichweite im Vergleich zu digitalen Medien im Hintertreffen. **Recherche** kostet **Zeit** und **Redakteure** kosten **Geld**. Insbesondere Tageszeitungen stehen unter dem Druck, **wirtschaftlichen Gewinn** erzielen zu müssen. Sie finanzieren sich durch ihren Verkauf, durch Anzeigen und Werbeeinnahmen. **Diese ökomische Abhängigkeit von Auflagen** hat Auswirkungen auf die publizistischen Inhalte und Informationen, sie müssen sich verkaufen. Deshalb jagen die klassischen Medien wie im Text kritisiert oft einfach digitalen Trends nach. Digitale Angebote klassischer Medien müssen wie auch die sozialen Medien Klickzahlen erreichen und Tageszeitungen sind darauf angewiesen, hohe Auflagen zu erzielen.

Wirtschaftliche Konkurrenz

Online-Medien sind bei der Gewinnung von Werbeeinnahmen unmittelbare Konkurrenten. So stehen trotz ihres Aufwands für Recherche und Redaktionen klassischen Medien immer weniger finanzielle Mittel zur Verfügung, was zu Personalabbau und Redaktionsschließungen führt.

Diese Probleme der Massenmedien, die sich schon vor dem Aufkommen der sozialen Medien offenbarten, haben sich durch die **Konkurrenz** verschärft. Um wirtschaftlich zu überleben, bilden sich große Medienkonzerne. Die dadurch **gestärkte Marktposition einzelner Konzerne** kann sich allerdings **negativ auf die Vielfalt** der Berichterstattung und somit **Meinungsvielfalt** der Massenmedien auswirken.

Unter dem Eindruck der durch neue Medien beförderten Polarisierung tendieren auch traditionelle Medien verstärkt zu **Personalisierung und Boulevardisierung** von Berichterstattung. Die Aufmerksamkeit der Bürger muss geweckt werden und es ist eine verstärkte Tendenz zu beobachten, dass Information und Entertainment sich oftmals vermischen, etwa wenn Talkshows die Berichterstattung über den politisch sachlichen Diskurs im Parlament ersetzen.

Kritik an klassischen Medien

Eine besondere Herausforderung der klassischen Medien zeigt sich anhand der Berichterstattung in der Flüchtlingskrise seit 2015 und findet Ausdruck in dem Begriff „**Lügenpresse**". Informationen, Bilder und Meinungen, die Teile der Bürger aus den sozialen Medien erreichten, fanden sie in den Massenmedien nicht wieder. Diese Gruppen fühlten sich infolgedessen durch klassische Medien nicht umfassend und objektiv zu dem Thema informiert. Unter anderem diese Entwicklungen führten zu Misstrauen gegen die klassischen Medien sowie Journalisten und dem Vorwurf, die Medien seien gelenkt. Es entstanden getrennte Teilöffentlichkeiten in der Gesellschaft und die Traditionsmedien vermochten es nicht, eine allgemeine Öffentlichkeit zu schaffen und einen breiten Diskurs zu ermöglichen, was eine Spaltung der Gesellschaft bei dem Thema zur Folge hatte.

Fazit

Es zeigt sich deutlich, dass klassische politische Medien zwar oftmals in Zugzwang geraten, aber durch die neuen Medien keineswegs überflüssig geworden sind. Auch wenn sich der wirtschaftliche und zeitliche Druck verstärkt hat, sind sie gerade auch durch den gestiegenen Einfluss der neuen Medien für die Demokratie von großer Bedeutung.

3 **TIPP** *Anforderungsbereich I und II mit Schwerpunkt auf AFB II*

Hier sollen Sie auf verschiedene Aspekte des Verhältnisses von Nationalstaaten und transnationalen Unternehmen unter dem Gesichtspunkt der Globalisierung eingehen und diese anschaulich darstellen.

Einleitung

Transnationale Unternehmen gelten als **Schrittmacher der Globalisierung** und entziehen sich oft dem Einfluss von Nationalstaaten. Als zentrale Akteure der Globalisierung haben sie in den letzten Jahrzehnten zunehmend an Bedeutung gewonnen und den **Machtverlust von Nationalstaaten beschleunigt**.

Globale Macht der TNU

Transnationale Unternehmen **produzieren** nicht nur in einem Land oder an einem Ort, sondern **über Grenzen von Nationalstaaten** hinweg. Ihre Waren erreichen Menschen auf der ganzen Welt. Die im Text angesprochenen Internetkonzerne bzw. deren Dienstleistungen etwa werden von Menschen rund um den Globus genutzt und vernetzen ganze Gesellschaften. Sie besitzen Zugriff auf die Daten von Milliarden Nutzern und gewinnen dadurch an globaler Macht.

Standortwettbewerb

Als Global Player werden transnationale Unternehmen wegen ihrer weltweiten wirtschaftlichen und politischen Macht bezeichnet. Vor dem Hintergrund der **Vernetzung und Verflechtung von Wirtschaft, Politik und Gesellschaft im Zuge der Globalisierung** operieren sie international und richten ihre Interessen am globalen Markt aus. Nationalstaaten bringt das in Zugzwang, da diese sich wiederum im **internationalen Wettbewerb um die besten Standortbedingungen** für die Konzerne befinden. Staaten möchten transnationale Unternehmen an ihren Standort binden, da diese **Arbeitsplätze und Investitionen** bedeuten.

Standortattraktivität

Sie versuchen z. B. in Form von Subventionen oder niedrigen Steuersätzen für die Konzerne als Standort attraktiv zu sein. Transnationale Unternehmen haben bei ihren Investitionsvorhaben die Möglichkeit, **Nationalstaaten unter Druck** zu setzen, die **Standortbedingungen und Regelungen ihren Bedürfnissen anzupassen**. In vielen Fällen ist für sie ein niedriges Niveau an Regulierung von Vorteil, genauso wie ein möglichst freier Handel.

Abhängigkeit von Global Playern

Gerade ärmere oder kleinere Volkswirtschaften haben der Macht der Global Player oft wenig entgegenzusetzen. Sie sind **von den Konzernen abhängig**, was diese Staaten geradezu erpressbar macht. Einige der **Global Player sind wertvoller als ganze Volkswirtschaften**. Auch die von Start-Ups zu globalen Giganten aufgestiegenen Internetkonzerne erwirtschaften Summen, die die Wirtschaftsleistung einiger Staaten übersteigen. Aber auch in großen Volkswirtschaften erlangen Global Player durchaus eine so wichtige Bedeutung, dass sie in Krisen (z. B. Finanzkrise, Corona-Krise) von Nationalstaaten unterstützt werden (z. B. Abwrackprämie in der Finanzkrise, Kurzarbeitergeld in der Corona-Krise) oder der **Staat sie rettet**, da sie „**too big to fail**" sind.

Wenig Gestaltungsspielraum

Einzelne Nationalstaaten können aus diesen Gründen den Forderungen oder der Abhängigkeit von großen Konzernen nicht viel entgegenhalten, denn auch sie müssen ihre (Standort-)Politik am globalen Wettbewerb ausrichten. Dieser **Wettbewerbsdruck schmälert den Gestaltungsspielraum** der Staaten für politische und regulative Lösungen, z. B. beim Klimaschutz. Hier sind vor dem Hintergrund der Globalisierung und des globalen Wettbewerbs **Asymmetrien zwischen Global Playern und Nationalstaaten** entstanden.

Lobbydruck begrenzen

Um die Macht der transnationalen Unternehmen zu begrenzen und Standortbedingungen z. B. in Form von **gesetzlichen Regelungen grenzübergreifend zu formulieren**, müssen sich Nationalstaaten international, z. B. in Regionen oder auf supra- und internationaler Ebene (EU, G20) organisieren. Auf diesem Weg können die Staaten Macht und Lobbydruck der globalen Internetkonzerne begrenzen.

Bespiel für aktive Gestaltung

Ein Beispiel für dieses Vorgehen in Bezug auf Internetkonzerne ist die **neue Datenschutz-Grundverordnung**. Sie wurde 2018 vom Europäischen Parlament für alle Unternehmen, die in der EU Geschäfte tätigen, verabschiedet, um den digitalen Datenschutz der Verbraucher in der Region zu stärken.

Fazit und Ausblick

Die **Ausprägung der Abhängigkeit der Nationalstaaten von Global Playern** variiert je nach wirtschaftlichen Voraussetzungen und Größe, unter Anbetracht des hohen Verflechtungsgrads der Weltwirtschaft ist ihnen aber allen gemein, dass sie sich der Abhängigkeit von den Konzernen nicht entziehen können. Das Verhältnis zu transnationalen Unternehmen und letztlich auch die Globalisierung selbst können Nationalstaaten nur mitgestalten, wenn sie sich **nicht gegeneinander ausspielen**, sondern **kooperieren**.

4 **TIPP** *Anforderungsbereich II und III mit Schwerpunkt auf AFB III*

Einige für diese Fragestellung relevante Aspekte sind wie das der Aufgabe vorangestellte Zitat bereits im vorliegenden Text angesprochen worden. Hier ist es nun Ihre Aufgabe, die Chancen und Risiken der zunehmenden Bedeutung digitaler Debatten darzulegen und bei Bedarf mit Beispielen zu veranschaulichen. Darauf aufbauend sollen Sie zu den Folgen dieses Wandels für das politische System eine schlüssige und begründete Einschätzung geben.

Einleitung

Dass Social-Media-Plattformen zunehmend die Debatten prägen, hat **Vor- und Nachteile für das politische System** in Deutschland. Sie haben das Potenzial, den Zugang der Bürger zu Informationen zu erleichtern und Transparenz zu fördern. Zugleich geht mit dem Bedeutungsgewinn digitaler Debatten die Sorge vor Populismus und vor Wahlwerbung bis hin zu Manipulation von Wahlen oder Abstimmungen durch Social Bots und Trolle einher.

Stärkung der Kommunikation und Partizipation

Soziale Medien können zu einer **Belebung der Demokratie** beitragen, da mehr Menschen sich unabhängig von Ort und Zeit (auch anonym) an politischen Debatten beteiligen können. Likes, Posts oder Kommentare sind **Möglichkeiten der politischen Kommunikation** und Teilhabe. Die Zunahme von Online-Petitionen und unmittelbarer Kommunikation mit Mandatsträgern führt zu politischer Vernetzung. Bürger können sich auch unabhängig von Parteimitgliedschaften und Ämtern organisieren. Für die Politik bietet sich wiederum die Möglichkeit, durch die digitale Ebene eine **Brücke zwischen direkter und repräsentativer Demokratie** zu bauen, die Öffentlichkeit zu erreichen und das Verständnis der Gesellschaft für politische Themen zu verbessern.

Öffentlichkeit und Transparenz

Durch Öffentlichkeit wird **Transparenz** geschaffen, die in einer Demokratie wichtig für das **Vertrauen und die Akzeptanz** politischer Prozesse und Institutionen ist. Während der **Einfluss und die Mobilisation von Parteien** und das Vertrauen in politischen Institutionen im Allgemeinen schwindet, können digitale Debatten dem entgegenwirken und die gesellschaftliche Partizipation stärken, da sie den Demokratie- und Meinungsprozess beleben.

Organisation und Mobilisierung der Bürger

Soziale Medien können **Interessen Einzelner sichtbar** machen und darüber hinaus **Bürger verbinden und mobilisieren**, wie beispielsweise im arabischen Frühling 2011 oder zuletzt 2019 bei der Fridays-for-Future-Bewegung. Bei der Klimaschutz-Bewegung haben vor allem junge Menschen, die noch nicht wählen können und bisher kaum in den klassischen politischen Prozess eingebunden waren, über soziale Medien eine Möglichkeit gefunden, sich zu artikulieren und sich im politischen System Gehör zu verschaffen. In Deutschland und weltweit haben Schüler und Studierende durch Streiks das Thema **Klimaschutz auf die Agenda gesetzt und Druck auf die Politik** ausgeübt.

Artikulation und Kommunikation ohne Resonanz

Doch digitale Debatten können auch gegenteilige Effekte auslösen und das politische System negativ beeinflussen. Zwar äußern sich quantitativ mehr Bürger zu politischen Themen, doch oft findet dies **wenig Resonanz**, bleibt in Filterblasen hängen und trotz der Artikulation von Inhalten entsteht daraus keine breite, offene Kommunikation und gesamtgesellschaftliche Debatte. Einzelne kommunikative Akte oder Forderungen reichen allein nicht, um Veränderungen herbeizuführen, dafür sind **Aushandlungsprozesse und politische Prozesse nötig**. Dazu kommt das Phänomen von sogenannten Echo-Kammern, in denen die eigene Meinung durch sozialen Medien bestätigt und bestärkt und somit schließlich die Wahrnehmung verzerrt wird. Diese **Diskrepanz von Artikulationen von Inhalten** und **ausbleibenden unmittelbaren Konsequenzen** kann wiederum zu Frustration über die meist langwierigen demokratischen Aushandlungs- und Diskussionsprozesse führen.

Gefahr durch Manipulation

Digitale Plattformen bergen durchaus Gefahren für das politische System, etwa durch **Manipulation von Wahlkämpfen**. Wenn hinter Inhalten nicht Menschen, sondern automatisierte Social Bots stehen und Algorithmen aufgrund der ihnen vorliegenden Daten **personalisierte Wahlwerbung** adressieren, bietet dies Möglichkeiten zur Manipulation der Bürger, nicht zuletzt auch für undemokratische oder terroristische Kräfte.

Beispiele für Risiken durch Funktionsweisen der Plattformen

Marinić stellt im vorliegenden Text fest, dass Nutzer echte nicht von bezahlten oder automatisierten Inhalten unterscheiden können und Daten und Algorithmen für personalisierte Angebote genutzt werden. Die Auswirkungen dessen auf politische Systeme haben sich in anderen Ländern bereits gezeigt, wie in der Wahlkampagne des Präsidentschaftskandidaten Donald Trump in den USA 2016 und beim Brexit-Referendum in Großbritannien. Die beiden Beispiele zeigen, dass **digitale Debatten zur Polarisierung von Debatten und zur Radikalisierung** von Standpunkten beitragen und dadurch das politische Geschehen beeinflussen können.

Hoffnungen enttäuscht

Die Verlagerung von politischen Debatten in soziale Medien beeinflusst die Meinungsbildung zunehmend. Im **Arabischen Frühling** war die Rolle der Netzwerke noch positiv besetzt und mit **der Hoffnung auf Demokratisierung** verbunden. Ihre Bedeutung hat sich seitdem noch deutlich verstärkt, doch spätestens mit dem Wahlkampf in den USA und der Brexit-Kampagne ebenfalls 2016 offenbart sich diese Entwicklung als eine Herausforderung für die betroffenen politischen Systeme.

Fazit

Digitale Netzwerke haben das Potenzial, den Zugang der Bürger zu Information zu erleichtern, Transparenz zu fördern und Bürger zu verbinden. Mit dem Bedeutungsgewinn digitaler Debatten geht ein großes **Organisations- und Mobilitätspotenzial der Zivilgesellschaft** einher, was das **politische System der BRD beleben** kann. Die **Funktionsweise der neuen Medien** und somit digitaler Debatten bereitet aber auch Sorge, da sich wie im Text dargelegt nicht immer das beste Argument durchsetzt und sie deshalb **Populismus befördern** und Wahlen durch **Manipulation** beeinflussen können. Diskurse dienen in einer Demokratie wie in Deutschland dem **politischen Willensbildungsprozess und der Legitimierung** des politischen Systems, dafür bedarf es bei Formen sowohl der digitalen als auch der klassischen Partizipation einer breiten Öffentlichkeit, der Bildung von Mehrheiten und schließlich der Akzeptanz von Entscheidungen.

Hessen ▪ Politik und Wirtschaft ▪ Grundkurs 2020
Vorschlag B

WIRTSCHAFTSPOLITIK UND GLOBALISIERUNG

Aufgabenstellung

1 Fassen Sie den vorliegenden Text zusammen. (Material) (25 BE)

2 Ordnen Sie Müllers Ausführungen begründet einer Wirtschaftstheorie zu. (20 BE)

3 Erläutern Sie ausgehend vom Prozess der ökonomischen Globalisierung die Exportabhängigkeit der deutschen Wirtschaft. (25 BE)

4 „Außerdem will die SPD den Bezug des Arbeitslosengeldes verlängern auf bis zu 33 Monate, die Grundsicherung (‚Hartz IV‘) zu einem ‚Bürgergeld‘ ausbauen, den Mindestlohn anheben.“ (Material)
Diskutieren Sie ausgehend vom Material die Forderungen der SPD zum Umbau des Sozialstaats. (30 BE)

M **Henrik Müller: Endlich, eine Debatte! (2019)**

Endlich wird in Deutschland wieder über Wirtschafts- und Sozialpolitik gestritten. Die SPD will einen „neuen Sozialstaat“; das Konzept dazu diskutiert der Bundesvorstand Sonntag und Montag bei einer Klausurtagung. Wirtschaftsminister Peter Altmaier hat Grundzüge einer neuen „nationalen Industriestrategie“ vorgelegt, mit der deutsche Konzerne künftig gehegt und beschützt werden sollen – ein Bruch mit deutscher wirtschaftspolitischer Orthodoxie[1].

Es kommt einiges in Bewegung in Deutschland. Wir führen wieder Debatten mit Blick auf die Zukunft. Das ist gut so. Demokratie lebt von Diskussion, Kontroverse und größeren Entwürfen.

Aber zumindest in der Sozial- und in der Wirtschaftspolitik hat man den Eindruck, als steckten die Vorstellungen der Regierungsparteien in einer Ära fest, die sich ihrem Ende zuneigt.

Die Sozialdemokraten, ebenso wie Altmaier, scheinen sich auf Großunternehmen in etablierten Wirtschaftszweigen zu konzentrieren. Der Wirtschaftsminister tut das ausdrücklich, indem er eine Liste von Branchen zusammengestellt hat, die er unter besonderen Schutz stellen will. Er nennt sogar einzelne Unternehmen, die für Deutschland unverzichtbar seien – Siemens, ThyssenKrupp […], die Autobauer, die Deutsche Bank –, und trauert um einige, die längst in die ewigen Jagdgründe der Industriegeschichte eingegangen sind (Grundig, AEG).

Die Sozialdemokraten stellen die Formel von der guten Arbeit ins Zentrum. Dazu fordern sie eine ganze Reihe von Maßnahmen, die einigen Aufwand für die Personalabteilungen der Unternehmen bedeuten dürften: etwa eine neue „Familienarbeitszeit“, das „Recht auf mobiles Arbeiten und auf Nichterreichbarkeit“, auf die Einführung „persönlicher Zeitkonten“, auf denen Überstunden dauerhaft gesichert und für persönliche Bedürfnisse genutzt werden sollen, dazu einen „Rechtsanspruch auf Weiterbildung“ und eine „Qualifizierungsgarantie“, wie Manuela Schwesig und Juso-Chef Kevin Kühnert kürzlich ankündigten.

Außerdem will die SPD den Bezug des Arbeitslosengelds verlängern auf bis zu 33 Monate, die Grundsicherung („Hartz IV“) zu einem „Bürgergeld“ ausbauen, den Mindestlohn anheben. Auch eine neue Grundrente [...] hat Arbeitsminister Hubertus Heil in der abgelaufenen Woche vorgestellt.

Über jede einzelne Maßnahme, über ihre Kosten und Ziele, kann man streiten. Aber was all diese Vorstöße verbindet, ist offenkundig die gleiche Grundannahme: nämlich dass die Entwicklung, der sich die Bundesrepublik seit langem erfreut, sich im Prinzip so fortsetzt – eine florierende exportierende Industrie, geprägt von großen und sehr großen Unternehmen, historisch hohem Beschäftigungsstand und immer weiter steigenden Staatseinnahmen.

Wer daran glaubt, dass es so weitergeht, der kann zu mehr Umverteilung schreiten und bestehende Strukturen schützen, wo sie von unfairen oder übermächtigen Wettbewerbern (China, die US-Datenriesen) bedroht sind. Allerdings drängen sich Zweifel an dieser Grundannahme auf.

Donnerstag gibt es erste Schätzungen des Wirtschaftswachstums 2018 in Deutschland und in der EU insgesamt. Nach den Daten, die bisher bekannt sind, hat die deutsche Wirtschaft in der zweiten Jahreshälfte nur noch Stagnation zustande gebracht. Die Industrieproduktion ist in den letzten Monaten des vorigen Jahres zurückgegangen. Das Exportgeschäft wird schwieriger.

Vieles spricht dafür, dass dies keine gewöhnliche zyklische Delle ist, sondern dass sich da ein Strukturbruch ankündigt. Der um sich greifende Protektionismus, der Brexit und die Sättigungstendenzen in großen Schwellenländern (vor allem China), wo sich die Phase der raschen Industrialisierung – und damit die Nachfrage nach deutschen Investitionsgütern – ihrem Ende zuneigt, setzen der extrem exportabhängigen Industrie zu.

Dazu kommt der Umbruch in der gewichtigen deutschen Autoindustrie, der bis 2035 bis zu 150 000 Arbeitsplätze kosten könnte, so das Institut für Arbeitsmarkt- und Berufsforschung. Wieviel Wertschöpfung in neuartigen digitalen Services, etwa Entertainment beim autonomen Fahren, in Deutschland erbracht wird, ist offen.

Das deutsche Wirtschaftsmodell, so sieht es aus, ist in seinem Kern bedroht.

Natürlich, Staat und Politik müssen sich der daraus resultierenden Fragen annehmen. Nur: Welche Fragen sind das? Insbesondere diese: Wie lässt sich die Produktivität steigern? Und: Wie lässt sich der bevorstehende Strukturwandel für die Bürger erträglich gestalten?

Nur wenn die Produktivität steigt, und zwar möglichst in der Breite, werden auch Löhne und Sozialleistungen steigen können. Denn irgendwie muss ja zunächst erwirtschaftet werden, was später verteilt werden soll. Wer den Sozialstaat für die Zukunft sichern will, muss etwas für die Produktivität tun. Das hat mit Bildung und Qualifizierung – siehe SPD-Vorstellungen – zu tun, aber auch mit Wettbewerbsintensität und Innovation.

Im Zuge der Globalisierung der vergangenen Jahrzehnte sind viele deutsche Mittelständler auf ein Vielfaches ihrer früheren Größe gewachsen. Sie haben sich internationalisiert und professionalisiert. Es ist unrealistisch anzunehmen, dass diese Entwicklung so weitergeht. Wie gesagt, das exportgetriebene deutsche Modell stößt an Grenzen. Größere Unternehmen einerseits zu schützen (wie der Wirtschaftsminister das will) und andererseits sich darauf zu verlassen, dass sie einen Ausbau des Sozialstaats tragen können (wie die SPD), ist gewagt.

Die Wirtschafts- und Sozialpolitik sollte die nötigen Freiräume für den Wandel eröffnen. Große Unternehmen können allerlei bürokratische Anforderungen beim Personalmanagement tragen, kleine und junge Firmen eher nicht. Die Bedingungen auf den Arbeits[...]märkten sollten so gesetzt sein, dass sie für Firmen jeder Größe tragbar sind.

Altmaier fordert sogar eine konkrete Zielgröße. Die Industrie soll auch in Zukunft einen Anteil von 25 Prozent an der deutschen Wirtschaftsleistung haben, etwas mehr als heute. Wer die Produktivität steigern will, dem müsste es eigentlich darum gehen, dass Unternehmen in neuen Branchen gedeihen können. Deutschlands Problem ist nicht, dass wir zu wenig Industrie hätten – kein anderes vergleichbares Land hat einen so hohen Fertigungsanteil an der Wertschöpfung –, sondern dass zu wenige innovative Unternehmen rasch groß werden.

Damit die Produktivität steigen kann, braucht es Investitionen in Bildung und Forschung, eine hohe Wettbewerbsintensität, ein offenes gesellschaftliches Klima. In all diesen Disziplinen ist Deutschland nicht schlecht, aber wir könnten besser sein. Eine leistungsfreundliche Reform der Sozialversicherungsbeiträge und ein Investitionspakt sind überfällig.

Eine Rolle spielt auch die Größe des Heimatmarktes. Je größer der Markt, desto besser können Unternehmen Größenvorteile nutzen. Als einzelne Nation mittlerer Größe wird Deutschland kaum auf Augenhöhe mit den USA und China mithalten können. Die EU insgesamt könnte das schon, wenn sie den Binnenmarkt vollendet und die Eurozone dauerhaft stabilisiert, damit produktive neue Unternehmen wachsen können und entsprechend Geld zum Umverteilen zur Verfügung steht.

Henrik Müller: Endlich, eine Debatte!, in: Manager-Magazin, 09. 02. 2019,
URL: http//www.manager-magazin.de/politik/deutschland/a-1252486.html
(abgerufen am 09. 02. 2019).

Anmerkung

1 deutsche wirtschaftspolitische Orthodoxie – damit gemeint ist die bisherige deutsche Wirtschaftspolitik

Lösungsvorschlag

Unterrichtsinhalte:
Themenfeld: Kontroversen um gerechte Sozialpolitik und Probleme der Staatsfinanzierung (Q 2.5), insbesondere:
- Entwicklung sozialpolitischer Forderungen und sozialstaatlicher Leistungen
- Analyse der Struktur der Einnahmen und Ausgaben des Bundeshaushaltes

Kursübergreifende Bezüge:
- Strukturwandel der Weltwirtschaft als Herausforderung ökonomischer Globalisierung (Q 3.2)
- Globalisierung von Unternehmen und Produktionsprozessen
- Staaten zwischen Wohlfahrtsstaat und Wettbewerbsstaat

1 **TIPP** *Anforderungsbereich: I*

Auf Basis eines Einleitungssatzes, in dem Sie Autor, Textquelle und die Textart nennen, fassen Sie die den vorliegenden Text in eigenen Worten unter Verwendung passender fachsprachlicher Begriffe zusammen. Der Text ist ziemlich umfangreich, achten Sie also darauf, sich nicht in zu vielen Details zu verlieren. Verdeutlichen Sie Ihre Distanz zum Text, indem Sie den Konjunktiv oder entsprechende sprachliche Signale verwenden.

Der Kommentar von Henrik Müller, am 09. 02. 2019 unter dem Titel „Endlich, eine Debatte!" auf der Webseite www.manager-magazin.de veröffentlicht, nimmt die Klausurtagung des SPD-Bundesvorstands zum Anlass, sich kritisch mit der künftigen Ausrichtung der **Wirtschafts- und Sozialpolitik** der Bundesregierung auseinanderzusetzen.

Quelle, Textart

Anlass und zentrales Thema

Müller befürwortet es grundsätzlich, dass „endlich eine Debatte" zu wirtschaftlichen und sozialpolitischen Fragen stattfindet. Den Vorschlägen der großen Koalition, die von den Urhebern als „neue[r] **Sozialstaat**" (Z. 2) und „neue **Industriestrategie**" (Z. 4) bezeichnet werden, steht er jedoch sehr ablehnend gegenüber (vgl. Z. 10 ff.). Der Autor verortet die Position der Regierungsparteien, die sogar Großkonzerne beschützen wollten, durchaus polemisch in einer überkommenen „Ära", also als nicht mehr zeitgemäß (vgl. Z. 10 ff.).

Kritik an „neuen alten" Konzepten

Die von der SPD geforderten Maßnahmen aus dem Bereich der **Sozial- und Beschäftigungspolitik** stellen nach Müllers Einschätzung für **Staat und Wirtschaft eine erhebliche Belastung** dar. Vor allem im Bereich der Beschäftigungspolitik sollten – wenn es nach der SPD gehe – den Arbeitnehmern viele Ansprüche garantiert wer-

SPD-Forderungen belasten die Wirtschaft …

den, wie zum Beispiel das Recht auf Homeoffice oder Weiterbildung. All diese Forderungen stellten eine bürokratische Belastung für die Unternehmen dar (vgl. Z. 20 ff.).

Die Verlängerung des Bezuges von **Arbeitslosengeld**, das **Grundeinkommen**, die **Grundrente** und die Erhöhung des **Mindestlohns** seien nur möglich, wenn man daran glaube, dass die positive wirtschaftliche Entwicklung ein langfristiger Trend sei (vgl. Z. 28 ff.). Müller bezweifelt dies (vgl. Z. 38 ff.). Zur Begründung führt er aktuelle Schätzungen an, die eher von einer Stagnation als von **Wachstum** ausgehen. Außerdem sei schon jetzt ein **Rückgang der Industrieproduktion** festzustellen, was zu geringeren Exporten führe (vgl. Z. 42 ff.). Das **Volumen der Exporte** werde noch weiter abnehmen, die Ursache dafür liege in protektionistischen Tendenzen, im Brexit und im Rückgang der Nachfrage aus den Schwellenländern (vgl. Z. 47 ff.). Auch die deutsche **Autoindustrie stehe vor einem Umschwung** und müsse mit Einbrüchen und Arbeitsplatzverlusten rechnen. Es sei unklar, wie viel hier in Zukunft erwirtschaftet werden könne (vgl. Z. 53 ff.).

… und den Staatshaushalt

Wirtschaft stagniert, Exporte sind rückläufig

Einbrüche in der Autoindustrie

Staat und Politik müssten nun Lösungen entwickeln, wie man die **Produktivität wieder steigern könne** (vgl. Z. 58 ff.). Eine Ausweitung des Sozialstaats und Lohnerhöhungen seien jedenfalls nur mit mehr Wachstum möglich (vgl. Z. 62 ff.). Die von der SPD geplanten sozialstaatlichen Leistungen und beschäftigungspolitischen **Regulierungen** könnten von kleinen und jungen Unternehmen nicht bewältigt werden (vgl. Z. 75 ff.).

Wie kann die Produktivität gesteigert werden?

Müller fordert außerdem, in **Bildung und Forschung** zu investieren, den Wettbewerb zu fördern und die Sozialversicherungsbeiträge an Leistungen zu knüpfen (vgl. Z. 87 ff.). Eine wichtige Rolle, so beendet der Autor seinen Kommentar, spiele auch die EU. Der **Binnenmarkt** und eine stabile Eurozone garantierten eine ausreichende **Nachfrage** und es könnten neue Unternehmen wachsen, sodass dann Geld für eine Umverteilung da sei (vgl. Z. 95 ff.).

Investitionen in Bildung und Forschung

Ausblick: Festhalten am EU-Binnenmarkt

2 **TIPP** *Anforderungsbereich: II*

In dieser Aufgabe ist von Ihnen gefordert, die vom Autor Henrik Müller ausgeführten Argumente und Lösungsvorschläge einer Wirtschaftstheorie zuzuordnen. Sie müssen sich entscheiden zwischen dem nachfrageorientierten Ansatz nach John Maynard Keynes und der angebotsorientierten Theorie von Milton Friedman und Ihre Zuordnung begründen. Wichtig für die richtige Einschätzung ist, dass Sie sich klarmachen, an welcher Stelle die von der Theorie angebotenen Instrumente ansetzen: Auf der Nachfrage- oder auf der Angebotsseite?
Eine mögliche Vorgehensweise ist, die ausgewählte Theorie zunächst in einer Einleitung darzustellen und die weiteren Ausführungen darauf zu beziehen.

Die **angebotsorientierte Wirtschaftstheorie** geht zurück auf die Theorien von Milton Friedman und wird auch als **Neoliberalismus** bzw. **Monetarismus** bezeichnet. Dieser Ansatz geht davon aus, dass der **Markt sich selbst reguliert**, und fordert deshalb eine möglichst große Freiheit für den Markt. Der Staat soll sich mit wirtschaftspolitischen Eingriffen zurückhalten, allerdings soll er den **Wettbewerb sicherstellen** und für **stabile Rahmenbedingungen** sorgen. Ein stetiges Wachstum kann durch die Steuerung der **Geldmenge** mithilfe der **Zentralbanken** unterstützt werden.

Angebotsorientierte Wirtschaftstheorie

Selbstregulierung des Marktes

In einer Krise wird durch Förderung der Angebotsseite – also der Unternehmen – gegengesteuert. Zum Beispiel kann der Staat **Regulierungen** abbauen. So steigen die **Unternehmensgewinne**, was zu erhöhter **Investitionsbereitschaft** und einem Zuwachs der **Beschäftigung** führt. Mögliche Instrumente sind **Deregulierung im Bereich der Beschäftigung** oder im Bereich staatlicher Vorgaben. Im Bereich der **Finanzpolitik** kann der Staat den Unternehmen über leicht zugängliche Kredite Investitionen ermöglichen oder **Steuererleichterungen** gewähren.

Unterstützung der Angebotsseite durch verschiedene Instrumente

Bereits im ersten Teil seiner Ausführungen verwendet Müller immer wieder **ironische Bezeichnungen** für die von der SPD und der Regierung geforderten Maßnahmen: Konzerne sollen durch den Staat „gehegt und beschützt werden“ (Z. 5). Er wirft der Bundesregierung sogar vor, in einer alten „Ära“ festzustecken (vgl. Z. 11): Damit bezieht er sich auf die seit den 60er-Jahren immer wieder angewendeten **nachfrageorientierten Instrumente**, die zu einer hohen **Staatsverschuldung** geführt haben. Vom SPD-Forderungskatalog aus dem Bereich der Beschäftigungs- und Sozialpolitik **distanziert** sich der Autor zunächst durch die Verwendung von Anführungszeichen (vgl. Z. 22 ff.). All diese Forderungen würden einen erheblichen Aufwand für die Unternehmen bedeuten (vgl. Z. 21 f., 76 f.) und somit der Entwicklung der Wirtschaft schaden. Deshalb fordert Müller von der Regierung, „Freiräume“ (Z. 75) bereitzustellen, also **Regulierungen** und **Bürokratie zurückzunehmen**.

Distanzierung des Autors von nachfrageorientierten Maßnahmen

Freiräume für Unternehmen durch Abbau von Bürokratie

Den **Ausbau der sozialen Sicherungssysteme** und somit die **Stärkung der Nachfrageseite** (vgl. Z. 28 ff.) lehnt Müller aufgrund des stagnierenden Wachstums (vgl. Z. 43 ff.) ebenfalls ab, er fordert vielmehr, Sozialversicherungsbeiträge an Leistungen zu binden (vgl. Z. 90).

Kein Ausbau des Sozialstaats

Den **Wettbewerb** und einen **freien Zugang zu den Märkten** vor allem innerhalb der EU sieht der Autor als Grundlage für die notwendige **Steigerung der Produktivität** (vgl. Z. 87 f.) an. Keinesfalls dürften große Unternehmen unter den Schutz des Staates gestellt werden (vgl. Z. 72 ff.) – dies würde dem Wettbewerb und somit der **Selbstregulierung der Wirtschaft** entgegenstehen.

Wettbewerb als Prinzip sicherstellen

Vielmehr müssten innovative Unternehmen in neuen Branchen unterstützt werden, indem Investitionen in Bildung und Forschung getätigt werden (vgl. Z. 87 f.).

Investition in Bildung und Forschung

Die vom Autor vorgeschlagenen Instrumente setzen ihren Hebel alle auf der **Angebotsseite** an und sollen, wie er mehrfach betont, einen Anstieg der Produktivität über verbesserte Rahmenbedingungen für Unternehmen bewirken. Dies müsse geschehen, bevor man über einen **Ausbau des Sozialstaats** nachdenken könne. Die von der SPD diskutierten Maßnahmen wie eine Verlängerung des Bezugs von Arbeitslosengeld oder die Erhöhung des Mindestlohns setzen hingegen auf der Nachfrageseite an. Der Autor distanziert sich deutlich von diesen seiner Ansicht nach nicht zeitgemäßen Forderungen.

Stärkung der Angebotsseite

Auch wenn Henrik Müller den Ausbau des Sozialstaats nicht grundsätzlich ablehnt, können seine in M 1 vorgebrachten Ausführungen eindeutig der **angebotsorientierten Wirtschaftstheorie** zugeordnet werden.

Einordnung der Ausführungen zur angebotsorientierten Wirtschaftstheorie

3 **TIPP** *Anforderungsbereich I und II mit Schwerpunkt auf AFB II*

Im Mittelpunkt dieser Aufgabe steht die ökonomische Dimension der Globalisierung. „Erläutern" bedeutet hier, dass Sie die Merkmale dieses Prozesses genauer betrachten und darlegen. In einem zweiten Schritt ist gefordert, dass Sie möglichst unter Verwendung eigener Beispiele ausführen, welche Bedeutung die Globalisierung für die deutsche exportorientierte Wirtschaft hat.

Als **ökonomische Globalisierung** bezeichnet man die zunehmende weltweite Verflechtung der Wirtschaft. Wirtschaftliche Austauschbeziehungen finden grenzüberschreitend auf globalen Märkten statt. Unternehmen müssen sich in einem internationalen Wettbewerb behaupten.

Definition: die ökonomische Dimension der Globalisierung

Globalisierung betrifft nicht nur den grenzüberschreitenden **Handel** mit Waren und Dienstleistungen. Die Internationalisierung der **Finanzmärkte** ermöglicht auch den Handel mit Wertpapieren, Devisen und Krediten. Kapital kann als **Auslandsinvestition** im Ausland angelegt werden. Auch die Arbeitsmärkte sind nicht mehr auf nationale Grenzen beschränkt, die Möglichkeiten der **Arbeitsmigration** nehmen zu.

Was bedeuten die im Zuge der Globalisierung entstandenen Rahmenbedingungen für die deutsche Wirtschaft? Welche Chancen und Risiken eröffnen sich für das exportorientierte Deutschland?

Bezugspunkte der Aufgabenstellung

Als „Exportnation" und langjähriger „Exportweltmeister" basiert ein großer Anteil des in Deutschland erwirtschafteten Wachstums auf dem **Außenhandel**. Der mit der Globalisierung entstandene offene

Außenhandel benötigt freie Handelsbeziehungen

Weltmarkt und freie **Handelsbeziehungen** sind für Deutschland daher sehr wichtig. Viele **Arbeitsplätze in Deutschland hängen mit dem Export zusammen**. Dies betrifft zum Beispiel die Automobilindustrie, die Chemie und den Maschinenbau. **Protektionistische Instrumente**, wie sie derzeit von den USA und von China eingesetzt werden, stellen für Deutschland daher ein **besonderes Risiko** dar.

Protektionismus gefährdet Export

Einen gewissen **Schutz** vor sinkender Nachfrage aus dem Ausland bietet die Tatsache, dass ein großer Teil der deutschen Exporte im **Wirtschaftsraum der EU** abgesetzt wird (vgl. Z. 95 ff.), der somit einen großen und relativ sicheren Absatzmarkt bietet. Ein Risiko stellt hier der Brexit dar: Durch den Austritt Großbritanniens aus der EU fällt ein Teil des freien Marktes weg, zu erwartende Zölle und Einfuhrbeschränkungen werden Exporte aus Deutschland erschweren.

EU als wichtiger Binnenmarkt

Risiko Brexit

Die Globalisierung der Finanzmärkte führt dazu, dass ausländische **Kapitalanleger** zum Beispiel aus China in Deutschland **Unternehmensanteile erwerben** oder diese ganz aufkaufen können. Hier besteht das **Risiko**, dass – nachdem das technologische Know-how abgegriffen wurde – **Standorte geschlossen** oder ins Ausland verlagert werden. Auf der anderen Seite kann ein Industrieland wie Deutschland auch vom **internationalen Wissens- und Technologietransfer** profitieren. Die wird vor allem im Bereich der Forschung deutlich.

Risiko Auslandsinvestitionen

Wissenstransfer als Chance

Der **internationale Wettbewerb** fordert von deutschen Unternehmen, **Innovationen** zu entwickeln, wenn sie auf dem Weltmarkt mithalten wollen. Dies ist grundsätzlich für Konsumenten von Vorteil, weil das Angebot vielfältig bleibt und die Preise sinken.

Innovationsdruck durch Wettbewerb

Am Beispiel der Automobilindustrie lässt sich jedoch feststellen, dass deutsche Anbieter in der Entwicklung der Elektroautos hinterherhinken und kaum gegen die **Konkurrenz aus dem Ausland** ankommen. Im Text wird erläutert, dass diese Versäumnisse viele Arbeitsplätze gefährden können (vgl. Z. 53 ff.).

In der aktuellen Corona-Krise wird besonders deutlich, wie stark die **Abhängigkeit Deutschlands von globalen Handelsbeziehungen** ist. Weil internationale Lieferketten unterbrochen wurden, können viele Unternehmen nicht weiterproduzieren, da Bauteile und Rohstoffe aus anderen Ländern ausbleiben. Viele Unternehmen mussten Kurzarbeit anmelden oder Arbeitnehmer entlassen, da ihre Produktion auf internationaler Arbeitsteilung basiert.

Aktuelle Situation: Abhängigkeit wird zum Problem

4 **TIPP** *Anforderungsbereich: II und III*

Im Zentrum dieser Aufgabe steht eine kritische Auseinandersetzung mit den im Material zitierten Forderungen der SPD nach einem Umbau des Sozialstaats. Sie sollen die genannten Aspekte aufgreifen und sich abwägend mit ihnen auseinandersetzen. Verdeutlichen Sie, welche Kategorien Sie für Ihre Einschätzung heranziehen. Naheliegend ist, das Sozialstaatsgebot als Ausgangspunkt zu nehmen und zu diskutieren, ob und wie die Forderungen zu finanzieren sind. Die hier angebotene Herangehensweise ist nur ein Beispiel. Wenn Sie im Unterricht andere Schwerpunkte gesetzt haben, sollten Sie diese auch berücksichtigen.

Sozialstaatsprinzip in Art. 20 GG

Das Grundgesetz verpflichtet den Staat dazu, wirtschaftlich schwache und sozial benachteiligte Mitglieder der Gesellschaft zu schützen. In Artikel 20 GG ist das **Sozialstaatsprinzip** als verbindliche Norm verankert. Für den Staat ergibt sich daraus die Pflicht, allen Bürgern eine **menschenwürdige Existenzgrundlage** zu garantieren. Außerdem hat er die Aufgabe, durch **Umverteilung für sozialen Ausgleich** zu sorgen.

Problemstellung: Soll der Sozialstaat ausgebaut werden?

Die gut gefüllten Staatskassen, die aus dem wirtschaftlichen Aufschwung der letzten Jahre resultieren, und die im Moment niedrigen Arbeitslosenzahlen haben dazu geführt, dass **Forderungen nach einer Ausweitung staatlicher Leistungen zugunsten der schwächeren Bürger und Bürgerinnen** diskutiert werden. Die SPD hat diese Forderungen zum Teil schon umgesetzt, indem sie zum Beispiel innerhalb der Großen Koalition die Einführung einer **Grundrente** durchgesetzt hat. Außerdem soll nach den Vorstellungen der SPD der **Bezug des Arbeitslosengeldes** verlängert, die bestehende Grundsicherung zu einem **Bürgergeld** umgewandelt und der **Mindestlohn** erhöht werden. Es wird also über einen umfangreichen Ausbau des Sozialstaats diskutiert.

Urteilsdimensionen: Gerechtigkeit und Finanzierbarkeit

Um zu beurteilen, ob diese Forderungen umsetzbar und sinnvoll sind, sollen diese im Folgenden unter zwei Gesichtspunkten erörtert werden. Zum einen ist die **Finanzierbarkeit** ein Kriterium, zum anderen kann man danach fragen, ob diese Maßnahmen zur größeren **Verteilungsgerechtigkeit** beitragen.

Kann der Staat die geforderten Leistungen finanzieren?

Die von der SPD vorgeschlagenen Maßnahmen haben eine Gemeinsamkeit: Sie sind sehr teuer und es ist fraglich, **ob die Staatseinnahmen auch in Zukunft ausreichen** werden, um sie zu finanzieren. Eine wirtschaftliche Krise, wie sie sich gerade in diesen Tagen abzeichnet, führt zu verringerten Einnahmen des Staates, eventuell steigt die Anzahl der Arbeitslosen und somit die Zahl der Bürger, die auf Arbeitslosengeld oder Grundsicherung angewiesen sind. Eine Ausweitung des Sozialstaats würde unter solchen Bedingungen zu einer **Erhöhung der Staatsverschuldung** führen. Auf der anderen

Erhöhung der Staatsverschuldung als Lösung?

Seite ist im Moment Geld da. Wann, wenn nicht jetzt, ist der richtige Zeitpunkt, den Bürgern auch einmal etwas – zum Beispiel in Form eines Bürgergeldes – zurückzugeben?

Lebensleistung anerkennen

Auch die **Bundesagentur für Arbeit** ist aufgrund der niedrigen Arbeitslosenzahlen finanziell gut ausgestattet. Unter den Arbeitslosen sind viele **ältere Arbeitnehmer- und Arbeitnehmerinnen, die ihr Leben lang Beiträge eingezahlt** haben. Eine längere Finanzierung wäre also möglich und auch gerecht. Andererseits ist es denkbar, dass die Motivation, sich eine neue Stelle zu suchen, durch eine Verlängerung des Bezugszeitraums sinkt.

Grundrente: Gerecht oder ungerecht?

Auch die **Grundrente** kann kontrovers betrachtet werden: Es ist ungerecht, wenn Menschen, die ihr ganzes Leben lang gearbeitet haben, eine **Rente erhalten, die zum Leben nicht ausreicht**. Dem kann man entgegenhalten, dass die Grundrente aus Steuergeldern finanziert wird. **Steuererhöhungen für alle Beschäftigten** könnten die Folge sein, allerdings könnten auch nur höhere Einkommen stärker besteuert werden.

Belastungen der Wirtschaft durch Mindestlohn

Der **Mindestlohn** hingegen ist eine Maßnahme aus dem Bereich der **Beschäftigungspolitik**. Die entstehenden Mehrkosten müssten nicht vom Staat, sondern von den Unternehmen getragen werden. Diese haben in den letzten Jahren **hohe Gewinne** eingefahren. Außerdem liegt der **deutsche Mindestlohn im europäischen Vergleich nicht an der Spitze**, obwohl Deutschland eines der reichsten Länder ist. Der Mindestlohn soll Arbeitnehmer davor schützen, dass ihr Einkommen nicht durch zusätzliche Leistungen der sozialen Sicherung aufgestockt werden muss. Durch eine **Erhöhung des Mindestlohns** könnte also der **Staat sogar Geld sparen**, das er im Moment für Sozialleistungen ausgibt. Allerdings besteht die **Gefahr**, **dass Arbeitsplätze im Niedriglohnsektor abgeschafft** werden. Man kann auch annehmen, dass die Unternehmen die höheren Kosten an die Verbraucher weitergeben, indem sie die Preise für **Produkte und Dienstleistungen erhöhen**.

Einsparungen für den Staat

Risiko: Arbeitplatzverluste im Niedriglohnbereich und höhere Preise

Fazit mit abschließender Beurteilung

Betrachtet man die **Ausweitung des Sozialstaats** nur unter dem **Aspekt der Finanzierbarkeit**, so wäre diese eher kritisch zu sehen. Einmal beschlossene Zugeständnisse lassen sich schlecht wieder rückgängig machen und es ist fraglich, ob die hier angesprochenen Leistungen auch in einer Rezession finanzierbar sind. Allerdings überwiegt für mich der **Aspekt der Gerechtigkeit**: In einem der reichsten Länder der Welt sind Rentner auf Lebensmittel der „Tafel“ angewiesen, mehr als 1,5 Millionen Kinder leben von Hartz IV und viele Beschäftigte können mit ihrem Arbeitslohn nicht menschenwürdig leben. Ich würde hier ganz klar den **Staat in der Pflicht** sehen, im **Sinne des Grundgesetzes** für eine deutlichere **Umverteilung** zu sorgen und die von der SPD geforderten Maßnahmen möglichst schnell umzusetzen.

DIE UNO

Aufgabenstellung

1 Fassen Sie den vorliegenden Redeauszug zusammen. (Material) (25 BE)

2 „Seit 1945 hat sich die Weltbevölkerung mehr als verdreifacht, die Zahl der Mitgliedstaaten fast vervierfacht. Der Sicherheitsrat dagegen blieb nahezu unverändert." (Material)
Stellen Sie ausgehend von der Struktur und Funktion des UN-Sicherheitsrates die Notwendigkeit einer Reform dieser Institution dar. (20 BE)

3 Norbert Lammert (ehemaliger Bundestagspräsident, CDU) hat sich zum Jahrestag „100 Jahre Weimarer Nationalversammlung" wie folgt geäußert: „Politische Systeme sind nicht unsterblich. Es gibt keine Überlebensgarantie weder für autoritäre, noch leider für demokratische Systeme […]."
Untersuchen Sie, vor dem Hintergrund aktueller Entwicklungen in Deutschland und der Europäischen Union, inwiefern Demokratien gefährdet oder gesichert sein können. (30 BE)

4 Diskutieren Sie die in der Rede diagnostizierte Krise des Multilateralismus. (Material) (25 BE)

M Heiko Maas: Together First (2018)

Sehr geehrte Frau Präsidentin, meine Damen und Herren,

jede Generalversammlung hat ihre Krise, ihr großes Thema – so hat es mir ein Veteran der UN-Diplomatie in diesen Tagen berichtet.

Was also ist das eine Thema im Jahr 2018? Syrien? Nordkorea? Der Mittlere Osten? Oder die weltweiten Flüchtlingsdramen – vom Mittelmeer bis nach Venezuela?

Tritt man einen Schritt zurück, dann entsteht aus diesem Flickenteppich von Konflikten ein größeres Bild, dann zeigt sich ein klares Muster. Dann wird deutlich, dass wir es tatsächlich mit einer Krise zu tun haben: Der Krise des Multilateralismus. Einer Krise, die Konflikte weltweit scheinbar unlösbar werden lässt.

Meine Damen und Herren,

wenn ich „scheinbar" unlösbar sage, spricht daraus die Zuversicht, mit der wir Deutschen auf den Multilateralismus blicken. Deutschlands Erfolgsgeschichte nach 1945 – das ist eine Erfolgsgeschichte des Multilateralismus.

Der Mut unserer europäischen Nachbarn zur Versöhnung hat das von Krieg und Zerstörung gezeichnete Europa zusammenwachsen lassen – in Frieden, Sicherheit, und

Wohlstand. Auch die Vereinigten Staaten hatten daran ganz entscheidenden Anteil. […]

Europa hat der Welt bewiesen: Es gibt keinen Widerspruch zwischen Multilateralismus und Souveränität. Im Gegenteil: In einer Welt, die vor immensen globalen Problemen steht, kann Souveränität überhaupt nur durch Zusammenarbeit gewahrt werden!

„We the peoples" – in diesen drei Worten steckt Weg und Ziel zugleich. Die Gründungsmütter und -väter der Vereinten Nationen haben sie daher ganz an den Anfang der Charta gestellt. Um klarzumachen, dass wir gemeinsam Lösungen finden müssen. Und um keinen Zweifel daran zu lassen, wem die Vereinten Nationen, wem wir als Delegierte verpflichtet sind: den Menschen. Ihnen gilt das Versprechen der Charta: Eure Freiheit, Eure Würde werden wir in New York, bei den Vereinten Nationen, verteidigen.

Aber spürt dies der Junge in Idlib[1], der ständig in Furcht vor dem nächsten Luftangriff lebt? Oder das Mädchen in Afrika, dessen Lebenserwartung schon bei Geburt 30 Jahre niedriger ist als in Deutschland?

„We the peoples" bleibt für sie eine leere Floskel. Wenn wir nicht für sie handeln, wird sich daran auch nichts ändern. Kofi Annan[2] hat einmal gesagt: „Wir brauchen keine weiteren Versprechen. Wir müssen anfangen, die Versprechen einzuhalten, die wir bereits gegeben haben."

Das wird Deutschlands Triebfeder sein, wenn wir in einigen Wochen als nichtständiges Mitglied in den Sicherheitsrat der Vereinten Nationen einziehen. […]

„We the peoples" bedeutet aber auch, dass der Sicherheitsrat selbst repräsentativer und inklusiver werden muss. Seit 1945 hat sich die Weltbevölkerung mehr als verdreifacht, die Zahl der Mitgliedstaaten fast vervierfacht. Der Sicherheitsrat dagegen blieb nahezu unverändert. Wir sollten deshalb aufhören, uns im Kreis zu drehen und endlich echte Verhandlungen über eine Reform beginnen – so wie es die übergroße Mehrheit der Mitgliedstaaten seit langem will.

Meine Damen und Herren,

nirgendwo wird uns die Krise des Multilateralismus schmerzhafter bewusst als in Syrien. Aus einem Bürgerkrieg ist längst ein regionaler Flächenbrand geworden – mit weiterem Eskalationspotenzial in einer ohnehin geschundenen Region.

Ein solcher Krieg ist militärisch nicht zu lösen. Zu tief sind die regionalen Spieler in ihn verstrickt, zu bedeutend sind die jeweiligen Interessen.

Mit vereinten diplomatischen Kräften ist es uns immerhin gelungen, eine Eskalation in Idlib zu verhindern. Das ist zumindest ein Hoffnungsschimmer!

[…] Letztlich aber brauchen wir endlich einen politischen Prozess. Dafür müssen die Verhandlungen unter dem Dach der Vereinten Nationen gebündelt werden. […]

Akutes Krisenmanagement ist aber allenfalls ein Schritt in Richtung Frieden. Dauerhafter Friede entsteht erst, wenn wir die Aufrüstungs-Logik überwinden. Das ist keine nostalgische Rhetorik aus Zeiten des Kalten Kriegs. Das damalige Gleichgewicht des Schreckens scheint geradezu harmlos gemessen am Szenario eines „multipolaren" Wettrüstens mit vielen unberechenbaren Spielern. […]

Auch bei der Friedenskonsolidierung brauchen wir einen Quantensprung. Deutschland wird deshalb dieses Jahr mindestens 25 Millionen Euro zum Peacebuilding Fund[3] beitragen. Weltweit hat Deutschland seine Beiträge zur Stabilisierung und zur Prävention von Krisen in den letzten drei Jahren verdreifacht.

Zum Beispiel im Irak, wo die Terroristen des IS zwar militärisch weitgehend besiegt sind. Wo wir die Verantwortlichen aber nicht im Stich lassen, sondern Sicherheitskräfte ausbilden, die Verwaltung unterstützen und mit zivilen Mitteln zu Stabilisierung, Versöhnung und zum inklusiven Wiederaufbau des Landes beitragen.

Nur wenn militärische Mittel in eine klare politische Strategie eingebettet sind, werden aus Peacekeepern Friedensstifter. [...]

Meine Damen und Herren,

Frieden ist mehr als Schweigen der Waffen.

Nur gerechte Gesellschaften sind auf Dauer friedlich. Gesellschaften, in denen Männer und Frauen gleichberechtigt sind, in denen Frauen teilhaben an allen gesellschaftlichen Entscheidungen. Das ist nicht nur ein Gebot der Fairness und des Respekts – es ist ganz einfach eine Frage der Menschlichkeit und der Vernunft. [...]

Meine Damen und Herren,

ich habe eingangs von der Zuversicht gesprochen, mit der gerade wir Deutschen auf den Multilateralismus blicken. Diese Zuversicht speist sich auch daraus, dass die Vereinten Nationen trotz aller Differenzen immer wieder auch Beweise dafür liefern, was wir gemeinsam erreichen können.

Ich denke an die Agenda 2030[4], die unsere Richtschnur bleibt, um aus dieser Welt eine bessere Welt für alle Menschen zu machen.

Ich denke aber auch an den erfolgreichen Abschluss der Verhandlungen über die Globalen Pakte für Migration und für Flüchtlinge. Dass mehr als 190 Staaten – Herkunfts-, Transit- und Zielländer – sich in so komplexen, auch kontroversen Fragen einig geworden sind, das ist ein Sieg des Multilateralismus! Ein Erfolg wahrhaft vereinter Nationen.

Diese Vereinten Nationen gründen auf unserem Mut zum Kompromiss. Sie wachsen mit unserem Willen zu gestalten. Sie leben von unserem Bekenntnis: Together First!

Gemeinsamkeit entsteht, wenn wir die Menschen in den Mittelpunkt unseres Handelns stellen. Denn den Wunsch nach Frieden, Freiheit und Sicherheit, den Traum von einem Leben in Wohlstand und Würde teilen doch alle Menschen – egal ob in Bagdad, Berlin oder Bamako[5].

Die Vereinten Nationen gehören den Menschen. Ihnen sind wir verpflichtet. „We the peoples"!

Heiko Maas: Together first!, 28. 09. 2018, URL: https://www.auswaertiges-amt.de/de/newsroom/maas-generalversammlung-vn/2142296 (abgerufen am 07. 03. 2019).

Hinweis

Rede von Außenminister Heiko Maas (SPD) in der Generaldebatte der 73. Generalversammlung der Vereinten Nationen am 28. 09. 2018. Am 08. 06. 2018 ist Deutschland als nichtständiges Mitglied für den Sicherheitsrat der Vereinten Nationen für den Zeitraum 2019 bis 2020 gewählt worden.

Anmerkung

1 Idlib: Stadt in Syrien
2 Kofl Annan: ehemaliger UN-Generalsekretär

3 Peacebuilding Fund: Fonds der UN, mit dem friedenssichernde Maßnahmen in Konfliktregionen finanziert werden
4 Agenda 2030: bezieht sich auf die Ziele der UN für nachhaltige Entwicklung bis 2030
5 Bamako: die Hauptstadt von Mali

Lösungsvorschlag

Unterrichtsinhalte:
Themenfeld: Internationale Konflikte und Konfliktbearbeitung in einer differenzierten Staatenwelt (Q 3.1), insbesondere:
- Ziele, Strategien und möglicher Beitrag deutscher Außen- und Sicherheitspolitik zur Krisenbearbeitung und -prävention
- Möglichkeiten, Verfahren und Akteure kollektiver Konfliktbearbeitung und Friedenssicherung im Rahmen internationaler Institutionen und Bündnisse

Kursübergreifende Bezüge:
- Verfassung und Verfassungswirklichkeit: Rechtsstaatlichkeit und Verfassungskonflikte (Q 1.1)
- Grundrechte und Rechtsstaatlichkeit in der Verfassung
- Parlament, Länderkammer, Bundesregierung und Europäische Institutionen im Gesetzgebungsprozess
- Herausforderungen der Parteiendemokratie (Q 1.2)
- Besonderheiten des politischen Systems der Bundesrepublik Deutschland

1 **TIPP** *Anforderungsbereich: I*

Hier müssen Sie, wie Sie es sicher schon aus normalen Klausuren gewohnt sind, die Rede zusammenfassen. Beginnen Sie mit einer kurzen Einleitung, in der Sie Autor, Datum und Ort der Rede kurz vorstellen. Im Verlauf des Textes achten Sie auf Distanz zum Autor – auch wenn Sie Heiko Maas zustimmen: Verwenden Sie die indirekte Rede.

Einleitung

In seiner Rede vor der Vollversammlung der Vereinten Nationen am 28. 9. 2018 stellt der deutsche Außenminister Heiko Maas die **Grundposition** der **Bundesregierung** dar, die er unter der Überschrift „Together First“ zusammenfasst.

Krise des Multilateralismus das Thema der Generalversammlung

Maas erklärt, dass zu jeder **Generalversammlung** eine **große Krise dominiere** und fragt rhetorisch, welche für das Jahr 2018 prägend gewesen sei (vgl. Z. 2 ff.): Maas Aufzählung zeigt eine Vielzahl von Konflikten und Problemen, woraus er schließlich als großes Thema eine **Krise des Multilateralismus** ableitet (vgl. Z. 4 ff.).

Multilateralismus und Souveränität

Dennoch ist Maas **zuversichtlich** (vgl. Z. 11 ff.). Die deutsche Geschichte und der **Wiederaufbau** nach dem Zweiten Weltkrieg mit europäischer Hilfe (er betont aber auch die Hilfe der USA) zeige, was **Multilateralismus** zu **leisten vermöge** (vgl. Z. 14 ff.). Es gebe **keinen Widerspruch** zwischen **Multilateralismus** und **nationaler Souveränität**, vielmehr könne nationale Souveränität nur durch multilaterales Handeln überhaupt gewahrt werden (vgl. Z. 18 ff.).

Anspruch und Wirklichkeit der Vereinten Nationen

Maas verweist in diesem Zusammenhang auf die Gründung der **multilateralen Vereinten Nationen**, die bereits in ihrer Präambel den Völkern verspricht, sich gemeinsam für ihre **Rechte** einzusetzen (vgl. Z. 21 ff.).

Kritisch räumt Maas aber ein, dass von diesem **hohen Anspruch** in vielen Teilen der Welt („Junge in Idlib", „Mädchen in Afrika", Z. 28 f.) **wenig zu spüren** sei (vgl. Z. 28 ff.).

Zusammensetzung des Sicherheitsrats

Maas verspricht, dass sich die Bundesrepublik Deutschland als **zukünftiges Mitglied** des **Sicherheitsrats** für diese Menschen einsetzen werde (vgl. Z. 35 f.). Gleichzeitig **kritisiert** er die **Zusammensetzung** des **Sicherheitsrates**, die sich seit der Gründung nahezu **nicht verändert** habe, während die **Welt** sich in den letzten 70 Jahren **massiv gewandelt** habe. Dies belegt er mit der **Zunahme** der **Weltbevölkerung** und der **steigenden** Zahl der **Mitgliedsstaaten** (vgl. Z. 37 ff.).

Scheitern des Multilateralismus: Syrien

Am Beispiel des **Bürgerkriegs** in **Syrien** zeigt Maas auf, dass nur **multilaterales Handeln**, nicht aber militärische Alleingänge eine Chance für eine **Lösung** brächte (vgl. Z. 44 ff.). Maas fordert daher **Verhandlungen** „unter dem Dach der Vereinten Nationen" (Z. 52) und verdeutlicht an Beispielen aus dem Irak, wie ein **Peacebuilding** und später ein **Peacekeeping** aussehen könne (vgl. Z. 51 ff., 62 ff.).

Dauerhafter Friede als Ziel

Nur so, durch gerechte Lösungen, die mehr seien als ein **negativer Frieden**, könne ein **dauerhafter Frieden** ermöglicht werden (vgl. Z. 70 ff.).

Optimistischer Ausblick

Zum Schluss seiner Rede kommt Maas zurück auf die eingangs zitierte Zuversicht der Deutschen gegenüber **multilaterale Lösungen**: Die **Agenda 2030** und die erfolgreichen Verhandlungen über einen **Migrationspakt** seien Erfolge „vereinter Nationen", die dem Motto „Together First" verpflichtet seien (womit Maas auf den Wahlkampslogan Donald Trumps „America First" anspielt) und die gemeinsam mit den Völkern der Erde nach „Frieden, Freiheit und Sicherheit" (Z. 90) ebenso wie nach „**Wohlstand** und **Würde**" (Z. 91) strebten (vgl. Z. 75 ff.).

2 **TIPP** *Anforderungsbereich: I und II*

In dieser Aufgabe stecken zwei Aufgaben: Zum einen sollen Sie die Struktur und Funktion des Sicherheitsrates darstellen. Sie dürfen dazu die UN-Charta als Hilfsmittel verwenden – tun Sie das auch! Vergessen Sie dann aber nicht den zweiten Bestandteil der Aufgabe, nämlich die Darstellung der Reformnotwendigkeit. Heiko Maas spricht in seiner Rede schon einige Aspekte an, Sie sollten im Unterricht aber noch einige Aspekte mehr gehört haben, die Sie jetzt einbringen können.

Organe der UNO

Der **Sicherheitsrat** der Vereinten Nationen ist neben dem Generalsekretär und der UN-Vollversammlung, vor der Maas in M 1 spricht, eines der **Hauptorgane** der **UNO**. Dem Sicherheitsrat kommt dabei nach Art. 24 Abs. 1 die Hauptverantwortung für die **Wahrung des Weltfriedens** zu. Um dieser wichtigen Aufgabe gerecht werden zu können, haben sich die Mitglieder der UNO verpflichtet, Beschlüsse des Sicherheitsrates anzunehmen und durchzuführen (Art. 25). Ein ganz besonders wichtiges Instrument des Sicherheitsrates ist die Verhängung von **Zwangsmaßnahmen** (Art. 41), die sogar **militärischer Natur** (Art. 42) sein können. Auch hier haben sich alle Mitglieder **verpflichtet**, sich bei den Maßnahmen des Sicherheitsrates „gemeinsam handelnd Beistand" zu leisten (Art. 49). Der Sicherheitsrat ist damit das wichtigste Gremium der Vereinten Nationen.

Aufgaben des Sicherheitsrats

Mitglieder des Sicherheitsrats

Die **Mitglieder** des Sicherheitsrates werden in der Charta aufgeführt: Als **ständige Mitglieder** des Sicherheitsrates werden in Art. 23 Abs. 1 die USA, Großbritannien, Frankreich, Russland und China aufgeführt. Zu diesen ständigen Mitgliedern werden nach einem **regionalen Proporz** noch **zehn nicht-ständige Mitglieder** für die Dauer von zwei Jahren gewählt, wobei jedes Jahr fünf Sitze neu gewählt werden.

Veto-Recht der ständigen Mitglieder

Den **ständigen Mitgliedern** wird in Art. 27 der UN-Charta ein **Veto-Recht** zugestanden, Beschlüsse des UN-Sicherheitsrates können nur getroffen werden, wenn **kein ständiges Mitglied** mit „**Nein**" stimmt und insgesamt mindestens **neun Ja-Stimmen** zusammenkommen.

Machtverhältnisse nach Zweitem Weltkrieg

Den ständigen Mitgliedern des Sicherheitsrates wird damit ein ganz besonders Privileg zugestanden, das die **Machtverhältnisse** nach dem **Zweiten Weltkrieg** widerspiegelt: die beiden **Supermächte** USA und Sowjetunion (für die Russland in den Sicherheitsrat nachgerückt ist), die beiden **Weltmächte** Frankreich und Großbritannien mit ihren umfangreichen **kolonialen Besitzungen** in Afrika und Übersee und als **Vertreter Asiens** China.

wirtschaftliche und militärische Entwicklungen

In den letzten 70 Jahren hat sich – wie Maas richtigerweise anmerkt – die **Welt** aber **gewandelt**, Großbritannien und Frankreich etwa sind wirtschaftlich und auch militärisch (Atomwaffen) immer noch wichtige Akteure, aber mit der gleichen Berechtigung könnten **Atomwaffenstaaten** wie Indien oder Pakistan oder **wirtschaftlich starke Nationen** wie Japan oder Deutschland Anspruch als ständige Mitglieder anmelden.

Bevölkerungswachstum

Auch die von Maas angeführte **Verdreifachung der Bevölkerung** wirft die Frage auf, ob der Sicherheitsrat noch zeitgemäß besetzt ist: **Bevölkerungsreiche Staaten** wie Indien oder Brasilien hätten hier einen berechtigten Anspruch.

regionale Verteilung

Schließlich wäre auch die **regionale Verteilung** zu **kritisieren**: Mit den USA, Frankreich und Großbritannien sind gleich drei **„westliche" Staaten** im Sicherheitsrat, Asien ist nur durch China vertreten – **afrikanische** oder **südamerikanische Regionalmächte** wie Südafrika, Nigeria oder Brasilien sind **nicht vertreten**. Weiterhin wird teilweise kritisiert, dass **kein Staat** mit überwiegend **muslimischer Bevölkerung** im Sicherheitsrat vertreten ist.

Vergrößerung des Sicherheitsrates als Ausweg

All dies spräche für eine **Vergrößerung** des UN-Sicherheitsrates. Ein **Austausch** von Mitgliedern ist **sehr unwahrscheinlich**, weil Änderungen der UN-Charta (also auch die Zusammensetzung des Sicherheitsrates) vom Sicherheitsrat selbst gebilligt werden müssen (Art. 108). Dabei wäre wohl zu erwarten, dass Großbritannien oder Frankreich ein Veto einlegen würden, wenn ihr Ausscheiden aus dem Sicherheitsrat zur Debatte stünde.

Vergrößerung und Handlungsfähigkeit

Aber auch eine **Vergrößerung** des Sicherheitsrates ist **umstritten**, ist doch – wie auch die Beispiele, die Maas anführt, zeigen – der **Sicherheitsrat** oft gar **nicht handlungsfähig**. In einer globalisierten Welt sind bei nahezu jedem Konflikt die – oft gegensätzlichen – Interessen der ständigen Mitglieder tangiert, sodass immer wieder nur **Minimalkompromisse** gefunden werden.

Fazit

Eine Vergrößerung – vor allem um weitere Veto-Mitglieder – würde damit die ohnehin schon stark eingeschränkte **Handlungsfähigkeit** des Sicherheitsrates noch **weiter beschränken**.

3 **TIPP** *Anforderungsbereich: II*

Hier handelt es sich um die Aufgabe, die den halbjahresübergreifenden Aspekt einfließen lässt, es geht um die Frage der Stabilität von Demokratien. Sicher ist es sinnvoll, knapp dazustellen, was eine Demokratie ausmacht. Grundsätzlich sollten Sie bei diesem Operator sowohl die „gefährdenden" Aspekte als auch die „sichernden" Faktoren einer Demokratie untersuchen. Was für Sie am Ende ausschlaggebend ist, sollten Sie in einem Fazit am Ende zusammenfassen.

Einleitung

Das Zitat des ehemaligen Bundestagspräsidenten Norbert Lammert befasst sich mit der **Gefährdung** von **Demokratien**. Angesichts des

100. Jahrestages der Weimarer Nationalversammlung, deren Weimarer Verfassung schrecklich scheiterte, stellt Lammert fest, dass auch Demokratien als politische Systeme keine „Überlebensgarantie" hätten, woran sich die Frage anschließt, ob die **Demokratie** in **Deutschland** und der **Europäischen Union gefährdet** oder **gesichert** ist.

Grundelemente der Demokratie

Moderne Demokratien sind Systeme, in denen **Volkssouveränität**, **Rechtsstaatlichkeit**, **Pluralismus** und **Gewaltenteilung** zentrale Elemente sind. Ohne diese Elemente drohen Demokratien beschädigt zu werden und als „defekte" Demokratien zu enden.

Rückgang der Wahlbeteiligung als Warnsignal

Der Aspekt der Volkssouveränität wird durch **Wahlen** und **Abstimmungen** zum Ausdruck gebracht (vgl. Art. 20 Abs. 2 GG). Tatsächlich ist aber ein **Rückgang** der **Wahlbeteiligung** erkennbar, der bereits bei Bundestagswahlen besorgniserregend ist, bei Wahlen zum Europäischen Parlament aber in die Nähe von nur 50 % Wahlbeteiligung kommt. Wie soll **Legitimation erfolgen**, wenn der Souverän sich **weigert**, **wählen** zu **gehen**? Die geringe Wahlbeteiligung stellt also ein **ernsthaftes Problem** für demokratische Systeme dar.

Gefährdung der Rechtsstaatlichkeit

In einigen Mitgliedsstaaten der Europäischen Union, vor allem in Ungarn und Polen, werden seit einigen Jahren **rechtsstaatliche Grundsätze**, darunter vor allem die Unabhängigkeit der Gerichte, mit **Füßen getreten**. Dadurch wird ein weiteres zentrales Element der Demokratie beschädigt, was sogar schon zu einem Verfahren der EU gegen die genannten Staaten geführt hat. In Deutschland ist diese Entwicklung noch nicht angekommen, das **Erstarken rechtspopulistischer** Parteien wie der AfD lässt aber auch hier befürchten, dass die **Rechtsstaatlichkeit bedroht** sein könnte – und mit der Unabhängigkeit der Gerichte wie in Polen und Ungarn auch die **Gewaltenteilung**.

Pluralismus und Rechtspopulismus

Nicht weniger wichtig ist der Aspekt des **Pluralismus**: Wenn die Medien **trotz** der **Medienvielfalt** in Deutschland als **„Lügenpresse"** beschimpft werden, wenn **Menschen** aufgrund ihrer sexuellen Identität, ihrer Religion oder ihrer Herkunft **diskriminiert** werden und wenn immer weniger Menschen bereit sind, sich in Parteien zu engagieren, dann ist das **Fundament** der **Demokratie bedroht**. Dieses Phänomen ist nicht nur in anderen europäischen Staaten (vgl. auch hier das **Erstarken** von **rechtspopulistischen Parteien** in ganz Europa), sondern auch in Deutschland zu finden.

Trotz dieser besorgniserregenden Entwicklung gibt es aber auch zahlreiche gegenläufige Entwicklungen, die die Demokratie stärken und sichern.

Sinkende Wahlbeteiligung als Ausdruck von Zufriedenheit

Zunächst könnte eine **sinkende Wahlbeteiligung** auch **Ausdruck** einer **grundsätzlichen Zufriedenheit** mit der Demokratie sein: Zumindest ein Teil der Nichtwähler könnte denken, dass jede Partei, die sich zur Wahl stellt, es schon grundsätzlich hinbekommen wird, dieses Land zu regieren.

Darüber hinaus wurde in den letzten Jahren der **Aspekt** der **Abstimmungen**, der im Grundgesetz lange Zeit nur als Rudiment ausgebildet war, **weiterentwickelt**. So sind – vor allem auf der Ebene der Länder und Kommunen – immer wieder **direktdemokratische Elemente** eingeführt worden, die den Bürger die Möglichkeit geben zu partizipieren.

neue Abstimmungsmöglichkeiten

Partizipationsmöglichkeiten bietet auch das **Internet**: Heute kann jeder seine **Meinung veröffentlichen** und potenziell der ganzen Welt zugänglich machen. Dies erfordert jedoch eine hohes Maß an **kritischer Mediennutzung** bei der Bevölkerung, weil natürlich nicht jede im Internet veröffentlichte Meinung einem **Faktencheck standhält** – kein Bürger in der EU kann sich heute aber ernsthaft beklagen, er könne seine Position nicht der Öffentlichkeit zugänglich machen (was nicht gleichbedeutend ist, dass jeder abseitigen Meinung auch zugehört oder gar geglaubt wird).

Partizipation durch das Internet

Schließlich mögen zwar die Mitgliedszahlen der Parteien schrumpfen, wie aber auch das Grundgesetz in Art. 21 ausführt, wirken **Parteien** bei der politischen Willensbildung mit – das heißt nicht, dass sie der einzige Akteur sind. Ob „**Fridays for Future**", zahlreiche **Nichtregierungsorganisationen**, **Bürgerinitiativen** oder andere **zivilgesellschaftliche Gruppen**: Die Zahl derer, die sich politisch engagieren, sollte nicht nur in Parteibüchern gemessen werden.

neue politische Akteure neben Parteien

Norbert Lammert hat also meiner Meinung nach Recht, wenn er betont, dass **kein System**, auch nicht die Demokratie, „**unsterblich**" sei. Die Demokratie hat aber durch die zahlreichen Möglichkeiten der Bürger, die Politik **friedlich** und **gewaltlos** zu ändern, die **besten Voraussetzungen**, sich neuen Gegebenheiten anzupassen. Die Demokratie ist also **nicht unsterblich**, sie hat aber in jedem Fall eine **höhere Lebenserwartung** als ein **autoritäres System**.

Fazit

4 **TIPP** *Anforderungsbereich: II und III*

In dieser Frage geht es um die Diskussion der These von Heiko Maas, der Multilateralismus sei in einer Krise. Bei einer Diskussion müssen Sie – im Unterschied zur Erörterung – nicht beide Seiten ausführen, Sie könnten sich für eine Seite entscheiden. Wenn Sie für beide Seiten Argumente haben, empfiehlt es sich aber, diese auch darzulegen, Ihre Argumentation wird so umfassender. Auch hier muss am Ende Ihre eigene Position erkennbar werden.

Viele Aspekte die in Aufgabe 3 für die deutsche Politik besprochen werden können auf die internationale Ebene übertragen werden: Was im Nationalstaat die gemeinsame Partizipation aller Bürger an ihrem

Einleitung

Gemeinwesen und dessen Ausgestaltung darstellt, ist auf der internationalen Ebene die **Ausgestaltung** und **Verrechtlichung** der **zwischenstaatlichen Gemeinschaft** durch die „peoples", durch die Völker der Welt.

Definition: Multilateralismus

Multilaterales Handeln bedeutet, dass ein Staat sich mit anderen Staaten abspricht, seine **Handlungen koordiniert** – und gegebenenfalls sogar zurücksteht. Dies tut er, weil er sich bestimmten **Regeln unterworfen** hat, an die er sich in diesem Fall halten muss, weil er erwartet und erwarten kann, dass andere Staaten sich auch an die vereinbarten Regeln halten.

Idee des Multilateralismus

Der Grundgedanke von multilateralem Handeln ist, dass internationale Politik **kein „Nullsummenspiel"** ist, dass also alle Staaten von einer **Kooperation profitieren** können.

Heiko Maas diagnostiziert in seiner Rede eine **Krise** des Multilateralismus.

Neue Entwicklung in den USA

In diesem Zusammenhang fällt nicht schwer, auf die **US-Regierung** unter Donald Trump zu verweisen, die sich zunehmend aus **internationalen Vereinbarung zurückzieht**, bzw. diese **aufkündigt**: Die Kündigung des Pariser Klimaabkommens, die Blockade der WTO durch eine Weigerung, neue Richter zu benennen, die latenten Drohungen, die NATO zu verlassen sind nur einige Beispiele. Dabei ist Trump durchaus in „guter" Gesellschaft. Unter Boris Johnson hat **Großbritannien** die **EU verlassen**, um künftig seinen Weg jenseits der multilateralen EU zu suchen. Auch die in Aufgabe 3 erwähnten Regierungen in Polen und Ungarn verweigern immer wieder die Umsetzung von gemeinsamen Beschlüssen der EU, was eine **Missachtung europäischen Rechts** darstellt.

Krise des Welt- bzw. Freihandel

Weiterhin leidet der **Welthandel** unter der **Krise** des **Multilateralismus**: Die USA und China erhöhen sich gegenseitig die **Zölle**, und auch zwischen den USA und Europa schwelt ein **Handelskonflikt**, hier spezifischer um die Zölle im Automobilsektor.

Syrien-Konflikt

Schließlich ist **Syrien** – wie Maas auch anführt – ein erschreckendes Beispiel für einen **Konflikt**, der aufgrund der **Vielzahl seiner Akteure** (Assad-Regime, Rebellen, Kurden, Islamischer Staat, Türkei, EU, USA, Russland, Iran – um nur einige zu nennen) nur **multilateral lösbar wäre** – aber zu wenige Akteure sind bereit, eine **Kompromisslösung** zu entwickeln.

Brexit als Abschreckung?

Doch auch hier bin ich – wie Maas – optimistisch: Der **Brexit** ist ein **gutes Beispiel** für die Krise des Multilateralismus, die vorhergesagten **ökonomischen Folgen**, die für Großbritannien aller Wahrscheinlichkeit nach **drastisch ausfallen** werden, zeigen aber, wie wichtig und wie **gewinnbringend** die **Mitgliedschaft** in der **EU** ist. Es dürfte kein Zufall sein, dass **europafeindliche Stimmen** innerhalb der ganzen EU nach dem Brexit deutlich **leiser** geworden sind, weil die Briten Europa nun zumindest als schlechtes Beispiel dienen.

Auch ist der **Syrien-Konflikt** zwar schrecklich für alle betroffenen Menschen, letztendlich verdeutlicht er aber auch das Ende einer Welt, in der **fünf Großmächte** im **Sicherheitsrat** die Verantwortung für den **Weltfrieden** tragen konnten. Vielleicht gibt es für Syrien auf absehbare Zeit keine Lösung – wenn es eine gibt, kann und wird sie aber nur **multilateral** funktionieren. Daher hat Maas auch Recht, wenn er eine **Erweiterung des Sicherheitsrates** fordert, um der tatsächlichen – multipolaren – Welt Rechnung zu tragen.

Syrien und eine nötige Reform des Sicherheitsrat

Schließlich ist eine eher **zurückhaltende Haltung** der USA in Bezug auf Multilateralismus **nicht völlig neu** (man denke etwa an George W. Bush), wenn sie auch unter Trump eine neue Qualität erreicht hat. Dennoch gibt es innerhalb der USA **Gouverneure**, die z. B. verkündet haben, ihr Bundesstaat werde sich aus eigenem Ermessen heraus weiterhin den **Klimaschutzzielen** von **Paris** verpflichten, es gibt auch im **Präsidentschaftswahlkampf 2020** politische Alternativen zu Trump, die USA können ihren Kurs also auch wieder ändern.

USA: mögliche Entwicklungen

Die **komplexen Probleme** einer **komplexen Welt** wird man nur mit **komplexen** – und das heißt: **multilateralen** – **Lösungen** lösen können. Die Einsicht in diese Erkenntnis wächst, auch weil das Scheitern derer, die einfache Lösungen („America first", Brexit usw.) predigen, offensichtlich ist oder werden wird.

Fazit

Hessen ▪ Politik und Wirtschaft ▪ Leistungskurs 2020
Vorschlag A

DIALOG UND DEMOKRATIE

Aufgabenstellung

1 Fassen Sie den vorliegenden Redeauszug zusammen. (Material 1) (20 BE)

2 Steinmeier bezeichnet Deutschland als „liberale Demokratie" (Material 1). Analysieren Sie mit Bezug zur Pluralismustheorie, inwiefern die Verfassungsordnung der Bundesrepublik Deutschland einer „liberalen Demokratie" entspricht. (25 BE)

3 Untersuchen Sie, inwiefern in dem von Steinmeier angesprochenen sozioökonomischen Modell der Bundesrepublik Deutschland soziale Gerechtigkeit hergestellt werden soll. (25 BE)

4 Interpretieren Sie die Karikatur (Material 2) und überprüfen Sie daran anknüpfend Steinmeiers Aussage, die Demokratie bleibe unvollendet und brauche die Bereitschaft von Demokratinnen und Demokraten zum Konflikt ebenso wie zum Kompromiss. (30 BE)

M 1 Frank-Walter Steinmeier: Wir entscheiden, wie Deutschland heute spricht (2018)

Wie die Initiatoren und viele Teilnehmer heute hier[1], so treibt auch mich die Frage um, wie es um unsere Debattenkultur in Deutschland bestellt ist. [...] Es geht um die für unsere Demokratie grundlegende Frage, wie wir die Mauern, die zwischen unseren Lebenswelten entstanden sind, die Mauern, die dem gesellschaftlichen Zusammenhalt mittlerweile für alle spürbar im Wege stehen, überwinden können.

Es geht um die Frage, ob wir uns in unseren Echokammern verschanzen wollen, in Filterblasen nur noch mit Gleichgesinnten kommunizieren, ob wir uns von Algorithmen am liebsten die eigene Meinung bestätigen lassen – oder ob es uns gelingt, den Dialog zu führen über Trennendes hinweg. [...] Über Echokammern und Filterblasen reden wir nun schon recht lange; und offensichtlich wird es immer dringender, Gegenstrategien zu entwickeln. Denn die Fliehkräfte wirken lange nicht mehr nur in Internetforen, sondern auf offener Straße. Aus gesellschaftlichen Haarrissen sind tiefe Gräben geworden. Wir erleben Wut und Protest auf deutschen Straßen, hin- und herfliegende Empörungsfetzen, Hass und Gewaltausbrüche. Wir erleben Dauerempörung, eine sozialmoralische Rage, mit der Gruppen regelrecht gegeneinander in den Kulturkampf ziehen. Und wir erleben sogar, dass dabei die Existenzberechtigung des anderen in Abrede gestellt wird – bis hin zur neuerdings wieder selbstbewusst vorgetragenen

Verächtlichmachung unserer politischen Ordnung als „System“, eine Verächtlichmachung, die in der Regel nichts anderes ist als ein Frontalangriff auf die liberale Demokratie und ihre Institutionen. Krawallprofis machen in immer mehr deutschen Städten Schlagzeilen. Chemnitz und Köthen[2] haben uns in den letzten Tagen besonders beschäftigt. Aber es wäre unredlich, nur Ostdeutschland in den Blick zu nehmen. Und einseitig wäre es ebenso, den Blick nur nach rechts zu richten: Die Rauchschwaden über dem G20-Gipfel in Hamburg[3] waren sicherlich auch kein Angebot zum respektvollen, ergebnisoffenen Dialog. […]

Und so ist, online und offline, die Wirklichkeit dieser Tage viel zu oft: Deutschland spricht nicht, Deutschland brüllt. […]

Natürlich, Kommunikation mit Andersdenkenden ist anstrengend. Aber ihre Verweigerung ist das Ende der Kompromissfähigkeit. Die einen sagen: „Mit denen rede ich doch nicht, da halte ich maximalen Abstand – das ist schließlich ein Zeichen“. Die anderen fühlen sich bestärkt in ihrer Opferrolle, gern mit dem vermeintlich unschuldigen Satz: „Das wird man doch mal sagen dürfen.“

So kommt es, dass sich gefährliche Zuschreibungen verfestigt haben – ein Vielfaches „Wir“ gegen „die anderen“, die aus Angst oder Überheblichkeit jede Berührung vermeiden. Hier die „besorgten Bürger“, dort „die da oben“. Hier die „Klartextredner“, dort die „Gutmenschen“. Und leider auch, obwohl wir in den letzten Jahren dachten, wir seien schon viel weiter: Hier „die Deutschen“ und dort „die Migranten“. Nein, unser Land ist derzeit nicht in Vielfalt vereint. Eher scheint unser Land dieser Tage vielfach geteilt. […]

Ich glaube, dies ist der richtige Moment, um die Blickrichtung herumzudrehen. Für das Überwinden der Mauern wünsche [ich] mir einen anderen Ausgangspunkt: Lassen Sie uns gemeinsam beschreiben, was gut ist in unserem Land! […]

Das ist erstens das schier unerschöpfliche Reservoir an Engagement für dieses Land, für diese Demokratie. Ich verrate Ihnen gern: Mein schönstes Privileg als Bundespräsident sind die unzähligen Begegnungen und Gespräche in allen Teilen Deutschlands, bei denen ich diese Engagierten treffe – in Vereinen und Initiativen und übrigens auch in politischen Ämtern, von denen die allermeisten in diesem Land ehrenamtlich geleistet werden. […]

Zweitens: Es sind Freiheit und Menschenwürde jedes Einzelnen, die unser Grundgesetz schützt. Und es ist die aus der Freiheit erwachsende Vielfalt, die es auszuhalten gilt, ganz gleich wie eine gefühlte oder tatsächliche Mehrheit sich auch entscheiden oder empören mag.

Vielleicht lohnt in diesem Zusammenhang ja auch ein Blickwechsel auf die viel gescholtene „Political Correctness“, die […] zum Kampfbegriff geworden ist. Vielleicht geht es ihr ja nicht um Zensur des gerechten Volkszorns, sondern um das historisch gewachsene Bewusstsein, dass jeder, so anders er auch sein oder denken mag, zunächst einmal ein legitimer Gesprächspartner und ein Gegenüber ist, den es zu respektieren gilt. Vielleicht ist solche Rücksichtnahme ja weniger Ausdruck von Feigheit, sondern schlicht Ausdruck gewachsener Zivilität[4].

Maßlosigkeit jedenfalls ist kein Ausweis für die Qualität einer Debatte. Wer andere herabwürdigt, bedroht, ihre Zugehörigkeit und Gleichberechtigung abspricht, zerstört die Gesprächsgrundlage, die er für sich selbst in Anspruch nimmt. Wo immer das geschieht und ganz gleich von wem, da müssen wir einschreiten!

Drittens: Es gilt, die Errungenschaften der Rechtsstaatlichkeit zu bewahren – die Unabhängigkeit der Gerichte, die Teilung der Gewalten, die Akzeptanz von Rechtsprechung, auch wenn sie einzelnen Bürgern und erst recht Regierungen nicht gefallen. Wenn auch Justiz politisiert wird, wenn gerichtliche Entscheidungen mit dem Verweis auf „gefühlte Gerechtigkeiten“ angegriffen werden, geraten wir auf eine sehr schiefe Ebene.

Und viertens denke ich an etwas, das vielleicht am wichtigsten, jedenfalls einzigartig ist für diese Bundesrepublik Deutschland: unser sozioökonomisches Modell. Eine Marktwirtschaft, die nicht per se sozial ist, der aber der politische Auftrag eingeschrieben ist, die Balance zwischen wirtschaftlicher Vernunft und sozialer Gerechtigkeit unter sich verändernden Bedingungen immer wieder neu herzustellen. Das jedenfalls ist unserem Land besser gelungen als vielen anderen. Doch die Aufgabe ist nie vollendet und sie verlangt weiterhin nach jener Fähigkeit zum Ausgleich über Gruppen und Interessen hinweg. Eine Bereitschaft und Fähigkeit, die in der lärmenden Unversöhnlichkeit verloren zu gehen droht. Ebenso wie mit diesem Sozialmodell ist es auch mit der Demokratie. Die Demokratie kennt keinen Endzustand. Sie bleibt unvollendet und braucht gerade deshalb das Engagement von Demokratinnen und Demokraten, ihre Bereitschaft zum Konflikt ebenso wie zum Kompromiss. […]

Und deshalb brauchen wir von dem, was Sie heute als Experiment versuchen, noch viel mehr im ganzen Land: den Dialog mit Andersdenkenden! Die Bereitschaft, sich auf ein Gegenüber einzulassen, das andere Prägungen, andere Prämissen hat und das im allerschlimmsten Fall vielleicht sogar recht haben könnte. […]

Wir entscheiden, ob es uns ums Rechtbehalten oder um Lösungen geht.

Wir entscheiden, ob Lautstärke oder Vernunft die Währung des Diskurses ist; ob das politische Gegenüber ein würdiger Wettbewerber ist oder erbitterter Feind.

Wir entscheiden, wie Deutschland heute spricht und wie Deutschland morgen sein wird.

Frank-Walter Steinmeier: Eröffnung der Dialogveranstaltung "Deutschland spricht", Berlin, 23. September 2018, https://www.bundespraesident.de/SharedDocs/Reden/DE/Frank-Walter-Steinmeier/Reden/2018/09/180923-Deutschland-spricht.html?nn=9042446

Anmerkung

1 Bundespräsident Frank-Walter Steinmeier hat am 23. 09. 2018 in Berlin als Schirmherr die Aktion „Deutschland spricht“ der Zeitung „Die Zeit“ eröffnet. Das Material 1 ist ein Auszug aus dem Redemanuskript.

2 Im Herbst 2018 kam es in Chemnitz und Köthen zu Demonstrationen und Auseinandersetzungen mit organisierten Rechten und Neonazis.

3 Am Rande des G20-Gipfels 2017 in Hamburg kam es zu zahlreichen Demonstrationen und auch zu Sachbeschädigungen sowie Angriffen auf Polizeibeamte durch linksradikale Akteure.

4 Anständigkeit, Höflichkeit im Umgang mit anderen

M 2 Gerhard Mester: Konsensgesellschaft (2017)

Gerhard Mester: Konsensgesellschaft, 04. 05. 2017,
URL: http://www.bpb.de/izpb/248593/demokratie-in-der-krise-und-doch-die-beste-herrschaftsform?type=galerie&show=image&k=3 (abgerufen am 02. 05. 2019)

Lösungsvorschlag

Unterrichtsinhalte:

- Verfassung und Verfassungswirklichkeit: Rechtsstaatlichkeit und Verfassungskonflikte, insbesondere: Grundrechte und Rechtsstaatlichkeit in der Verfassung (Art. 1, 20, 79 GG), und Öffentlichkeit im Wandel – Zivilgesellschaft und Medien im politischen Prozess, insbesondere: Pluralisierung, Internationalisierung und Fragmentierung politischer Öffentlichkeit
- Kontroversen um gerechte Sozialpolitik und Probleme der Staatsfinanzierung, insbesondere: Entwicklung sozialpolitischer Forderungen und sozialstaatlicher Leistungen

1 **TIPP** *Anforderungsbereich: I*

In der geforderten Zusammenfassung benennen Sie einleitend Autor, Titel, Textart sowie Thema/Anlass und Datierung des Textes. Anschließend fassen Sie die Argumentation mit eigenen Worten und strukturiert zusammen. Konjunktiv und analytische Wendungen („Der Autor benennt/ belegt/ endet mit …") zeigen die erforderliche Distanz zum Text. Bei der unkommentierten Wiedergabe seiner Kernaussagen können Sie wichtige Begriffe und Wendungen wörtlich zitieren, um sie herauszuheben.

Als Schirmherr der Aktion „Deutschland spricht" behandelt Bundespräsident Steinmeier in einer Rede, die am 23. 09. 2018 gehalten wurde und deren Manuskript auf der Website des Bundespräsidenten erschienen ist, Fehlentwicklungen der politischen Gesprächskultur und Wege zu ihrer Überwindung. *Quelle*

Im ersten Teil der Rede benennt Steinmeier Mängel in der **Debattenkultur**, die den „gesellschaftlichen Zusammenhalt" (Z. 4) beeinträchtigten (vgl. Z. 2 ff.). Der Rückzug in „Echokammern" und „Filterblasen" (Z. 9) stelle die gesellschaftlichen Gruppen gegeneinander, begünstige eine zunehmende Emotionalisierung, verhindere das Gespräch und zerstöre die „Kompromissfähigkeit" (Z. 29). Aktivisten unterschiedlicher politischer Richtungen in Ost- und Westdeutschland griffen Menschen anderer Denkweisen oder Herkunft und sogar die „liberale Demokratie" selbst an (vgl. Z. 19 ff.), was der Redner mit mehreren Beispielen belegt (vgl. Z. 20 ff.). *Fehlentwicklungen der politischen Kultur*

Diesen destruktiven „Fliehkräfte[n]" (Z. 11) möchte der Redner mit einer Änderung der Blickrichtung begegnen, die die **Stärken Deutschlands** anerkennt (vgl. Z. 40 ff.). Dazu rechnet Steinmeier das ehrenamtliche demokratische und gesellschaftliche Engagement, die vom Grundgesetz geschützte Freiheit und Menschenwürde sowie die sich daraus ergebende Vielfalt (vgl. Z. 44 ff.). Er betont *Stärken der Demokratie*

außerdem den Rechtsstaat und dessen schützenswerte Errungenschaften (vgl. Z. 64 ff.) sowie die Chancen der deutschen Wirtschaftsordnung (Soziale Marktwirtschaft), die den Ausgleich zwischen „wirtschaftlicher Vernunft und sozialer Gerechtigkeit“ (Z. 73) herstellen könne und daher erfolgreicher als in anderen Ländern sei (vgl. Z. 70 ff.).
Damit sei aber kein „Endzustand“ (Z. 79) erreicht. Vielmehr müssten sich Gesellschaft und Demokratie weiterentwickeln, wofür es auf politisches Engagement sowie die Konflikt- und Kompromissbereitschaft der Bürger ankomme. Die Kontrahenten sollten sich respektvoll und selbstkritisch begegnen (vgl. Z. 75 ff.).
Die Rede endet mit einem **Appell** zum ergebnisoffenen Dialog mit Andersdenkenden, der sich mit Empathie und Vernunft um Lösungen für Deutschland bemüht (vgl. Z. 82 ff.). Appell

2 **TIPP** *Anforderungsbereich: I und II mit Schwerpunkt auf AFB II*

Diese Aufgabe knüpft an zentrale Inhalten des Demokratiekurses (Q 1) an. Sie sollen die deutsche Verfassungsordnung daraufhin untersuchen, ob es sich um eine „liberale Demokratie“ handelt und dabei Kenntnisse der Pluralismustheorie heranziehen. Bei der Benennung der entsprechenden GG-Artikel verdeutlichen Sie die abstrakten Prinzipien durch Erklärungen oder Bezüge zum Redetext.

Der Bundespräsident hält seine Rede in einer Situation, in der er die „liberale Demokratie“ (Z. 19 f.) gefährdet sieht. Insbesondere geht es ihm um die politische „Debattenkultur in Deutschland“ (Z. 2). Diese Voraussetzung für den „gesellschaftlichen Zusammenhalt“ (Z. 4) werde durch „Fliehkräfte“ (Z. 11) und einen „Kulturkampf“ (Z. 15 f.) verschiedener Gruppen infrage gestellt. Doch was sind die wichtigsten Elemente einer „liberalen Demokratie“ überhaupt? Im Folgenden stelle ich zuerst zentrale Bausteine der deutschen Verfassungsordnung systematisch dar, die eine „liberale Demokratie“ ausmachen, und schließe dann eine Einordnung in die Pluralismustheorie an. Einleitung; Klärung des eigenen Vorgehens

Als Fundament für die Freiheit der Bürger und die Demokratie stellt das Grundgesetz einen Katalog von **Menschenrechten** den Bestimmungen voran, die den Aufbau und das Zusammenwirken der Staatsorgane regeln. Die Würde des Menschen wird als Grundlage aller staatlichen Gewalt zuerst genannt (Art. 1 Abs. 1 GG). Die **Freiheit** des Menschen ist am deutlichsten im Recht (der Persönlichkeit) auf Leben und freie Entfaltung (Art. 2 GG) verankert. Auf diesen beiden Menschenrechten beruht die „Vielfalt“, die für Steinmeier unabhängig von Mehrheiten auszuhalten ist (vgl. Z. 50 ff.). Grundrechte wie die Meinungs- und Koalitionsfreiheit (Art. 5 und 9 GG) ermöglichen Grundlagen der Verfassung; Freiheitsrechte eine staatsbürgerliche Partizipation, sodass verschiedene **gesellschaftliche Gruppen** sich aktiv in den politischen Prozess einbringen können. Demokratisches Engagement rechnet Steinmeier zu den Stärken der deutschen Demokratie (vgl. Z. 43 ff.), Konflikt- und Kompromissbereitschaft (vgl. Z. 81) hebt er dabei als wichtige Merkmale eines „ergebnisoffenen Dialog[s]“ (Z. 25) hervor.

Rechtsstaat

Zu den Menschenrechten gehört auch die **Rechtsgleichheit** („Gleichheit vor dem Gesetz“, Art. 3 GG), die vor Diskriminierung u. a. aufgrund des Geschlechts, der Herkunft oder der Religion schützt. Steinmeier verweist in diesem Zusammenhang auf die Feindseligkeit gegenüber Migranten (vgl. Z. 37). Die **Rechtssicherheit** (Art. 20 Abs. 3 GG) und die **richterliche Unabhängigkeit** (Art. 92 GG) begründen den **Rechtsstaat**, indem sie alle Menschen vor staatlicher Willkür schützen.

Demokratie

Um die politische Partizipation aller Bürger zu gewährleisten, orientiert sich das Grundgesetz an der Leitidee der **Volkssouveränität**, die in Art. 20 Abs. 2 GG verankert ist. Dort heißt es, dass die Staatsgewalt vom Volk ausgeht und „in Wahlen und Abstimmungen und durch besondere Organe der Gesetzgebung, der vollziehenden Gewalt und der Rechtsprechung ausgeübt“ wird.

Verankert sind damit zugleich die Grundsätze der **repräsentativen Demokratie** sowie der horizontalen und vertikalen **Gewaltenteilung**. Die wechselseitige Kontrolle der Organe im Sinne von „Checks and Balances“ soll den Machtmissbrauch verhindern und die Freiheit der Bürger sichern.

Parteien und Verbände

Für das demokratische Engagement steht Bürgern und gesellschaftlichen Gruppen außer der oben genannten Vereinigungsfreiheit der Weg über Parteien offen, deren zentrale Rolle in der politischen Ordnung durch Art. 21 des GG abgesichert ist. Im Parteienwettbewerb, der auf einem **Mehrparteiensystem** beruht, spiegelt sich der Konflikt gesellschaftlicher Interessen. Anders als Verbände können politische Parteien diese Interessen nicht nur in der Öffentlichkeit artikulieren, sondern auch direkt in den politischen Entscheidungsprozess einbringen: vor allem in Parlamentsfraktionen und als Regierungsmitglieder. Parteien nehmen außerdem eine direkte, politische Kontrollfunktion wahr, sei es als Teil der Parlamentsmehrheit auf internen Kanälen oder als Oppositionsfraktion in der Öffentlichkeit.

Grundregeln des politischen Prozesses

Der politische **Entscheidungsprozess** führt sie und andere, konkurrierende Akteure aus Gesellschaft, Parlament und Regierung zusammen, um ein gemeinwohlorientiertes Ergebnis zu erzielen. Alle orientieren sich am Ordnungsrahmen des Grundgesetzes und an Grundregeln wie Mehrheitsentscheidung, Minderheitenschutz oder dem Wechsel von Regierung und Opposition. Repräsentative Ordnung und Gewaltenteilung schränken die Macht der Mehrheit ein.

Insgesamt lässt sich diese politische Ordnung in der Bundesrepublik der **pluralistischen Demokratietheorie** zuordnen. Sie geht davon aus, dass über ein Minimum von **Normen** und **Spielregeln** ein **weitgehender Konsens** besteht. Dafür steht die Ordnung des Grundgesetzes, vor allem der unveränderbare Verfassungskern (Art. 79 Abs. 3 GG). Andererseits erachtet die pluralistische Theorie die **Interessenvielfalt** in der **heterogenen Gesellschaft** und die daraus **entstehenden Konflikte** als **unvermeidlich**. Dass Meinungsverschiedenheiten offen ausgetragen werden, sieht sie als unerlässlich an für die Ermittlung des Gemeinwohls, das nicht a priori existiert, sondern am Ende eines politischen Prozesses steht und durch neue Entscheidungen revidiert werden kann. Parteien, Verbände und Medien sind daran ebenso beteiligt wie Parlamentsfraktionen und Regierung. Die Akteure, z. B. Arbeitgeber/Gewerkschaften, begrenzen dabei ihre Macht gegenseitig.

Theoretische Einordnung

3 **TIPP** *Anforderungsbereich: I und II mit Schwerpunkt auf AFB II*

In dieser Aufgabe geht es im Anschluss an eine Aussage Steinmeiers darum, Wirtschaftsordnung und Sozialstaat in Deutschland anhand des Kriteriums „soziale Gerechtigkeit" zu überprüfen. Stellen Sie zunächst die dafür wichtigen Bestimmungen des Grundgesetzes dar. Anschließend erläutern Sie, welche Ziele und sozialpolitischen Maßnahmen mit dem Leitbild der „Sozialen Marktwirtschaft" verbunden sind. Belegen Sie Ihre Ausführungen mit Beispielen für Sozialleistungen. Fassen Sie abschließend die Ergebnisse knapp zusammen.

Steinmeier erwähnt als eine der Stärken der deutschen Wirtschaftsordnung, dass der Ausgleich von wirtschaftlicher Vernunft und sozialer Gerechtigkeit (vgl. Z. 72 ff.) eines ihrer zentralen Ziele sei. Dies ergibt sich aus Bestimmungen des **Grundgesetzes**. Der in Art. 1 Abs. 1 GG genannte Schutz der Menschenwürde soll bewirken, dass die Wirtschaftsordnung die **Autonomie** der Menschen sichert und gleichzeitig ein menschenwürdiges Leben gewährleistet. Art. 2 Abs. 1 GG garantiert in Verbindung mit der Vereinigungs- und Berufsfreiheit in Art. 9 und 12 GG die **allgemeine Entfaltungsfreiheit**, z. B. die Vertragsfreiheit in der Wirtschafts- und Arbeitswelt. Die **Garantie des Privateigentums** wird durch seine Sozialpflichtigkeit begrenzt (Art. 14 Abs. 1 und 2 GG), Art. 15 GG nennt sogar die Möglichkeit der Sozialisierung.

Wirtschaftsordnung im GG

Einen Gestaltungsauftrag verankern die Art. 20 bzw. 28 GG, abgesichert durch die „Ewigkeitsgarantie" des Art. 79 Abs. 3 GG: Die Bundesrepublik ist danach ein „sozialer Bundesstaat" und ein „sozialer Rechtsstaat". Dieses Prinzip des **Sozialstaats** verpflichtet dazu,

Sozialstaat im GG

für eine **gerechte Sozialordnung** zu sorgen. Die konkrete Ausgestaltung wird im Grundgesetz nicht weiter definiert und hängt daher vom Gesetzgeber, also von den gesellschaftlichen und politischen Kräfteverhältnissen ab. Aufgrund der auf dem Autonomiegebot und der **Eigentumsfreiheit** beruhenden **Wettbewerbsordnung** ist eine **strikte Planwirtschaft ausgeschlossen**. Wohl aber benennt das Grundgesetz die Zuständigkeit des Bundes für **sozial relevante Themen** von der Ausbildungsförderung bis zur Sozialversicherung (Art. 74 Abs. 1 Nr. 7, 12, 13).

Soziale Marktwirtschaft

Die Balance zwischen wirtschaftsnahen und sozialen Zwecken strebt auch das Leitbild der **Sozialen Marktwirtschaft** an, das der Bundespräsident wohl ebenfalls im Blick hat. Auch wenn es im Grundgesetz nicht explizit genannt und von Steinmeier nur umschrieben wird (vgl. Z. 71 ff.), hilft es, die sozialstaatlichen Elemente der Verfassung zu verdeutlichen. Die „Soziale Marktwirtschaft" zielt darauf ab, durch Sicherung von **freier Initiative** und **Wettbewerb** die Vorteile des **Marktmechanismus** zu nutzen, aber dessen **negative Begleiterscheinungen** durch **wirtschafts**- und **sozialpolitische Eingriffe** zu korrigieren.

Elemente des Sozialstaats

Um Ungerechtigkeiten und Härten für Leistungsschwächere zu begegnen, nutzt der Staat ein ganzes **Spektrum von Maßnahmen**. U. a. bemüht er sich um die **Korrektur** der **Einkommensverteilung** durch eine progressive Besteuerung oder die Förderung von Vermögensbildung. Folgen von Risiken wie Krankheit, Alter, Pflege oder Arbeitslosigkeit werden durch ein **staatliches System** von **Pflichtversicherungen** gemindert. Die **Bildungspolitik** sichert von der Kita bis zur Hochschule größere **Chancengleichheit**. **Konjunktur**-, **struktur**- und **arbeitsmarktpolitische** Maßnahmen sollen durch Investitionsförderung und Transferleistungen **Arbeitslosigkeit verhindern**. Hinzu kommen Arbeits- und Verbraucherschutz und Sozialrechte, die Tarifautonomie der Sozialpartner sowie Mitbestimmungsregelungen.

Fazit

Dass gegenwärtig über 50 Prozent der Ausgaben des **Bundeshaushalts** sozialpolitischen Zielen dienen, zeigt die Gewichtung, mit der das Ziel der sozialen Gerechtigkeit verfolgt wird.

4 **TIPP** *Anforderungsbereich: III*

Die Aufgabe ist zweigeteilt. Sie sollen sich mit einer Kernaussage der Rede des Bundespräsidenten auseinandersetzen und dafür eine Karikatur hinzuziehen. Beginnen Sie mit der Analyse der vorgelegten Karikatur. Nach einem Einleitungssatz zu Künstler, Datierung und Thema beschreiben Sie die einzelnen Bild- und Textelemente, um dann die kritische Aussage herauszuarbeiten. Im zweiten Schritt beziehen Sie Ihre Interpretation auf die Kernaussagen der Rede. Von hier aus sollten Sie zu Ihrer eigenen Überprüfung der in der Aufgabenstellung zitierten Aussage übergehen, dem zweiten Schwerpunkt. Fachlich untermauerte eigene Argumente sollen Ihnen helfen, am Ende der Überprüfung zu einer eigenen Position zu gelangen.

Interpretation der Karikatur

Die am 4. 5. 2017 auf einer Internetseite der Bundeszentrale für politische Bildung veröffentlichte Karikatur von Gerhard Mester steht unter dem Titel „Konsensgesellschaft“. Sie zeigt einen **Demonstrationszug**, dessen Teilnehmer auf ihren Schildern fordern, dass ganz **unterschiedliche Gegner** „weg“, „fort“ oder „raus“ sollen. An der Spitze des Aufmarschs liest man die Forderung „Weg mit den Politikern!“ Die Bandbreite der übrigen auf den Plakaten identifizierten Feinde reicht von „Rassisten“ und „Asylanten“ über „Muslime“ und „Ungläubige“, „Nazis“, „Flüchtlinge“ und „Ausländer“ bis zu „Gutmenschen“ und „Schwule“.
Die – anders als bei Demonstrationen üblich – äußerst **heterogenen Teilnehmergruppen** und ihre gegeneinander gerichteten Botschaften machen sofort auf die **ironische Intention** der Karikatur aufmerksam. Der „Konsens“ dieser Gesellschaft, für die die Demonstranten stehen, trügt: Er liegt in der radikalen **Feindschaft aller gegen alle**. Drei Poster verstärken diese Aussage und lassen diese **lächerlich** und **absurd** erscheinen: Ausgerechnet eine Maus fordert: „Vegetarier raus!“, ein Plakat fordert dasselbe für „Rausschmeisser“, und im Hintergrund sieht man – als Quintessenz der Szene – die Schlussverkauf-Werbung eines Kaufhauses „Alles muss raus“.
An der Mehrzahl der Poster erkennt man, dass die Karikatur auf die **aufgeheizte innenpolitische Situation** nach der **Flüchtlingskrise** von 2015 reagiert. Durch das Gestaltungsmittel der **Übertreibung** entlarvt sie die **selbstzerstörerische Konsequenz** einer von Wut und Empörung bestimmten öffentlichen Auseinandersetzung: Wenn alle genannten Gruppen der Gesellschaft plakativ zur Vertreibung oder Abschaffung des jeweiligen Gegners aufrufen, bleibt kaum jemand übrig, und die **Gesellschaft selbst** ist **am Ende**.

Vergleich mit der Rede

Die Aussage des Karikaturisten **deckt** sich trotz ihrer Zuspitzung weitgehend mit der **Analyse Steinmeiers**, dass öffentliche Debatten oft emotional, konfrontativ und entlang von Lagergrenzen verlaufen, bis hin zur Infragestellung der „Existenzberechtigung des anderen" (Z. 16). Die Rede hält diesem negativen Zerrbild eines offenen Diskurses jedoch die **positiven Ansprüche** an eine **demokratische Debatte** entgegen. Im Kern gehe es um die Bereitschaft der Bürger zum „Dialog mit Andersdenkenen" (Z. 83) und zum „Konflikt ebenso wie zum Kompromiss" (Z. 81), wobei stets nur Annäherungen an das Gemeinwohl erreicht werden können.

Überprüfung von Aussagen der Rede

Diese Haltung gehört zum Leitbild der Demokratie in einer **pluralistischen Gesellschaft**, die neben der **offenen Austragung** von **Meinungsverschiedenheiten** einen Bereich **grundlegender Übereinstimmung** benötigt. Dass Gruppen und Parteien ihre partikularen Interessen in harten Auseinandersetzungen erfolgreich austragen können, benötigt die Bereitschaft zum Kompromiss. Auf diesem Weg hat sich z. B. in der Migrationsfrage die Regierungspolitik seit 2015 schrittweise verändert.

Radikalisierung einzelner Gruppen

An den **Rändern** der **Gesellschaft** und auch in der vermeintlichen Mitte kam es jedoch in den letzten Jahren zu einer **Radikalisierung**, die diesen Konsens über angemessene demokratische Verfahren in Zweifel ziehen. Dass sich kleine Gruppen in „Echokammern" der wechselseitigen Zustimmung und Empörung zurückziehen, bildet den Anlass der Rede Steinmeiers. Dahinter steht ein Wandel der öffentlichen Debatte durch **Internet und soziale Medien**. Sie bieten zwar neue Kommunikationswege und Teilhabechancen, aber erschweren zugleich die **Unterscheidung** von **rationalen Argumenten** und **populistischen Meinungen** bzw. von „echten" und „alternativen" Fakten. Die zahlreichen Verschwörungstheorien in der aktuellen Coronakrise sind ein Beleg dafür.

Verspottung der repräsentativen Demokratie

Indem auch die **repräsentative Demokratie verspottet** wird (vgl. Z. 16 ff.), deren wichtigstes Organ das Parlament darstellt, gerät der zentrale Ort zur Aushandlung von **Kompromissen** in Misskredit. So berechtigt der Hinweis darauf ist, so schwächt doch die Verlagerung von Entscheidungen durch Europäisierung und Globalisierung die **Bedeutung des Bundestags**. Er leidet darunter, dass die Erwartungen der Bürger sich an ihn richten, seine Handlungsmacht aber durch die Bedeutung internationaler Märkte oder ein kompliziertes europäisches Mehrebenensystem beeinträchtigt wird. Man kann hier von „postdemokratischen" Tendenzen sprechen, die die Transparenz und den Entscheidungsspielraum der Institutionen beeinträchtigen.

Mangelnde Debatte im Parlament

Hinzu kommt, dass Konflikte von Politikern bisweilen heruntergespielt und **strittige Entscheidungen** für **alternativlos** erklärt werden. Tatsächlich steigt die Komplexität politischer und gesellschaftlicher Probleme und einfache oder „populistische" Lösungen sind nicht sinnvoll. Oft aber ersetzt die **Herrschaft von Experten** die Entscheidung der Mandatsträger. Auch aufgrund mehrerer Regierungen der Großen Koalition wird Deutschland oft als **Konsensgesellschaft** beschrieben. Dies widerspricht aber grundsätzlich der **Idee** des **Pluralismus**, der **Streit** und **Konflikt** für zwingend **erforderlich** hält. Das Ringen um die beste Lösung setzt Differenzen und Alternativen voraus (vgl. Z. 50 ff.).

Eigenes Urteil

Steinmeiers Verteidigung der Demokratie stimme ich insgesamt zu, da er eindringlich **aktuelle Gefahren** der deutschen Demokratie vor allem im Hinblick auf öffentliche Debatten benennt, aber auch ihre **Stärken** herausstellt. Allerdings sind auch die Politiker selbst, also die Akteure im politischen Entscheidungsprozess, gefragt, wie ich oben angedeutet habe. Vor allem kommt es auf das **lebendige** und **konfliktbewusste** Agieren der Abgeordneten in den **Parlamenten** an.

Hessen ▪ Politik und Wirtschaft ▪ Leistungskurs 2020
Vorschlag B

WETTBEWERBSPOLITIK

Aufgabenstellung

1 Fassen Sie den vorliegenden Text zusammen. (Material 1) (20 BE)

2 „Europas Wohlstand gründet auf Wettbewerb, nicht auf Abschottung." (Material 1) Untersuchen Sie, inwiefern Wettbewerb und offene Märkte für den Wohlstand Europas von Bedeutung sind. (25 BE)

3 Steltzner spricht von einem „holprigen Übergang zu einer multipolaren Weltordnung." (Material 1)
Stellen Sie zwei konkurrierende Theorieansätze internationaler Politik hinsichtlich der Aspekte Frieden und Sicherheit gegenüber. (25 BE)

4 Interpretieren Sie die Karikatur (Material 2) und nehmen Sie vor diesem Hintergrund zu Steltzners Aussage Stellung, dass „Trumps plumper Protektionismus […] eine Gefahr für den Welthandel" (Material 1) ist. (30 BE)

M 1 Holger Steltzner: Europa soll auf Amerika zugehen (2018)

Die Globalisierung ist auf dem Rückzug. Was heißt das für Europa und die neue Bundesregierung? Protektionismus und Nationalismus sind wieder salonfähig. Auch andere Entwicklungen erinnern an die Zeit zwischen den Weltkriegen, als eine Spirale der Protektion den Welthandel zusammenbrechen ließ. Schon damals gab es eine Globalisierungswelle mit revolutionären neuen Techniken. Heute sind es Roboter, Internet und Smartphone. Übrigens brachen schon vor hundert Jahren Millionen Menschen auf, um aus ihrem Elend auszuwandern.

Als hätte die Menschheit nichts aus der Geschichte gelernt, sucht heute wieder eine steigende Zahl von Politikern, Managern und Intellektuellen ihr Heil in der Protektion, weil sie im Welthandel ein Nullsummenspiel sehen. Dabei hat allein China dank der Öffnung der Wirtschaft in nur drei Jahrzehnten 800 Millionen Menschen aus der Armut geholt, ohne dass deswegen alle Amerikaner und Europäer in tiefste Armut gestürzt worden sind. Eine größere Erfolgsgeschichte in der globalen Armutsbekämpfung ist nicht bekannt. Wie also kann man vermeiden, dass die Globalisierung zurückgedreht und der Handelskrieg zu einem normalen Mittel der Politik wird?

Zum Glück verteidigten im Herbst 2008, als die Lehman-Pleite die Weltwirtschaft erschütterte, die G-20-Staaten[1] den Freihandel und verhinderten eine Kernschmelze wie in den dreißiger Jahren des vergangenen Jahrhunderts. Würden sie das heute wieder tun? Das Freund-Feind-Denken ist im Weißen Haus angekommen. Unter Präsident

Trump hätte Amerika wohl die protektionistische Abschottung gewählt, und die anderen G-20-Länder hätten mit Gegenschlägen reagiert.

Natürlich gibt es auch Verlierer der Globalisierung. Politiker müssen mehr tun, um diese besserzustellen. Freihandel heißt jedoch nicht, dass überall dieselben Arbeits-, Umwelt-, Sozialrechte oder Steuern gelten müssen. Wer das will, möchte oft nur Wettbewerb und Entwicklung ausschalten. Das gilt auch für die EU-Kommission, die sich als Freihändler geriert, aber mit Entsenderichtlinie und Sozialunion der Konkurrenz aus Mittelosteuropa den Garaus machen möchte. Auch das ist schleichender Protektionismus. Man kann es nicht laut genug sagen: Europas Wohlstand gründet auf Wettbewerb, nicht auf Abschottung.

Trumps plumper Protektionismus (Zölle mit Verweis auf die nationale Sicherheit) ist eine Gefahr für den Welthandel. Aber auch die Liste mit etwas lächerlichen Gegenschlägen der EU (Orangen, Erdnussbutter und Harleys) ist fragwürdig, weil damit eine Spirale der Abschottung in Gang gesetzt werden kann, von der niemand weiß, wie und wo sie enden wird. Berlin sollte Brüssel zügeln; ein selbstgerechtes Auftreten wie in den Brexit-Verhandlungen könnte nach hinten losgehen, zumal die EU höhere Zölle als Amerika verlangt. Während die Vereinigten Staaten die Hälfte aller Importe zollfrei ins Land lassen, erlaubt die EU das nur für ein Viertel der Einfuhren. Augenfällig sind die Unterschiede beim deutschen Exportschlager: Die EU schlägt auf importierte Autos Zölle von zehn Prozent auf, die Amerikaner nur von 2,5 Prozent.

Moralisches Überlegenheitsgefühl der Europäer ist fehl am Platz, gefragt sind Deeskalation und Realpolitik. Zum Betrachten der Wirklichkeit gehört, dass Europa vom militärischen Schutzschirm der Amerikaner profitiert, sich an den Kosten aber nicht angemessen beteiligt. Viele Europäer nahmen das Gerede von der Friedensdividende wörtlich: für sie stand die Verpflichtung der Nato-Partner, die Verteidigungsausgaben in Richtung zwei Prozent des Bruttoinlandsprodukts zu erhöhen, nur auf dem Papier. Trauriger Beleg hierfür ist der schändliche Zustand der Bundeswehr. In einer Welt voller Konflikte und aggressiver Autokraten sollte Deutschland seine Rüstungsausgaben nicht zögerlich, sondern kräftig erhöhen.

Im holprigen Übergang zu einer multipolaren Weltordnung geht es nicht „allein“ darum, dass ein Handelskrieg den globalen Aufschwung abwürgt. Es droht ein Ausstieg der Vereinigten Staaten aus der liberalen Weltwirtschaftsordnung, deren Werte die Supermacht früher garantierte, selbst wenn gegen die Prinzipien des Freihandels verstoßen wurde. Der Abschied vom liberalen Ideal begann allerdings lange vor Trump. Seit Chinas Beitritt zur Welthandelsorganisation kann diese nicht mehr über den Freihandel wachen, weil die zweitgrößte Wirtschaftsmacht laufend und massiv gegen die Regeln verstößt. Pekings Staatskapitalisten weigern sich, Unternehmen aus Amerika oder Europa dieselben Rechte in China einzuräumen, die sie für sich in Anspruch nehmen, wenn sie etwa Firmen wie den Roboterhersteller Kuka kaufen.

Europa sollte auf Amerika zugehen und gemeinsam Reziprozität[2] von China verlangen. China ist übrigens auch Auslöser des Stahlstreits. Ohne die hohen Subventionen für Chinas Staatsmonopole gäbe es die globale Stahlschwemme nicht. Die richtige Antwort wäre jetzt ein transatlantischer Schulterschluss analog zum gerade beschlossenen transpazifischen Freihandelspakt unter Führung Japans. Der Westen sollte geschlossen für Freihandel und seine Gesellschafts- und Wirtschaftsmodelle kämpfen.

Holger Steltzner: Europa sollte auf Amerika zugehen, FAZ vom 22.03.2018, https://www.faz.net/aktuell/wirtschaft/kommentar-europa-sollte-im-handelsstreit-auf-amerika-zugehen-15506055.html © Alle Rechte vorbehalten. Frankfurter Allgemeine Zeitung GmbH, Frankfurt. Zur Verfügung gestellt vom Frankfurter Allgemeine Archiv

Anmerkung

1 G20 – Gruppe der 20 wichtigsten Industrie- und Schwellenländer
2 Reziprozität – Wechselseitigkeit

M 2 Paolo Calleri: Ausbootung (2018)

© Paolo Calleri/toonpool.com

Lösungsvorschlag

Unterrichtsinhalte:
Themenfeld: Nachhaltiges Wachstum und fairer Wettbewerb – Herausforderungen wirtschaftlicher Ordnungspolitik (Q 2.2.), insbesondere:
- Wettbewerb in unterschiedlichen Marktformen
- wirtschaftliche Konzentrationsprozesse
- Wettbewerbspolitik der Europäischen Union

Kursübergreifende Bezüge:
- Strukturwandel der Weltwirtschaft als Herausforderung ökonomischer Globalisierung (Q 3.2 Politische Gestaltung der Weltwirtschaftsordnung)
- Internationale Konflikte und Globalisierung der Staatenwelt (Q 3.1. Theorien der internationalen Politik)

1 **TIPP** *Anforderungsbereich: I*

Ausgehend von einem Einleitungssatz, in dem Sie Textquelle, Textart und Autor nennen, fassen Sie die den vorliegenden Text in eigenen Worten unter Verwendung fachsprachlicher Begriffe zusammen. Verdeutlichen Sie Ihre Distanz zum Text, indem Sie den Konjunktiv verwenden oder entsprechende sprachliche Signale einsetzen. Beachten Sie Hinweise auf die Textart in der Quellenangabe.

Quelle

Der Text von Holger Steltzner wurde unter dem Titel „Europa soll auf Amerika zugehen" am 22. 03. 2018 in der Frankfurter Allgemeinen Zeitung veröffentlicht. Der Verfasser kommentiert unter dem Eindruck zunehmender protektionistischer Tendenzen im **Welthandel** seitens der USA und China kritisch die Frage, wie Europa und Deutschland auf diese Entwicklungen reagieren sollen. Steltzner sieht es als dringend notwendig an, zu verhindern, dass **Handelskriege** als politisches Instrument zur Normalität werden.

zentrales Thema des Kommentars

Protektionistische und nationalistische Tendenzen, so Steltzners Ausgangsthese, würden dazu beitragen, dass die **Globalisierung** sich auf dem Rückzug befinde (vgl. Z. 1). Offenbar habe man aus der Zeit zwischen dem Ersten und Zweiten Weltkrieg nichts gelernt: Auch damals habe **protektionistische Handelspolitik** den **Welthandel einbrechen** lassen (vgl. Z. 3 ff.).

Protektionismus und Nationalismus schaden dem Welthandel

Nach Ansicht des Autors haben **Globalisierung** und **Freihandel** für eine Vermehrung des **Wohlstands** auf der ganzen Welt gesorgt. Als Beleg nennt Steltzner China. Hier sei es gelungen, in relativ kurzer Zeit viele Menschen durch die Öffnung der Märkte aus der Armut zu bringen (vgl. Z. 10 ff.).

Freihandel als Garant für Wohlstand

Zwar gebe es zweifelsohne auch **Globalisierungsverlierer**, für eine Verbesserung der Rechte im Bereich von Arbeit und Umwelt sowie

Globalisierungsverlierer

der Sozialstandards müssten Politiker eintreten. Dies heiße jedoch nicht, dass überall die **gleichen Standards oder Steuern** gelten müssten, denn Konkurrenz sei für den internationalen **Wettbewerb** unbedingt notwendig (vgl. Z. 22 ff.). So verfolge die EU mit der vordergründig als Mittel zur Gleichstellung geforderte Entsenderichtlinie eigentlich nur das Ziel, die Konkurrenz aus Osteuropa auszuhebeln (vgl. Z. 25 ff.).

Freihandel bedeutet nicht Gleichmacherei

Auch wenn Trumps „plumper **Protektionismus**" (Z. 30) den **freien Welthandel bedrohe**, dürfe die EU nicht der Versuchung erliegen, durch spontane Gegenmaßnahmen eine „Spirale der Abschottung" (Z. 33) anzustoßen. Hier müsse man auch im Blick behalten, dass die EU insgesamt mehr Zölle erhebe als die USA (vgl. Z. 35 f.).

Protektionismus der USA bedroht den freien Welthandel

Außerdem könne die **Handelspolitik** gegenüber den USA nicht isoliert von der Situation der **internationalen Beziehungen** betrachtet werden. Europa habe sich viele Jahrzehnte lang unter den militärischen Schutz der USA gestellt (vgl. Z. 41 f.). Auch Deutschland erfülle mit seinen Rüstungsausgaben nicht das angestrebte Ziel der NATO (vgl. Z. 43 ff.). Auf dem Spiel stehe, so Steltzner, nicht nur der freie Welthandel, sondern auch ein Ausstieg der USA aus einem **gemeinsamen Wertesystem**, das es auf dem Weg in eine **multipolare Weltordnung** zu verteidigen gelte (vgl. Z. 49 ff.).

Handelspolitik beeinflusst internationale Beziehungen

USA beschützen Europa noch

Allerdings sei die **liberale Weltwirtschaftsordnung** schon lange vor Trumps Hinwendung zum Protektionismus durch China infrage gestellt worden. Trotz des Eintritts Chinas in die **WTO** verfolge das Land einen überwiegend einseitigen Freihandel, indem es sich selbst – zum Beispiel in Bezug auf **Auslandsinvestitionen** – mehr Rechte einräume als seinen Handelspartnern (vgl. Z. 53 ff.) und seinen Unternehmen durch **staatliche Subventionen Wettbewerbsvorteile** verschaffe (vgl. Z. 60 f.).

Ambivalente Handelspolitik Chinas

Subventionen untergraben das Ideal der freien Wirtschaftsordnung

Steltzer kommt zu dem Schluss, dass die europäische Politik **deeskalierend** reagieren müsse. Europa sollte sich gemeinsam mit den USA für eine **Verteidigung des Freihandels** gegenüber China einsetzen (vgl. Z. 59 f.). Gleichzeitig sollte „[d]er Westen" (Z. 63) gemeinsam und entschlossen für seine **Gesellschaftssysteme** und die **Freiheitsrechte** eintreten (vgl. Z. 63 f.).

Fazit:
Deeskalation und Eintreten für westliche Werte

2 **TIPP** *Anforderungsbereich: II*

Machen Sie sich zunächst klar, was der Operator „untersuchen" bedeutet: „Sachverhalte unter bestimmten Aspekten betrachten und belegen". Sie sollen sich damit befassen, inwieweit die Existenz von Wettbewerb und offenen Märkten (Aspekte) für den Wohlstand in Europa (Sachverhalt) wichtig sind. Belegen Sie Ihre Annahmen mit Beispielen, die Sie im Unterricht besprochen haben und orientieren Sie sich – sofern möglich – auch an M 1.

In einer **freien Marktwirtschaft** ist der **Wettbewerb** das zentrale **Koordinationsprinzip**. Freier Wettbewerb bedeutet, dass Unternehmen frei entscheiden können, was sie produzieren wollen und zu welchem Preis sie ihre Güter verkaufen möchten. Umgekehrt entscheidet auch der Konsument frei darüber, welche Güter er von welchem Anbieter erwirbt. Der Einsatz vorhandener Ressourcen und die Verteilung der Güter auf dem Markt werden durch das **Wettbewerbsprinzip** optimiert.

Wettbewerb als Koordinationsprinzip der Marktwirtschaf

Damit der **Marktmechanismus** im Binnenmarkt der EU effizient funktioniert, wacht die EU-Kommission über die Einhaltung der Wettbewerbsregeln.

EU-Kommission wacht über Wettbewerb

Das europäische Kartellrecht sieht Maßnahmen (z. B. hohe Geldstrafen) gegen **Wettbewerbsverzerrung** vor. Wettbewerbswidrige Preis- oder Absatzabsprachen, nicht zulässige staatliche **Subventionen** oder Sondersteuern sollen so verhindert werden. Die **Fusionskontrolle** garantiert, dass Zusammenschlüsse großer Unternehmen durch die EU-Kommission genehmigt werden müssen. So wird versucht, eine **Monopolbildung** zu verhindern. Zu den Instrumenten, die den freien Wettbewerb verbessern, gehört auch die Harmonisierung von Vorschriften in Recht und Verwaltung innerhalb der EU.

Wettbewerbsverzerrung durch Fusionskontrolle verhindern

In der Theorie der Marktwirtschaft geht man davon aus, dass Wettbewerb den Wohlstand fördert. Dies ist auch die Aussage von Holger Steltzner in seinem Kommentar (M 1). Am Beispiel der EU lässt sich zeigen, dass diese Annahme zwar im Prinzip richtig ist. Allerdings kann das Wettbewerbsprinzip auch Nachteile mit sich bringen.

Vor- und Nachteile des Wettbewerbs

Innerhalb der EU wird der freie Wettbewerb durch die Freiheiten des **gemeinsamen Binnenmarkts** garantiert.

Wettbewerb im EU-Binnenmarkt

Der **freie Personenverkehr** erlaubt z. B. Arbeitnehmern, die Bürger der EU sind, sich in einem beliebigen EU-Staat niederzulassen und eine Arbeit aufzunehmen. Sie können theoretisch also dort arbeiten, wo sie am meisten verdienen. In der Praxis (zum Beispiel auf dem Bau, in der Logistik, in der Landwirtschaft) gibt es jedoch viele Arbeitskräfte, die von Unternehmen aus anderen EU-Staaten „entsendet" werden und für niedrigere Löhne arbeiten als inländische

Freier Personenverkehr

Arbeitnehmer, diesen also eventuell sogar Arbeitsplätze wegnehmen. Die in M 1 genannten Bestrebungen der EU, dies durch eine Änderung der Entsenderichtlinie zu verhindern, zeigen die Zweideutigkeit des Wettbewerbsprinzips.

Der **freie Dienstleistungsverkehr** ermöglicht Wettbewerb auch über Staatsgrenzen hinweg. Unternehmen werden durch die entstehende Konkurrenz zu Innovationen gezwungen, was Verbrauchern ein vielfältiges Angebot bietet. Die Preise werden günstiger, was zu einer erhöhten Kaufkraft der Nachfrageseite führt.

Freier Dienstleistungsverkehr

Innerhalb der EU ermöglicht der **freie Warenverkehr** zollfreien Handel ohne Importbeschränkungen. Normen und Vorschriften sind weitgehend harmonisiert und auch die Steuern wurden immer mehr angeglichen. Der freie Handel bietet den Unternehmen einen großen **Absatzmarkt**. Davon profitiert vor allem die deutsche Wirtschaft, denn ein Großteil der deutschen Exporte verbleibt in der EU. Allerdings gibt es in Europa auch Staaten bzw. Regionen, die nicht in diesem Ausmaß vom Wettbewerb profitieren.

Freier Warenverkehr

Profit durch Export

Länder wie Griechenland, Italien, Portugal und Spanien haben zwar insgesamt einen Wohlstandszuwachs erfahren, dennoch gibt es innerhalb der EU ein starkes „**Nord-Süd-Gefälle**", das vor allem während der Finanzkrise deutlich erkennbar wurde. Und ein Argument der Briten für den mittlerweile vollzogenen Brexit ist, dass man im Alleingang viel profitablere Handelsabkommen abschließen könne und ohne die Regelungsmechanismen der EU viel ertragreicher wirtschaften könne. Zwischen den europäischen Staaten entsteht ein **Wettbewerbsdruck**, weil Unternehmen sich da niederlassen können, wo sie die besten Bedingungen vorfinden. Dies ist aus Sicht der Unternehmen vor allem wegen der in Europa nicht einheitlichen Löhne und Sozialstandards von Vorteil. Geringere Löhne und Sozialstandards bedeuten, dass sie billiger produzieren und ihren Gewinn maximieren können. Durch die Verlagerung von Produktionsstandorten zum Beispiel nach Osteuropa können allerding im Westen **Arbeitsplätze** verloren gehen, was zu **Wohlstandsverlusten** führt.

Nord-Süd-Gefälle: Wachstum unterschiedlich

Wettbewerbsdruck sorgt für niedrige Preise

Arbeitsplatzverluste durch Standortverlagerungen

Es lässt sich erkennen, das ein Fokus auf freien Wettbewerb alleine noch nicht zwingend zu mehr Wohlstand führt. Daher ist es wichtig, die Marktwirtschaft sozial abzufedern, also eine **soziale Marktwirtschaft** zu etablieren. Folglich hat nicht nur, wie Steltzner behauptet, der Wettbewerb zu Europas Wohlstand geführt, sondern das Zusammenspiel aus **wirtschaftlicher Freiheit** (gemeinsamer Binnenmarkt) und **sozialstaatlicher Politik**.

Soziale Marktwirtschaft als Grundlage von Wohlstand

3 **TIPP** *Anforderungsbereich: I und II mit Schwerpunkt auf AFB II*

Der Operator „gegenüberstellen" erfordert in dieser Aufgabenstellung einen Vergleich. Sie haben die Auswahl aus drei Theorien (Institutionalismus, Liberalismus, Realismus) und sollen zwei davon hinsichtlich ihrer Aussagen über Frieden und Sicherheit einander gegenüberstellen. Verdeutlichen Sie Unterschiede und Gemeinsamkeiten in den Erklärungsansätzen. Ihre persönliche Einschätzung, welche Theorie einen „besseren" Erklärungsansatz bietet, ist nicht gefordert. Beschränken Sie sich daher auf eine sachliche und objektive Darstellungsweise.

Mit seiner Aussage, der Übergang zu einer multipolaren Weltordnung sei „holprig" (Z. 49), meint Holger Steltzner, dass die **Neuordnung der Staatenwelt** seit dem Ende des Ost-West-Konfliktes nicht reibungslos verlaufe. Die Welt sei „voller Konflikte und aggressiver Autokraten" (Z. 47). Tatsächlich ist die Zahl der **Kriege** und bewaffneten **Konflikte** in der Welt hoch und unübersichtlich und der Weltfrieden erscheint als ein unerreichbares Ziel. Wie kann man angesichts einer Vielzahl von Akteuren, die in der Weltpolitik „mitmischen", Frieden und Sicherheit herstellen? Welche theoretischen Erklärungsansätze helfen, die Entwicklungen in den internationalen Beziehungen zu verstehen?

Die Welt ist unsicherer geworden

In der Theorie der internationalen Politik gibt es drei große Theorieschulen, die sich mit diesen Fragen beschäftigen und Erklärungsansätze liefern. Im folgenden werden Realismus und Liberalismus bezüglich ihre Aussagen zu Sicherheit und Frieden verglichen.

Theorien als Erklärungshilfe

Die Theorie des **Realismus** geht davon aus, dass Staaten nach dem Prinzip der Selbsthilfe egoistisch handeln. Jeder Staat will seine Interessen in einer **anarchischen Staatenwelt** so weit wie möglich gegenüber anderen Staaten durchsetzen. Dazu ist der Erwerb von Macht erforderlich. „Macht" bedeutet in einer globalisierten Welt nicht nur militärische Macht, sondern auch wirtschaftliche Macht. Die in M 1 angesprochenen **Handelskriege** (vgl. Z. 3 f.) sind ein Beispiel dafür. Verfolgen alle Staaten das **Prinzip der Selbsthilfe**, sind Konflikte und Kriege wahrscheinlich. Staaten bedrohen sich gegenseitig mit **wirtschaftlichen Sanktionen** und Einschränkungen, wie dies zwischen den USA und China zu beobachten ist (vgl. Z. 54 ff.). In militärischer Hinsicht bedeutet Stärke **Aufrüstung**, die zur Verunsicherung potenzieller Gegner führt und eine Aufrüstungsspirale in Gang setzen kann. Dieser Abschreckungsmechanismus kann zwar Stabilität bringen, widerspricht aber den Bedürfnissen einer globalisierten Welt. Ein Beispiel hierfür sind der andauernde Disput zwischen Nordkorea und den USA oder die Auseinandersetzungen über das iranische Atomprogramm, aber auch der Ausstieg der USA aus dem INF-Vertrag.

Realismus: Anarchie der Staatenwelt

Selbsthilfe: Konflikte, Handelskriege, Aufrüstung

Der **Liberalismus** kann als Gegenmodell zum Realismus betrachtet werden. Er unterstellt, dass vor allem demokratische Staaten mit einer entsprechenden politischen Kultur grundsätzlich eine **Kooperation** anstreben. Ausgehend von einem vernunftbasierten Menschenbild kommen Staaten nach dieser Theorie zu der Erkenntnis, dass der Nutzen durch Zusammenarbeit höher ist als durch kriegerische Auseinandersetzungen. Frieden und Sicherheit sind am ehesten durch die Aufnahme diplomatischer Beziehungen, den Abschluss von Verträgen, gemeinsamen Handel und das Verbreiten freiheitlicher Werte (vgl. Z. 51, 64) zu erreichen. Die Existenz **internationaler Organisationen** mit zum Teil weitreichendem Handlungsspielraum (**UN**, **WTO**, **EU**), aber auch eine Vielzahl internationaler Verträge (**NATO**, **Rüstungskontrollabkommen**) lässt sich mit der Theorie des Liberalismus erklären.

Liberalismus: vernünftige Staaten arbeiten zusammen

Kooperation als Ausdruck gemeinsamer Wertesysteme

Anstelle von Realismus oder Liberalismus könnte auch der Institutionalismus ausgewählt werden:
Auch der **Institutionalismus** bietet einen Erklärungsansatz für kooperatives Verhalten von Staaten in einer **anarchischen Staatenwelt**. Dies geschieht zum Beispiel in Form von internationalen Institutionen oder Rüstungskontrollvereinbarungen. Die Staaten gehen davon aus, dass Institutionen mit ihren Regeln und Überwachungsmechanismen asymmetrische Machtstrukturen verhindern. Die Bereitschaft, Institutionen für die Herstellung von Frieden und Sicherheit zu nutzen, wird nach dem Institutionalismus allerdings weniger durch einen **Wertebezug** als vielmehr durch ein rationales **Kosten-Nutzen-Kalkül** begründet. Nicht der Wert der Zusammenarbeit an sich, sondern der daraus entstehende Nutzen steht im Mittelpunkt. Obwohl der Institutionalismus das gleiche Ziel wie der Liberalismus, nämlich kooperatives Verhalten der Staaten zur Friedenssicherung, anstrebt, steht er dieser Theorie insofern gegenüber, als er eine grundlegend andere Motivation für das Erreichen des Ziels formuliert.

Institutionalismus: Anarchie der Staatenwelt

Kosten-Nutzen-Abwägung

4 **TIPP** *Anforderungsbereich: II und III mit Schwerpunkt auf AFB III*

Diese Aufgabe verlangt von Ihnen zwei Arbeitsschritte. Sie interpretieren eine Karikatur (Schritt 1) und setzen diese anschließend in Form einer Stellungnahme in Bezug zu einem Zitat aus M 1 (Schritt 2). Mit der Stellungnahme haben Sie die Möglichkeit, die protektionistischen Absichten des amerikanischen Präsidenten kritisch zu beurteilen. In der hier als Musterlösung vorliegenden Stellungnahme wird die Aussage Steltzners unterstützt. Natürlich kann Ihre Meinung eine andere sein. Argumentieren Sie auf jeden Fall sachlich und begründen Sie Ihre Position möglichst mithilfe von Beispielen, die Sie im Unterricht besprochen haben.

Die unter dem Titel „Ausbootung" im Jahr 2018 auf dem Portal toonpool.com veröffentlichte **Karikatur von Paolo Calleri** zeigt Donald Trump alleine in einem kleinen Boot auf dem Meer. Das Boot ist mit der US-Flagge bemalt. Der mit der Aufschrift „Freihandel" versehene Außenbordmotor treibt in einigem Abstand auf dem Wasser, er wurde offenbar von Trump mit einer Brechstange herausgebrochen, die dieser nun über der Schulter hängen hat. Den fehlenden Antrieb versucht Trump durch Pusten in die Luft oder Spucken in die Hände zu ersetzen, er motiviert sich mit einem optimistischen und unverdrossenen „Auf geht's". Trump hat den Freihandel spontan „über Bord geworfen", er hat (so die eigentliche Bedeutung des Begriffs „Ausbootung") im kleinen Boot das sichere Schiff des Freihandels verlassen, ohne die äußeren Umstände oder eventuelle Konsequenzen zu überdenken. Der Zeichner nimmt eine **kritische Haltung** zu Trumps Handelspolitik ein und verdeutlicht, dass nun der Antrieb fehlen wird. Die USA werden zu einem Spielball der Naturgewalten und sind von Trump auch im übertragenen Sinn „ausgebootet", also aus dem Rennen genommen worden.

Beschreibung und Deutung der Karikatur

Holger Steltzner bezeichnet Trumps **Protektionismus**, der mit dem Slogan „America First" verbunden wurde, als „plump" und er sieht darin eine „Gefahr für den **Welthandel**" (Z. 30 f.). Ein freier Handel, dies führt Steltzner zu Beginn seines Artikels mit Verweis auf die Große Depression in den 30er-Jahren des 20. Jahrhunderts an, trägt zum Frieden zwischen den Ländern bei und sorgt für Wohlstand (vgl. Z. 13 f.). Ein **Risiko** protektionistischer Handelspolitik besteht darin, dass Handelsbeschränkungen Gegenmaßnahmen des betroffenen Handelspartners bewirken. Tarifäre Handelsbeschränkungen in Form von Zöllen verteuern Güter, verringern möglicherweise den Absatz und führen so zu Verlusten auf beiden Seiten. Für Deutschland als Exportnation wäre eine Abkehr vom **Freihandel** wirtschaftlich fatal, hier hängen viele Arbeitskräfte vom Export ab. Außerdem sind viele Unternehmen, zum Beispiel in der Automobilbranche oder in der Chemie, von internationalen Lieferketten abhängig und könnten ihre Produkte in einer Welt mit Handelsbeschränkungen kaum noch produzieren. Befürworter des Protektionismus argumentieren dagegen, dass durch **Zölle** oder durch nicht-tarifäre Handelbeschränkungen die **heimische Wirtschaft und somit auch Arbeitsplätze** geschützt werden. Außerdem nehme man durch Zölle ja Geld ein. Diese Begründung ist auf den ersten Blick zwar nachvollziehbar. Allerdings können unter Umständen die Nachteile überwiegen. Die von China als **Gegenreaktion** auf amerikanische Importzölle für Stahl, Technologieprodukte und Maschinen eingeführten Zölle für amerikanische Sojabohnen in Höhe von 25 % führten dazu, dass amerikanischen Farmern die Absatzmärkte einbrachen und Bran-

Bezug auf das Zitat

Risiken des Protektionismus

Nachteile für Exportnationen

Nachteile für Unternehmen

Vorteil: Schutz der eigenen Wirtschaft

Einnahmen durch Zölle

Schmerzhafte Gegenreaktionen

chenverbände gegen Trump protestierten. Der Schutz der einheimischen Wirtschaft durch Abgrenzung kann vorübergehend manchmal sinnvoll sein, um junge Unternehmen zum Beispiel in Entwicklungsländern zu stärken. Auf Dauer wird so jedoch **Innovation und echter Wettbewerb** verhindert und der Freihandel ist in Gefahr.

Weniger Innovation und Wettbewerb

Das weltweite Bekenntnis zum **Freihandel**, das sich in der Mitgliedschaft der meisten Staaten in der **WTO** zeigt, wird durch einseitige protektionistische Aktionen infrage gestellt. **Internationale Wirtschaftsbeziehungen sind immer auch politische Beziehungen**. Diese können sich durch Handelskriege verschlechtern und zu politischen Konflikten führen. Bestehende Konflikte können eskalieren – das in der Handelspolitik derzeit verwendete „Kriegsvokabular" verdeutlicht dies auf erschreckende Weise.

Meiner Ansicht nach kann es bei **Handelskriegen keine Gewinner** geben und eine Politik der Abschottung ist immer auch mit der Hinwendung zum **Nationalismus** verbunden. Trumps „plumper Protektionismus" (Z. 30) wird den Welthandel nicht zum Einsturz führen. Sollten aber andere Länder nachziehen, ist der Wohlstand vieler Menschen in Gefahr, ganz gleich, auf welchem Niveau sich dieser befindet.

Fazit: Handelskriege kennen keine Gewinner

Hessen ▪ Politik und Wirtschaft ▪ Leistungskurs 2020
Vorschlag C

CHINA UND DIE NEUE GEOÖKONOMIE

Aufgabenstellung

1 Fassen Sie den vorliegenden Text zusammen. (Material) (25 BE)

2 Untersuchen Sie ausgehend vom Text, inwiefern der Prozess der Globalisierung Staaten abhängiger voneinander und „verwundbarer für den Einsatz wirtschaftlicher Machtmittel macht“. (25 BE)

3 Stellen Sie Ziele und Instrumente europäischer Wettbewerbspolitik dar. (20 BE)

4 Diskutieren Sie anknüpfend an Mairs Aussagen, ob Deutschland seine wirtschaftliche Stärke intensiver zur Durchsetzung seiner außenpolitischen Interessen – z. B. gegenüber China oder bei der „Aushandlung von Freihandelsabkommen“ (Material) – nutzen sollte. (30 BE)

M **Stefan Mair: Unternehmen Außenpolitik (2019)**

Die Krise des Multilateralismus und das Wiedererstarken der Großmachtpolitik haben die Aufmerksamkeit auf einen zwar nicht neuen, lange Zeit aber vernachlässigten Ansatz zur Erklärung internationaler Beziehungen gelenkt: die Geoökonomie. Der Begriff beinhaltet zwei Aspekte: zum einen den Einsatz politischer Mittel, um wirtschaftliche Ziele zu erreichen. Das umfasst die klassischen Mittel der Außenwirtschaftspolitik wie Handels- und Investitionsabkommen, staatliche Außenwirtschaftsförderung wie Exportkreditversicherung und Delegationsreisen, aber auch immer öfter staatliche Eingriffe zur Rohstoffsicherung. Zum anderen den Einsatz wirtschaftlicher Mittel, um politische Ziele zu erreichen: Kontrolle von Märkten, Handelsüberschüssen und Währungsreserven, strategische Investitionen, Wirtschaftssanktionen. […]

Was ist also neu und macht Geoökonomie derzeit besonders bedeutsam? Dreierlei: Erstens wächst die Bedeutung der Wirtschaftskraft als Machtfaktor deutlich gegenüber anderen Faktoren. Dies ist zum einen darauf zurückzuführen, dass der Einsatz oder gar nur die Androhung militärischer Gewalt in vielen Staaten, vor allem aber in westlichen Demokratien, deutlich an gesellschaftlicher Akzeptanz verloren hat. Wirtschaftlicher Druck gerät deshalb immer mehr zur einzigen verbleibenden Zuflucht, wenn Diplomatie versagt. Zum anderen ist aufgrund der modernen Medien wirtschaftlicher Erfolg sichtbarer, die Soft Power erfolgreicher Staaten größer.

Zweitens haben der beschleunigte Prozess der Globalisierung, die damit verbundene Herausbildung globaler Wertschöpfungsketten und die Verdichtung internationaler Finanzströme Staaten verwundbarer für den Einsatz wirtschaftlicher Machtmittel gemacht. Sanktionen können heute zielgerichteter eingesetzt werden, ihr Schaden kann weitaus größer sein als je zuvor. Gleichzeitig sind auch die Anreize zu wirtschaftlicher Kooperation stärker. Freihandels- und Assoziierungsabkommen sind beispielsweise für die EU entscheidende Mittel, um andere Staaten an die Union zu binden und die eigenen Regeln durchzusetzen.

Drittens gibt es seit einigen Jahren einen sehr machtvollen Staat, der Geoökonomie zum Anker seines strategischen Vorgehens macht: China bindet andere Staaten durch Rohstoffabkommen und große Infrastrukturprojekte an sich, schafft dadurch im ersten Zug wirtschaftliche Abhängigkeiten, die sich in weiteren Schritten politisch instrumentalisieren lassen. Mit der „Belt and Road Initiative" (BRI)[1] hebt es diese Anstrengungen auf ein neues Niveau. Das Projekt sieht die Schaffung von sechs eurasischen Landkorridoren und einer maritimen Seidenstraße vor. Es umfasst dabei 65 Staaten Asiens, Europas und Afrikas, die 62 Prozent der Weltbevölkerung aufweisen. Kalkuliert wird mit einer Investitionssumme von mehr als einer Billion Dollar. […]

Auch die Verfügungsgewalt über strategische Rohstoffe wird sich ändern. Sollte es gelingen, fossile Energieträger immer mehr durch erneuerbare Energien und Kernkraft zu substituieren, dürfte dies die wirtschaftliche Macht von Ländern wie Russland und Saudi-Arabien deutlich mindern. Allerdings könnten andererseits die Staaten Nordafrikas, des Sahels und auch der Arabischen Halbinsel von einem Ausbau der Solarenergie profitieren und einen Bedeutungszuwachs erfahren. Aber auch die Verfügungsgewalt über andere strategische Rohstoffe könnte ein wichtiger Machtfaktor werden. Aufgrund der derzeitigen technologischen Entwicklungen zählen hierzu vor allem seltene Erden, Lithium, Kupfer und Kobalt. China hat sich bei deren Kontrolle einen erheblichen Startvorteil erarbeitet.

Noch wichtiger als die Kontrolle über Rohstoffe wird in den kommenden Jahren die Fähigkeit zu technologischer Innovation als Faktor wirtschaftlicher Stärke. Auch hier drohen die Länder Europas aufgrund unzureichender Investitionen in Forschung und Entwicklung sowie fehlender Fachkräfte an Boden zu verlieren. Wer künftig Schlüsseltechnologien kontrolliert, wird sie nicht nur mittelbar zur Ausübung wirtschaftlicher Macht verwenden können, indem er beispielsweise die wirtschaftliche Entwicklung anderer Länder durch das Vorenthalten dieser Technologien behindern kann – ein Ansatz, der gerade in den USA viele Unterstützer findet. Er wird sie auch direkt zur Schädigung anderer Länder in Form von Cyber-Attacken oder zumindest zu deren Bedrohung einsetzen können. In wenigen Jahren sind Szenarien der Kriegführung denkbar, in denen voll automatisierte Drohnen und Roboter die Konflikte austragen.

Ein wirtschaftlicher Faktor zur Ausübung von Macht wird häufig vernachlässigt: die Fähigkeit, international Standards und Normen durchzusetzen. In der Vergangenheit war es vor allem das Zusammenspiel von USA und EU, das Standards universelle Gültigkeit verliehen hat. Diese privilegierte Position ist durch zwei Entwicklungen bedroht: zum einen durch die Infragestellung multilateraler Abstimmungsprozesse durch die Trump-Regierung, zum anderen hat mittlerweile auch China die Bedeutung der internationalen Durchsetzung von eigenen Standards als zentrales Element wirtschaftlicher und politischer Einflussnahme entdeckt. Es gibt Stimmen, die die Standardsetzung als das zentrale Element des Projekts „Neue Seidenstraße" erachten. […]

Bei aller wirtschaftlichen Stärke ist Deutschland selbst zu klein, um diesem Druck standzuhalten. Der Rückhalt durch den EU-Binnenmarkt und das Agieren im europäischen Verbund sind Voraussetzungen dafür, dass bestehende Abhängigkeiten nicht allzu einseitig werden, also durch Interdependenzverhältnisse gemindert werden. Schließlich wird gerade der EU zugeschrieben, dass sie die eigentliche regulatorische Macht der Zukunft sein könnte. Ihre Erfahrung in diesem Bereich, ihre Fähigkeit, durch Abstimmungsprozesse mit 28 Mitgliedern regulatorische Harmonisierung herbeizuführen, prädestiniert sie geradezu, in diesem Feld eine Vorrangstellung einzunehmen. Deshalb müssen auch deutsche Anstrengungen, wirtschaftliche Stärke zu einer strategischen Währung in zwischenstaatlichen Beziehungen zu machen, in einen europäischen Kontext gestellt werden.

Dem ist jedoch ein Dilemma vorgeschaltet: Deutschlands wirtschaftliche Stärke resultierte in den vergangenen zehn Jahren gerade daraus, dass deutsche Politik darauf verzichtete, die Wirtschaft durch staatliche Vorgaben und Eingriffe zum Objekt beziehungsweise Instrument ihrer Außen- und Sicherheitspolitik zu machen. Freihandelsabkommen wurden primär aufgrund einer wirtschaftlichen Ratio vorangetrieben; die Außenwirtschaftsförderung diente vorrangig privatwirtschaftlichen Zwecken, Unternehmen wurden nicht angehalten, in bestimmten Ländern zu investieren oder sich aus anderen zurückzuziehen. Die Frage ist also, ob Deutschland seine wirtschaftliche Stärke in geoökonomischen Strategien nutzen kann, ohne ebenjene Stärke zu unterminieren. Soll beispielsweise die Aushandlung von Freihandelsabkommen überwiegend einer politischen oder einer wirtschaftlichen Ratio folgen? Soll die Bundesregierung die Beteiligung von deutschen Unternehmen an der BRI politisch flankieren, um wirtschaftlichen Nutzen daraus zu ziehen, oder aufgrund geoökonomischer Überlegungen Strategien gegen eine wirtschaftliche Erschließung Eurasiens durch China vorantreiben?

Stefan Mair: Unternehmen Außenpolitik, in: Internationale Politik 2, (Heft 3/4) 2019, S. 39–45

Hinweis
Dr. Stefan Mair ist Mitglied der Hauptgeschäftsführung des Bundesverbands der Deutschen Industrie.

Anmerkung

1 Die „Belt and Road Initiative" bündelt seit 2013 die Interessen und Ziele der Volksrepublik China zum Auf- und Ausbau interkontinentaler Handels- und Infrastrukturnetze zwischen China und über 60 weiteren Ländern Afrikas, Europas und Asiens („Eurasien"). Sie wird auch als Initiative „Neue Seidenstraße" bezeichnet.

Lösungsvorschlag

Unterrichtsinhalte:

- Q 3: Strukturwandel der Weltwirtschaft als Herausforderung ökonomischer Globalisierung, insbesondere Überblick über Entgrenzung und Verflechtung von Nationalökonomien hinsichtlich Außenhandel, Freihandelszonen und Binnenmärkten, Währungsräumen und Währungssystemen, Kapitalmärkten, Arbeit und damit verbundene Chancen und Risiken
- Q 2: Nachhaltiges Wachstum und fairer Wettbewerb – Herausforderungen wirtschaftlicher Ordnungspolitik, insbesondere Wettbewerbsfähigkeit von Staaten und Regionen im europäischen Binnenmarkt und Wettbewerbspolitik der europäischen Union.

1 **TIPP** *Anforderungsbereich: I*

Die Zusammenfassung leiten Sie ein, indem Sie die Quelle, den Autor und die Kernaussage vorstellen. Legen Sie in eigenen Worten und ohne Wertungen die wichtigsten Aussagen in strukturierter Form dar. Konjunktiv und analytische Wendungen („Der Autor untersucht/ fragt/ plädiert abschließend …") zeigen die erforderliche Distanz zum Text. Textbelege mit direkten Zitaten sollten Sie auf Schlüsselbegriffe beschränken.

Quelle, Thema

Unter der Überschrift „Unternehmen Außenpolitik" untersucht Stefan Mair in seinem in der Zeitschrift „Internationale Politik" 2, Heft 3/4 2019 erschienenen Aufsatz die wachsende Bedeutung einer **geoökonomischen Machtpolitik** in den internationalen Beziehungen, die aus zwei Aspekten besteht; einerseits sollen politische Ziele mit wirtschaftlichen Instrumenten erreicht werden, andererseits wirtschaftliche Ziele mit politischen Instrumenten. Der Autor möchte mit seinem Artikel zur Klärung der außenpolitischen Strategie Deutschlands beitragen.

Fragestellung

Geoökonomische Machtfaktoren

Militärisches oder diplomatisches Vorgehen verliere gegenüber dem neuen Ansatz an Bedeutung (vgl. Z. 11 ff.). Mair sieht hierfür mehrere Gründe.

Militärische Gewalt habe in den letzten Jahren deutlich an **Akzeptanz** in der **Bevölkerung verloren**, schon deren Androhung sei, vor allem in westlichen Demokratien, kaum mehr vermittelbar (vgl. Z. 12 ff.).

Prozess der Globalisierung

Weiterhin ermögliche die **Globalisierung von Wertschöpfungsketten und Finanzströmen** den erfolgreichen Einsatz wirtschaftlicher Macht. Dies erhöhe einerseits die Verwundbarkeit eines Staates, z. B. durch Sanktionen (vgl. Z. 19 ff.), andererseits ließen sich Handelserleichterungen als Anreiz zur Kooperation nutzen (vgl. Z. 23 ff.).

Außerdem verfolge die Großmacht **China** erfolgreich eine geoökonomische Strategie, indem sie durch **Rohstoffabkommen und Infrastrukturprojekte** der Seidenstraßeninitiative zahlreiche Staaten wirtschaftlich und politisch abhängig mache (vgl. Z. 27 ff.).

Schaffung von Abhängigkeiten

Zusätzlich verändere sich die Bedeutung **strategischer Ressourcen**. Gegenüber ölproduzierenden Ländern seien auf erneuerbare Energien setzende Volkswirtschaften ebenso im Vorteil (vgl. Z. 36 ff.) wie China, weil es zunehmend die für neue Technologien benötigten seltenen Rohstoffe kontrolliere (vgl. Z. 41 ff.).

Strategische Ressourcen

Insbesondere komme es auf das **Innovationspotenzial bei Schlüsseltechnologien** an, das in europäischen Ländern wegen fehlender Investitionen und Fachkräftemangel bedroht sei (vgl. Z. 46 ff.). Zu befürchten sei ein daraus resultierender Verlust politischer und militärischer Macht, wobei Mair Gefahren wie drohende Abhängigkeit und Cyberangriffe benennt (vgl. Z. 49 ff.).

Innovationen und Schlüsseltechnologien

Gefährdet sei außerdem die Macht der Industriestaaten, **Standards und Normen zu bestimmen**, da die USA sowie die EU auf die bisher erfolgreiche multilaterale Abstimmung verzichteten. China gewinne dadurch an Einfluss (vgl. Z. 58 ff.).

Standard und Normen

Am Ende seines Artikels fragt der Autor nach den **Konsequenzen für eine geoökonomisch ausgerichtete Außenpolitik** Deutschlands. Er plädiert dafür, das deutsche Wirtschaftspotenzial eingeordnet in den „europäischen Verbund“ (Z. 68 f.) zu nutzen und die „Vorrangstellung“ (Z. 74) der EU zu beachten (vgl. Z. 68 ff.). Nur so sei es möglich, dem internationalen Druck entgegenzuwirken. Deutschland verdanke nämlich seine wirtschaftliche Stärke dem Verzicht auf die Unterordnung der Wirtschaft unter die Außenpolitik (vgl. Z. 78 ff.).

Konsequenzen der neuen Geoökonomie

Abschließend stellt Mair die Frage, ob Deutschland im eurasischen Raum diesem ökonomischen Kalkül folgen oder Freihandelsabkommen bzw. Unternehmen im Sinne politischer Ziele beeinflussen soll, z. B. für oder gegen die chinesische BR-Initiative (vgl. Z. 88 ff.).

Geoökonomische Strategie

2 **TIPP** *Anforderungsbereich: I und II mit Schwerpunkt auf AFB II*

Diese Aufgabe thematisiert Probleme, die aufgrund der Globalisierung für die Beziehung der Staaten untereinander erwachsen. Sie sollen sachlich darlegen, inwieweit die gegenseitige wirtschaftliche Abhängigkeit und die Verwundbarkeit der Staaten zunehmen. Beginnen Sie Ihre Analyse mit einer Auswertung des Textes: Wie beantwortet er diese Fragen? Arbeiten Sie dann weitere Erkenntnisse ein. Durch Begriffsklärungen oder aktuelle Beispiele weisen Sie vertiefte Kenntnisse nach.

Der Prozess ökonomischer Globalisierung, d. h. „globale Wertschöpfungsketten“ und verdichtete „internationale Finanzströme“ (Z. 20 f.), ermöglicht in der Sicht des Autors für einige Staaten die Chance, ihre Macht zu vergrößern. Andere werden jedoch abhängiger und sind somit verwundbar.

Anknüpfen an denText

Globale Verflechtungen und Interdependenzen zeigen sich überdeutlich in der Folge der **Corona-Pandemie**, die aktuell zu einer globalen Rezession führt. **Vermeintlich effiziente Wertschöpfungs**- und **Lieferketten**, z. B. die Produktion von Medikamenten oder medizinischen Rohstoffen in Schwellenländern wie China, haben zu einer großen Anfälligkeit geführt. In diesen Fällen wird für die Zukunft eine **Renationalisierung** der Produktion gefordert, wobei jedoch **erhöhte Kosten** und Wohlfahrtsverluste zu befürchten sind.

Corona-Pandemie

Durch die Globalisierung verwundbar sind insbesondere **exportorientierte Volkswirtschaften**, die von der **globalen Konjunkturentwicklung** und von **Handelskonflikten** gebremst werden können. Auch Deutschland, dessen Außenhandelsquote, also der prozentuale Anteil des Warenexports und -imports am Bruttoinlandsprodukt, bei 70 Prozent liegt, gehört zu diesen Volkswirtschaften. An diesem Indikator erkennt man das Ausmaß der Handelsverflechtungen.

Abhängigkeit vom Außenhandel

Am Beispiel der **Automobilindustrie**, die die wichtigsten deutschen Exportgüter produziert, zeigt sich die Abhängigkeit von globalen Wertschöpfungsketten deutlich. Jeder Hersteller arbeitet mit mehreren Hundert Zulieferfirmen zusammen, die selbst wiederum zahlreiche Zulieferer haben, von denen sie abhängen.

Beispiel Autoindustrie

Ein weiteres Beispiel für die gestiegene Abhängigkeit ist die geoökonomische Strategie Chinas, das seinen Einflussbereich auszuweiten versucht. Die stark wachsende Wirtschaftsmacht bietet Entwicklungs- und Schwellenländern, aber auch Ländern der EU, im Rahmen ihrer **Belt and Road Initiative**, die Asien, Afrika und Europa auf dem Land- und Seeweg enger verbinden soll, große Investitionen an. Dafür kann sie auf benötigte Rohstoffe zugreifen und Absatzmärkte gewinnen. In der Konsequenz dürfte auch Chinas politischer Einfluss steigen. 2019 schlossen sich zum Beispiel einige osteuropäische Länder sowie Italien der Seidenstraßen-Initiative an, ohne eine gemeinsame Haltung der EU abzuwarten. Sie hoffen auf Investitionen chinesischer Staatsunternehmen in ihre Infrastruktur (vgl. Z. 31 ff.).

Abhängigkeit von Investitionen

Der Autor weist auch darauf hin, dass die **Verfügung über strategische Rohstoffe** wie Seltene Erden die Wirtschaft und damit die Macht einiger Staaten begünstigt, während andere in Abhängigkeit geraten können (vgl. Z. 41 ff.). Die Produktion technologisch innovativer Güter ist davon abhängig. Ähnlich gelagert ist der **Gasstreit** zwischen Russland und der Ukraine bzw. Polen. Durch die Sperrung

Ressourcen-abhängigkeit

einer Pipeline nach Westeuropa wollte die **Ukraine** Russland unter Druck setzen, um den Preis für diesen Rohstoff zu beeinflussen. Das EU-Land **Polen** möchte seine Abhängigkeit von russischem Erdgas beenden und stattdessen norwegisches Gas importieren. Auch **Deutschland** ist von Rohstoffimporten abhängig, die seine starke Position als Hochtechnologieland auf dem Weltmarkt erst ermöglichen.

Technologische Verwundbarkeit

In diesem Zusammenhang weist Mair auch auf die **Bedrohung** der **technologischen Wettbewerbsfähigkeit** hin (vgl. Z. 46 ff.). Exemplarisch dafür steht die aktuelle Auseinandersetzung um die Beteiligung des chinesischen Telekommunikations-Konzerns **Huawei** am Aufbau des 5G-Mobilfunknetzes in Deutschland. 5G soll dank extrem schneller Reaktionszeit eine Kommunikation praktisch in Echtzeit ermöglichen. Das gilt als wichtige Voraussetzung für die Steuerung von Industrieanlagen oder das autonome Fahren. Da aus den USA der Verdacht kommt, Huawei ermögliche Spionage-Angriffe chinesischer Geheimdienste, gerät Deutschland in einen Zielkonflikt mit möglicherweise negativen wirtschaftlichen Konsequenzen. Gibt die deutsche Regierung dem Druck der USA nach, Huawei vom Aufbau der Netze auszuschließen, muss sie mit Gegenaktionen Chinas rechnen. Um im Bereich schneller Netze Alternativen zu entwickeln, entstünden hohe Kosten.

Wirtschafts-sanktionen

Ein weiteres Beispiel für die Verwundbarkeit von Staaten liefern **Wirtschaftssanktionen**, auch wenn ihre Wirksamkeit oft begrenzt ist. Mit dem Einsatz dieses Machtmittels, z. B. gegen **Russland** oder den **Iran**, verfolgen die EU oder die USA politische Ziele. Nach der Annektierung der Halbinsel Krim 2014 beschloss die EU ein Embargo für den russischen Finanz-, Energie-, und Verteidigungssektor. Dadurch leidet für beide Handelspartner der Export in diesen Wirtschaftsbereichen. Und 2018 kündigten die USA das internationale Atomabkommen mit dem Iran auf, weil es aus Sicht der US-Regierung nicht weit genug geht. Seitdem versuchen die USA, die iranische Regierung mit Sanktionen in die Knie zu zwingen. Um das Land wirtschaftlich zu isolieren, können amerikanische, aber auch europäische Firmen, die Geschäfte mit dem Iran machen, Ziel dieser Sanktionen werden.

3 **TIPP** *Anforderungsbereich: II und III mit Schwerpunkt auf AFB II*

Diese Aufgabe verlangt, Ziele und Instrumente der Wettbewerbspolitik in der EU darzulegen. Im Unterschied zu den anderen Aufgaben ist eine Bezugnahme auf den Text nicht verlangt. Achten Sie auf eine strukturierte Gedankenführung, sachlichen Stil und begriffliche Präzision.

Einleitung: Beispiel Google

Als die Europäische Kommission 2018 das Technologieunternehmen Google wegen wettbewerbswidrigen Verhaltens zu einer **Kartellbuße von mehreren Milliarden Euro** verurteilte, gerieten nicht nur marktbeherrschende Unternehmen in die Schlagzeilen. Die Öffentlichkeit wurde auch auf die Wettbewerbspolitik der EU aufmerksam. Google hatte mit seinem Suchprogramm in Kombination mit dem Betriebssystem Android auf dem europäischen Binnenmarkt und dem Weltmarkt eine beherrschende Stellung errungen und versucht, Mitbewerber aus dem Markt zu drängen.

Instrument: Kartellverbot

Dieses erfolgreiche **Kartellverbot** zeigte nun, dass auch unter den Bedingungen globaler Märkte ein gemeinsames europäisches Vorgehen zum Schutz des Wettbewerbs möglich und erfolgreich ist. Das Instrument **verbietet** generell **Praktiken** wie **Preisabsprachen** oder die **Aufteilung** von Märkten.

Instrument: Fusionskontrolle

Außerdem sehen die europäischen Wettbewerbsregeln eine **Fusionskontrolle** vor, die z. B. die **Gefährdung** des **Wettbewerbs** bzw. **gravierende Nachteile** für **Verbraucher** durch Zusammenschlüsse von Unternehmen verhindern soll. Die Kommission prüft Zusammenschlüsse auch dann, wenn Unternehmen außerhalb der EU beteiligt sind.

Instrument: Wettbewerbsförderung durch Privatisierung

Zur europäischen Wettbewerbspolitik gehört weiterhin die **Öffnung von Märkten für den Wettbewerb**. Statt staatlicher Behörden sollen **private Unternehmen** z. B. für Energie, Telekommunikation oder Post zuständig sein. Dadurch können die Verbraucher unter **verschiedenen Anbietern** und **Produkten** wählen und oft auch von **günstigeren Preisen** profitieren. Die EU-Wirtschaft wird wettbewerbsfähiger. Um die Versorgung mit öffentlichen Dienstleistungen zu sichern, kann der jeweilige Markt zusätzlich durch Gesetze reguliert werden.

Instrument: Subventionskontrolle

Schließlich prüft die Kommission, ob durch **staatliche Subventionen** für Unternehmen oder ganze Wirtschaftszweige in einem Land **Vorteile gegenüber Wettbewerbern** in anderen EU-Ländern entstehen. Solche Beihilfen sind nur unter bestimmten Umständen erlaubt, z. B. in Krisen wie der Corona-Pandemie.

4 **TIPP** *Anforderungsbereich: II und III mit Schwerpunkt auf AFB III*

Abschließend geht es um die deutsche Außenpolitik. Im Anschluss an Thesen des Textes sollen Sie erörtern, ob Deutschland seine ökonomische Stärke intensiver für außenpolitische Ziele einsetzen sollte. Je nach dem Gang des Unterrichts und eigenen Kenntnissen können Sie Antworten auf diese allgemeine Frage an Themen erarbeiten, in denen Sie sich gut auskennen. Die genannten Beispiele „China" und „Freihandelsabkommen" erlauben es, auch auf sicherheits- und entwicklungspolitische Fragen einzugehen. Stützen Sie Ihre Pro- und Kontra-Argumente mit einleuchtenden Beispielen. Am Ende des Abwägens sollten Sie eine begründete eigene Position erreichen, die die Maßstäbe Ihres Urteils erkennen lässt.

Einleitung

Im Blick auf die deutsche Außenpolitik fragt Stefan Mair am Ende seines Aufsatzes nach dem Sinn des Einsatzes wirtschaftlicher Instrumente zugunsten außenpolitischer Ziele (vgl. Z. 85 ff.). Dies zu untersuchen ist sinnvoll, beruht doch das Gestaltungspotenzial der Mittelmacht Deutschland auf drei überwiegend „weichen" Faktoren: ihrem freiheitlichen, demokratischen System, ihrer wirtschaftlichen Stärke sowie ihrer Wissenschaft und Kultur. Zu berücksichtigen ist, dass der Faktor Wirtschaftskraft zunächst nicht vom Staat, sondern von privaten Unternehmen abhängt.

Pro-Argumente

Ich führe zunächst Argumente zugunsten einer Außenpolitik an, die bewusst das ökonomische Potenzial der deutschen Volkswirtschaft einsetzt.

Verantwortung aufgrund wirtschaftlicher Stärke

Da Deutschland **in der EU** die **stärkste Wirtschaftsmacht** darstellt, richten sich die Erwartungen der anderen Mitgliedsstaaten auf Initiativen der deutschen Regierung. Ein selbstbewusstes außenpolitisches Agieren Deutschlands, sei es allein oder in Verbindung mit Frankreich und anderen Partnern, entspricht der internationalen Normalität. Jede Nation verfolgt legitimerweise ihre eigenen Interessen und setzt dabei ihre Macht ein.

Sicherung von Exportmärkten

Bei den Brexit-Verhandlungen z. B. wird sich Deutschland für eine Regelung einsetzen, die der Autoindustrie einen möglichst zollfreien Zugang zum britischen Markt ermöglicht. Großbritannien ist schließlich einer der wichtigsten Exportmärkte.

Sicherung der Rohstoffversorgung

Die deutsche Wirtschaft sichert sich ihren Erfolg auf dem Weltmarkt durch den Export von Technologien, ist dabei aber von Rohstoffimporten abhängig. Eine sichere **Rohstoffversorgung** gehört daher zum Kern einer außenpolitischen Strategie, die – ähnlich wie China (vgl. Z. 43 ff.) – den geographischen Faktor berücksichtigt. Im eurasischen Raum kann für die Kooperation mit der aufstrebenden Großmacht, z. B. auch bei der Belt and Road Initiative, im Gegenzug

Chinas Unterstützung für eine **multilateralen Weltordnung** verlangt werden.

Menschenrechte und Umweltschutz

Wirtschaftliche Stärke lässt sich außerdem bei der Gestaltung von **Handelsverträgen** einsetzen. Sie können Menschenrechts- und Umweltschutzklauseln enthalten, die die Werte des Grundgesetzes und der EU schützen. Beispiele für entsprechende Anlässe finden sich in Entwicklungsländern wie Bangladesch, wo sich in einsturzgefährdeten Textilfabriken, die für den Export produzieren, Katastrophen ereigneten. Im Kongo finanzieren sich bewaffnete Gruppierungen mit dem Handel von Rohstoffen, die später in Produkten „Made in Germany" wiederzufinden sind.

Wirtschaftliche Machtmittel vor militärischer Gewalt

Ein zweiter Grund für den Einsatz wirtschaftlicher Machtmittel liegt darin, dass er **im Vergleich mit militärischer Gewalt**, dem Kernfaktor von Hard Power, in der Regel **erfolgreicher** ist. Hinterließen nicht die US- und Nato-Interventionen in Afghanistan und im Nahen Osten eine zweifelhafte politische Bilanz und riesige Kosten? Der gleiche finanzielle Einsatz wäre im Bereich der Entwicklungspolitik und der Konfliktprävention effektiver.

Bekämpfung von Migrationsursachen

Ein Schwerpunkt sollte, auch zur Bekämpfung von Migrationsursachen, die **Unterstützung Afrikas** bei Investitionen in seine Infrastruktur sein, in Straßen, Häfen und Elektrizitätsversorgung. Hier engagiert sich bisher vor allem China. Mit den Mitteln der Außenwirtschaftspolitik, z. B. durch Hermesbürgschaften, die die Investitionen und Kredite deutscher Unternehmen absichern, sollten vor allem demokratische Staaten des Kontinents unterstützt werden. Deutschland hat bereits die Initiative zu einem „Marshallplan mit Afrika" ergriffen, der private Investitionen vermittelt.

Internationale Kooperation

Überhaupt sind Mitglieder internationaler Organisationen wie der UNO, des IWF oder der WTO anstelle des Rechts des Stärkeren eher an Regeln interessiert, die **Kooperation und Fairness** verankern. Beispielsweise fehlt bei der Corona-Pandemie bislang eine koordinierte globale Antwort. Deutschland sollte diesen Weg nachhaltig unterstützen.

Kontra-Argumente

Gegen eine deutsche Außenpolitik, die sich vor allem auf den Einsatz wirtschaftlicher Stärke stützt, sprechen in meinen Augen zwei gewichtige Argumente.

Trennung von Wirtschaft und Politik

Unternehmen in Deutschland lassen sich nicht einfach vor den Karren der Politik spannen, schon weil sie sich eher an **kurzfristigen wirtschaftlichen Zielen** als an langfristigen politischen Gestaltungsinteressen orientieren. Darin sieht Mair eine Ursache der wirtschaftlichen Stärke (vgl. Z. 78 ff.). Um Kosten zu sparen, werden lange und unsichere Lieferketten in Kauf genommen. Ein kritisches Beispiel für diese „wirtschaftliche Ratio" (Z. 88) bietet die Unterversorgung mit medizinischen Gütern in der Corona-Krise.

Deutschlands **wirtschaftliche Hegemonie** in Europa wirkt manchmal auch kontraproduktiv. Nach 2010 führte z. B. die Staatsschuldenkrise im Euroraum zum Europäischen Fiskalpakt, der Strafen für hochverschuldete Mitgliedsstaaten vorsieht. Unter deutschem Einfluss musste z. B. Griechenland seine Verschuldung mit einer harten Austeritätspolitik beantworten. Dies entfremdete etliche südeuropäische Staaten, deren Kritik bis zum Vorwurf reichte, Deutschland befinde sich auf dem Weg zum „Vierten Reich“. Ähnlich wirkt auf osteuropäische Nachbarn das deutsche Beharren auf der Nord Stream-Pipeline. Sie soll Erdgas aus Russland durch die Ostsee nach Deutschland leiten, wodurch die Pipelines durch Polen und die Ukraine gefährdet würden.

Spannungen in der EU

Insgesamt sprechen die Argumente aber für einen europäischen Strategiewechsel in der Außenpolitik hin zu einer geoökonomischen „Großmachtpolitik“ (vgl. Z. 1 ff.). Wie im Text befürwortet sollte sich die Mittelmacht Deutschland eindeutig für eine **gemeinsame Außenpolitik der EU** einsetzen, die auf einem Ausgleich der nationalen Interessen aller Mitgliedsstaaten beruht.

Fazit und eigenes Urteil

Angesichts globaler Probleme und wechselseitiger Abhängigkeiten hat die europäische Außenpolitik zugleich das Funktionieren **multilateraler Institutionen** zu **stärken**, um die fragile internationale Ordnung wieder zu festigen. Sie kann dabei auf langjährige interne Erfahrungen bei der Aushandlung **gemeinsamer Lösungen** zurückgreifen (vgl. Z. 72 ff.).

Nur so, nicht durch Nationalismus und Protektionismus, kann die EU und somit auch Deutschland angesichts der zunehmenden Rivalität der großen Ordnungsmächte USA und China eine **eigenständige Rolle** übernehmen. Gleichermaßen sind dabei die im Grundgesetz genannten Normen „Frieden“ und „Menschenrechte“ in konkrete Maßnahmen zu übersetzen, um zu praktizieren, wofür Europa steht – selbst wenn das bedeutet, dass europäischen Unternehmen bisweilen Exportaufträge entgehen.

Hessen ▪ Politik und Wirtschaft ▪ Grundkurs 2021
Vorschlag A

POLITISCHE PROZESSE IN EUROPA UND DEUTSCHLAND

Aufgabenstellung

1 Geben Sie die zentralen Aussagen des Autors wieder. (Material 1) (20 BE)

2 Vergleichen Sie Wahl und Bildung von Legislative (Bundestag und EU-Parlament) und Exekutive (Bundesregierung und EU-Kommission) in der Bundesrepublik Deutschland mit der auf EU-Ebene sowie die jeweiligen Kompetenzen der beiden Parlamente. (25 BE)

3 Untersuchen Sie, inwiefern ökonomische Globalisierungsprozesse gesellschaftliche und ökonomische Entwicklungen in Deutschland beeinflussen. (25 BE)

4 „Die Zeiten der großen, stabilen Mehrheiten sind auf europäischer Ebene vorbei. Die Parteien haben noch nicht gelernt, damit umzugehen. Das gilt für die Mitgliedstaaten der EU, und das gilt auch für die EU als Ganzes.'" (Material 1)
Überprüfen Sie unter Berücksichtigung von Material 2 und 3, inwiefern sich diese Aussagen des Autors auf das deutsche Parteiensystem übertragen lassen, und erörtern Sie mögliche Folgen. (30 BE)

M 1 Ulrich Ladurner: Madame Europa (2019)

Sie hat es geschafft. Ursula von der Leyen wird die erste Frau an der Spitze der EU-Kommission sein, die erste Deutsche in diesem Amt seit 52 Jahren. Sie hat die Unterstützung des französischen Staatspräsidenten und der deutschen Bundeskanzlerin. Und nun auch das positive Votum des Parlaments.

Madame Europa darf sich als stark fühlen.

Doch von der Leyens Stärke ist paradoxerweise das Resultat einer eklatanten europäischen Schwäche – der wachsenden Unfähigkeit, Kompromisse zu schließen. Deutlich wurde dies gleich nach der Europawahl Ende Mai [2019]. Die europäischen Parteienfamilien sind mit Spitzenkandidaten in den Wahlkampf gezogen. Der Sieger sollte Kommissionspräsident werden. Die Wahlbeteiligung stieg kräftig, 201 Millionen Europäer gaben ihre Stimme ab. Das war ein gewaltiger Vertrauensvorschuss der Bürger – doch die Parlamentarier gingen fahrlässig damit um. Nach der Wahl waren sie nicht in der Lage, sich auf einen Kandidaten zu einigen, den sie dem Rat[1] hätten präsentieren können.

Die EU-Abgeordneten nennen ihr Parlament gern stolz „Haus der europäischen Demokratie“ – bloß haben sie vor lauter Stolz das Kerngeschäft des Parlaments verlernt: sich zu einigen, auch unter schwierigen Umständen, über tiefe Gräben hinweg.

Das ist keine lässliche Sünde, das ist eine beschämende Pflichtvergessenheit. Nach dem Versagen taten die Staats- und Regierungschefs das, was ihre Aufgabe ist: Sie schlugen ihrerseits einen Kandidaten vor. Sie zauberten Ursula von der Leyen aus dem Hut.

Als diese im Parlament auftrat, erschien sie den Parlamentariern als Symbol ihrer selbstverschuldeten Niederlage. Von der Leyen tat nun das, was kluge Menschen mit Unterlegenen tun: Sie schmeichelte ihnen. Ihre in alle Richtungen gestreuten süßen Worte waren allerdings mehr als ein Werben um Stimmen. Von der Leyen will das Parlament an ihrer Seite.

Sie weiß sehr wohl, dass sie die Unterstützung der Parlamentarier braucht, um die Reformen durchzusetzen, die sie angekündigt hat. Das Parlament hat bei allen wesentlichen Themen ein gewichtiges Wort mitzureden. Das reicht vom Kampf gegen die Klimakrise über die Digitalisierung bis hin zur Migration. Um handlungsfähig zu sein, muss von der Leyen allerdings den Verdacht loswerden, als Kandidatin des Rates werde sie Erfüllungsgehilfin der Staats- und Regierungschef sein.

Schon in ihrer Bewerbungsrede hat von der Leyen einige Dinge gesagt, die verschiedenen Staats- und Regierungschefs nicht besonders gefallen dürften. Ein gemeinsames europäisches Asylsystem wird Viktor Orban nicht schmecken und ihr Bekenntnis zum Modell des Spitzenkandidaten dürfte in Paris nicht gut ankommen. Offenbar ist sie um Eigenständigkeit bemüht. Je mehr sie sich aber von ihren Förderern emanzipieren will, desto mehr braucht sie das Parlament an ihrer Seite.

Die Erwartungen an sie sind gewaltig, doch als Kommissionspräsidentin ist sie eingebunden in das europäische Institutionengefüge. Ohne den Rat kann sie so gut wie gar nichts erreichen, mit den Parlamentariern allerdings einiges. Sie hätte dann größere Chancen, zu gestalten. Und gestalten will sie. Damit ist von der Leyen wieder mit der Frage konfrontiert, die sie selbst erst ins Amt gebracht hat. Wie verlässlich sind die Europaparlamentarier? Kann man mit ihnen ins Geschäft kommen? Haben sie die Kraft und den Willen, Übereinkommen zu schließen und umzusetzen? Sind sie bereit über den eigenen Schatten zu springen?

Die vergangenen Wochen haben eines sichtbar gemacht: Die Zeiten der großen, stabilen Mehrheiten sind auf europäischer Ebene vorbei. Die Parteien haben noch nicht gelernt, damit umzugehen. Das gilt für die Mitgliedstaaten der EU, und das gilt auch für die EU als Ganzes. Der gesellschaftliche und ökonomische Umbruch hat die Parteien zu unsicheren, orientierungslosen und vor allem ängstlichen Akteuren gemacht. Je furchtsamer, desto weniger kompromissbereit sind sie. Das ist die Lage, die von der Leyen in Europa vorfindet. Sie wird damit umgehen müssen, wenn sie sich als Kommissionspräsidentin durchsetzen will. Gefragt ist die Fähigkeit, mit wechselnden Mehrheiten wirksame Ergebnisse schnell zu erzielen. Ob von der Leyen dies gelingt, entscheidet über Erfolg oder Misserfolg ihrer Amtszeit.

Ladurner, Ulrich: Madame Europa , DIE ZEIT 30 / 2019 (17.07.2019)

Anmerkung

1 Rat – *hier:* Europäischer Rat der Staats- und Regierungschefs

M 2 Fraktionen im Deutschen Bundestag (2020)

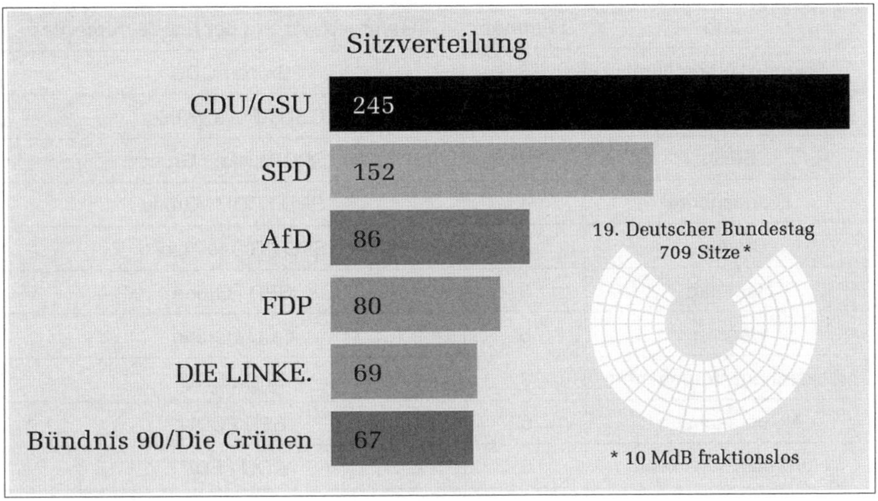

Deutscher Bundestag

Hinweis
MdB – Mitglieder des Bundestages

M 3 Die Zusammensetzung des Bundesrates (2020)

Land	Stimmen	Zusammensetzung der Landesregierung
Baden-Württemberg	6	Grüne / CDU
Bayern	6	CSU / Freie Wähler
Berlin	4	SPD / Linke / Grüne
Brandenburg	4	SPD / CDU / Grüne
Bremen	3	SPD / Grüne / Linke
Hamburg	3	SPD / Grüne
Hessen	5	CDU / Grüne
Mecklenburg-Vorpommern	3	SPD / CDU
Niedersachsen	6	SPD / CDU
Nordrhein-Westfalen	6	CDU / FDP
Rheinland-Pfalz	4	SPD / FDP / Grüne
Saarland	3	CDU / SPD
Sachsen	4	CDU / Grüne / SPD
Sachsen-Anhalt	4	CDU / SPD / Grüne
Schleswig-Holstein	4	CDU / Grüne / FDP
Thüringen	4	Linke / SPD / Grüne
Stimmen insgesamt: 69, absolute Mehrheit: 35 Stimmen		

eigene Darstellung nach Daten von Deutscher Bundestag

Lösungsvorschlag

Unterrichtsinhalte:

- Herausforderungen der Parteiendemokratie (Q 1.2), insbesondere:
  - Nationale Wahlen und Wahl des Europaparlaments im Zusammenhang mit entsprechenden Parteiensystemen, Bildung der jeweiligen Exekutive
  - Chancen und Risiken neuer politischer Kommunikationsformen im Internet
- Strukturwandel der Weltwirtschaft als Herausforderung ökonomischer Globalisierung (Q 3.2), insbesondere:
  - Staaten zwischen Wohlfahrtsstaat und Wettbewerbsstaat (Rückwirkungen ökonomischer Globalisierungsprozesse auf unterschiedliche Politikfelder wie z. B. Fiskalpolitik, Sozialpolitik)

1 **TIPP** *Anforderungsbereich I*

Geben Sie ausgehend von einem vollständigen Einleitungssatz (Autor, Titel, Textsorte, Erscheinungsort und -datum, Thema) den Inhalt des Textes strukturiert und in eigenen Worten wieder, indem Sie hierfür die Kernaussagen des Textes herausarbeiten.

Achten Sie auf die nötige Distanz zum vorliegenden Kommentar und verwenden Sie deshalb den Konjunktiv bei indirekter Rede und kennzeichnen Sie wörtliche Rede.

In dem vorliegenden Kommentar von Ulrich Ladurner „Madame Europa", erschienen in DIE ZEIT vom 17.07.2019, kritisiert der Autor, dass sich das EU-Parlament nach den Parlamentswahlen 2019 nicht auf einen Kandidaten für das Amt des Kommissionspräsidenten einigen konnte. Damit sei es seiner **Verantwortung nicht gerecht geworden** und habe Vertrauen verspielt. *(Quelle; Thema)*

In den Wahlkampf zur Europawahl im Mai 2019 seien die Parteien mit Spitzenkandidaten gezogen. Der **Wahlsieger sollte Kommissionspräsident** werden. Dieses Vorgehen habe zu einer vergleichsweise guten Wahlbeteiligung geführt. Doch die Parteien seien im Anschluss nach der Wahl nicht imstande gewesen, sich auf einen Kandidaten für das Amt zu einigen. *(Unfähigkeit zum Kompromiss)*

Somit seien die Parlamentarier dem **Vertrauensvorsprung der Wähler nicht gerecht geworden**. Die Aufgabe des Parlaments sei es aber, **auch bei schwierigen Mehrheitsverhältnissen Differenzen zu überwinden und sich zu einigen**. Dabei zu scheitern, nennt der Autor eine „beschämende Pflichtvergessenheit" (Z. 18) der EU-Parlamentarier. Nach der offenbarten **Schwäche des Parlaments** sei der EU-Rat seiner Aufgabe nachgekommen und die Staats- und *(Schwäche des Parlaments)*

Regierungschefs hätten sich auf Ursula von der Leyen als Kandidatin verständigt. Das Parlament aber habe seine Chance vergeben, über dieses Amt selbst zu bestimmen, und somit eine **Niederlage** erlitten.

Handlungsfähigkeit der Kommissionspräsidentin

Um tatsächlich Kommissionspräsidentin werden zu können, habe Ursula von der Leyen um die **Zustimmung des geschwächten Parlaments werben** müssen. Die Kandidatin des Rates habe unbedingt auch die Zustimmung des Parlaments gebraucht, um im Amt handlungsfähig zu sein und von ihr angestrebte Reformen umsetzen zu können. Gerade wenn von der Leyen bei den wesentlichen Themen wie Klimakrise, Digitalisierung, Migration oder Asyl eigenständig sein wolle, müsse sie sich **von den Staats- und Regierungschefs emanzipieren** und das Parlament an ihrer Seite wissen. Gestalten könne sie im europäischen Institutionengefüge nur, wenn sie sowohl den Rat als auch die Parlamentarier für sich gewinnen könne.

Zersplitterung und Verunsicherung

Im EU-Parlament gebe es **kaum noch große und zugleich beständige Mehrheiten**, mit dieser Zersplitterung müssten die Parteien auf europäischer wie auch auf nationaler Ebene umgehen lernen. Die **Parteien seien durch die gesellschaftlichen und wirtschaftlichen Umbrüche verunsichert** und böten keine Orientierung. Parlamentarier müssten jedoch in der Lage sein, Kompromisse zu schließen. Je ängstlicher und unsicherer die Parteien allerdings seien, desto weniger würden sie den Kompromiss wagen.

Einigungen erzielen

Die Erwartungen an die neue EU-Präsidentin seien hoch. Für erfolgreiches Handeln brauche sie ein Parlament, das die **Kraft für Einigungen** habe und Verhandlungsgeschick. Von der Leyens Erfolg und Gestaltungsspielraum als Kommissionspräsidentin würde nun davon abhängen, ob sie es schaffe, auch **mit wechselnden Mehrheiten im Parlament wirksame Ergebnisse zu erzielen**.

2 **TIPP** *Anforderungsbereich I und II mit Schwerpunkt auf AFB II*

Beachten Sie, dass für den Aspekt der Legislative die Aufgabe umfangreicher ist und zusätzlich den Vergleich der Kompetenzen der beiden Parlamente beinhaltet.

Es ist hilfreich, eine kurze Gliederung in Stichworten vorab zu erstellen, damit für den Vergleich Ähnlichkeiten, Gemeinsamkeiten und Unterschiede strukturiert und differenziert verdeutlicht werden können.

Einleitung

Der **Vergleich von Bundestag und EU-Parlament** zeigt sowohl bei der Wahl und Bildung als auch bei den Kompetenzen der Parlamente durchaus Unterschiede, was vor allem auf die besondere Stellung des EU-Parlaments im Gefüge der EU-Institutionen zurückzuführen ist.

Bei der **Bundestagswahl** wählt das Volk Abgeordnete und Parteien. Diese Wahl findet alle vier Jahre statt und funktioniert nach dem Prinzip des **personalisierten Verhältniswahlrechts** mit einer Fünfprozenthürde. Dabei entfällt die Erststimme auf den Direktkandidaten oder die Direktkandidatin aus einem der 299 Wahlkreise, der bzw. die meist einer Partei angehört. Mit der Zweitstimme wird eine Partei gewählt und somit ihr Anteil der Sitze im Parlament festgelegt. Hier greift die **Fünfprozenthürde**, die den Einzug von Parteien unter fünf Prozent verwehrt, um eine **Zersplitterung des Parlaments zu verhindern**. Die Anzahl der Abgeordneten im Bundestag ist mindestens doppelt so hoch wie die Anzahl der Bundestagswahlkreise (mindestens 598 Abgeordnete), aber darüber hinaus variabel, da noch mögliche Überhangsmandate hinzukommen. Die **Mehrheit der Stimmen im Parlament** – meist gebildet durch eine Koalition – **stellt die Regierung**.

personalisierte Verhältniswahl

Regierungspartei(en)

Bei der Wahl des Europa-Parlaments sind alle Bürger*innen der EU aufgerufen, zu entscheiden, wer im Europäischen Parlament vertreten sein soll. **Das europäische Parlament** ist das einzige vom Volk **direkt gewählte Verfassungsorgan auf EU-Ebene**. Die Wahl findet alle fünf Jahre und für die deutschen Abgeordneten nach dem Prinzip der **reinen Verhältniswahl ohne eine Sperrklausel** statt. Es stehen **keine speziellen europäischen Parteien zur Wahl**, sondern die nationalen Parteien mit ihren Kandidatinnen und Kandidaten für das EU-Parlament. Die meisten Parteien sind allerdings Mitglied einer europäischen Partei und die große Mehrheit der Abgeordneten schließt sich im EU-Parlament einem der parteipolitischen Zusammenschlüsse an. Derzeit gibt es zehn Europaparteien.

Verhältniswahl

Anders als im Bundestag und den meisten anderen nationalen Parlamenten gibt es **keine klaren Regierungs**- bzw. **Oppositionsfraktionen**. Im Europäischen Parlament bilden sich je nach Abstimmungsthema **wechselnde Mehrheiten**. Dies hat zur Folge, dass die einzelnen Europa-Abgeordneten unabhängiger agieren und unter Umständen mehr Einfluss auf Gesetzesvorhaben nehmen können, als es Abgeordneten im Bundestag möglich ist. Im Bundestag unterstützen die Regierungsfraktionen meist die Gesetzesvorhaben ihrer Regierung.

keine Regierungs- und Oppositionsfraktionen

Das EU-Parlament nimmt **gemeinsam mit dem Rat der EU die Gesetzgebung** – also die Legislative – auf EU-Ebene wahr. Daneben hat das Parlament noch zwei weitere wesentliche Aufgaben. Es bildet ebenfalls gemeinsam mit dem EU-Rat auch die **Haushaltsbehörde der EU** und bestimmt somit den Haushaltsplan und die finanziellen Mittel. Außerdem kontrolliert das Parlament die EU-Kommission. Das EU-Parlament wählt auf Vorschlag des Europäischen Rates hin einen Kommissionspräsidenten oder eine Kommissionspräsidentin und muss seine Zustimmung zur Kommission als Ganzes

Aufgaben des EU-Parlaments

geben. Als **Kontrollorgan der Exekutive** kann es einen Misstrauensantrag stellen, der die ganze Kommission zum Rücktritt zwingt. Dies ist dem EU-Parlament mit dem Bundestag gemein, auch dieser kontrolliert die Exekutive. Der Bundestag kann **Untersuchungsausschüsse** einberufen und durch ein **konstruktives Misstrauensvotum** den Kanzler bzw. die Kanzlerin abwählen. Ebenfalls liegt beim Bundestag das **Budgetrecht**.

kein Initiativrecht des EU-Parlaments

Zwar ähnelt das Gesetzgebungsverfahren der EU dem deutschen Verfahren zwischen Bundestag und Bundesrat, allerdings hat das Europäische Parlament anders als der Bundestag **kein Initiativrecht für die Gesetzgebung**. Es kann lediglich die Kommission zu Gesetzesinitiativen auffordern und stimmt über die Vorschläge der Kommission zu EU-Rechtsvorschriften ab.

Dass das Parlament die Gesetzgebung – also die Legislative – zusammen mit dem EU-Rat wahrnimmt, führt auch zu Kritik, da die Staats- und Regierungschefs bzw. -chefinnen des EU-Rates in ihren Nationalstaaten der Exekutive angehören. Allerdings haben die beiden Institutionen andere Schwerpunkte. Während im EU-Rat durch die Staats- und Regierungschefs bzw. -chefinnen die **nationalen Interessen** verhandelt werden, stehen im europäischen Parlament die **politischen Interessen der gesamten EU** im Vordergrund.

Auf EU-Ebene können Parlamentsmitglieder nicht gleichzeitig Teil der EU-Kommission sein, die Mitglieder der Bundesregierung gehören dagegen meist auch dem Bundestag an.

Initiativrecht der EU-Kommission

Die **EU-Kommission** ist im politischen System der EU die politisch **unabhängige Exekutive** und als solche **setzt sie Beschlüsse des EU-Parlaments und des EU-Rates um**. Darüber hinaus erarbeitet sie Vorschläge für neue Rechtsvorschriften und politische Maßnahmen und ist das einzige Gremium auf EU-Ebene, bei dem für die Gesetzgebung das **Initiativrecht** liegt. Angenommen werden Gesetze in den meisten Politikfeldern nach dem Mitentscheidungsverfahren, bei dem Parlament und Rat gleichberechtigt sind und sich bei Uneinigkeit in dritter Lesung in einem **Vermittlungsausschuss** einigen müssen. Dies ähnelt dem Vermittlungsausschuss in der Bundesrepublik Deutschland, der versucht, einen Konsens zu finden, wenn vom Bundestag beschlossene Gesetze im Bundesrat keine Mehrheit finden.

Bildung der EU-Kommission

Jedes EU-Land stellt einen EU-Kommissar bzw. eine EU-Kommissarin. Diese sollen in ihrer Funktion nicht die Interessen ihres Landes, sondern der gesamten EU vertreten. Der **EU-Rat**, bestehend aus den Staats- und Regierungschefs bzw. -chefinnen, **schlägt einen Kommissionspräsidenten oder eine Kommissionspräsidentin vor**, welche*r von der Mehrheit des Parlaments bestätigt werden muss. Dabei gehört der Kandidat bzw. die Kandidatin in der Regel der größten Partei im EU-Parlament an.

Die 27 Kommissionsmitglieder werden **auf fünf Jahre** vom Kommissionspräsidenten bzw. von der Kommissionspräsidentin in Absprache mit den Mitgliedsstaaten **für einen politischen Zuständigkeitsbereich ernannt** und vom Parlament bestätigt. Das Parlament kann die Kommission ablehnen, allerdings nur als Ganzes.

Bildung der Bundesregierung

Die Exekutive des Bundesrepublik Deutschland ist die **Bundesregierung**, bestehend aus dem Bundeskanzler bzw. der Bundeskanzlerin und den Bundesministern bzw. -ministerinnen. Sie bilden das Kabinett. Nach der Bundestagswahl konstituiert sich auf Grundlage der Wahlergebnisse **in der Regel nach Koalitionsverhandlungen** von zwei oder drei Parteien die **Regierungsmehrheit**. In den Wahlkampf sind die stärksten Parteien bereits mit einem Kanzlerkandidaten bzw. einer Kanzlerkandidatin gezogen. Der designierte **Kanzler** bzw. die designierte **Kanzlerin** handelt mit den Bündnispartnern das Regierungsprogramm sowie die Ausgestaltung der Bundesministerien aus. Der Kanzler bzw. die Kanzlerin wird somit nicht direkt vom Volk, sondern auf Vorschlag des Bundespräsidenten bzw. der Bundespräsidentin hin vom Bundestag gewählt. Die Bundesminister*innen entstammen den Koalitionsparteien, sie werden vom Bundeskanzler bzw. der Bundeskanzlerin vorgeschlagen und vom Bundespräsidenten bzw. der Bundespräsidentin ernannt.

Fazit

Die **Wahl und Bildung der Legislative** in der Bundesrepublik Deutschland ist mit der auf EU-Ebene durchaus **vergleichbar**, die **Kompetenzen** der beiden Parlamente zeigen allerdings **Unterschiede**. Der Hauptunterscheid ist, dass zwar auch auf EU-Ebene ein Parlament gewählt wird, dieses allerdings keine europäische Regierung wählt, da es diese nicht gibt.

3 **TIPP** *Anforderungsbereich I und II mit Schwerpunkt auf AFB II*

In dieser Aufgabe sollen Sie die komplexen allgemeinen Entwicklungen der Globalisierung auf Deutschland beziehen. Achten Sie darauf, allgemein Entwicklungen mit konkreten Sachverhalten zu verbinden, indem Sie diese konkret benennen und differenziert ausführen.

Einleitung

Ökonomische Globalisierungsprozesse haben vielfältige Auswirkungen auf gesellschaftliche und ökonomische Prozesse in Deutschland. Globalisierung geht einher mit der Öffnung von Grenzen und **internationalem Wettbewerb um die besten Standortbedingungen**. Nationalstaaten konkurrieren dabei um Arbeitsplätze und Investitionen transnationaler Unternehmen.

Folgen des Wettbewerbsdrucks

Diese Bedingungen von Globalisierung haben in Deutschland bereits in der Vergangenheit zu Anpassungsprozessen geführt, die auch in Zukunft voranschreiten werden. Der Wettbewerbsdruck **schmälert den Gestaltungsspielraum von Nationalstaaten** für politische und regulative Lösungen. In vielen Fällen ist für transnationale Unternehmen ein niedriges Niveau an Regulierung für die Wahl der Standorte von Vorteil. Industrienationen wie Deutschland stellt dies vor die Herausforderung, z. B. beim Klimaschutz oder bei der Sozial- und Fiskalpolitik **Standards zu setzen** und zugleich die Wettbewerbsfähigkeit zu erhalten.

Fachkräftemangel vs. Stellenabbau

In der **Exportnation Deutschland** schafft und sichert der Globalisierungsprozess Arbeitsplätze und Wohlstand, führt zugleich aber auch zu Stellenabbau. Der gestiegene Wettbewerbsdruck ist für die **Ausweitung des Niedriglohnsektors** seit Ende der 1990er mitverantwortlich, während zugleich **spezialisierte Fachkräfte** gefragt sind. Dadurch ist eine größere Ungleichheit bei der Einkommens- und Vermögensverteilung entstanden, die zu einer **zunehmenden Spaltung der Gesellschaft** führt. Dies zeigt, dass die ökonomische Globalisierung und weltweite Vernetzung untrennbar mit gesellschaftlichen Entwicklungen auf nationaler Ebene einhergehen.

Exportabhängigkeit

Insbesondere Deutschlands Wirtschaft ist **in hohem Maße exportabhängig**, sowohl der Warenexport als auch der -import steigen kontinuierlich (mit Ausnahme zur Finanz- und Coronakrise). Etwa jeder vierte Arbeitsplatz in Deutschland hängt vom Export ab. Deutschland ist somit auch von der Globalisierung in hohem Maße abhängig, was sowohl mit Chancen als auch Risiken verbunden ist.

Herausforderungen für Arbeitsplätze

Globalisierung ist allgemein gekennzeichnet von der Erschließung neuer Märkte, der Optimierung von Produktionsprozessen und dem Auflösen nationaler Strukturen. Als Hochkostenland steht Deutschland zudem vor der Herausforderung, auch **Wertschöpfung im Land** zu halten. Die Ansprüche an **globale und exportbezogene Arbeitsplätze** steigen hierzulande. Die ebenfalls fortschreitende Digitalisierung und der technologische Fortschritt verstärken die Unabhängigkeit von Standorten weiter. Neben dem Wettbewerbsdruck erhöht auch dies den **Qualifizierungsdruck** der Arbeitnehmer*innen, die potenziell immer weniger an Standorte gebunden sind, und geht einher mit **neuen Herausforderungen bei der Berufs- und Weiterbildung**.

Migrationsdruck

Gesellschaftlich ist zudem in Deutschland durch die demografische Entwicklung dennoch ein **Fachkräftemangel** entstanden. Dem gegenüber steht ein **globaler Migrationsdruck**, der durch Krieg, Naturkatastrophen oder Hunger ausgelöst wird. Dieses Phänomen ist nicht von Globalisierungsprozessen zu trennen, da **Migration und Mobilität** nicht nur nationale, sondern auch globale Phänomen sind. Für Deutschland bietet dies zum einen die Chance, den Fachkräftemangel durch die **Integration und Qualifikation** von Migrantinnen und Migranten zu beheben, während zum anderen mangelnde Integration und die Einwanderung nicht-qualifizierter Migrantinnen und Migranten große gesellschaftliche Herausforderungen darstellen. Dies führt ebenfalls zu **gesellschaftlicher Verunsicherung**, oft gerade dort, wo Einkommen, Arbeitsplätze, aber auch kulturelle Strukturen als gefährdet angesehen werden.

Risiken für die Gesellschaft

Durch die beschriebenen vielfältigen Globalisierungsprozesse gibt es gesellschaftliche Gruppen, die sich diesen Entwicklungen ausgeliefert oder sozial-ökonomisch abgehängt fühlen. Parteien, aber auch andere Großverbände wie Gewerkschaften oder Kirchen, erleben einen zunehmenden Bedeutungsverlust. Dies kommt daher, dass es ihnen offenbar nicht überzeugend genug gelingt, die **gesellschaftlichen Folgen und Anpassungsprozesse**, die auch auf die Globalisierung zurückzuführen sind, zu gestalten und so alle Bürger*innen zu erreichen. Solche Prozesse bilden den Nährboden für eine zunehmende **Spaltung der Gesellschaft, politische Polarisierung und Radikalisierung** sowohl von Parteien als auch von Bürgerinnen und Bürgern.

Fazit

Insgesamt profitiert Deutschland von der Globalisierung wirtschaftlich. Für eine Exportnation bietet die Verflechtung von Güter- und Dienstleistungsmärkten neben der Vielzahl von Chancen auch starke Abhängigkeiten und auf vielen Ebenen gesellschaftliche und wirtschaftliche Herausforderungen. Die beschriebenen vielfältigen ökonomischen Globalisierungsprozesse werden die **Arbeits- und Lebenswelt in Deutschland auch weiterhin verändern**. Dabei ist es die Herausforderung, die gesellschaftlichen und sozialen Folgen und Risiken auf nationaler Ebene zu begleiten und zu gestalten. Da viele Folgen sich aber auch global entfalten, sind **internationale gesellschaftliche Bewegungen** (z. B. Fridays for Future oder Attac) entstanden, die der Globalisierung kritisch gegenüberstehen und von der Politik Antworten auf die globalen gesellschaftlichen Herausforderungen fordern.

4 **TIPP** *Anforderungsbereich II und III mit Schwerpunkt auf AFB III*

Achten Sie auf die zwei Teilaspekte der Aufgabe. Überprüfen Sie unter Bezug auf das Material 2 und 3 die Aussage des Autors.

Erörtern Sie, welche Folgen sich daraus für das deutsche Parteiensystem ergeben können, indem Sie Chancen und Risiken dieser Entwicklung differenziert darlegen und zu einem eigenen Fazit gelangen.

Einleitung

Der Aussage, dass die Zeiten großer, stabiler Mehrheiten der Parteien vorbei seien und diese mit dieser Entwicklung nicht umgehen könnten, lässt sich für Deutschland zumindest bisher nur bedingt zustimmen.

Die Äußerung trifft dahingehend zu, dass die beiden **Volksparteien schon länger schwächeln**. Beide großen Parteien, CDU/CSU und SPD, haben an Zustimmung verloren und die SPD ist zwischenzeitlich nicht nur unter die 30-Prozent-, sondern auch unter die 20-Prozent-Marke gerutscht.

Schwäche der Volksparteien

Das macht bei Regierungskoalitionen eine **Zwei-Parteien-Koalition schwerer** und ein **Dreier-Bündnis wahrscheinlicher**. Dass die Parteien mit dieser Herausforderung noch umgehen lernen müssen, zeigt das Scheitern der Koalitionsverhandlungen von Union, Grünen und FDP nach der Bundestagswahl 2017. Die Parteien konnten sich nicht auf gemeinsame Kompromisse einigen, die Drei-Parteien-Koalition kam nicht zustande. Neuwahlen oder eine Minderheitsregierung konnten nur durch eine Weiterführung der **Großen Koalition** vermieden werden. Insgesamt waren die letzten 16 Jahre in Deutschland durch die Kanzlerschaft von Angela Merkel, der CDU/CSU als stärkster Kraft und drei Große Koalitionen in vier Legislaturperioden aber durch **Stabilität** geprägt, weshalb sich die im Text beschriebenen Entwicklungen bisher nur teilweise offenbarten.

Stabilität

Allerdings haben sich **Große Koalitionen auch als problematisch erwiesen**, da diese den Abwärtstrend der Volksparteien mutmaßlich beschleunigt und das **Erstarken der kleineren Parteien** begünstig haben. Die Folge der Schwäche der Volksparteien als integrative Kraft ist eine **Zersplitterung des Parteiensystems**. Rechts von der CDU ist die AfD als eine neue Partei entstanden, offenbar auch weil die CDU das rechtskonservative Milieu nicht mehr an sich binden kann. Mit den Wahlerfolgen der AfD verbunden ist die **Sorge vor einer Verschärfung des Populismus und einer Polarisierung der Wählerschaft**. Hass und Hasskampagnen finden nicht nur in sozialen Netzwerken statt, sondern führen bis hin zu Anschlägen und politisch motivierten Morden wie etwa im Fall des hessischen Politikers Walter Lübcke.

Zersplitterung des Parteiensystems

Das im Bundestag und Bundesrat vertretene **Parteienspektrum wird durch das Erstarken der kleinen Parteien auch bunter** und die in den Parlamenten vertretenen Positionen vielfältiger. Die Bürgerinnen und Bürger können in einem Sechs-Parteien-System aus einem größeren und spezifischeren Angebot an Parteien wählen. Während die Volksparteien Stimmen verlieren, **stabilisieren und vermehren sich die kleineren Parteien** daneben. Dies kann als Ausdruck der **Pluralisierung der Gesellschaft** verstanden werden, in der sich die Formen der politischen Partizipation und Loyalität verändern. Darüber hinaus lässt sich zumindest bei manchen Parteien beobachten, dass sie sehr schwankender Zustimmung unterliegen. Dies zeigt, dass die Zahl der Wechselwähler*innen zunimmt.

vielfältigeres Parteienangebot

Das entstandene größere Parteienangebot bietet den Bürgerinnen und Bürgern also ein **spezifischeres Wahlangebot** als das Gesamtpaket Volkspartei, was als Belebung der Demokratie verstanden wird. Offenbar fühlen sich die Bürger*innen **von kleinen Parteien besser repräsentiert**, deren **Schwerpunktthemen** wie Klimaschutz oder Migration aber auch Impulse zurück in die Parteiprogramme der Volksparteien geben können.

Regierungsbildung und -stabilität erschwert

Auch **Koalitionen werden dadurch heterogener und vielschichtiger**, zugleich aber eben auch schwerer zu erreichen und **instabiler**. Der Wandel der Parteienlandschaft hat hinsichtlich der Regierungsbildung und -stabilität insgesamt eher negative Folgen. Wie im Text veranschaulicht wird die Kompromissbildung bei mehreren Partnern komplizierter und somit die **Handlungsfähigkeit vermindert**. Es wird dabei oft um Sichtbarkeit gerungen und gerade kleinere Koalitionspartner haben Sorge, als „Junior-Partner" ihren Markenkern und somit Wähler*innen zu verlieren.

Verunsicherung der Wähler*innen

Wenn offen ist, welche Regierungskonstellation und Verhandlungsergebnisse nach Wahlen zustande kommen, kann dies das **Wahlverhalten der Bürger*innen beeinflussen**. Möglicherweise kann dies eine Verunsicherung der Wähler*innen zur Folge haben, der Wandel der Parteienlandschaft kann somit trotz eines spezifischeren Angebots dennoch auch zur Abkehr und Verdrossenheit der Bürger*innen führen.

Auch wenn die gesellschaftliche Verwurzelung einzelner Parteien abnimmt und sie Mitglieder verlieren, bleibt die staatliche Macht der regierenden Parteien aufgrund der im **Grundgesetz festgeschriebenen Stellung der Parteien** dennoch verankert und somit konstant. Somit bedarf es eines starken Parteiensystems, das seiner demokratischen Legitimation gerecht wird.

Fazit und Ausblick

Die Zusammensetzung des **Bundesrates** zeigt, dass die Parteien in Deutschland zumindest auf **Landesebene mit dem Wandel des Parteiensystems bereits umgehen** müssen. Aufgrund der Schwäche der Volksparteien gibt es auf Landesebene mehr Drei- als Zwei-Parteien-Koalitionen. So sind vielfältige, bisher eher ungewohnte Konstellationen wie „Jamaica" oder „Kenia" zustande gekommen und fast alle der kleineren Parteien sind in einer der Landesregierungen vertreten. Offenbar konnten die notwendigen Kompromisse gefunden und die **Parteien als Fundament einer repräsentativen Demokratie ihrer Verantwortung gerecht werden**. Der Wandel hin zu Dreier-Bündnissen oder einer Minderheitsregierung kann somit auch als Chance gesehen werden, dass Parteien sich auf **Inhalte konzentrieren** und eine **buntere Parteienlandschaft zur Belebung der Demokratie beiträgt**.

KONJUNKTURPAKET UND WELTWIRTSCHAFT

Aufgabenstellung

1 Geben Sie den Text wieder. (Material 1) (20 BE)

2 Erklären Sie die möglichen Folgen unterschiedlicher Konjunkturphasen für die Unternehmen, den Staat und die privaten Haushalte. (25 BE)

3 Mark Schieritz stellt fest, dass die Krise gewaltig sei. (Material 1)
Analysieren Sie mögliche Folgen der Corona-Pandemie für die Weltwirtschaft. (25 BE)

4 Interpretieren Sie die Karikatur und setzen Sie sich mit der Aussage der Karikatur auseinander. (Material 2) (30 BE)

M 1 Mark Schieritz: Corona-Konjunkturpaket: Milliarden, die Hoffnung machen (2020)

Das vorab: Ob mit dem gestern Nacht beschlossenen Konjunkturprogramm nun die Wende im Kampf gegen die ökonomischen Folgen der Corona-Krise erzwungen werden kann, das kann im Moment niemand seriös vorhersagen. Dazu ist diese Krise zu gewaltig – und in ihren Wirkungen bislang auch noch zu wenig verstanden. Was man sagen kann: Die Spitzen der Koalition haben nach langen Verhandlungen ein Maßnahmenpaket vorgelegt, das aus ökonomischer und aus politischer Sicht Hoffnung macht.

Was das Ökonomische angeht, so verknüpft das Programm das kurzfristige Ziel einer Stabilisierung der gesamtwirtschaftlichen Nachfrage mit dem langfristigen Ziel einer sozial-ökologischen Transformation. Es ist ja zunächst einmal so: Aus konjunktureller Sicht spielt es keine Rolle, wofür der Staat Geld ausgibt – solange es nur ausgegeben wird und dadurch Beschäftigung und Einkommen geschaffen werden. Die Regierung könnte, wie es der britische Ökonom John Maynard Keynes einmal vorgeschlagen hat, die Leute auch dafür bezahlen, dass sie Löcher in die Erde graben und danach wieder zuschütten. Oder um eine Formulierung des bayerischen Ministerpräsidenten Markus Söder aus der gestrigen Nacht aufzugreifen: „Auch ein Strohfeuer gibt Hitze."

Die 130 Milliarden an zusätzlichen Ausgaben dürften die ökonomische Betriebstemperatur des Landes durchaus steigen lassen. Hilfen für die finanzschwachen Kommunen, Sonderzahlungen für Familien, niedrigere Stromkosten, Entlastungen für die Unternehmen, Überbrückungshilfen für besonders betroffene Branchen wie Kneipen,

Hotels und Veranstaltungsbetriebe – und vor allem eine vorübergehende deutliche Senkung der Mehrwertsteuer von 19 Prozent auf 16 Prozent. Der niedrigere Steuersatz dürfte dazu führen, dass die Verkaufspreise sinken, was den privaten Konsum stützt. Und: Die Maßnahme hilft damit vor allem Menschen mit kleinen Einkommen, die einen hohen Teil ihrer monatlichen Bezüge für den Lebensunterhalt ausgeben. Die Staatsschulden werden durch die zusätzlichen Ausgaben noch einmal steigen, aber sie bleiben in einem Rahmen, der die finanzielle Stabilität des Landes nicht beeinträchtigt. Damit ist das Geld gut angelegt.

Die Mehrwertsteuersenkung schlägt auch die Brücke von der kurzen Frist zur langen Frist. Sie ist natürlich eine verkappte Autoprämie, weil bei hochpreisigen Gütern wie Fahrzeugen besonders hohe Mehrwertsteuerbeträge anfallen. Unter der Annahme einer vollständigen Weitergabe an die Kunden beliefe sich die Ersparnis bei einem Kaufpreis von 30 000 Euro auf immerhin 900 Euro. Aber anders als bei einer echten Autoprämie, wie sie im Vorfeld diskutiert wurde, gibt es das Geld auch beim Kauf von Fahrrädern, Rollern oder Laufschuhen. Das ist im Sinne einer Wende hin zu einer nachhaltigeren Mobilität ein geschickter Schachzug, zumal es für E-Autos zusätzlich höhere Prämien gibt. In Kombination mit zusätzlichen Geldern für Investitionen im Bereich der Forschung und der Digitalisierung ist dieses Konjunkturpaket damit durchaus auch ein Zukunftspaket.

Nun hätte man sich an diesem Punkt durchaus ambitioniertere Ansätze vorstellen können – einen mehrjährigen Investitionsplan beispielsweise, wie ihn der Gewerkschaftsbund und der Bundesverband der deutschen Industrie in einem gemeinsamen Papier ausgearbeitet haben. Aber wie immer ist das Bessere der Feind des Guten: Die Regierung legt ideologische Grundsatzdebatten beiseite und stemmt sich mit einem durchdachten und pragmatischen Konzept gegen den Abschwung. Das ist in diesen Zeiten keine Selbstverständlichkeit, zumal die zusätzliche Schuldenaufnahme vor allem der Union nicht leichtfallen dürfte und die SPD auf weitreichende Finanzhilfen für die Kommunen verzichten musste.

Womit wir bei der politischen Dimension dieses Pakets wären, das ja nicht isoliert betrachtet werden darf. Es wird ergänzt durch ein milliardenschweres europäisches Wiederaufbauprogramm, das auf deutsch-französische Vorarbeiten zurückgeht – und das in dieser Form vor ein paar Wochen noch kaum jemand für möglich gehalten hatte. In beiden Fällen sind Angela Merkel und Olaf Scholz nach anfänglichem Zögern am Ende nicht populistischen Instinkten gefolgt, sondern haben im Interesse der Sache die Initiative ergriffen. Es ist viel über die mangelnde politische Phantasie der großen Koalition geschrieben worden. In dieser Krise erweist sie sich als Glücksfall für das Land.

Mark Schieritz: Corona-Konjunkturpaket Milliarden, die Hoffnung machen, ZEIT Online vom 04.06.2020, https://www.zeit.de/politik/ausland/2020-06/konjunkturpaket-grosse-koalition-kommentar-mark-schieritz

M 2 Jürgen Janson: Konjunkturpaket (2020)

Jürgen Janson

Hinweise
„Olaf" – Olaf Scholz, Bundesfinanzminister
„Altmaier" – Peter Altmaier, Bundeswirtschaftsminister

Lösungsvorschlag

Unterrichtsinhalte:
Themenfeld: Konjunkturanalyse und Konjunkturpolitik – Herausforderungen prozessorientierter Wirtschaftspolitik (Q 2.1), insbesondere:

- Beobachtung, Analyse und Prognose wirtschaftlicher Konjunktur in offenen Volkswirtschaften durch Wirtschaftsforschungsinstitute
- Grundlagen der keynesianischen stabilisierungspolitischen Konzeption
- Nachhaltiges Wachstum und fairer Wettbewerb – Herausforderungen staatlicher Ordnungspolitik (Q 2.2)
- Ziele und Prinzipien angebotsorientierter Wirtschaftspolitik

Kursübergreifende Bezüge:

- Strukturwandel der Weltwirtschaft als Herausforderung ökonomischer Globalisierung (Q 3.2)
- Chancen und Risiken der Entgrenzung und Verflechtung von Nationalökonomien

1 **TIPP** *Anforderungsbereich: I*

Ausgehend von einem Einleitungssatz, in dem Sie die Textart, den Titel, Autor*in, die Textquelle und das Jahr der Veröffentlichung benennen, fassen Sie den Text möglichst in eigenen Worten unter Verwendung passender fachsprachlicher Begriffe zusammen. Schlüsselbegriffe können Sie in Anführungszeichen verwenden, aber verzichten Sie auf Zitate. Nehmen Sie die Struktur des Textes in den Blick und achten Sie darauf, Ihre Distanz zum Text deutlich zu machen, indem Sie den Konjunktiv oder entsprechende sprachliche Signale verwenden.

Der Kommentar von Mark Schieritz, der am 04.06.2020 mit dem Titel „Corona-Konjunkturpaket: Milliarden, die Hoffnung machen" bei ZEIT Online erschienen ist, befasst sich mit dem am Vortag beschlossenen Corona-**Konjunkturprogramm** der Bundesregierung. Der Autor untersucht die möglichen Effekte des Konjunkturpakets und kommt insgesamt zu einem recht positiven Urteil.

Quelle, Textart

Anlass und zentrales Thema

Schieritz ordnet das Maßnahmenpaket der Bundesregierung grundsätzlich als hilfreichen **Impuls für die Konjunktur** ein, die durch die Coronapandemie geschwächt sei, auch wenn man noch nicht sagen könne, wie weitreichend seine Wirkung sei.

positive Einschätzung des Autors

Zunächst betrachtet der Autor die ökonomischen Aspekte des Konjunkturpakets: Mit dem Programm solle die **Nachfrage** stabilisiert und gleichzeitig eine **Umgestaltung der Wirtschaft** hin zu sozialökologischen Schwerpunkten angestoßen werden. Dabei komme es zunächst darauf an, dass überhaupt Geld ausgegeben werde. Die ge-

ökonomische Aspekte

planten 130 Milliarden, die an viele verschiedene Bereiche der Wirtschaft adressiert seien, würden die Konjunktur auf jeden Fall ankurbeln. Die Senkung der Mehrwertsteuer bewirke eine **Senkung der Preise** und komme auch den unteren Einkommensgruppen zugute. Gleichzeitig sei sie eine „verkappte Autoprämie“ (Z. 31) und somit eine **Subvention der Automobilindustrie**. Sie würde auch das **ökologische Umdenken** fördern, da es sie auch für E-Fahrzeuge gebe. Zusätzlich zu den **Impulsen auf der Nachfrageseite** seien **Investitionen** in Forschung und Digitalisierung geplant. Diese würden aus dem Konjunkturpaket auch ein „Zukunftspaket“ (Z. 40) machen. Der mit den hohen Ausgaben verbundene **Anstieg der Staatsverschuldung** sei nach Schieritz’ Meinung **zu verkraften**.

Stärkung der Nachfrageseite durch Steuersenkung

zusätzliche ökologische Aspekte

Investitionen in die Zukunft

Betrachte man das Maßnahmenpaket aus **politischer Sicht**, falle auf, so Schieritz, dass die **Regierung gemeinsam gegen die Rezession** ankämpfe, ohne „ideologische Grundsatzdebatten“ (Z. 45) zu führen. Eine ähnliche Tendenz sei auf **europäischer Ebene** festzustellen. Auch hier habe man sich überraschend schnell auf ein umfangreiches Finanzierungspaket geeinigt und das **gemeinsame Ziel über nationale Präferenzen** gestellt.

politische Aspekte

Zielorientierung der Politik auf deutscher und europäischer Ebene

2 **TIPP** *Anforderungsbereich: I und II mit deutlichem Schwerpunkt auf II*

In dieser Aufgabe ist von Ihnen gefordert, die verschiedenen Konjunkturphasen zu benennen und deren Folgen für verschiedene Akteure des Wirtschaftskreislaufs zu erklären. Sinnvoll erscheint hier folgende Systematik: Nehmen Sie jeweils eine Konjunkturphase in den Blick und arbeiten Sie deren Folgen für die drei genannten Akteure aus. So haben Sie die Möglichkeit, ergänzende oder konträre Wirkungsbeziehungen deutlich zu machen.

Die Entwicklung der Konjunktur kann mit dem Modell des **Konjunkturzyklus** beschrieben werden, der in vier Phasen eingeteilt ist. Wurde eine Konjunkturkrise erfolgreich überwunden, folgt eine Phase des **Aufschwungs**. Die privaten Haushalte haben (zum Beispiel durch ein wie in M 1 beschriebenes Konjunkturprogramm) eine erhöhte **Nachfrage** nach Gütern und Dienstleistungen. Die Unternehmen können ihr **Produktionspotenzial** besser auslasten, die **Produktivität** wird erhöht und die Gewinne gesteigert. Die damit verbundene **höhere Beschäftigung** unterstützt die Nachfrage zusätzlich. Das Vertrauen in die Wirtschaft wächst und die privaten Haushalte geben wieder mehr Geld aus, anstatt zu sparen. Für den Staat bedeutet ein Aufschwung ein höheres **Steuereinkommen**, die Transferzahlungen – zum Beispiel in Form von Sozialhilfe oder Kurzarbeitergeld – sinken. Staat und Unternehmen können mehr **investieren**, was für **Fortschritt** und mehr **Beschäftigung** sorgt.

Konjunkturzyklus

auf Konjunkturkrise folgt Aufschwung/Expansion

Wenn die Produktion immer mehr wächst, kommt es irgendwann zu einem **Boom**. Die Produktionskapazitäten sind ausgelastet, es kann zu Produktionsengpässen kommen. Die **Gewinne** der Unternehmen sind auf einem **Höchststand**, das gilt auch für die **Steuereinnahmen** des Staates. Der Staat ist nun sogar in der Lage, **Schulden zurückzuzahlen**. Im weiteren Verlauf steigen tendenziell die Preise und damit auch die Kosten der Unternehmen für die Produktion. Die privaten Haushalte leiden unter **hohen Preisen**, was zu Zurückhaltung beim Kauf von Gütern führt. Es kommt zu einem Wendepunkt, die Zuwachsraten bei der Produktivität stagnieren oder gehen durch die gesunkene Nachfrage zurück: Die Phase des **Abschwungs (Rezession)** beginnt. Ähnlich wie die privaten Haushalte reagieren auch die Unternehmen mit Zurückhaltung. Sie tätigen weniger Investitionen, es kommt zu Entlassungen. Der Beschäftigungsrückgang schwächt die Nachfrage der privaten Haushalte. Sie haben weniger Geld zum Ausgeben, was den Abschwung zusätzlich verstärkt und – wenn dieser länger anhält – in eine Konjunkturkrise führt.

Boom

Abschwung/ Rezession

In der **Krise** ist die **Arbeitslosigkeit** auf einem Höchststand. Der Kostendruck für die Unternehmen durch die fehlende Auslastung ihrer **Produktionskapazität** ist sehr hoch. Es fehlt das Geld für Investitionen. Für den Staat bedeutet die Krise, dass die **Steuereinnahmen** immer mehr zurückgehen und die Ausgaben steigen. Möglicherweise werden weltweit – wie während der Coronakrise mittlerweile geschehen – ganze Branchen mit Finanzhilfen unterstützt (vgl. M 1, Z. 18 ff.), um Arbeitsplätze zu retten. Es kommt zu einer **Erhöhung der Staatsverschuldung** (vgl. M 1, Z. 27).

Konjunkturkrise/ Tiefphase/ Depression

3 **TIPP** *Anforderungsbereich I und II mit deutlichem Schwerpunkt auf AFB II*

Im Zentrum dieser Aufgabe steht eine Analyse. Sie sollen untersuchen, welche Folgen die Coronapandemie für die Weltwirtschaft hat. Um dies zu leisten, müssen Sie die ökonomische Dimension der Globalisierung betrachten. In M 1 finden Sie nur wenige konkrete Beispiele, da sich der Text schwerpunktmäßig auf das deutsche Konjunkturprogramm bezieht. Sie müssen also auf jeden Fall auf eigene, zusätzliche Kenntnisse zurückgreifen.

Ein Kennzeichen der Weltwirtschaft ist die **ökonomische Globalisierung**. Die Wirtschaftsbeziehungen sind über **internationale Arbeitsteilung und Lieferketten** weltweit verflochten.

Globalisierung: Verflechtung und Lieferketten

Die Coronapandemie führte innerhalb relativ kurzer Zeit dazu, dass die Weltwirtschaft in eine **Rezession** geriet. Überall auf der Welt stand das wirtschaftliche Leben still. Produktionsbetriebe wurden geschlossen, Regierungen verhängten langfristige Lockdown-Rege-

Rezession durch Pandemie

lungen. Um die Übertragung des Virus einzudämmen, wurden soziale Kontakte eingeschränkt und auch die Möglichkeiten, am wirtschaftlichen Leben teilzunehmen, wurden heruntergefahren. Davon waren zunächst auf nationaler Ebene **Branchen wie der Einzelhandel und das Gastronomie-Gewerbe** betroffen. International betrachtet haben viele Länder durch den völligen **Zusammenbruch** des **Tourismus aufgrund von Grenzschließungen** erhebliche Einbußen hinnehmen müssen. Auch in Produktionsbereichen, die nicht von Schließungen betroffen waren, kam es zu großen Problemen. Die internationalen **Lieferketten, über die Rohstoffe und Vorprodukte bereitgestellt werden, wurden unterbrochen**. So kam es zu Engpässen und die Verfügbarkeit vieler Produkte war stark eingeschränkt, zum Beispiel waren im Elektronikbereich Leiterplatten oder Chips vorübergehend gar nicht mehr lieferbar, auch bei Medikamenten kam es zu Lieferschwierigkeiten. Auf der ganzen Welt wurde in vielen Branchen mit Massenentlassungen reagiert. Die Staaten versuchten, durch Konjunkturprogramme die Folgen der Krise etwas abzumildern. Dies zeigte sich auch in der EU: Hier wurde ein „milliardenschweres europäisches Wiederaufbauprogramm" (M 1, Z. 51 f.) auf den Weg gebracht.

Einbruch weltweit in fast allen Branchen

Schließung von Produktionsstätten

Unterbrechung der Lieferketten

weltweite Arbeitsplatzverluste

Wenn die weltweite Nachfrage zurückgeht, kommt es in exportorientierten Ökonomien zu **Einbrüchen in der Produktion**. Dies konnte man 2020 zum Beispiel in der **Autoindustrie** beobachten. Die weltweit **rückläufigen öffentlichen Investitionen** resultieren in einem Rückgang der Aufträge aus dem Ausland nicht nur bei Gütern, sondern auch bei Dienstleistungen.

Rückgang des Exports

Rückgang von Investitionen

Ein **Rückgang des Welthandels**, der insgesamt als Garant für wachsenden Wohlstand betrachtet werden kann, führt vor allem in den ärmeren Ländern zu **Arbeitslosigkeit** und **Armut**. Eine Weltwirtschaftskrise bremst zwangsläufig in diesen Ländern den Fortschritt. Neben den negativen Auswirkungen der Coronapandemie lassen sich auch Bereiche feststellen, die von der Krise zumindest vorübergehend profitiert haben. So hat weltweit der Online-Versandhandel stark zugenommen und auch Baumärkte haben profitiert.

Probleme in ärmeren Ländern

Profiteure der Pandemie

Denkbar ist auch, dass infolge der Krise die **Abhängigkeit von globalen Lieferketten** infrage gestellt wird. Vielleicht denken Verbraucher*innen und Unternehmen um und versuchen, ihre Produkte eher regional zu erwerben bzw. zu produzieren.

Umdenken durch die Krise

4 **TIPP** *Anforderungsbereich: II und III mit Schwerpunkt auf AFB III*

Als Ausgangspunkt für diese Aufgabe finden Sie eine Karikatur vor. Diese sollen Sie zunächst interpretieren und sich in einem zweiten Schritt mit der Aussage der Zeichnung kritisch auseinandersetzen. Gehen Sie im **ersten Schritt** möglichst strukturiert vor: Beschreiben Sie, ausgehend von einem einleitenden Satz, was Sie sehen, und arbeiten Sie dann die Aussageabsicht des Zeichners heraus. Für die Diskussion im **zweiten Schritt** können Sie durchaus auf Aussagen aus M 1 und Ihre in M 2 dargestellten Kenntnisse zurückgreifen, sollten jedoch eine eigene Beurteilung der möglichen Effekte des Konjunkturpakets vornehmen. Die hier vorgeschlagene Lösung ist nur eine denkbare Möglichkeit, sich mit der Thematik auseinanderzusetzen.

Einleitungssatz

Thema / Problematik

Die Karikatur mit dem Titel „Konjunkturpaket" und dem Untertitel „Konjunktur-Lokomotive: Altmaier macht Druck!" wurde von Jürgen Janson erstellt und veröffentlicht. Janson befasst sich in seiner Zeichnung kritisch mit dem von der Bundesregierung im Juni 2020 beschlossenen **Konjunkturpaket**.

Beschreibung der Karikatur

Zu sehen ist eine Dampflock, in deren Führerhäuschen sich Bundeswirtschaftsminister Altmaier als Lokomotivführer betätigt. Die Lok ist mit dem Schild „Deutsche Wirtschaft" beschriftet. Bundesfinanzminister Scholz ist offenbar als Heizer für das Anfeuern der Lokomotive verantwortlich, denn Altmaier ruft ihm zu: „Olaf, mehr Kohle!!"

Wirkungsmechanismus des Konjunkturpakets

Hier wird deutlich, wie das Konjunkturpaket wirken soll. Durch sprichwörtlich „mehr Kohle", also ein staatliches Finanzpaket, sollen die Nachfrage gestärkt, die deutsche Wirtschaft wieder in Schwung gebracht und die wirtschaftlichen Folgen der Coronakrise abgemildert werden.

Kritik des Zeichners

Dass der Zeichner diesen Wirkungsmechanismus infrage stellt, sieht man daran, dass die Räder der Lokomotive quadratisch sind. Selbst durch mehr Druck im Dampfkessel dürfte diese nur schwer wieder zu bewegen sein.

Dass der Staat die Wirtschaft mit Ausgaben in Milliardenhöhe unterstützt, kann man auf der einen Seite durchaus als sinnvoll einordnen.

ethische Aspekte

Schließlich haben viele Menschen durch die Krise ihre Arbeitsplätze verloren oder sind unmittelbar davon bedroht. Unter ethischen Gesichtspunkten ist es richtig, dass der Staat die Bürger*innen zum Beispiel mit Kurzarbeitergeld unterstützt. Auf der anderen Seite ist es durchaus fragwürdig, ob Unternehmen aus der Luftfahrt-, Automobil- oder Reisebranche mit Steuergeldern gerettet werden müssen, wenn diese ihren Aktionärinnen und Aktionären trotz der Krise Dividenden oder ihren Managerinnen und Managern weiterhin hohe Boni zahlen.

Die mit dem Konjunkturpaket unterstellte keynesianische Wirkungskette, dass eine **Stärkung der Nachfrageseite die Wirtschaft** ankurbelt und aus der Krise führt, lässt sich ebenfalls kontrovers betrachten. Zum einen ist es – wie in M 1 angedeutet wird (vgl. Z. 25) – für Menschen mit kleinen Einkommen hilfreich, wenn sie einen Kinderbonus erhalten oder vorübergehend eine niedrigere **Mehrwertsteuer** zahlen müssen. Dass sich gerade Empfänger*innen kleiner oder mittlerer Einkommen in einer Krise ein teures Auto (vgl. M 1, Z. 30) kaufen, ist fraglich. Konsumentinnen und Konsumenten konnten feststellen, dass nur wenige Unternehmen die **Mehrwertsteuersenkung** tatsächlich an die Verbraucher*innen weitergegeben haben. Auch die in M 1 genannten geplanten **Investitionen** in die Digitalisierung und Forschung (vgl. Z. 39) tragen sicherlich zu einem kleinen „Schub“ für die „Lokomotive“ bei. Zum anderen muss man sich jedoch fragen, wer langfristig für die vielen **Schulden** aufkommt, die im Zusammenhang mit den staatlichen Konjunkturhilfen entstehen. Ob die staatliche Schuldenquote ohne Ausgabensenkungen, die wiederum die „Lokomotive“ bremsen würden, oder schmerzhafte **Steuererhöhungen** gesenkt werden kann, ist im Moment kaum abzuschätzen.

kontroverse Sichtweise möglich

Kinderbonus

Senkung der Mehrwertsteuer

Investitionen

Staatsschulden sind unvermeidlich

Eine weitere Säule des Konjunkturpakets, die in M 1 nicht genannt wird, ist die **Sozialgarantie**. Der Staat bezuschusst die Sozialversicherungen, deren Ausgaben durch Kurzarbeit und Arbeitslosigkeit angestiegen sind. So soll ein Ansteigen der Sozialbeiträge verhindert werden. Diese Maßnahme kann zwar als vertrauensbildend bewertet werden, hat jedoch auf die Nachfrage eher eine indirekte und langfristige Auswirkung.

Sozialgarantie

Die Maßnahmen der Bundesregierung erscheinen – trotz einiger Kritikpunkte hinsichtlich ihrer Effizienz – angesichts der heute sichtbaren Tragweite der Krise als geboten, da sie existenzsichernd für viele Bürger*innen waren und sind. Es erscheint als schlüssig, dass nur mit einer funktionierenden Wirtschaft die Folgen der Krise überwunden werden können. Insofern war die Entscheidung für „mehr Kohle“ sicher angebracht.

Sind die Maßnahmen effizient?

Fazit

DEUTSCHE SICHERHEITSPOLITIK

Aufgabenstellung

1 Fassen Sie die Aussagen Kramp-Karrenbauers zusammen. (Material 1) (20 BE)

2 Erläutern Sie ausgehend von Material 1 die Strategie und beabsichtigte Wirkungsweise des islamistischen Terrorismus. (25 BE)

3 Analysieren Sie am Beispiel der Haltung der SPD (Material 2) zu den Forderungen Kramp-Karrenbauers das Verhältnis von Bundesregierung und Bundestag im Hinblick auf Auslandseinsätze der Bundeswehr. (25 BE)

4 Kramp-Karrenbauer fordert, dass sich Deutschland in Konflikten wie in Mali nicht wegducken dürfe. (Material 1)
Diskutieren Sie diese Forderung Kramp-Karrenbauers anhand des Konflikts in Mali oder eines anderen selbstgewählten Beispiels. (30 BE)

M 1 Interview von Eckart Lohse und Konrad Schuller für die Frankfurter Allgemeine Sonntagszeitung (FAS) mit der CDU-Vorsitzenden[1] und Bundesverteidigungsministerin Annegret Kramp-Karrenbauer (AKK): Wir brauchen 2020 große Mehrheiten für große Projekte (2019)

FAS: Der amerikanische Verteidigungsminister Mark Esper bat unlängst die europäischen Nato-Partner „Trittbrettfahrer" genannt. Muss Deutschland sich das bieten lassen, während deutsche Soldatinnen und Soldaten in Afghanistan für den Verbündeten Amerika kämpfen und sterben?

AKK: Diese Äußerung war an Nato-Mitglieder ganz allgemein gerichtet. Es war eine Wortwahl, die nicht zu dem passt, was ich von dem amerikanischen Kollegen in persönlichen Gesprächen gehört habe. Möglicherweise haben innenpolitische Gründe und der amerikanische Vorwahlkampf eine Rolle gespielt. Der Vorwurf entspricht im Übrigen nicht den Tatsachen. Deutschland ist in der Nato einer der größten Truppensteller. Darauf sind wir stolz. Unsere Leistungen sind von allen Partnern hoch anerkannt. Wir arbeiten eng und gut mit unseren Verbündeten zusammen. Es ist aber auch wahr, dass Deutschland sich verpflichtet hat, zukünftig zehn Prozent aller Nato-Fähigkeiten zu stellen. Das entspricht rund zwei Prozent unseres Bruttoinlandsproduktes, und da müssen wir erst noch hin. Wir sind ein großes, starkes Land und unsere Verbündeten erwarten zu Recht. dass wir uns stärker engagieren. Aber wir sehen eben auch in besonders gefährlichen Krisenregionen, wie jetzt in der Sahelzone, dass dort die Franzosen mit einem viel robusteren Auftrag unterwegs sind. Sie leisten ihn, damit die Bundeswehr und unsere zivilen Organisationen dort in Sicherheit etwas aufbauen können.

Nicht nur die Amerikaner, sondern auch europäische Partner fragen uns immer eindringlicher, ob es bei dieser Arbeitsteilung bleiben kann.

FAS: Wird unser Blutzoll[2] höher, wenn wir mehr Verantwortung übernehmen?

AKK: Jeder Einsatz ist gefährlich. Frankreich zum Beispiel bekämpft in Mali den islamistischen Terrorismus. Die Sicherheitssituation dort hat sich massiv verschlechtert. Die staatlichen Strukturen werden schwächer statt stärker. Das stellt uns alle in Europa vor die Frage, wie wir mit dieser Region umgehen, in unserem eigenen Interesse: In der Sahelzone entsteht zur Zeit eine große Drehscheibe für Terrorismus, für organisierte Kriminalität, für Migration und Menschenhandel. Wir werden überlegen und entscheiden müssen, ob wir in unserem eigenen Interesse an Ort und Stelle für Stabilität sorgen wollen und ob die Bundeswehr hier nicht an der Seite unserer Verbündeten ein robusteres Ausbildungsmandat braucht.

FAS: Was soll dadurch anders werden?

AKK: Wenn wir als Europäer gemeinsam gegen den erstarkenden islamistischen Terrorismus vorgehen wollen, brauchen wir dafür eine klare völkerrechtliche Grundlage. Eine EU-Mission zur Ausbildung afrikanischer Kräfte mit einem robusten Mandat der Vereinten Nationen wäre ein möglicher Weg. Wenn wir das nicht tun, müssen wir uns ehrlich machen, was das möglicherweise an Migrationswellen für Europa bedeuten würde, und ob wir das wollen.

FAS: Was wäre, wenn nichts geschähe?

AKK: Dann müsste man letztlich um ganz Europa Mauern und Stacheldraht legen. Ich möchte mir das nicht vorstellen. Deshalb bin ich überzeugt, dass wir als Europäer in unserem Interesse helfen müssen, die Regionen in unserer Nachbarschaft zu stabilisieren. Nordafrika und die Sahelzone erscheinen manchen vielleicht sehr weit weg. Aber wenn man sich die Migrationsbewegungen anschaut, dann ist das eine Region, die uns im Positiven oder im Negativen sehr beschäftigen kann. Wir müssen uns als Europäer gemeinsam entscheiden, wie wir mit dieser Region umgehen wollen.

Und Deutschland darf sich dabei nicht wegducken.

„Wir brauchen 2020 große Mehrheiten für große Projekte“ (Auszug; FAZ.NET, 28.12.2019 von Eckart Lohse und Konrad Schuller)

Anmerkungen

1 Im Januar 2021 wurde Armin Laschet vom Bundesparteitag der CDU zum neuen Parteivorsitzenden gewählt.

2 Blutzoll – *hier:* Anzahl von Menschen, die in Zusammenhang mit Bundeswehreinsätzen ihr Leben verlieren

M 2 Mona Jaeger und Markus Wehner: SPD gegen robustes Mandat in Sabel-Zone (2019)

Die SPD lehnt den Vorstoß von Verteidigungsministerin Annegret Kramp-Karrenbauer (CDU) ab, die Bundeswehr mit einem umfassenderen, robusteren Mandat für die südliche Sahara auszustatten. Die neue SPD-Vorsitzende Saskia Esken sagte […] „Wir akzeptieren keine undurchdachten Militäroffensiven und keine Redefinition[1] der deutschen Außenpolitik aus dem Verteidigungsministerium."

Wie bei ihrem Vorstoß zu Syrien agiere die CDU-Vorsitzende und Verteidigungsministerin wieder ohne Absprache in der Regierung. „Zudem verliert Frau Kramp-Karrenbauer kein Wort darüber, wie gefährlich solch ein Einsatz wäre und wie groß das Risiko für unsere Soldatinnen und Soldaten", sagte die SPD-Vorsitzende weiter.

Wenn es Kramp-Karrenbauer ernst sei mit ihren außenpolitischen Vorschlägen, „dann haben wir die Erwartung, dass sie diese gemeinsam mit dem Außenminister Heiko Maas in verantwortungsvoller Zusammenarbeit in der Koalition entwickelt", so Esken. Für die SPD blieben Militäreinsätze „die ultima Ratio[2]". […]

„Sehr skeptisch" betrachtet auch der SPD-Obmann im Verteidigungsausschuss, Fritz Felgentreu, den Vorschlag der Ministerin. „Einfach mal Kampftruppen schicken – das kann es ja wohl nicht sein."

[…] Rechtsgrundlage für einen Auslandseinsatz der Bundeswehr könne laut Grundgesetz keine Ad-hoc-Allianz mit Frankreich, sondern nur ein UN- oder ein EU-Mandat sein.

„Mir ist nichts darüber bekannt, dass es überhaupt Gespräche dazu gibt." Zudem müsse ein Einsatzkonzept vorliegen, „bevor ich bereit wäre, deutsche Soldatinnen und Soldaten dort tödlichen Gefahren auszusetzen". Auch müsse klar sein, welches Personal und Material zum Einsatz kommen solle. „Wenn wir da etwas übers Knie brechen, wird das kein gutes Ende nehmen".

„SPD gegen robustes Mandat in Sahel-Zone" (Auszug; FAZ.NET, 29.12.2019, Mona Jäger und Markus Wehner)

Anmerkungen

1 Redefinition – Neudefinition
2 ultima Ratio – letztes Mittel, letzter Ausweg

Lösungsvorschlag

Unterrichtsinhalte:
Themenfeld: Internationale Konflikte und Konfliktbearbeitung in einer differenzierten Staatenwelt (Q 3.1), insbesondere:

- Ziele, Strategien und möglicher Beitrag deutscher Außen- und Sicherheitspolitik zur Konfliktbearbeitung und -prävention
- Möglichkeiten, Verfahren und Akteure kollektiver Konfliktbearbeitung und Friedenssicherung im Rahmen internationaler Institutionen und Bündnisse (insbesondere Vereinte Nationen inkl. UN-Charta, NATO)

Kursübergreifende Bezüge:
Verfassung und Verfassungswirklichkeit: Rechtsstaatlichkeit und Verfassungskonflikte (Q 2.1), insbesondere:

- Parlament, Länderkammer, Bundesregierung und Europäische Institutionen im Gesetzgebungsprozess (insbesondere Spannungsfeld Exekutive – Legislative)

1 **TIPP** *Anforderungsbereich: I*

In dieser Aufgabe ist ganz klassische Textarbeit gefragt. Achten Sie auf den einleitenden Satz mit Autorin, Titel, Textsorte und Erscheinungsjahr. Die Form des Interviews mag etwas ungewöhnlich sein, hier empfiehlt es sich aber, die Aussagen von Annegret Kramp-Karrenbauer wie bei einem Kommentar oder einem Aufsatz wiederzugeben.

Einleitung

Die Bundesverteidigungsministerin und damalige CDU-Vorsitzende Annegret Kramp-Karrenbauer fordert in einem Interview in der Frankfurter Allgemeinen Sonntagszeitung vom 28. Dezember 2019 ein **robusteres Mandat** für den Bundeswehreinsatz in Mali als bisher, da sich Deutschland in der Südsahara militärisch nicht wegducken dürfe.

Vorwurf der USA

Den **Vorwurf** des amerikanischen Verteidigungsministers Esper, einige europäische Nato-Partner seien „Trittbrettfahrer" (M 1, Z. 2), **weist** Annegret Kramp-Karrenbauer **zurück** und verweist auf innenpolitische Gründe im amerikanischen Vorwahlkampf. Deutschland sei einer der **größten Truppensteller in der Nato** und arbeite eng und gut mit seinen Verbündeten zusammen. Die Verteidigungsministerin gesteht jedoch ein, dass Deutschland seiner **Selbstverpflichtung**, zwei Prozent des BIP für den Verteidigungshaushalt aufzuwenden, bisher nicht nachkomme, und dass Verbündete wie die USA, aber auch Frankreich ein **stärkeres** – auch militärisches – **Engagement Deutschlands** erwarteten. Als Beispiel nennt die Ministerin Mali, wo sich die Sicherheitssituation massiv verschlechtert

Selbstverpflichtung Deutschlands

habe und Terrorismus, organisierte Kriminalität, Migration und Menschenhandel blühe. Deutschland müsse hier prüfen, ob man Frankreich, das bereits mit Truppen vor Ort sei, nicht mit einem **robusteren Mandat vor Ort unterstützen** könne, ja vielleicht sogar müsse. Eine EU-Mission mit einem **Mandat der Vereinten Nationen** sei ein möglicher Weg, um „Migrationswellen" (M 1, Z. 37) zu reduzieren. Die Alternative, ein abgeschottetes Europa hinter Mauern und Stacheldraht, ist für Kramp-Karrenbauer im Vergleich die schlechtere Alternative. Europa und Deutschland müssten entscheiden, wie man mit der Region umgehen wolle, und Deutschland müsse dabei seinen **Beitrag leisten**.

robusteres Mandat durch UN-Beschluss

2 **TIPP** *Anforderungsbereich: I und II mit Schwerpunkt auf AFB II*

Diese Aufgabe ist eine der klassischen Reproduktionsaufgaben. Sicher haben Sie sich mit dem Phänomen des Terrorismus im Unterricht beschäftigt – hier gilt es nun, die wesentlichen Elemente möglichst strukturiert wiederzugeben. Beachten Sie, dass Sie Ihre Wiedergabe „ausgehend von Material 1" beginnen sollen, Textbezüge sind daher sinnvoll.

Der **islamistische Terrorismus** ist ein relativ **modernes Phänomen**, das vor allem seit den Anschlägen am 11. September 2001 die internationale Politik beeinflusst. Zu den Spezifika des Terrorismus, der keine neue Erscheinung ist, kommt eine spezifisch **(pseudo-)religiöse Komponente**, durch die die Terroristinnen und Terroristen ihr Handeln zu legitimieren versuchen. Oft handelt es sich dabei aber eben gerade nicht um Menschen, die auf Grundlage eines religiös geprägten Wertesystems handeln, sondern um **entwurzelte** sowie **sozial und ökonomisch perspektivlose junge Männer**, die durch Terroristen ein einfaches Weltbild mit einer Dämonisierung westlicher Gesellschaften vermittelt bekommen und so **radikalisiert** werden.

modernes Phänomen

(pseudo-)religiöse Komponente

Die (pseudo-)religiöse Komponente macht es besonders schwer, gegen Terroristinnen und Terroristen vorzugehen, da im Unterschied zu „weltlichen" Terroristinnen und Terroristen die **Bereitschaft, das eigene Leben zu opfern**, relativ hoch ausgeprägt ist. Dadurch ist es für Sicherheitskräfte besonders schwer, terroristische Anschläge zu verhindern, da der Attentäter bzw. die Attentäterin bereit ist, nach bzw. bei dem Anschlag sein Leben zu opfern.

Bereitschaft zum Suizid

Im Gegensatz zur Wahrnehmung der Bevölkerung in westlichen Staaten ist der islamistische Terrorismus vor allem dort stark, wo **keine Stabilität** zu finden ist (M 1, Z. 25: „Die staatlichen Strukturen werden schwächer statt stärker."), und **nicht in westlichen Gesellschaften** selbst. Überall dort, wo der Staat sein Gewaltmonopol

Terrorismus und staatliche Stabilität

nicht durchsetzen kann – so z. B. in Mali – finden Terroristinnen und Terroristen **Rückzugsräume**.

Rekrutierung und Finanzierung

Hier kann die **Ausbildung und Rekrutierung von Terroristinnen und Terroristen** durchgeführt werden, vor allem aber sind schwache Staaten ideal für die **Finanzierung von Terrorismus** („In der Sahelzone entsteht zur Zeit eine große Drehscheibe für Terrorismus, für organisierte Kriminalität, für Migration und Menschenhandel", M 1, Z. 27 f.).

Leid der örtlichen Bevölkerung

Die **örtliche Bevölkerung** ist dabei oft das **erste Opfer der Terroristinnen und Terroristen**, die Perspektivlosigkeit der Bevölkerung kann zu **humanitären Katastrophen** führen, die dann durch „Migrationswellen für Europa" (M 1, Z. 37 f.) wiederum westliche Gesellschaften unter Druck setzen.

Der Versuch, instabile Staaten, in denen Terroristen agieren, zu stabilisieren und der dortigen Bevölkerung wieder Frieden und Stabilität zu bringen (z. B. durch NATO-Truppen in Mali), führt oft auch zu zivilen Opfern. Dadurch können **die Terroristen** den **Westen als eigentlichen Aggressor darstellen**.

Strategie des Terrorismus

Terroristinnen und Terroristen befinden sich strategisch in einer Position der Schwäche gegenüber jedem halbwegs stabilen Staat, deswegen wird die **offene Konfrontation vermieden**. Stattdessen versuchen sie sogenannte „weiche Ziele" anzugreifen, also Ziele ohne militärische Relevanz, aber mit einer hohen Zahl an erwartbaren zivilen Opfern, z. B. Märkte, touristische Ziele usw. Dadurch haben die **Anschläge eine hohe Wirkung** – nicht militärisch, sondern psychologisch, da die Bevölkerung in **Angst** versetzt wird. Terroristen zielen also darauf ab, die Bevölkerung in Angst zu versetzen, um so wiederum die **Regierungen, die die Anschläge offenkundig nicht unterbinden können, zu delegitimieren**. Für viele Staaten mit einem starken Tourismus (z. B. Ägypten) können Anschläge und das damit einhergehende Ausbleiben von Touristinnen und Touristen wirtschaftlich signifikante Folgen haben.

Terrorismus und Medien T

Terroristen nutzen dabei **Medien**, um ihre Anschläge auf der ganzen Welt bekannt zu machen, somit ist Terrorismus mehr eine **Kommunikationsstrategie als eine militärische Strategie**. Durch die Berichterstattung der Medien können die Effekte des Terrorismus potenziert werden – man denke etwa an die Fernsehbilder des 11. Septembers 2001, die um die ganze Welt gingen.

Für die Medien sind terroristische Anschläge natürlich berichtenswert, auch wenn man dabei letztendlich den Terroristinnen und Terroristen einen Gefallen tut. Eine **Zurückhaltung der (klassischen) Medien** hat oder hätte dabei aber **kaum einen großen Effekt**, da Terroristen die **modernen Medien** ebenfalls nutzen und somit in der Lage sind, auch ohne die klassischen Medien Videos über YouTube usw. zu verbreiten.

Das Interview von Kramp-Karrenbauer offenbart die **unterschiedlichen Lösungsansätze bei der Bekämpfung** von Terrorismus: Auf der einen Seite die **militärische Bekämpfung** von Terroristen, um so Stabilität und Sicherheit in Staaten wie Mali überhaupt wieder herzustellen, sodass es eine Chance für die Zivilbevölkerung gibt, in Frieden zu leben. Auf der anderen Seite ist es nötig, mit **zivilen Mitteln** wie Entwicklungszusammenarbeit und in der Zusammenarbeit mit „zivilen Organisationen" (M 1, Z. 18 f.) in den betroffenen Staaten Armut zu bekämpfen, Bildung zu ermöglichen und den Menschen wieder eine Perspektive zu bieten.

Bekämpfung des Terrorismus: verschiedene Ansätze

3 **TIPP** *Anforderungsbereich I und II mit Schwerpunkt auf AFB II*

In dieser Aufgabe sollten Sie zunächst knapp die Kritik der SPD umreißen, bevor Sie dann grundsätzlich auf die Ebene des Grundgesetzes wechseln, um die Grundlagen für Auslandseinsätze darzulegen. Hinzu kommt die politics-Ebene, in der bei den beiden Koalitionspartnern SPD und CDU aus einer Sachfrage auch ein politisches Kräftemessen wird.

Die **Kritik der SPD** an den Vorschlägen der Verteidigungsministerin geht zum einen gegen den Versuch einer einseitigen **„Redefinition"** (M 2, Z. 4) der **deutschen Außenpolitik**. Die Parteivorsitzende wirft der Verteidigungsministerin vor, eine „undurchdachte[…] Militäroffensive[…]" (M 2, Z. 4) zu planen und die **Gefahren** für die deutschen Soldatinnen und Soldaten **nicht transparent offenzulegen**. Ebenso wird die Frage nach der **völkerrechtlichen Legitimation** aufgeworfen, für einen Einsatz der Bundeswehr sei „ein UN- oder ein EU-Mandat" (M 2, Z. 18) nötig. Im letzten Absatz wird durch die persönliche Position des Bundestagsabgeordneten Felgentreu („bevor ich bereit wäre …", M 2, Z. 21) verdeutlicht, dass die **Entscheidung** über den Einsatz der Bundeswehr **beim Deutschen Bundestag** liegt.

Kritik an Redefinition der Außenpolitik

völkerrechtliche Legitimation

Rolle des Bundestags

Die Kritik der SPD offenbart grundsätzliche Einblicke in das Verhältnis von Bundesregierung und Bundestag in Hinblick auf Einsätze der Bundeswehr.

Zwar untersteht die Bundesehr in Friedenszeiten der Verteidigungsministerin, dennoch verweist die SPD darauf, dass in einer **Koalition grundlegende (außen-)politische Weichenstellungen gemeinsam** getroffen werden. Hierzu gehört sowohl die **Abstimmung innerhalb des Bundeskabinetts** mit dem Außenminister, aber auch mit der Bundeskanzlerin, die die **Richtlinienkompetenz** innehat und im Verteidigungsfall sogar automatisch die Kommandogewalt über die Bundeswehr übernehmen würde.

Abstimmung des Außenpolitik

Der **Richtlinienkompetenz** der Bundeskanzlerin steht jedoch das **Koalitionsprinzip** gegenüber, da die Bundesregierung auf die **Koalitions-)mehrheit im Bundestag angewiesen** ist. So werden schon vor dem Zustandekommen einer Regierung **Koalitionsverhandlungen** geführt, in denen auch **außenpolitische Grundsatzfragen** vereinbart werden. Zusätzlich werden die wichtigen Entscheidungen aber auch in dem informellen Gremium des **Koalitionsausschusses** abgesprochen. Hier wird ein typisches Element der deutschen **Konsensdemokratie** erkennbar, Entscheidungen müssen mit einer Vielzahl an Akteuren abgestimmt werden (Ministerien, Bundeskanzler*in, Parteichefinnen und Parteichefs).

Koalitionsprinzip

Konsensdemokratie

Die zweite Kritik der SPD ist inhaltlich so **nicht korrekt**: Für einen **Auslandseinsatz** der Bundeswehr bedarf es **nicht eines UN- oder eines EU-Mandats** – tatsächlich sind **völkerrechtlich nur die Vereinten Nationen berechtigt**, ein Mandat für einen Militäreinsatz außerhalb des eigenen Territoriums zu genehmigen – mit Ausnahme der individuellen oder kollektiven Verteidigung. Mit einem **UN-Mandat** ist aber ein Einsatz der Bundeswehr **lediglich völkerrechtlich genehmigt**, das bedeutet noch **nicht**, dass ein Einsatz **auch verfassungsgemäß** ist. Der Einsatz der Bundeswehr muss von der **Mehrheit des Bundestages beschlossen** werden. Es ist also rechtlich **nicht möglich, dass die Bundesregierung** (z. B. zur Wahrung von Bündnispflichten im Rahmen der NATO) einen **Einsatz der Bundeswehr beschließen** kann: Die Bundeswehr ist eine **Parlamentsarmee**, sodass der Deutsche Bundestag jedem (Auslands-) Einsatz zustimmen muss. Die Kontrolle der Armee durch das Parlament wird **ergänzt durch das Budgetrecht des Deutschen Bundestages**, das auch den Wehretat umfasst. Daher müssen Fragen wie etwa die von der Verteidigungsministerin angesprochene Erhöhung der Verteidigungsausgaben auf 2 % des BIP vom Bundestag beschlossen werden. Zusätzlich ist der **Verteidigungssauschuss** einer der ständigen Ausschüsse des Deutschen Bundestages, der somit die **Verteidigungspolitik der Bundesregierung parlamentarisch kontrolliert**. Hier kann das Parlament seine Kritik- und Kontrollfunktion wahrnehmen. Darüber hinaus kann der Bundestag sich durch eigene **Stellungnahmen positionieren** und die Regierung zwingen, ihre außenpolitischen Pläne offenzulegen und der öffentlichen Diskussion auszusetzen. Schließlich gibt es noch ein besonderes Kontrollrecht des Bundestages in Bezug auf die Bundeswehr: Der Bundestag wählt eine **Wehrbeauftragte** bzw. einen **Wehrbeauftragten** aus seinen Reihen, der im Auftrag des Bundestages an der parlamentarischen Kontrolle der Streitkräfte mitwirkt.

UN-Mandat vs. EU-Mandat

Beschluss des Bundestags

Kontrolle durch den Bundestag

Alles in allem erkennt man am Beispiel der Auslandseinsätze der Bundeswehr, wie **Bundesregierung und Bundestag in ihrer Machtausübung verschränkt** sind und einerseits das Parlament die

Fazit

Regierung kontrolliert, andererseits die Regierung aber auch durch informelle Schranken wie Koalitionsabsprachen an einer uneingeschränkten Machtausübung gehindert wird.

4 **TIPP** *Anforderungsbereich: II und III mit Schwerpunkt auf AFB III*

Bei dieser Aufgabe sollten Sie entweder gleich zu Beginn knapp auf ein geeignetes Beispiel verweisen oder im Lauf der Beantwortung der Aufgabe. Sicher haben Sie im Unterricht das Für und Wider einer größeren Beteiligung Deutschlands im Bereich der internationalen Sicherheit diskutiert. Sinnvoll ist es, mit der Position zu beginnen, die Sie nicht teilen, sodass Sie mit der Position, die Sie vertreten, enden können.

Einleitung

In der Folge der Anschläge vom 11. September besetzten Truppen unter Führung der USA Teile **Afghanistans**, um **terroristische Rückzugsräume in Zukunft zu verhindern** und um Afghanistan zu einem **demokratischeren und stabileren Staat zu** machen. Auch die **Bundeswehr** beteiligte sich an den militärischen Operationen, ebenso wie am zivilen Wiederaufbau Afghanistans. Ob Mali, Afghanistan oder andere Schauplätze: Die Frage nach der **Rolle der Bundesrepublik Deutschland** bei der Stabilisierung von Staaten stellt sich jedes Mal aufs Neue.

Regeln des Grundgesetz

Zum einen liegt dies an den durchaus **restriktiven Regeln des Grundgesetzes** beim Einsatz des Militärs: Angriffskriege sind per Verfassung verboten, lediglich die individuelle Verteidigung, die Verteidigung von Bündnispartnern oder ein völkerrechtlich durch die Vereinten Nationen legitimierter Einsatz sind **juristisch** möglich. **Politisch** hat sich das wiedervereinte Deutschland dazu verpflichtet, dass „von deutschem Boden nur Frieden ausgehen" solle – auch hier ist es also **schwer, Militäreinsätze zu legitimieren**.

Skepsis der deutschen Öffentlichkeit

Hinzu kommt, dass in der deutschen **Öffentlichkeit** ein Einsatz der Bundeswehr im Ausland traditionell **skeptisch** gesehen wird. Trotz der fast 30 000 Bundeswehrsoldatinnen und -soldaten im Ausland sieht sich Deutschland in seinem Selbstbild immer noch als **Zivilmacht**. Damit eng verbunden ist die **grundsätzliche Skepsis** gegenüber der Möglichkeit, **Sicherheit durch den Einsatz militärischer Mittel zu gewährleisten**. Die tieferliegenden Ursachen von Terrorismus, v. a. die Perspektivlosigkeit der Menschen (vgl. Aufgabe 2) müssten mit Mitteln der **Entwicklungszusammenarbeit**, hier insbesondere mit Mitteln der Bildung- und Sozialpolitik, bekämpft werden, sodass dem **Terrorismus die Basis entzogen** wird.

Entwicklungshilfe statt militärischer Mittel

militärisches Eingreifen erhöht Terrorgefahr

Von einigen Seiten wird auch das **egoistische Argument** ins Feld geführt, dass ein Einsatz der Bundeswehr den **Fokus des islamisti-**

schen Terrorismus nur auf Deutschland lenken würde – Deutschland könne also durch eine Politik des „**Heraushaltens**" verhindern, dass Terroranschläge wie in Frankreich (z. B. in Paris oder Nizza) auch in Deutschland passieren. Es ist folglich für die handelnden Akteurinnen und Akteure in der Bundesregierung nicht einfach, politische und gesellschaftliche Mehrheiten für Bundeswehreinsätze zu finden.

Skepsis der Partner vor starkem Deutschland

Zuletzt wird oft – als meines Erachtens nicht besonders überzeugendes Argument – angeführt, dass die **Partner** ein **stärkeres (militärisches) Engagement Deutschlands skeptisch beurteilen** würden. Dies mag eventuell bei einem deutschen „Führungsanspruch" so sein. Wenn es aber um die Beteiligung an den Lasten von Kampfeinsätzen geht, haben die Partner Deutschlands jedoch immer deutlich gemacht, dass sie sich ein **stärkeres Engagement Deutschlands wünschen**. Besonders medienwirksam vertreten hat dies der ehemalige US-Präsident Trump mit seiner Forderung nach einer Erhöhung der deutschen Militärausgaben. Dieses Argument scheint mir eher eine **deutsche Ausrede** denn Ausdruck echter internationaler Vorbehalte zu sein.

Deutschland als verlässlicher Partner

Im Gegenteil: **Deutschlands Selbstbild** ist nicht nur das einer Zivilmacht, sondern auch das eines **verlässlichen Partners**, der seine Verbündeten wie Frankreich (in Mali) oder die USA (in Afghanistan) nicht im Stich lässt.

Zustimmung der Öffentlichkeit zu internationaler Zusammenarbeit

So lässt sich auch das Argument der deutschen Öffentlichkeit drehen, denn trotz aller Vorbehalte gegen Militäreinsätze gibt es in Deutschland eine **breite Zustimmung zur Mitgliedschaft im transatlantischen Bündnis** und für eine **Vertiefung der Europäischen Union** auch im Bereich der Sicherheits- und Verteidigungspolitik.

Aufbauhilfe reicht nicht

Auch wenn die deutsche Öffentlichkeit sich mit Militärausgaben noch schwertut: Dass es **Deutschlands Rolle** 30 Jahre nach der Wiedervereinigung **nicht angemessen** ist, **lediglich zivile Aufbauhilfe zu leisten** und die gefährliche Arbeit der Gewährleistung von Sicherheit den Verbündeten aufzubürden, setzt sich immer mehr durch.

Sicherheit als Voraussetzung

Dazu gehört auch die Erkenntnis, dass es für den **Einsatz ziviler Mittel eben eines Mindestmaßes an Sicherheit braucht**: Infrastruktur aufzubauen bringt nichts, wenn diese danach von Terroristinnen und Terroristen zerstört wird, Bildung bringt nichts, wenn die einheimische Bevölkerung von Warlords unterdrückt wird und rechtsstaatliche Reformen laufen bei den meisten Diktaturen ins Leere.

Menschenrechte vor Souveränität der Nationalstaaten

Völkerrechtlich wird seit einigen Jahren verstärkt mit der „**Responsibility to Protect**" (R2P) argumentiert: Hier wird das **Prinzip der**

Souveränität der Nationalstaaten dem Schutz der Menschenrechte gegenübergestellt, sodass die internationale Gemeinschaft sich zunehmend das Recht herausnimmt, in failing states mit einer nur noch de facto Regierung (wie z. B. Mali oder Afghanistan) einzugreifen, um dort die **Wahrung der Menschenrechte** durchzusetzen.

Auch wenn ich die **Skepsis** gegenüber dem Einsatz von Militär als Mittel der Politik gut **nachvollziehen** kann, so scheint es mir doch Situationen zu geben, wo erst ein **Mindestmaß an Sicherheit gewährleistet werden muss**, um mit zivilen Mitteln arbeiten zu können – wie in Mali oder auch in Afghanistan. Deutschland als eine der **größten Volkswirtschaften der Welt** sollte dabei **nicht im Abseits stehen** und diese schwierige Aufgabe nicht anderen überlassen. Fazit

Hessen ▪ Politik und Wirtschaft ▪ Leistungskurs 2021
Vorschlag A

SOZIALE MEDIEN UND GLOBALISIERUNG

Aufgabenstellung

1 Fassen Sie den vorliegenden Text zusammen. (Material) (25 BE)

2 „Die vierte Gewalt des klassischen Journalisten wird durch die fünfte Gewalt der vernetzten Vielen ergänzt." (Material)
Untersuchen Sie ausgehend vom Zitat, inwiefern Soziale Medien die Funktionen der klassischen Medien erfüllen. (25 BE)

3 Analysieren Sie vor dem Hintergrund der ökonomischen Globalisierung die möglichen Risiken von Konzentrationsprozessen transnationaler Unternehmen allgemein sowie speziell im Bereich der Medien. (20 BE)

4 Diskutieren Sie die Behauptung des Autors, dass sich die Mediendemokratie alten Typs „in Richtung auf eine Empörungsdemokratie des digitalen Zeitalters" bewege. (Material) (30 BE)

M **Bernhard Pörksen: Arroganz statt Inhalte (2019)**

Jetzt, da die hektisch pulsierenden Tweets unter den Hashtags #AKKGate und #NieWiederCDU weniger werden, die Talkshows schon wieder neue Themen suchen und sich die Öffentlichkeit wie von einem Fieberschub erholt, ist der Moment gekommen, einmal genauer hinzuschauen. Was hat der Streit um das Inzwischen mehr als 14 Millionen Mal aufgerufene Rezo-Video („Die Zerstörung der CDU") gezeigt? Wie lassen sich die konfusen Reaktionen erklären, wenn man für einen Moment das Stakkato der Schlagzeilen ausblendet, dass das eigentliche Geschehen eher verdeckt?

Hier offenbaren sich, so die These, Tiefeneffekte der vernetzten Welt und eine tektonische[1] Verschiebung unserer Informationsarchitektur, die nach anderen Formen der Konfliktbeschreibung und Konfliktlösung verlangen. Man sieht, was passiert, wenn Politiker eine Medienrevolution nicht verstehen, Inszenierung mit Inhalt verwechseln und ihre Protagonisten pauschal diffamieren. Und man erlebt das Aufeinanderprallen unterschiedlicher Welten wie eine Drift in Richtung des Neuen.

Es ist eine Art Zwischenreich, das hier erkennbar wird, ein Interregnum[2] der Kommunikation, geprägt von kollidierenden Nonnen, konträren Organisationsformen und einer untergründigen Neusortierung der Kommunikations- und Machtverhältnisse. Welche Lehren könnten Politik und Gesellschaft aus der Aufregung der vergangenen Tage ziehen? Hier seien […] Diagnosen im Verbund mit ein paar Vorschlägen angeboten. Es sind Notizen auf schwankendem Grund. Denn die Welt befindet sich im

Übergang. Sie driftet weg von der Mediendemokratie alten Typs, die sich orientierte an publizistischen Machtzentren in Gestalt von einzelnen Zeitungen, Radio- und Fernsehsendern. Und sie bewegt sich in Richtung auf eine Empörungsdemokratie des digitalen Zeitalters. Jeder kann sich jetzt zuschalten, jeder kann mitmachen. Eine Transparenz der Heuchelei scheint erkennbar. Es lohnt sich, Rezos Video immer wieder anzuschauen, langsam, wie in Zeitlupe, um dann, wenn die Augenblickseffekte ihren Reiz verlieren, das Muster zu erkennen, das diesen riesenhaften Leitartikel organisiert. Es ist ein einziger, laut in die Welt gebrüllter Vorwurf der Heuchelei und des Sich-in-die-Tasche-Lügens, der hier formuliert wird.

Wie könnt ihr, so fragt Rezo in Richtung der Regierenden, wissend, dass die Klimaschäden längst fühlbar und fassbar sind und die Zeit knapp wird, einfach so weitermachen? Man kann diese Frage ignorieren und so tun, als ginge es hier um jugendliche Naivität, fehlende Sachkompetenz und postfaktische[3] Meinungsmache. Doch es gibt da ein Problem. Rezo greift in seinem Video auf die Statements von Wissenschaftlern zurück, er benützt Artikel aus klassischen Medien, Material aus Pressekonferenzen. Er führt vor, was er behauptet, nicht immer fehlerfrei, aber in der Summe korrekt.

Was also macht man nun da? Man kann, wie der Generalsekretär der CDU, Paul Ziemiak, erst Greta Thunberg als Ideologin attackieren, dann Rezo als Schwätzer abstempeln, ihn dann, wenn die Sache zu entgleiten droht, als sorgenvoll-empathischer Therapie-Onkel („dein Paul") zum Gespräch einladen. Geht alles. Aber wer glaubt, dass sich die eigenen Ausweichmanöver nicht durch ein paar Twitter-Screenshots dokumentieren ließen, der versteht nicht, welche Entlarvungseffekte heute möglich sind. Allgemeiner formuliert: Unter digitalen Medienbedingungen sind die offensichtliche Widersprüchlichkeit und programmatische Hilflosigkeit bereits mit Hilfe von ein paar gut gesetzten Links dokumentierbar. Der Vorwurf der Heuchelei rückt damit ins Zentrum politischer Debatten. Inhaltliche Konsistenz und das Denken in langen, ausbuchstabierten Linien wird unter solchen Bedingungen zum Erfolgsprinzip.

Man gibt sich einer Illusion der Ignoranz hin. In der Welt der klassischen Leitmedien und der mächtigen Gatekeeper[4] entschieden Journalistinnen und Journalisten darüber, was als interessant und relevant gelten konnte. Es war ohne allzu großen Aufwand möglich, die Grenzen des Sagbaren zu bestimmen und schon durch die Art und Weise der Äußerung eine paternalistische[5] Stilkunde zu praktizieren: „Nur so darf man reden! Und das sind die Themen, die man überhaupt be- und verhandeln sollte!" Diese Zeiten sind vorbei.

Die unumschränkte Deutungsautorität der Gatekeeper existiert nicht mehr. Die vierte Gewalt des klassischen Journalisten wird durch die fünfte Gewalt der vernetzten Vielen ergänzt. Längst kann jeder, ein Smartphone in der Hand, Aufmerksamkeit für ein Thema organisieren. wenn es ihm gelingt, ein Publikum dafür zu finden. Die Taktiken im Umgang mit Rezo – sie reichen von draufhauen, Regeln fordern bis zur ungefragten Umarmung – stammen, aus der Vergangenheit des Gatekeeper-Zeitalters. Es sind die Reaktionsformen einer Macht, die im Interregnum der digitalen Gegenwart so angreifbar geworden ist wie nie zuvor. Und heute lässt sich eine erlebte Repräsentationskrise, ganz gleich, ob es um das Klima- oder das Flüchtlingsthema geht, nicht mehr tabuisieren, weil unabweisbar geworden ist, was andere darüber glauben und denken.

Und wenn man eine Tabuisierung dennoch versucht, dann bilden sich sehr schnell über Nacht mediale Gegenöffentlichkeiten. […]

Die Sofort-Skandalisierung scheint übrigens die vorrangige Reaktion zu sein. Die arrogante Abfuhr, die verklemmte Relativierung, die pauschale Abwertung, der Start einer Gegenkampagne, der Versuch von Einschüchterung und Zensur – all das kann das Entrüstungsfeuer noch einmal kräftig anheizen.

Und genau das ist in den letzten Tagen passiert. Was folgt daraus? Der Umgang mit Fehlern verwandelt sich irgendwann in den einen großen, entscheidenden Fehler, der neue Autoritäts- und Reputationskrisen produziert. […] Dann lädt man […] eben Rezo ein. Das Problem: Eine derartige Form der Konfliktbesänftigung, die letztlich auf einer irreführenden Personalisierung von Netzwerkeffekten basiert, klappt, wenn überhaupt, nur in der Binnenlogik der eigenen Organisation. Ein Rezo kann nicht – nach erfolgtem Appeasement[6] im Konrad-Adenauer-Haus[7] – eine versammelte Mannschaft wieder auf Linie bringen.

Denn Digitalisierung heißt Dialogisierung. Wie lässt sich Kommunikation organisieren und befrieden, wenn zentralistische Strukturen vernetzten Individuen gegenüberstehen, die alle ihre eigenen Auffassungen haben? Das ist tatsächlich eine noch offene Frage. Wahrscheinlich hilft hier nur ein Maximum an Dialogbereitschaft in der Breite der Gesellschaft. Es gilt, mit wirklicher Empathie (und nicht mit gespielter Sympathie) zuzuhören und zu verstehen, was diese Fremdlinge, die jetzt mit ihren blauen Haaren aus dem fremden YouTube-Universum in das Grillfest des Ortsvereins hineingeplatzt sind, eigentlich zu sagen haben. Man muss kein Prophet sein, um zu erkennen: Die digitale Moderne wird entweder das Zeitalter des Dialogs sein oder in der Rückschau als eine Epoche des Aufeinandereinbrüllens erscheinen, die ganze Gesellschaften im Inneren zerrissen und die Rückkehr der Stammesfehden unter modernen Medienbedingungen hervorgebracht hat.

„Arroganz statt Inhalte“, Bernhard Pörksen, SZ.de vom 03.06.2019

Hinweis

Der Autor ist Professor für Medienwissenschaft an der Universität Tübingen.

Anmerkungen

1 tektonisch – *hier:* grundlegend, fundamental
2 Interregnum – bezeichnet eine Übergangsregierung oder den Zeitraum, in dem eine solche herrscht.
3 postfaktisch – Denken und Handeln, bei dem Fakten nicht im Mittelpunkt stehen. Die Wahrheit einer Aussage tritt dabei hinter den emotionalen Effekt der Aussage vor allem auf die eigene Interessensgruppe zurück.
4 Gatekeeper – Torwächter, Türsteher
5 paternalistisch – bevormundend
6 Appeasement – bezeichnet eine Politik, die auf Aggressionen mit Zugeständnissen, Zurückhaltung, Beschwichtigung und Entgegenkommen reagiert, um einen Krieg zu vermeiden.
7 Konrad-Adenauer-Haus – Dort ist u. a. die CDU-Bundesgeschäftsstelle untergebracht.

Lösungsvorschlag

Unterrichtsinhalte:
- Q 1.4 Öffentlichkeit im Wandel – Zivilgesellschaft und Medien im politischen Prozess: Aufgaben, Funktionen und Probleme klassischer politischer Massenmedien; Medien als Wirtschaftsunternehmen; Veränderungen im Verhältnis von Massenmedien und politischen Akteuren: Politainment, Personalisierung, Boulevardisierung, Medienethik
- Q 3.2 Strukturwandel der Weltwirtschaft als Herausforderung ökonomischer Globalisierung: Globalisierung von Unternehmen und Produktionsprozessen: Veränderungen internationaler Arbeitsteilung, Standortfaktoren und Standortwettbewerb
- Q 2.2 Nachhaltiges Wachstum und fairer Wettbewerb – Herausforderungen wirtschaftlicher Ordnungspolitik: Wettbewerb in unterschiedlichen Marktformen, wirtschaftliche Konzentrationsprozesse

1 **TIPP** *Anforderungsbereich: I*

In der geforderten Zusammenfassung benennen Sie einleitend Autor*in, Titel, Textart sowie Thema und Datierung des Textes. Anschließend fassen Sie die Argumentation mit eigenen Worten und strukturiert zusammen. Konjunktiv und analytische Wendungen („Der Autor benennt …, untermauert …, endet mit …") zeigen die erforderliche Distanz zum Text. Bei der unkommentierten Wiedergabe seiner Kernaussagen können Sie wichtige Begriffe und Wendungen wörtlich zitieren, um sie herauszuheben.

Der Medienwissenschaftler Bernhard Pörksen setzt sich in einem Artikel für die Süddeutsche Zeitung, der am 3. Juni 2019 unter der Überschrift „Arroganz statt Inhalte" erschienen ist, mit den Reaktionen auf einen CDU-kritischen Videokommentar des YouTubers Rezo auseinander und untersucht dabei die politische Bedeutung der Sozialen Medien. Quelle

Der Autor beobachtet das Unverständnis einiger Politiker*innen gegenüber einer „**Medienrevolution**" (Z. 11), die eine **Neuordnung der „Kommunikations- und Machtverhältnisse"** (Z. 16) erkennen lasse. Hätten bisher Zeitungen, Radio und Fernsehsender die „Mediendemokratie" (Z. 20) bestimmt, so entwickle sich nun eine „Empörungsdemokratie des digitalen Zeitalters" (Z. 22 f.), an der sich jede Bürgerin und jeder Bürger beteiligen könne. These

Diese These untermauert Pörksen mit einer Reihe von Beobachtungen. Das Rezo-Video, ein „riesenhafte[r] Leitartikel" (Z. 26) zur Klimapolitik, könne durch Verweise auf Quellen aus Wissenschaft und Medien den Vorwurf der Heuchelei der Politiker*innen glaubhaft Begründung machen und dabei Widersprüche und hilflose Reaktionen mit digitalen Instrumenten entlarven.

Zweitens zeige ein Vergleich mit der traditionellen Medienlandschaft: Heute bestimmen nicht mehr „mächtige[…] Gatekeeper" (Z. 48) der Leitmedien allein die Themen und den Stil von medialen Äußerungen, also die „Grenzen des Sagbaren" (Z. 50). Hinzu komme nämlich eine **„fünfte Gewalt der vernetzten Vielen"** (Z. 55 f.), die mit Twitter und Smartphone tabubrechende „mediale Gegenöffentlichkeiten" (Z. 65) bilden würden. Als Beispiele nennt Pörksen Klima- und Flüchtlingskrise.

Der Autor hebt eine dritte Lehre heraus. Im digitalen Zeitalter sei die Tabuisierung eines Themas unmöglich. Werde auf Enttabuisierung mit Überheblichkeit, Einschüchterung und Zensur geantwortet, verstärke dies nur die Autoritätskrise. Selbst eine Einladung Rezos, also die „Umarmung" (Z. 59) des Kritikers, könne den Konflikt nicht lösen.

Fazit

Am Ende plädiert der Autor für einen **echten Dialog** zwischen etablierten Politikerinnen und Politikern und Vertreterinnen und Vertretern des „YouTube-Universum[s]" (Z. 84), um das Auseinanderfallen der Gesellschaft zu vermeiden.

2 **TIPP** *Anforderungsbereich: I und II mit Schwerpunkt auf AFB II*

Diese Aufgabe knüpft am Unterrichtsthema „Öffentlichkeit im Wandel" (Q 1) an. Ausgehend von einer These des Textes sollen Sie die Medienlandschaft aus klassischen Massenmedien und neuen Sozialen Medien untersuchen. Ziel Ihrer Analyse ist es darzulegen, inwiefern die digitalen Medien Funktionen der klassischen erfüllen. Die Lösung dieser Aufgabe gelingt am besten, wenn Sie erkennbar Schwerpunkte auswählen, diese vertieft behandeln und mit Beispielen veranschaulichen.

Medienfreiheit im GG

In der Demokratie kommt den **klassischen Medien**, also den Printmedien, Rundfunk und Fernsehen, eine so grundlegende Bedeutung zu, dass von ihnen oft als „vierter Gewalt" gesprochen wird, vor allem wegen ihrer Macht. Diese deutet Pörksen mit dem Stichwort „Mediendemokratie" an. Während die Institutionen der Exekutive, der Legislative und der Judikative als Eckpfeiler der politischen Ordnung über eine demokratische Legitimation verfügen (vgl. GG Art. 20 Abs. 2), sind die Medien über das Grundrecht der Meinungs- und Pressefreiheit (Art. 5) garantiert und vor staatlichen Eingriffen geschützt. Sie sollen unabhängig vom Staat wirken und erfüllen dabei folgende Funktionen im Willensbildungs- und Entscheidungsprozess.

Die Massenmedien **informieren** die Bürgerinnen und Bürger sachlich, wahrheitsgetreu und auf der Basis kompetenter Recherche. Sie unterstützen die **Urteilsbildung** durch Analysen und Kommentare, die den gesellschaftlichen Pluralismus abbilden, dabei auch Minderheiten und gesellschaftliche Konflikte und Kontroversen so berücksichtigen, dass möglichst alle Beteiligten angemessen zu Wort kommen.

Funktionen der Medien

Auch **kontrollieren** Journalistinnen und Journalisten die Mandatsträger*innen in Parlamenten und Regierungen, äußern **Kritik** und legen Probleme im politischen Prozess sowie in Wirtschaft und Gesellschaft offen. In diesem Jahr wurde z. B. die Maskenaffäre vom Nachrichtenmagazin „Spiegel" aufgedeckt, woraufhin der Bundestag neue Transparenzregeln für Abgeordnete auf den Weg brachte.

Kontrolle und Kritik

Durch **Themensetzung** und **Filterung** der Informationsfülle können Medien außerdem eine orientierende und aktivierende Rolle spielen. Dies beginnt schon mit der Wahl des Bezugsrahmens, der Perspektive, aus der ein Problem betrachtet wird (Framing). Sie unterstützen die **Partizipation**, indem sie gesellschaftlichen Gruppen die Möglichkeit bieten, ihre Interessen und Forderungen in die Öffentlichkeit und damit auf die „Tagesordnung" zu bringen (Agenda-Setting).

Die digitalen **Sozialen Medien** erfüllen ebenfalls die dargestellten Funktionen, wenn auch in modifizierter Form. Wirken sie im demokratischen Prozess darüber hinaus als eine ergänzende „fünfte Gewalt der vernetzten Vielen" (Z. 55 f.)?

veränderte Rolle der Sozialen Medien

Neben Gemeinsamkeiten mit den „alten" Medien fallen deutliche **Unterschiede** ins Auge. Zunächst sind die Sozialen Medien als Internet-Anwendungen durch viel geringere Kosten für die Nutzerinnen und Nutzer, einen unkomplizierten Zugang, eine praktisch unbeschränkte Reichweite sowie die einfache Erstellung von Inhalten gekennzeichnet. Am deutlichsten aber verändert die Funktion ein weiteres Merkmal: Die Einbahnstraßen-Kommunikation von politischen Akteurinnen und Akteuren über Medien in die Öffentlichkeit ist nicht mehr der einzige Weg der Informationsverbreitung.

Unterschiede zwischen klassischen und Sozialen Medien

Stimmungen, Ängste und Anliegen zumindest der aktiven Nutzer*innen dieser Medien erreichen auf diesem Weg die Öffentlichkeit und fließen in die öffentliche Meinung ein, die dann politisches Handeln beeinflusst. Da insbesondere bei der jungen Generation traditionelle Kommunikationskanäle an Bedeutung verlieren, versuchen sich die Politiker*innen umzustellen und selbst die **neuen Werkzeuge des Netzes** zu nutzen, wenn sie Themen einbringen.

ungefilterte Kommunikationswege

Soziale Medien unterstützen die Bürger*innen in der **Kommunikation untereinander und mit Politikerinnen und Politikern**, z. B. mittels des sozialen Netzwerks Facebook und Messengerdiensten

multimedialer Austausch

wie WhatsApp. Bürger*innen können sich z. B. direkt und ohne weitere Hürden von Umweltorganisationen wie Greenpeace, aber auch aus Kanälen der „Querdenker" informieren lassen und selber diese Adressaten erreichen. Microblogs wie Twitter helfen ihnen bei der Verbreitung von Nachrichten. Solche Botschaften können multimedial sein und per Hyperlinks auf andere Inhalte verweisen. Follower dieser Profile verbreiten diese Botschaften weiter. Für den **multimedialen Austausch von Informationen** gibt es außerdem z. B. das Video-Portal YouTube, zahlreiche Podcasts mit Video- und Audiodateien, die Foto-Plattform Instagram oder die Internet-Enzyklopädie Wikipedia.

großes Meinungsspektrum

Das **Spektrum der Meinungen**, die heute an die Öffentlichkeit gelangen, ist deshalb um ein Vielfaches größer, als es auch die beste Zeitungsredaktion abbilden könnte. Soziale Bewegungen wie beispielsweise für Frauenrechte („Me too"), Fridays for Future bei Umweltthemen oder Gruppen am rechten Rand beim Migrationsthema können eigene Netzwerköffentlichkeiten aufbauen, um für ihre Ziele „Aufmerksamkeit […] [zu] organisieren" (Z. 56 f.).

Risiken der Netzkommunikation

Mit den digitalen Medien gehen **Risiken** einher. Wie zuletzt die Coronakrise zeigte, verlieren gesicherte Informationen und Fakten an Bedeutung. Information und Meinung erscheinen als gleichwertig. **Desinformationen**, Verschwörungserzählungen und Hassbotschaften können leichter verbreitet werden. Fakten und **Lügen** stehen gleichgewichtig nebeneinander. Eine wichtige Rolle für die Netzkommunikation spielt die **Anonymität**. Sie senkt die Hürden zur Teilnahme, aber auch die Hemmschwelle für Hetze und Hass. Selbst den Wahrheitsgehalt von Informationen zu überprüfen, ist für die Nutzer*innen oft nicht möglich. Nur selten werden unwahre Aussagen wieder gelöscht und die gesellschaftliche Polarisierung wächst.

Filterblasen und Echokammern

Es ist zu beobachten, dass sich **„Filterblasen" und „Echokammern"** bilden, in denen nur die eigene Meinung Gewicht hat, nicht aber der Austausch kontroverser Positionen. So wurden bei der hessischen Polizei rechtsextreme Chatgruppen aufgedeckt, die über WhatsApp rassistische Inhalte austauschten. Wer sich auf Organisationen wie Human Rights Watch oder Pro Asyl verlässt, verfügt über andere Wissensbestände als eine Nutzerin bzw. ein Nutzer, der sich aus migrationskritischen Quellen bedient.

Rolle von TNU

Es fällt auf, dass etliche der Sozialen Medien von **transnationalen Unternehmen** wie Google oder Facebook getragen werden, die mit den gewonnenen Daten kommerzielle Ziele verfolgen. Sie können die vermeintlich selbstbestimmte Kommunikation auf schwer erkennbare Weise manipulieren. Was die Nutzer*innen gezeigt bekommen und wie sie mit anderen kommunizieren, ist zum Teil vorgegeben. Zum Beispiel erschließen und filtern einige Internetanwendungen algorithmisch die Inhalte aus einer Vielzahl von Quellen, z. B. aus dem digitalen Freundeskreis einer Nutzerin bzw. eines Nutzers, und stellen sie schließlich als personalisierte Informationspakete zusammen. Auch können Programme, die menschliches Verhalten simulieren, sog. **Social Bots**, automatisiert Postings absetzen und auf Tweets reagieren. Ihr massenhafter Einsatz durch anonyme Urheber*innen hat bereits in den USA zu einer Verzerrung der Netzöffentlichkeit geführt und Wahlen beeinflusst.

Fazit

Zusammengenommen lässt sich sagen: Mehr als die traditionellen Massenmedien geben Soziale Medien politischen Akteuren trotz einiger Risiken neue Möglichkeiten der Partizipation, der Beteiligung am **pluralistischen Willensbildungsprozess**. Damit kann man auch wie Pörksen von einer „Ergänzung" der vierten Gewalt durch die fünfte „der vernetzten Vielen" sprechen.

3 **TIPP** *Anforderungsbereich: II*

Diese Aufgabe bezieht Kenntnisse aus den Kurshalbjahren 3.2 (Globalisierung) und 2.2 (Wirtschaftliche Ordnungspolitik, Wettbewerb) ein. Nach knapper Charakterisierung der ökonomischen Globalisierung sollen Sie die Gefahren der Konzentration durch transnationale Unternehmen darstellen. In einem dritten Schritt analysieren Sie die Risiken von Konzentrationsprozessen im Bereich der Medien. Dabei sind Sie nicht auf die Sozialen Medien beschränkt.

Definition von Globalisierung

Der Prozess der **ökonomischen Globalisierung** bedeutet die Verflechtung globaler Märkte für Güter, Dienstleistungen und Kapital, die Liberalisierung und Deregulierung der nationalen und regionalen Märkte und das Zusammenwachsen dieser Märkte. Dass fast die Hälfte des Bruttoinlandprodukts über den Export erwirtschaftet wird, zeigt Deutschlands Abhängigkeit vom Weltmarkt. Zunehmend wichtig sind inzwischen die digitalen Informationsströme, die den Handel, den Informationsaustausch allgemein und das Management der Konzerne fördern. Auch wenn die inländischen Unternehmen und Konsumentinnen und Konsumenten von der vertieften internationalen Arbeitsteilung profitieren, haben in den letzten Jahren protektionistische Tendenzen zugenommen. Gefahren sind auch durch die globale Coronakrise entstanden, die die internationalen Wertschöpfungs- und Lieferketten stört.

Wettbewerb

Mit der Globalisierung intensiviert sich auch der internationale **Wettbewerb**. Er fördert Innovationen, sorgt für offene Märkte und stellt sicher, dass die Marktteilnehmer*innen ihre Ressourcen effizient einsetzen. Kostenvorteile in anderen Ländern und die stetige

Verbesserung internationaler Produkte erhöhen den Wettbewerbsdruck auf deutsche Unternehmen. Dadurch werden schwache Anbieter*innen aus dem Markt gedrängt; in der Regel sind dies mittelständische Unternehmen. Oder Unternehmen werden aufgekauft und schließen sich zusammen, fusionieren bzw. bilden – trotz Verbots – Kartelle.

Konzentrationsprozess

transnationale Unternehmen

Durch den Konzentrationsprozess und die Globalisierung entsteht die Marktmacht sogenannter Global Player, also international tätiger und politisch mächtiger Unternehmen. **Transnationale Unternehmen** (TNU) sind solche Unternehmen, die durch Tochtergesellschaften oder Niederlassungen in zahlreichen Staaten präsent sind. Auch ihre Absatzmärkte sind auf mehrere Länder verteilt. Aufgrund ihrer Größe können sie Konkurrentinnen und Konkurrenten den Marktzugang erschweren und Zulieferer wie Kunden bzw. Kundinnen in ihre Abhängigkeit bringen. Zur Kostenersparnis nutzen die „Multis" komparative Standortvorteile, was sich vor allem wegen der Lohnkosten nachteilig für Deutschland auswirken kann, wenn Unternehmen in Billiglohnländer abwandern. Die Ölindustrie schätzt niedrige Umweltstandards, die Textilindustrie profitiert von Sozialstandards, die die Kosten minimieren. TNU können außerdem ihre Gewinne international verlagern und damit Steuerzahlungen vermeiden. Die US-Digitalkonzerne Facebook, Amazon, Microsoft, Google und Apple haben sich für ihre europäischen Niederlassungen jeweils das Land mit der niedrigsten Körperschaftssteuer ausgesucht: Luxemburg, Irland oder die Niederlande.

Beispiele

Gefahren des Oligopols

Im Medienbereich hebeln Internetriesen wie Microsoft, Facebook, Google und Amazon durch ihre globale **Oligopolstellung** den Wettbewerb aus, der sie selbst groß und mächtig gemacht hat. Die Marktmacht dieser TNU reicht meist aus, um den Startvorteil innovativer Start-ups auszulöschen. So hat z. B. Facebook die Plattformen WhatsApp und Instagram gekauft. Durch diese Unternehmenskonzentration auf dem internalen Medienmarkt und die wirtschaftliche Übermacht weniger Anbieter*innen ist die Vielfalt der Informationsquellen bedroht.

Vor allem junge Mediennutzer*innen wandern heute von den traditionellen Medien zu den Onlinemedien ab, wodurch Auflage und Werbeeinnahmen von Zeitungen zurückgehen und damit dem Qualitätsjournalismus die Grundlage entzogen wird. Zeitungen sterben oder werden aufgekauft, Redaktionen werden verkleinert. Der Pluralismus, ohne den eine funktionierende Demokratie nicht leben kann, gerät in Gefahr.

Beispiele

Zwei Beispiele für die Einflusschancen transnationaler Medienkonzerne zeigen dies: Dem Bertelsmann-Konzern gehören nicht nur zahlreiche Printmedien, sondern auch mehrere wichtige TV-Sender in ganz Europa. Google, Facebook und Co. wurden während der

Coronapandemie von jedem Zweiten als Informationsquelle genutzt. Und die meisten Nutzer*innen Sozialer Medien nehmen politische Botschaften eher auf Facebook, Instagram oder Twitter als durch Zeitungen oder TV wahr.

Im Unterhaltungsbereich kommen inzwischen transnationale Anbieter wie Netflix, Amazon Prime, Disney und Apple auf, die den Filmverleih und das Programmschema des Fernsehens durch Online-Streaming im Internet ersetzen und zunehmend auch selber Filme produzieren. Ihre Machtposition gegenüber dem Medium Fernsehen stützt sich auf die Zahl der Abonnentinnen und Abonnenten, die flexible Sehgewohnheiten besitzen, und auf Einnahmen aus Werbung. Diese Entwicklung zeigt die hohe Geschwindigkeit des technischen Wandels, der auf internationaler Ebene politisch nur schwer durch eine nationale **Wettbewerbskontrolle** beeinflusst werden kann. schwierige staatliche Regulierung

4 **TIPP** *Anforderungsbereich: III*

Die letzte Aufgabe soll Sie anregen, sich argumentativ mit einer zentralen These des Textes auseinanderzusetzen. Ziel ist ein begründetes Urteil. Der Weg dorthin führt über Pro- und Kontra-Argumente, die Sie möglichst mit Beispielen verdeutlichen. Achten Sie auf eine stringente Gedankenführung.

Pörksen behauptet, dass sich die „Mediendemokratie“ zu einer „Empörungsdemokratie“ entwickle. Ich lege zunächst mein Verständnis beider Begriffe dar und prüfe dann, ob diese Behauptung stimmt. Einleitung

Von einer **Mediendemokratie** spricht man aufgrund der großen Bedeutung der Massenmedien für den politischen Prozess. Zeitungen, Fernsehen und Onlinemedien sind nicht mehr reine Kommunikationskanäle, die die Politiker*innen nutzen, sondern wirken selbst als Akteure, die die Meinungsbildung der Bürger*innen beeinflussen und politische Entscheidungen mitbestimmen. Politisches Handeln orientiert sich an den Regeln der Medien, was z. B. oft als „Infotainment“ kritisiert wird. Begriffe

Als **Empörungsdemokratie** charakterisiert Pörksen eine Weiterentwicklung der Mediendemokratie, da die netzbasierte Kommunikation über die „publizistischen Machtzentren“ (Z. 21 f.) hinaus jedem Bürger und jeder Bürgerin die Veröffentlichung seiner Meinung ohne Einschränkung ermöglicht.

Für die **Stimmigkeit von Pörksens These** lassen sich gute Gründe anführen. Pro-Argumente

Soziale Medien sind in den letzten Jahren zu festen Bestandteilen von Meinungsbildungsprozessen geworden. Für die jüngere Genera-

tion sind sie sogar die **Hauptnachrichtenquelle**. Zunehmend durchdringen diese Medien die Informations- und Kommunikationspraktiken fast aller Bürger*innen.
Sie verschaffen medial unterrepräsentierten Gruppen, z. B. Jugendlichen und Migrantinnen und Migranten, die **Chance mitzudiskutieren**. Die „vernetzten Vielen" gelangen zu Erfolgserlebnissen, da Politikerinnen und Politiker oft von Themen aktiviert werden, die das Netz hervorbringt. Der politische Prozess insgesamt kann davon profitieren, wenn z. B. Regierung und Verwaltung in „Echtzeit" über die Auswirkungen ihrer Entscheidungen informiert werden. Man denke nur an das kritische Echo auf Mängel staatlicher Hilfsmaßnahmen bei einer Naturkatastrophe.
Soziale Medien befriedigen die Bedürfnisse von Bürgerinnen und Bürgern besonders gut, die bevorzugt **gefühlsgelenkte, oberflächliche Nachrichten** wahrnehmen und versenden. Websites, Chat Rooms, Blogs etc. bilden Teilöffentlichkeiten, deren Inhalte durch die lauteste Stimme gesteuert werden können. Populistische Parteien, die ihre Positionen in den traditionellen Medien kaum wiederfinden, nutzen daher Soziale Medien besonders intensiv. In der Gruppe Gleichgesinnter kann man Bestärkung erleben.
Anonymität im Netz senkt einerseits die Hürden zur Teilnahme an der Kommunikation, andererseits aber auch die Hemmschwelle zum Beispiel für provokante Äußerungen und Tabubrüche oder für „Shitstorms" aus Ressentiments, Hass und Hetze. Für das, was man denkt und in die Welt hinaustönt, muss man nicht persönlich einstehen.

Kontra-Argumente

Gegen Pörksens Behauptung lassen sich folgende Argumente anführen, die Befürchtungen gegenüber einer zunehmenden Emotionalisierung von demokratischer Beteiligung widersprechen.
Soziale Medien bringen ans Licht, was bisher abseits der großen Öffentlichkeit existierte. Da sie besonders stark von Mitgliedern der jüngeren Generation genutzt werden, sollte man die in dieser Gruppe nicht ungewöhnlichen Kommunikationsformen realistisch beurteilen. So gehört es zur Phase der Sozialisation, dass auf **Herausforderungen in der Persönlichkeitsentwicklung** auch mit Aggressionen und Ausgrenzungen reagiert wird. Vorschnelle Sanktionen können dies nicht verhindern.
Empörung über soziale Ungerechtigkeit, Umweltzerstörung oder Kriege ist als politische Reaktion **legitim**. Im Idealfall führt sie zu langfristigem **politischem Engagement**. Sie kann sich lautstark in Sozialen Medien oder Demonstrationen äußern, die dann von den traditionellen Medien verwertet werden. Es erstaunt deshalb nicht, dass auch die traditionellen Parteien zunehmend die Instrumente des Netzes nutzen.
Die **Überzeugungskraft der Vernunft** ist ebenfalls erkennbar. In der aktuellen Coronapandemie oder in der Klimakrise zeigt sich, wie

sehr wissenschaftlich geprüfte Information geschätzt wird, die in alten und neuen Medien zu finden ist. Diese Krisen, deren Parameter sich ständig verändern, führen dazu, dass die Öffentlichkeit anerkannten Expertinnen und Experten, etwa Virologinnen und Virologen oder Klimawissenschaftlerinnen und -wissenschaftlern, stärker vertraut als fragwürdigen Stimmen aus Sozialen Medien.
Darüber hinaus haben Facebook und Twitter inzwischen eigene Standards zur **Missbrauchskontrolle** eingeführt und diese z. B. sogar gegenüber dem US-Präsidenten angewandt. Auf deutscher und europäischer Ebene gibt es erste Gesetze dafür.
Pörksen verteidigt zu Recht die Sozialen Medien trotz ihrer Ambivalenz. Insgesamt bieten digitale Medien **großartige Möglichkeiten** der demokratischen Selbstorganisation, des Mitredens, des politischen Abwägens und Argumentierens. So unterstützen Soziale Medien den demokratischen Willensbildungsprozess, wenn sie statt des Aufeinander-Einbrüllens den Dialog fördern. Eine derartige Nutzung setzt allerdings **Bildung und Unterscheidungsvermögen** voraus. Denn im weithin unstrukturierten Internet stehen bisher Fakten und Lügen, Wissen und Meinungen nebeneinander. Mündige Bürger*innen müssen lernen, kritisch zu hinterfragen, zu urteilen, zu gewichten und zu strukturieren.

eigenes Urteil

Hessen ▪ Politik und Wirtschaft ▪ Leistungskurs 2021
Vorschlag B

WIRTSCHAFTS- UND WETTBEWERBSPOLITIK

Aufgabenstellung

1 Fassen Sie die Aussagen von Patrick Artus zur strukturellen Krise der deutschen Wirtschaft zusammen. (Material) (25 BE)

2 Erläutern Sie ausgehend von dem Interview mögliche Auswirkungen auf Deutschland, die sich aus dem Spannungsverhältnis zwischen Wohlfahrts- und Wettbewerbsstaat in einer globalisierten Welt ergeben. (Material) (25 BE)

3 Im Interview wird erwähnt, dass Deutschland und Frankreich die Batterieproduktion für Elektroautos fördern.
Stellen Sie ausgehend vom Interview mögliche Vor- und Nachteile staatlicher Eingriffe in die Wirtschaft dar. (Material) (20 BE)

4 Nach Meinung von Patrick Artus soll überdacht werden, ob nicht monopolähnliche Situationen in Europa akzeptiert werden sollten, damit europäische Unternehmen im weltweiten Wettbewerb mithalten können.
Erörtern Sie diese Position. (30 BE)

M Interview von Christian Schubert für die Frankfurter Allgemeine Zeitung (FAZ) mit Patrick Artus: Deutschland setzt auf die Industrien von gestern (2019)

FAZ: Herr Artus, Sie sind einer der Ökonomen, die Deutschlands wirtschaftliche Lage als besonders bedrohlich ansehen. Warum ist das so?

ARTUS: Deutschland befindet sich in einer strukturellen, nicht konjunkturellen Krise. Denn die Spezialisierung seiner Industrie ist sehr ungünstig: Auto, Chemie und Maschinenbau stehen für 7,2 Prozent der Beschäftigung. In Frankreich sind es nur 1,8 Prozent. Diesen Industriebereichen geht es sehr schlecht, denn sie setzen auf die Produkte von gestern.

FAZ: Kann sich die Lage nicht bald schon wieder drehen?

ARTUS: Wir erleben einen strukturellen Umbruch weg von einer Welt der Industrie zu einer Welt der Dienstleistungen. Hinzu kommen die neuen Anforderungen an Umwelt- und Klimaschutz. Dieselautos, von denen die deutschen Hersteller noch stark abhängen, will heute niemand mehr kaufen. Für Plastik, auf das die deutsche Chemieindustrie noch stark setzt, gilt jetzt das Ziel, 90 Prozent zu recyceln. Dann braucht man praktisch kein neues Plastik mehr. Auch die Landwirtschaft, die künftig biologischer sein wird, braucht weniger Agrarchemie.

FAZ: Und der Maschinenbau? Man braucht doch weiter Maschinen, um Dinge herzustellen?

ARTUS: Deutlich weniger als bisher. Die Entwicklung in China ist symptomatisch, auch China wird zur Dienstleistungsgesellschaft. Die Menschen kaufen sich weniger Autos, denn bei der zunehmenden Urbanisierung sind sie in den Städten unpraktisch. Was machen die Leute mit ihrem Geld? Sie fahren am Wochenende weg, und wenn in einem Auto, dann mit einem Leihwagen. Man verreist häufiger, geht ins Restaurant, und währenddessen passt ein Babysitter auf die Kinder auf. Alle diese Entwicklungen, die wir überall verfolgen, kommen den Dienstleistungen zugute, nicht der Industrie. Daher erhöht die Industrie weltweit gesehen nicht mehr ihre Kapazitäten.

FAZ: Was ist etwa mit dem Wohnen oder dem Bausektor?

ARTUS: Auch da greift das „Teilen“ um sich, schauen Sie sich Airbnb[1] an. Und die Alterung der Bevölkerung verhindert, dass der Bau ein Wachstumssektor ist. Durch das Internet verliert die Logik des Eigentums an Bedeutung. Es ist idiotisch, einen Rasenmäher in der Garage zu haben, den man höchstens eine Stunde in der Woche benutzt; also teilt man ihn sich. Es gibt auch keinen Stolz mehr, ein Auto zu besitzen; vom Statussymbol wird es zum reinen Transportmittel. Man leiht sich, was man vorher gekauft hat. Daher wird in der Welt künftig viel weniger Kapital gebraucht. Und die deutsche Wirtschaft hat da ein Problem, weil sie noch viele Kapitalgüter produziert.

[…]

FAZ: Wenn China kein Wachstumsmotor der Industrie ist, kann es künftig Indien sein?

ARTUS: Ja, es stimmt, in Indien steigt der Bedarf an Industriegütern noch, in Afrika auch. Doch das gleicht nicht den Rückgang in China aus. Die Industrie wächst heute noch in Ländern mit niedrigen Löhnen wie in Südasien, etwa Vietnam, Indonesien und den Philippinen oder in Zentraleuropa. Doch selbst in Ländern wie Polen greift man jetzt auf billige Arbeiter aus der Ukraine zurück. Südkorea ist in der gleichen Lage wie Deutschland; als Hochkostenland leidet es unter dem strukturellen Umbruch.

FAZ: Sie meinen, Deutschland ist heute nicht mehr wettbewerbsfähig?

ARTUS: Auf der Kostenseite hat sich die Wettbewerbsfähigkeit Deutschlands stark verschlechtert. Bei den Lohnstückkosten lagen Deutschland, Frankreich, Spanien und Italien 2007 ungefähr gleichauf. Heute ist Deutschland 16 Prozent teurer als Frankreich oder Italien und 30 Prozent teurer als Spanien.

Seit Jahren steigen die Löhne in Deutschland durchschnittlich ungefähr um 3 Prozent – gegenüber 1 Prozent in Spanien und 2 Prozent in Frankreich. Daher verliert die deutsche Wirtschaft im Export erstmals seit der Wiedervereinigung Marktanteile. Seit Anfang 2017 sind die deutschen Ausfuhren um zwei Prozentpunkte weniger gestiegen als der Welthandel. Die Löhne wachsen auch stärker als die Produktivität. Das führt dazu, dass von den Einkommen der Unternehmen jetzt wieder mehr auf die Beschäftigten abfällt als auf die Anteilseigner; das war das letzte Mal beim Amtsantritt von Bundeskanzler Schröder so, also vor der Agenda 2010[2].

Immerhin sind die Gewinne der Unternehmen noch hoch. Das verdanken sie weitgehend den niedrigen Zinsen. Es wird in Deutschland zu wenig hervorgehoben, dass die Nullzinsen nicht nur die Sparer bestrafen, sondern auch ein enormer Vorteil für die Unternehmen sind.

FAZ: Was folgt aus den hohen Kosten?

ARTUS: Die deutsche Industrie wird noch stärker Standorte in die billigen Länder Osteuropas verlegen. Die Arbeitslosigkeit wird steigen. Bisher behalten die meisten Unternehmen noch ihre Beschäftigten, das ist wegen der Sicherung des Humankapitals der richtige Weg für einen vorübergehenden Konjunkturabschwung, nicht aber für eine Strukturkrise. Die Kurzarbeit steigt wieder an. Daher geht auch die Produktivität zurück. Ich schätze, die Arbeitslosigkeit wäre heute 4 Prozentpunkte höher, wenn die Unternehmen ihre Belegschaften an die Nachfrage angepasst hätten.

FAZ: Also sollen wir künftig alle unser Heil in Dienstleistungen suchen?

ARTUS: Auch da hat Deutschland ein Problem. Die Deutschen sind keine großen Konsumenten von Dienstleistungen. In Frankreich, Spanien oder in den Vereinigten Staaten wachsen sie schneller, etwa im Bereich der Freizeitgestaltung, der Gastronomie, des Einzelhandels, der Haushaltshilfen oder des Flugverkehrs. Die Schaffung neuer Stellen im Dienstleistungssektor hat sich in Deutschland verlangsamt, anderswo wächst sie noch deutlich.

FAZ: Was also kann Deutschland tun?

ARTUS: Aus meiner Sicht sollten die Unternehmen die Produktion umstellen und auf die Produkte von morgen konzentrieren, etwa wasserstoffgetriebene Autos.

FAZ: Deutschland und Frankreich ziehen, staatlich gefördert, aber gerade eine Batterieproduktion für Elektroautos auf.

ARTUS: Das ist eine Sackgasse. Da steckt man 1,7 Milliarden Euro in eine Technologie, die heute schon veraltet ist. Die Autohersteller brauchen billige Batterien, die kann man nicht in Deutschland oder Frankreich bauen. Der französische Batteriehersteller Saft, der auch bei dem deutsch-französischen Projekt mitmacht, zieht derzeit eine große Produktion in China auf. Dort werden die Hersteller die Batterien kaufen. Man sollte den deutsch-französischen Batterieplan sofort einstellen. Wasserstoff und die Brennstoffzellen haben dagegen Zukunft. Das französische Kommissariat für Atomenergie (CAE) ist auf diesem Gebiet beispielsweise ein führender Akteur.

FAZ: Wie sollen und können Regierungen Technologie fördern?

ARTUS: Das ist eine schwierige Frage. Auf jeden Fall können Regierungen nicht die Technologien von morgen vorschreiben, weil sie diese nicht kennen. Der amerikanische Ansatz, über die staatliche Förderagentur Darpa den Unternehmen ohne Einmischung Geld zur Verfügung zu stellen, scheint mir sinnvoll. Wir brauchen ein europäisches Darpa. In Europa sollten wir auch das Wettbewerbsrecht überdenken. In Branchen mit zunehmenden Skalen-[3] und Netzwerkerträgen[4] bei wachsender Unternehmensgröße ist die Frage zu stellen, ob wir nicht monopolähnliche Situationen in Europa akzeptieren sollen, damit europäische Unternehmen im weltweiten Wettbewerb mithalten können. Und der europäische Markt darf kein Flickenteppich mehr sein, etwa bei öffentlichen Ausschreibungen. Deutschland ist bei öffentlichen Ausschreibungen ein geschlossener Markt. Haben Sie schon mal einen Zug in Deutschland gesehen, der nicht in Deutschland gebaut wurde?

„Deutschland setzt auf die Industrien von gestern" (Volltext, gekürzt; FAZ.NET, 29.10.2019, Christian Schubert) © Alle Rechte vorbehalten. Frankfurter Allgemeine Zeitung GmbH, Frankfurt. Zur Verfügung gestellt vom Frankfurter Allgemeine Archiv

Hinweis

Patrick Artus ist Chefvolkswirt der französischen Investmentbank Natixis und hat unter anderem einen Lehrauftrag an der Universität Paris Panthéon-Sorbonne.

Anmerkung

1 Airbnb – Eine Online-Plattform für Buchung und Vermietung von Unterkünften
2 Agenda 2010 – wirtschafts- und arbeitsmarktpolitisches Reformpaket der rot-grünen Regierung aus dem Jahr 2003
3 Skalenertrag – Ertrag, der sich aus der Erhöhung der Produktionsfaktoren ergibt
4 Netzwerkertrag– Ertrag, der sich aus der Kooperation verschiedener Unternehmensteile ergibt

Lösungsvorschlag

Unterrichtsinhalte:
Themenfeld: Nachhaltiges Wachstum und fairer Wettbewerb – Herausforderungen wirtschaftlicher Ordnungspolitik (Q 2.2.), insbesondere:

- Wettbewerbsfähigkeit von Staaten und Regionen im europäischen Binnenmarkt
- Wettbewerb in unterschiedlichen Marktformen
- wirtschaftliche Konzentrationsprozesse

Kursübergreifende Bezüge:

- Strukturwandel der Weltwirtschaft als Herausforderung ökonomischer Globalisierung (Q 3.2)
- Staaten zwischen Wohlfahrtsstaat und Wettbewerbsstaat

1 **TIPP** *Anforderungsbereich: I*

Die Aufgabe verlangt von Ihnen eine ausschließlich reproduktive Leistung. Formulieren Sie einen Einleitungssatz, in dem Sie die Textart sowie Autor*in, Textquelle und das Jahr der Veröffentlichung nennen und das Thema der Quelle überblicksartig anführen. Dann sollen Sie den Text möglichst in eigenen Worten zusammenfassen. Ergänzen Sie Ihre Ausführungen möglichst durch passende – eventuell im Text nicht genannte – Fachbegriffe. Ausgewählte Schlüsselbegriffe aus dem Text können Sie ohne Zeilenangabe in Anführungszeichen setzen, aber verzichten Sie auf Zitate. Sorgen Sie für angemessene Distanz zur Textquelle, indem Sie den Konjunktiv oder entsprechende sprachliche Signale verwenden.

Unter dem Titel „Deutschland setzt auf die Industrien von gestern" äußert sich der Chef-Ökonom der französischen Investmentbank Natixis, Patrick Artus, am 29.10.2019 in einem von der FAZ durchgeführten und veröffentlichten Interview zur **wirtschaftlichen Lage Deutschlands**. Er begründet anhand verschiedener Aspekte, weshalb er die Situation der deutschen Wirtschaft, die seiner Ansicht nach einen notwendigen **Strukturwandel** verpasst habe, als äußerst bedrohlich einschätzt. *Quelle*

Artus´ Urteil über den Zustand der deutschen Wirtschaft ist vernichtend: diese befinde sich in einer **gravierenden, strukturellen Krise**. Anstatt sich hin zum Dienstleistungssektor zu orientieren, würden in Deutschland immer noch **7,2 Prozent der Beschäftigung von der Auto-, Chemie- oder Maschinenbaubranche** abhängen. Die dort produzierten Güter seien nicht zukunftsfähig. So wolle auf längere Sicht niemand mehr Dieselautos kaufen und die Fokussierung der Chemieindustrie auf die Plastikproduktion sei angesichts des Trends zum Recycling überholt. Ähnlich verhalte es sich mit dem Maschinenbau. Sogar China, ein Hauptabnehmer deutscher Maschinenbau- *pessimistisches Urteil des Autors* *Industrie statt Dienstleistungen*

Produkte, entwickle sich hin zu einer Dienstleistungsgesellschaft. Die **Industrie könne weltweit gesehen ihre Kapazitäten gar nicht mehr ausschöpfen**, da der Bedarf an „Kapitalgütern" immer weiter zurückgehe. Dies könne man am Beispiel der Sharing Economy gut sehen: Die Menschen würden immer häufiger auf das Prinzip des Leihens und Teilens zurückgreifen.

Industrieproduktion findet nicht genug Nachfrage

Zwar werde die rückläufige Nachfrage aus China durch Indien oder Afrika zum Teil ausgeglichen, doch auch in vielen **Niedriglohnländern** sei das **Wachstumspotenzial der Industrie begrenzt**.

Eine zweite strukturelle Veränderung liege darin, dass Deutschland als „Hochkostenland" einen Teil seiner früheren **Wettbewerbsfähigkeit verspielt** habe. Die **extreme hohen Lohnstückkosten** in Deutschland würden, so Artus, dazu führen, dass Deutschlands **Marktanteile am Welthandel** zurückgingen. Nicht proportional zur **Produktivität steigende Löhne** würden außerdem die **Unternehmen belasten**, deren Gewinne nur wegen der Nullzinsen noch hoch seien.

Wettbewerbsfähigkeit geht zurück

weniger Export

steigende Löhne

Die **Wettbewerbsfähigkeit der deutschen Industrie** leide unter dieser Entwicklung, warnt Artus, und immer mehr **Standorte würden nach Osteuropa** verlegt. Damit verbunden sei ein Anstieg der **Arbeitslosigkeit**. Hätten die Unternehmen ihren Personalbestand an die Nachfrage angepasst, wäre die deutsche Arbeitslosenquote bereits um 4 Prozentpunkte höher.

Standortverlagerungen nach Osteuropa …

… führen zu Arbeitslosigkeit

Die Orientierung hin zum **Dienstleistungssektor** sei, so Artus, in Deutschland problematisch, da hier das **Interesse an Dienstleistungen wesentlich geringer** sei als in anderen Ländern.

Ein Weg aus der **Strukturkrise** könne darin bestehen, so Artus, dass die deutschen Unternehmen ihre Produktion viel zukunftsorientierter ausrichten, also zum Beispiel wasserstoffangetriebene Autos anstelle der schon wieder überholten Elektroautos herstellten. Sich jetzt noch auf die Herstellung von herkömmlichen Autobatterien zu fokussieren, wie es in einer deutsch-französischen Kooperation derzeit geschehe, sei sinnlos. Die Batterien würden in China längst viel billiger produziert. Allerdings fehle es, kritisiert Artus, in Europa an einer mutigen **Förderstrategie für neue Technologien**. Fördergelder müssten ohne weitreichende staatliche Zielvorgaben bereitgestellt werden. In den USA habe man das bereits verstanden. Außerdem fordert Artus Europa auf, das **Kartellrecht** zu überdenken. Um europäische Unternehmen wettbewerbsfähig für den Weltmarkt zu machen, kann er sich sogar eine **Akzeptanz monopolartiger Strukturen** innerhalb Europas vorstellen.

Neuausrichtung der Wirtschaft ist schwierig

möglicher Weg aus der Strukturkrise

Europa soll neue Technologien fördern und Kartellrecht lockern

2 **TIPP** *Anforderungsbereich: I und II mit Schwerpunkt auf AFB II*

Diese Aufgabe fordert von Ihnen, das Spannungsverhältnis zwischen Wohlfahrts- und Wettbewerbsstaat zu erläutern und dabei vor allem die Globalisierung der Wirtschaft im Blick zu behalten. Hier empfiehlt es sich, zunächst klarzustellen, was Sie unter einem Wohlfahrtsstaat bzw. Wettbewerbsstaat verstehen. Da Sie vom Material ausgehend arbeiten sollen, können Sie auf dort genannte Aspekte zurückgreifen und diese mit eigenen Kenntnissen aus dem Unterricht ergänzen.

Marktordnung: Soziale Marktwirtschaft und ihre Funktion

Die in Deutschland vorliegende **Marktordnung** ist die **Soziale Marktwirtschaft**. Die Soziale Marktwirtschaft soll einen möglichst hohen **Wohlstand bei gleichzeitiger sozialer Absicherung** über einen **Sozial- bzw. Wohlfahrtsstaat** sicherstellen. Innerhalb eines staatlichen Ordnungsrahmens ermöglicht der **freie Wettbewerb** den wirtschaftlichen Erfolg der Unternehmen. Unter allen Branchen und Sektoren soll Konkurrenz herrschen, Monopole oder Oligopole sollen verhindert werden. Dafür sorgt auf Bundesebene das Bundeskartellamt bzw. auf EU-Ebene die EU-Kartellbehörde. Aufgabe des Staates ist es, negative Auswirkungen von Marktprozessen oder Marktversagen zu vermeiden, deshalb greift der Staat dann regulierend ein, wenn sich wirtschaftliche Machtkonzentrationen oder die Störung des **Wettbewerbs** abzeichnen. Eingriffe des Staates erfolgen zum Beispiel über die **Wirtschaftspolitik, die Sozialpolitik oder Wettbewerbspolitik.**

Wann und wie greift der Staat ein?

Die Soziale Marktwirtschaft wird im Grundgesetz nicht explizit genannt. Das **Sozialstaatsgebot** bzw. der Sozialstaatsgedanke findet sich aber in der Formulierung „sozialer Bundesstaat" in Art. 20 (1), bzw. „sozialer Rechtsstaat (Art. 28). Das freie Handeln der Wirtschaftssubjekte ergibt sich aus den Freiheitsrechten (Art. 2, Art. 12) und der Garantie des Eigentums (Art. 14).

Verankerung der Marktordnung im GG

Aus der Verbindung des Prinzips einer freien Marktwirtschaft und dem Prinzip des sozialen Ausgleichs entsteht ein Spannungsverhältnis, das sich entlang der Fragen „Wie viel Sozialstaat ist nötig?" und „Wie viel staatliche Steuerung ist erforderlich?" bzw. „Wie viel Wettbewerb ist möglich?" bewegt.

Spannungsverhältnis zwischen Wohlfahrtsstaat und Wettbewerbsstaat

Der Wirtschaftsexperte Artus stellt fest, dass Deutschland sich in einer Krise befinde (vgl. Z. 3). Einen Grund dafür sieht er darin, dass Deutschland „als Hochkostenland" (Z. 44) mit einer rückläufigen **Wettbewerbsfähigkeit** konfrontiert sei. Er betrachtet den **Sozialstaat** im Grunde als wirtschaftliches Zukunftsrisiko, das verringert werden muss.

Wettbewerbsfähigkeit erhalten um jeden Preis?

Eine Möglichkeit, um die Wettbewerbsfähigkeit eines Staates zu erhalten und für Unternehmen attraktiv zu halten, ist, die Lohnnebenkosten zu senken. So könne der Staat die **Sozialversicherungsbeiträge auf der Arbeitnehmerseite erhöhen** oder diese stärker zur **privaten Vorsorge** verpflichten, zum Beispiel im Bereich der Altersvorsorge oder im Gesundheitsbereich. Gleichzeitig könnte man zusätzlich die **Belastungen für die Arbeitgeber*innen verringern**. Diese könnten auch mit geringeren Zugeständnissen bei **Tarifverhandlungen** reagieren, um **Lohnzuwächse und somit Kostensteigerungen zu vermeiden**. Ein weiteres Anheben des **Mindestlohns** könne von staatlicher Seite her über eine entsprechende Gesetzgebung verhindert werden. Allerdings muss hier bedacht werden, dass niedrigere Löhne auch immer weniger Nachfrage bedeuten.

Senken der Lohnnebenkosten

Verzicht auf Lohnsteigerungen und Anhebung des Mindestlohns

Artus prophezeit als einen möglichen Ausweg für die Unternehmen die **Verlagerung von Standorten** „in die billigen Länder Osteuropas“ (Z. 64 f.), was Arbeitsplatzverluste zur Folge hätte. Deutschland hat im internationalen Vergleich ein sehr **hohes Lohnstückkostenniveau** und vor allem außerhalb Europas können Unternehmen deutlich günstiger produzieren. Das Beispiel der Autobatterie-Produktion in China verdeutlicht das eindrücklich (vgl. Z. 88 f.). Um hier den Unternehmen entgegenzukommen, wären Abstriche bei **Arbeitnehmerrechten** oder z. B. die Verringerung von Auflagen für Arbeitszeiten oder **Umweltschutz** eine mögliche Lösung. Ein solches **„race to the bottom“, also ein Wettbewerb um die niedrigsten Steuern, Auflagen und Sozialabgaben, widerspricht jedoch dem Sozialstaatsgedanken** und lässt sich vermutlich angesichts der Verhandlungsmacht der **Gewerkschaften** und Sozialverbände – aber auch mit Blick auf die Wähler*innen – kaum realisieren.

„race to the bottom“

Um die Wettbewerbsfähigkeit europäischer Unternehmen zu stärken, schlägt Artus die Akzeptanz „monopolähnliche[r] Situationen“ (Z. 100) vor, um der Industrie den Umstieg auf neue, zukunftsträchtige Technologien zu erleichtern. Dies widerspricht jedoch klar dem **Wettbewerbsprinzip**, das in der Sozialen Marktwirtschaft verankert ist.

Monopole akzeptieren widerspricht Wettbewerbsprinzip

3 **TIPP** *Anforderungsbereich: II*

Auch für diese Aufgabe ist der Ausgangspunkt das vorliegende Material. Hier sollen Sie an Aussagen des Interviews anknüpfen, um dann mögliche Vor- und Nachteile staatlicher Eingriffe in die Wirtschaft darzustellen. Der Aufgabentext gibt bereits eine Struktur vor und es empfiehlt sich, die Vor- und Nachteile getrennt voneinander zu berücksichtigen. Um Redundanzen und Wiederholungen zu vermeiden, erscheint es als sinnvoll, den Aspekt „Monopole“ in dieser Aufgabe nicht zu ausführlich zu berücksichtigen.

Aus dem Interview mit Patrick Artus lassen sich **zwei Aspekte staatlicher Eingriffe in wirtschaftliche Prozesse** ableiten. Zum einen betrachtet Artus es als Nachteil, wenn europäische Staaten ihre Fördergelder an die Entwicklung bestimmter, vom Staat vorgegebener Technologien knüpfen (vgl. Z. 94 f.). Darin sieht er eine überflüssige staatliche „Einmischung" (Z. 97) und somit eine Einschränkung der Freiheit der Unternehmen. Seiner Ansicht nach wissen die Unternehmen selbst am besten, welche Entwicklungen zukunftsträchtig sind.

möglicher Bezug zum Material

In einer freien, wettbewerbsorientierten Wirtschaft wird in der Regel davon ausgegangen, dass der **freie Wettbewerb zu effizienten Marktergebnissen** führt und einer **sinnvollen Allokation der Produktionsmittel** führt. Ohne einen auch internationalen Leistungswettbewerb würde es kaum zu technischem und wirtschaftlichem Fortschritt kommen. Eine weitere – eigentlich konträre Forderung Artus´ – besteht darin, innerhalb von Europa in den Wettbewerb so weit einzugreifen, dass hier **Monopole** geduldet werden müssten, um die **Unternehmen vor globaler Konkurrenz** zu schützen.

Effizienz durch freien Wettbewerb

Monopole als Lösung für Wettbewerbsschwäche

Dass ein **Staat die Wirtschaft bei der Entwicklung von Zukunftstechnologien unterstützt** und somit Wettbewerbspolitik betreibt, ist nachvollziehbar und sinnvoll. Gerade im Hochtechnologiebereich ist es nicht immer möglich, dass Unternehmen für die immensen Forschungskosten in Vorleistung gehen. Daraus entstehende **Innovationen** sind ein Wachstumsmotor und sorgen langfristig für **Arbeitsplätze, steigenden Wohlstand und globale Wettbewerbsvorteile.** Staatliche Wettbewerbspolitik in Forschung und Entwicklung fördert diese Innovationen.

Vorteile staatlicher Eingriffe: staatliche Wettbewerbspolitik in Forschung und Entwicklung fördert Innovationen

Um ein **Marktversagen** zu verhindern oder dessen Folgen abzumildern, sind **staatliche Eingriffe manchmal unvermeidlich**. So **versagt der Marktmechanismus zum Beispiel bei den negativen externen Effekten** bzw. externen Kosten, die durch die industrielle Produktion entstehen. Der Staat greift hier ein, um Nachteile oder gesundheitliche Beeinträchtigung von Verbraucherinnen und Verbrauchern zu verringern, und sorgt durch Steuern, Abgaben oder entsprechende Auflagen dafür, dass Umweltverschmutzung einen Preis bekommt. So wird ein Anreiz für umweltfreundliches Verhalten geschaffen.

Verhinderung von Marktversagen

Auch **gegen unerwünschte Marktergebnisse kann ein Eingreifen des Staates erforderlich sein.** So schränkt der Staat durch eine entsprechende Gesetzgebung den Handel mit Waffen, Drogen oder Medikamenten ein oder verhindert einen freien Handel mit Organen.

Verhinderung unerwünschte Marktergebnisse

Ein weitreichendes **Eingreifen des Staates erfolgte während der Coronakrise**: Hier hat der Staat viele **Unternehmen mit Krediten, Unternehmensbeteiligungen und Direktzahlungen unterstützt**, um deren Existenz und somit auch Arbeitsplätze zu retten.

Coronakrise: Staat rettet Unternehmen

Staatliche Eingriffe können jedoch auch immer mit **Risiken** verbunden sein. Gerade in Krisenzeiten sind staatliche Finanzierungshilfen häufig nur **kurzfristig wirksam** und politisch meist sehr umstritten. In Deutschland wurde heftig darüber debattiert, wie sinnvoll es ist, bestimmte Unternehmen oder Branchen staatlich mit Milliardenbeträgen zu unterstützen. An **strukturellen Problemen** der Wirtschaft **ändern diese Finanzhilfen** tatsächlich **nichts** (vgl. Z. 80 f.). Werden Unternehmen mit staatlichen Subventionen gefördert, erzeugt der Staat die Nachfrage, oder übernimmt er sogar die Bereitstellung bestimmter Güter, wird der **Wettbewerb verzerrt**, die öffentlichen Haushalte werden belastet und es kann zu einem **Crowding-out-Effekt** kommen. Die Unternehmen der freien Wirtschaft bieten dann vom Staat bereitgestellte Güter oder Dienstleistungen schlichtweg nicht mehr an und ziehen sich aus dem Markt zurück.

Nachteile staatlicher Eingriffe: Maßnahmen wirken oft nur kurzfristig

Wettbewerbsverzerrung und Crowding-out

Die im Material geforderten **staatlichen, protektionistischen Eingriffe** in den europäischen Wettbewerb in Form der Akzeptanz von Monopolen benachteiligen konkurrierende Unternehmen oder verhindern den Eintritt neuer Unternehmen in den Markt. Langfristig führt eine zu große Marktmacht zu höheren Preisen und kann sogar Innovationen ausbremsen.

Protektionismus durch Monopole

Die **Finanzierung staatlicher Eingriffe** erfolgt außerdem entweder über eine Erhöhung der **Staatsverschuldung** oder die Erhöhung von **Steuern** und Abgaben, was am Ende die Bürger*innen belastet. Um die Kosten zu kompensieren, könnten auch **Einschränkungen bei den sozialen Leistungen**, also eine Verringerung wohlfahrtsstaatlicher Leistungen notwendig werden.

Staatsschulden oder Steuererhöhungen als Folge

4 **TIPP** *Anforderungsbereich: III*

Diese Aufgabe erfordert zum vierten Mal den Bezug auf das vorliegende Material. Da im Interview die Möglichkeiten der protektionistischen Wirkung von Monopolen nur angerissen wird, können und sollen Sie sich hier auf im Unterricht besprochene Aspekte und Beispiele fokussieren. Insofern stellt die hier vorgeschlagene Lösung nur eine Möglichkeit des Umgangs mit der Aufgabe dar; daneben gib es viele andere Anknüpfungspunkte.

Der Ökonom Artus fordert, in Deutschland und Europa **Monopole** zuzulassen, damit **Unternehmen** vor allem im Bereich **neuer Technologien im globalen Wettbewerb bestehen** und **sich gegen internationale Konkurrenz besser durchsetzen** können.

Monopole in Europa zulassen?

Für die Zulassung von Monopolen spricht, dass mit einem Monopol eine gewisse **Unternehmensgröße** verbunden ist, sodass **Skaleneffekte** genutzt werden können. Die Produktionskosten würden dadurch gesenkt und die Wettbewerbsfähigkeit der Unternehmen auf dem globalen Markt verbessert. Ein Beispiel für eine Mega-Fusion ist die Anfang 2021 durch einen Zusammenschluss von PSA und Fiat-Chrysler vollzogene Gründung des Autokonzerns Stellantis, den die EU-Kartellbehörde unter der Auflage, freien Wettbewerb innerhalb Europas weiter zu ermöglichen, genehmigt hatte.

Chancen durch Monopole:
- Monopole ermöglichen Skaleneffekte

Auch andere Länder, wie zum Beispiel die USA oder China, lassen es zu, dass in der Finanz-, Tech- oder IT-Branche Giganten entstehen, die auf dem Weltmarkt kaum Konkurrenz fürchten müssen. Die Internetkonzerne beherrschen ihre jeweilige Branche und sind weltweit erfolgreich. Insofern stellt sich durchaus die **Frage, ob man in Europa unbedingt auf der Vorstellung, dass Monopole etwas Schlechtes seien, beharren muss**.

- auch andere Länder ermöglichen Monopole und stärken ihre Unternehmen

Würde man in Europa regelmäßig monopolähnliche Strukturen zum Beispiel durch Firmenfusionen tolerieren, würde dies den **Wettbewerb innerhalb dieses Wirtschaftsraums** blockieren. Für die Verbraucherin bzw. den **Verbraucher sind Monopole immer mit dem Risiko von Preissteigerungen** und einem eingeschränkten Angebot verbunden. Eine zu große **Marktkonzentration führt auch zu weniger Kontrollierbarkeit** und Vergrößerung des politischen Einflusses der Großunternehmen. Dies lässt sich an den Internetkonzernen wie Facebook oder Google sehr gut sehen. **Der Eintritt in den Markt für neue Unternehmen bzw. Start-ups wird durch monopolartige Strukturen erheblich behindert**. Monopole können somit auch hinderlich für Innovationen sein und damit langfristig die Wettbewerbsfähigkeit schwächen.

Risiken durch Monopole:
- Verzerrung des Wettbewerbs
- Nachteile für Verbraucher
- keine Kontrolle
- keine Konkurrenz
- weniger Innovationen
- Schwächung der Wettbewerbsfähigkeit

Auch wenn es auf den ersten Blick so erscheint, dass Monopole auch Vorteile haben können, **überwiegen** ganz offensichtlich die **Nachteile**. Monopole **widersprechen dem grundlegenden Wettbewerbsgedanken einer freien bzw. Sozialen Marktwirtschaft**. Die **Vorteile des Wettbewerbs – Innovation, Vielfalt, niedrige Preise und gesicherte Qualität –** innerhalb Europas sollten nicht unter dem Druck der globalen Wirtschaftsbeziehungen leichtfertig aufgegeben werden. Man sollte andere Wege suchen, um die globale Wettbewerbsfähigkeit der europäischen Unternehmen zu stärken.

mögliches Fazit: Monopole widersprechen dem Grundgedanken der Sozialen Marktwirtschaft

INTERNATIONALE POLITIK UND WIRTSCHAFTSPOLITIK

Aufgabenstellung

1 Fassen Sie den vorliegenden Text zusammen. (Material 1) (25 BE)

2 Analysieren Sie ausgehend von Material 1 die Herausforderungen für die deutsche Außen- und Sicherheitspolitik. (25 BE)

3 Erläutern Sie, durch welche Maßnahmen der deutsche Staat die Binnennachfrage steigern und die Exportabhängigkeit verringern kann. (20 BE)

4 Interpretieren Sie die Karikatur (Material 2) und diskutieren Sie vor diesem Hintergrund, inwieweit Deutschland eine hegemoniale Rolle in Europa einnimmt. (30 BE)

M 1 Hans Kundnani: Deutschlands Dilemma als halber Hegemon[1] (2019)

Noch vor zehn Jahren schien Deutschlands Platz in der Welt klar definiert zu sein. Außenpolitische Debatten betrafen damals vor allem die Beteiligung Deutschlands an den sogenannten Out-of-Area-Einsätzen der Nato. Während der 1990er schien sich Deutschland in der Frage von Militäreinsätzen allmählich in Richtung „Normalität" zu bewegen, ein Prozess, der in den Einsätzen in Serbien 1999 und Afghanistan ab 2001 kulminierte. Ab den 2000ern jedoch begann auch Deutschland Militäreinsätze im Zuge der den gesamten Westen erfassenden Zweifel gegenüber Militärinterventionen wieder zunehmend skeptischer zu sehen, vor allem nach der fehlgeschlagenen Invasion des Irak 2003[2].

Mit Ausbruch der Eurokrise 2010 jedoch ist Deutschlands Zukunft zunehmend unsicher geworden. Die Krise löste eine abermalige Debatte über die deutsche „Hegemonie" in Europa aus, die sich in Folge der Flüchtlingskrise 2015 intensivierte. Seit der Wahl Donald Trumps zum Präsidenten der Vereinigten Staaten 2016 ist die Zukunft der transatlantischen Allianz und der „liberalen internationalen Ordnung" an sich ungewiss geworden. Wie wird Deutschland in einer Zeit agieren, in der scheinbar alles in Bewegung geraten ist – und die Analysten […] als ein Interregnum[3] […] beschreiben?

Regelmäßig haben außenpolitische Analysten die Probleme ignoriert, die im Verlauf der Eurokrise aufgetaucht sind. Was allerdings nicht heißt, dass diese gelöst worden wären. Zwar provozierte das britische Chaos ein erneuertes rhetorisches Bekenntnis zum europäischen Projekt, aber die weitere Integration ist zum Stehen gekommen. Derweil verharrt Deutschland in einer problematischen Position der Halbhegemonie. In der Praxis bedeutet dies, dass das Land zwar die Kraft zur Festlegung der Regeln hat, nicht aber, um sie durchzusetzen. Andere Staaten sind derweil stark genug, um die Regeln zu brechen, nicht aber sie zu ändern.

Die Serie von Krisen, denen sich die EU seit 2010 gegenüber sieht, hätten eine Chance sein können. Während der Eurokrise warfen die Länder Südeuropas Deutschland mangelnde „Solidarität“ vor. Aber in der Flüchtlingskrise forderte dann auf einmal Deutschland „Solidarität“ von den anderen Mitgliedsstaaten. Dies hätte durchaus eine Grundlage für einen umfassenden Deal sein können, basierend auf einem gemeinsamen Verständnis von Rechten und Pflichten zwischen EU-Mitgliedsstaaten, die sowohl Teil des Euroraums als auch von Schengen sind, also eines de facto „europäischen Kerns“. Doch statt sie miteinander zu verbinden, suchte Deutschland beide Fragen zu entkoppeln. [...]

Die Wahl Donald Trumps könnte sich als der größte strategische Schock für ganz Europa herausstellen. Für Berlin stellt er ein besonderes schwieriges Dilemma dar. Deutschlands Position der Halbhegemonie innerhalb Europas war von einer bestimmten Konfiguration der liberalen internationalen Ordnung abhängig, in der Deutschland einen Freifahrtschein genoss. Gemeint sind hierbei insbesondere die Sicherheitszusagen der Vereinigten Staaten, die Fragen militärischer Macht in den innereuropäischen Beziehungen im Prinzip irrelevant machten, und die Rolle Amerikas als endlos verfügbarer Konsument zu nennen. Heute ist Washington hierzu weniger willens und könnte die eigene Hegemoniestellung aufgeben.

Die Unwägbarkeiten in Bezug auf die amerikanischen Sicherheitszusagen an Europa führten zu einer Spaltung der strategischen Gemeinde in Deutschland zwischen Atlantikern und Post-Atlantikern. Während Atlantiker dazu neigen, die strukturelle Verschiebung in der amerikanischen Außenpolitik zu unterschätzen, verkennen die Post-Atlantiker das Ausmaß der Schwierigkeiten, vor denen Europa bei der Entwicklung strategischer Autonomie als Alternative zu den amerikanischen Sicherheitsgarantien steht. Problematisch ist dabei, dass selbst vorsichtige Schritte Europas in Richtung Unabhängigkeit das amerikanische Engagement weiter schwächen könnten.

Während aber sowohl Atlantiker als auch Post-Atlantiker über die Notwendigkeit sprechen, auf neue Gefahren in einer zunehmend gefährlichen Welt zu reagieren, scheint die deutsche Bevölkerung mehr über den potentiellen Verlust ihrer Identität als Friedensmacht besorgt zu sein. Trotz der Unsicherheiten in Bezug auf die amerikanischen Sicherheitsgarantien, fühlen sich die Deutschen einfach nicht bedroht. Viele sähen heute die Übernahme größerer „Verantwortung“ und dabei insbesondere eine drastische Steigerung der Verteidigungsausgaben als ein Zugeständnis an Trump und seine Politik.

Die zukünftigen Beziehungen Deutschlands zu China sind auch mit der Rolle Deutschlands in Europa und der Beziehung zu den Vereinigten Staaten verknüpft. Während der vergangenen Dekade ist Deutschland zunehmend abhängig von China als Exportmarkt geworden – insbesondere nachdem im Verlauf der Eurokrise die Nachfrage aus Europa zurückging. Es entwickelte sich in der Folge eine enge politische Beziehung zwischen Berlin und Peking. Die Krise hat den Westen in Überschuss- und Defizitländer gespalten und China und Deutschland zusammengeführt. [...]

Ein Überdenken des eigenen Wirtschaftsmodells ist [...] die vielleicht größte Herausforderung, vor der Deutschland steht. Das wäre nicht nur für Deutschlands Partner in der Nato und der EU gut, die von einer steigenden Binnennachfrage profitieren würden, sondern auch für Deutschland selbst. Deutschlands Wettbewerbsbesessenheit hat die Ungleichheit und die politische Unsicherheit gefordert. Die bröselnde Infrastruktur des Landes verlangt dringend Investitionen. Allerdings verbietet der politische Konsens in Bezug auf Deutschlands Identität als Exportnation ein solches Umdenken.

Die Frage ist, ob Deutschland zum Umdenken fähig ist, bevor es zu spät ist. Ganz allmählich ziehen sich die Vereinigten Staaten von ihrer Rolle als Hegemon zurück, die sie seit dem Zweiten Weltkrieg innehatten. Zunehmend scheinen sie nicht mehr zur Bereitstellung globaler Gemeinschaftsgüter wie Sicherheit und ökonomischer Nachfrage willens zu sein – insbesondere für Europa, von dem sie zu Recht glauben, dass es in der Lage sein sollte, für sich selbst zu sorgen. Während alles um sie herum in Bewegung gerät, scheinen die Deutschen zu glauben, sie könnten dennoch einfach so weitermachen wie bisher.

Hans Kundnani: Deutschlands Dilemma als halber Hegemon, FAZ vom 25.11.2019, https://www.faz.net/aktuell/politik/deutschlands-dilemma-als-halber-hegemon-16491197.html?premium=0x1c4b706485cdd7d065bead4c7a56d54b&printPagedArticle=true#void

Hinweis

Hans Kundnani ist ein in London tätiger Wissenschaftler und Politikberater.

Anmerkungen

1 Hegemonie – Vorherrschaft, Vormachtstellung
2 Gemeint ist der Einmarsch der USA und Verbündeter in den Irak.
3 Interregnum – Bezeichnet eine Übergangsregierung oder den Zeitraum, in dem eine solche herrscht

M 2 Karikatur von Klaus Stuttmann (2020)

Klaus Stuttmann

Lösungsvorschlag

Unterrichtsinhalte:

- Q 3: Internationale Konflikte und Konfliktbearbeitung in einer differenzierten Staatenwelt, insbesondere Ziele, Strategien und möglicher Beitrag deutscher Außen- und Sicherheitspolitik zur Konfliktbearbeitung und -prävention
- Q 2: Nachhaltiges Wachstum und fairer Wettbewerb – Herausforderungen wirtschaftlicher Ordnungspolitik, insbesondere Wettbewerbsfähigkeit von Staaten und Regionen im europäischen Binnenmarkt, z. B. Lohnstückkosten, Infrastruktur, politische und soziale Rahmenbedingungen

1 **TIPP** *Anforderungsbereich: I*

Die Zusammenfassung leiten Sie ein, indem Sie Quelle, Autor*in und die Kernaussage vorstellen. Legen Sie in eigenen Worten und ohne Wertungen die wichtigsten Aussagen in strukturierter Form dar. Durch Konjunktiv und analytische Wendungen („Der Autor untersucht ..., fragt ..., plädiert abschließend ...") zeigen Sie die erforderliche Distanz zum Text. Textbelege mit direkten Zitaten sollten Sie auf Schlüsselbegriffe beschränken.

Unter der Überschrift „Deutschlands Dilemma als halber Hegemon" untersucht Hans Kundnani in seinem am 25.11.2019 auf faz.net erschienenen Aufsatz **Deutschlands Rolle in der internationalen Politik**. Der Autor plädiert für ein Überdenken der deutschen Außen- und Wirtschaftspolitik. *(Quelle, Thema, Kernaussage)*

Zunächst umreißt Kundnani die Faktoren, die die deutsche Position in Europa und der Welt seit den 1990er Jahren bestimmt haben: von der Beteiligung an Nato-Militäreinsätzen, z. B. in Serbien und Afghanistan, bis zum Zweifel an ihrem Sinn, besonders nach dem Irakkrieg. Mit der **Krise des Euro** und der **Flüchtlingskrise** sei die deutsche „Hegemonie" (M 1, Z. 11 f.) in Europa problematisch geworden. Die europäische Integration stagniere. *(geschichtliche Beispiele)*

Zugleich litten das atlantische Bündnis und die liberale Weltordnung seit 2016 unter der **Politik des US-Präsidenten Trump**. Da deshalb die Sicherheitszusagen und der Absatzmarkt der bisherigen Hegemonialmacht USA gefährdet seien, sei Deutschlands Machtposition bedroht. Es besitze zwar die Fähigkeit zur „Festlegung der Regeln [in Europa]" (M 1, Z. 23), könne sie aber nicht durchsetzen, wofür Kundnani die Bezeichnung „**Halbhegemonie**" (M 1, Z. 22, 37) wählt. Der Autor verdeutlicht dies an Deutschlands zwiespältiger Rolle in Euro- und Flüchtlingskrise, als es einmal die Solidarität gegenüber EU-Partnern verweigert, dann aber diese von ihnen erwartet habe. *(Verhältnis zu den USA)* *(Dilemmasituation Deutschlands)*

In diesem Zusammenhang stehe auch der Streit zwischen „Atlantikern und Post-Atlantikern" (M 1, Z. 46) in Europa über eine größere Unabhängigkeit von den USA. Von Schritten in diese Richtung befürchtet der Autor ein **Nachlassen des amerikanischen Engagements**. Die deutsche Bevölkerung verkenne jedoch die wachsende Bedrohung ihrer Sicherheit und sei nicht zu höheren Verteidigungsausgaben bereit.

Als weiteres Risiko bewertet der Autor die **Abhängigkeit vom chinesischen Exportmarkt**, in die Deutschland durch die Verschlechterung der Beziehungen zu den USA und die Eurokrise geraten sei. Verhältnis zu China

Diese Analyse führt Kundnani zur Schlussfolgerung, dass Deutschland sein „Wirtschaftsmodell[...]" (M 1, Z. 67) überdenken solle. Die deutsche Exportorientierung, seine „Wettbewerbsbesessenheit" (M 1, Z. 70), sei zugunsten einer **Stärkung der Binnennachfrage** zu korrigieren. Damit könne die Infrastruktur sowie das Verhältnis zu EU- und Nato-Partnern verbessert werden. Dem stehe allerdings die deutsche „Identität als Exportnation" (M 1, Z. 73) entgegen. Am Ende seines Aufsatzes zeigt sich der Autor skeptisch, ob Deutschland „zum Umdenken fähig ist" (M 1, Z. 74). Konsequenz des Autors

2 **TIPP** *Anforderungsbereich: I und II mit Schwerpunkt auf AFB II*

Ausgehend vom Text sollen Sie sachlich darlegen, vor welchen Problemen die deutsche Außenpolitik zur Zeit steht. Beginnen Sie Ihre Analyse mit einer Auswertung des Textes: Wie beantwortet er diese Frage? Sie können anschließend die dabei genannten Aspekte vertiefen, indem Sie aktuelle Entwicklungen wie die Abwahl Trumps einführen. Aber auch weitere Herausforderungen können Sie ergänzen. Durch Begriffsklärungen oder Beispiele weisen Sie gründliche Kenntnisse nach.

Kundnani zeichnet ein Bild internationaler Probleme, das von der Flüchtlings- und Eurokrise in Europa, über die wirtschaftliche Abhängigkeit von China bis zur Bedrohung der transatlantischen Allianz und der liberalen internationalen Ordnung reicht. Auch deutet er mit den Stichworten Irak und Afghanistan die Destabilisierungsgefahr aufgrund des internationalen Terrorismus an. Diese Liste wichtiger Herausforderungen deutscher Außenpolitik lässt sich ergänzen durch Krisen aufgrund der Atombewaffnung des Iran und des globalen Klimawandels. Anknüpfen an Text

Die **transatlantische Allianz** wurde durch die Abwahl Trumps im November 2020 vorerst stabilisiert. Der neue Präsident hat einen Truppenabzug aus Deutschland zurückgenommen und den amerikanischen Beistand bekräftigt. Europas Sicherheit gegenüber einem expansiven Kurs Russlands, wie er sich mit der Annektierung der transatlantische Allianz

Krim zeigte, lässt sich nur gemeinsam mit den USA gewährleisten. Dabei liegt die Stärkung des europäischen Pfeilers der Nato im Interesse aller Partner.
Auch der Streit mit den USA um die Gaspipeline Nordstream 2 zwischen Russland und Deutschland konnte geschlichtet werden, allerdings ohne die Einbindung der Ukraine und Polens und ohne von Russland Garantien zu erlangen.

Klimakrise

Eine Stärkung des **Multilateralismus** markiert die Rückkehr der USA zum Pariser Klimaabkommen. Die internationale **Klima- und Nachhaltigkeitspolitik** steht jedoch vor riesigen Aufgaben. Deutschland und die EU müssen durch Klimadiplomatie die Unterstützung ärmerer Staaten gewinnen. Länder im globalen Süden, die am wenigsten zur Klimakrise beigetragen haben, leiden besonders schwer unter den Folgen. Konflikte über Ressourcen oder Migrationswellen aufgrund von Naturkatastrophen können auch die internationale Sicherheit gefährden. Wie in der Pandemie dürften extrem hohe Kosten drohen, wenn nicht rechtzeitig gehandelt wird.

liberaler Weltmarkt

Zur Förderung nationaler Interessen nutzen die USA, aber auch Russland und China **geoökonomische Instrumente** wie Zölle, Sanktionen oder Währungsmanipulationen, mit negativen Folgen für das liberale internationale Wirtschaftssystem. Dasselbe gilt für neue Kontrollen ausländischer Direktinvestitionen, etwa im Zusammenhang mit der Zulassung Huaweis zum deutschen 5G-Markt. Wegen der Coronapandemie diskutiert man den Rückbau globaler Wertschöpfungsketten, da es im Außenhandel mit Grenzschließungen, Lockdowns und Verzögerungen in Häfen zu Problemen gekommen war. All dies stellt offene Volkswirtschaften wie Deutschland vor neue außenpolitische Herausforderungen.

Atommacht Iran?

Die Atomvereinbarung von 2015 zwischen dem **Iran** und mehreren Staaten, die ein verdecktes Programm zur atomaren Aufrüstung verhindern sollte, ist nach dem Rückzug der USA weiter gefährdet. Es besteht die Gefahr, dass jetzt auch das iranische Regime Nuklearwaffen als einzige effektive Maßnahme für den Systemerhalt ansieht. Nach Israel entstünde damit in unmittelbarer Nachbarschaft Europas eine zweite Atommacht.

3 **TIPP** *Anforderungsbereich: II*

Diese Aufgabe verlangt, Instrumente der Wirtschaftspolitik darzulegen, die die Binnennachfrage stärken. Knüpfen Sie Ihre Lösung an Material 1 an, eine vertiefte Einbeziehung des Textes ist aber nicht erforderlich. Achten Sie auf eine strukturierte Gedankenführung, sachlichen Stil und fachsprachliche Präzision.

Anknüpfung an Text

Hans Kundnani sieht Deutschlands „größte Herausforderung“ (M 1, Z. 67 f.) darin, dass es seine exportbasierte Wirtschaftsstrategie ändert. Die Förderung der Binnennachfrage liege sowohl im eigenen Interesse wie in dem der europäischen Partner. Dabei würde der Staat von der fiskalischen Austeritätspolitik („Schwarze Null“) und der Lohnmäßigung abgehen. Ein solches Eingreifen in den Wirtschaftsprozess wird gewöhnlich mit Instrumenten des Stabilitätsgesetzes von 1967 praktiziert.

Begriffsklärung

Unter der **Binnen- oder Inlandsnachfrage** versteht man die Nachfrage nach Konsum- und Investitionsgütern innerhalb eines Binnenmarktes, ohne die Nachfrage aus dem Ausland. Eine herausragende Rolle bei ihrer Anregung kommt der **Fiskalpolitik** zu. Zwecks Ankurbelung des privaten Konsums und privater Investitionen kann der Staat durch **vermehrte Ausgaben** aktiv werden. Die aufgrund der Klimakrise anstehende ökologische Umsteuerung und Energiewende lässt sich durch **Umweltprämien** wie beim Kauf neuer Autos unterstützen. Zunehmend werden auch Betriebe des Ökolandbaus gefördert, wodurch die Binnennachfrage in diesem Sektor wächst.

Fiskalpolitik

Beispiele

Infrastrukturpolitik

Ein oft genutztes Instrument der Nachfragesteigerung sind **Infrastrukturprogramme** (vgl. Z. 71 f.), die Bund oder Länder auflegen. Durch Ausgaben für Bildung, z. B. die Einstellung neuer Lehrerinnen und Lehrer oder die Stärkung von Pflegeeinrichtungen steigt zwar die staatliche Neuverschuldung, aber die Erzeugung neuer Einkommen ruft auch eine größere Nachfrage hervor. Investitionen im Bildungswesen wirken sich außerdem positiv auf die Produktivität der Volkswirtschaft aus.

Verteilungspolitik

Dieser Mechanismus, den man auch als keynesianischen Multiplikator bezeichnet, wirkt genauso bei **Lohnerhöhungen im öffentlichen Dienst** oder bei der **Anhebung des Mindestlohns und von Sozialleistungen**, ebenfalls klassische Instrumente zur Stärkung der Binnennachfrage. Der Mindestlohn wurde zur Armutsbekämpfung 2015 eingeführt und liegt zur Zeit bei etwa 10 Euro. Jede Erhöhung vermehrt die verfügbaren Einkommen der privaten Haushalte, die für den privaten Konsum entscheidend sind. Besonders wichtig sind dabei die Bezieher*innen der unteren Einkommen, da sie einen größeren Anteil ihrer Einkommen für den Konsum ausgeben als die reichen Haushalte. Im öffentlichen Dienst sind etwa zehn Prozent aller Arbeitnehmer*innen beschäftigt, folglich kann der Staat auf diesem Weg die Einkommensverteilung stark beeinflussen. Die Tarifparteien vereinbaren aufgrund der Tarifautonomie die Löhne ansonsten selbstständig.

Steuerpolitik

Des Weiteren kann die Konsumnachfrage der privaten Haushalte bzw. die Investitionstätigkeit der Unternehmen mithilfe von **Steuersenkungen** angeregt werden. Z. B. wurde 2020 die Mehrwertsteuer für ein halbes Jahr um 3 Prozent gesenkt.

4 **TIPP** *Anforderungsbereich: III*

Abschließend geht es um die Stellung und die Rolle Deutschlands in Europa. Nach der Auswertung einer Karikatur ist die Frage zu erörtern, ob Deutschland eine dominante Position in Europa einnimmt. Zunächst nennen Sie Künstler, Datierung und Thema der Karikatur. Dann beschreiben Sie die einzelnen Bild- und Textelemente möglichst genau, um auf dieser Grundlage die kritische Aussage herauszuarbeiten. Anschließend leiten Sie zur eigenen Erörterung über, dem Schwerpunkt der Aufgabe. Unterstützen Sie Ihre Pro- und Kontra-Argumente mit einleuchtenden Beispielen. Am Ende des Abwägens sollten Sie eine begründete eigene Position erreichen, die die Maßstäbe Ihres Urteils erkennen lässt.

Karikatur

Die von Klaus Stuttmann 2020 veröffentlichte Karikatur behandelt die **Rolle Deutschlands in Europa**. Drei Abbildungen zeigen einen Stier, der von einer weiblichen Person gezügelt wird. Dahinter steht der antike Mythos, in dem die phönizische Königstochter Europa von Zeus in Gestalt eines Stiers geraubt, über das Meer nach Kreta entführt und dort von ihm in zurückverwandelter Gestalt verführt wird. Stuttmannns Karikatur macht den Stier zum Opfer: Er verliert zunehmend an Gewicht und an Kraft, während die Reiterin von Mal zu Mal zunimmt. Ein Sternenkreis identifiziert den Stier als Symbol für die EU, körperliche Merkmale legen Bundeskanzlerin Merkel als seine Reiterin und somit als Symbol für Deutschland nahe. Die umgekehrt proportionale Entwicklung des Gewichts beider Figuren zeigt, dass der Begleittext „Europa wächst …und wächst …und wächst …" im ironischen Gegensatz zu den drei Bildern steht. Bildlich soll deutlich werden: Die EU verliert an Kraft, während Deutschland in seiner von vornherein dominanten Position immer stärker wird. Stuttmann geht also von einer hegemonialen Rolle Deutschlands in der EU aus.

Begriffsklärung

Bezogen auf internationale Politik versteht man unter **Hegemonie** die Führungsrolle eines Staates. Sie kann auf **Kooperation und Konsens** beruhen, z. B. zur Sicherung des Friedens oder anderer „globaler Gemeinschaftsgüter" (M 1, Z. 77), aber auch auf **Zwang**, z. B. um ökonomische Vorteile zu erlangen. Unter Präsident Trumps „America-first"-Politik, die mit Drohungen, Druck und Strafzöllen operierte und eine globale Verantwortung zunehmend ablehnte, entwickelte sich die Supermacht USA eher zu einer Vormacht in diesem Sinne.

Pro-Argumente

Eine hegemoniale Rolle Deutschlands in der EU, also nicht im globalen Maßstab, lässt sich mit mehreren Argumenten begründen.
Das Gestaltungspotenzial der **Mittelmacht Deutschland** beruht neben der Bevölkerungsgröße auf drei überwiegend **„weichen"**

Macht-Faktoren: einem stabilen demokratischen System, wirtschaftlicher Stärke sowie Wissenschaft und Kultur. Deutschland stellt in der EU die stärkste **Wirtschaftsmacht** dar, auch deshalb, weil es am meisten vom Binnenmarkt profitiert. Hohe Außenhandelsüberschüsse belegen dies seit Jahrzehnten. Es verfügt daher über großen Einfluss auf die Entscheidungen in Brüssel.
Allerdings wird von Mitgliedsstaaten der EU der Vorwurf von deutschen **Alleingängen** erhoben, die oft rein nationale Interessen im Auge hatten.
So wurde während der **Staatsschuldenkrise** der EU zwischen 2008 und 2012 Deutschland vorgeworfen, dass es Länder wie Griechenland, Italien oder Portugal nicht stärker unterstützte, z. B. durch Zustimmung zu europäischen Staatsanleihen mit günstigen Konditionen („Eurobonds"), um deutsche Banken und Exporte zu schützen. In Deutschland wurden Eurobonds mit der Befürchtung einer „Transferunion" mehrheitlich abgelehnt. Solidarität gebe es nur bei Fiskaldisziplin. Auch fand das Bild eines „Zahlmeisters" von Europa in Deutschland weite Verbreitung.
In der **Flüchtlingskrise 2015** akzeptierte Bundeskanzlerin Merkel die Einreise Hunderttausender Migranten nach Deutschland, angeblich gegen die Regeln des Schengen-Abkommens und ohne sich zuvor mit den Partnern in der EU genügend abzustimmen.
Ähnlich wirkt auf osteuropäische Nachbarn das deutsche Beharren auf der **Nord Stream-Pipeline**, wodurch die Pipelines durch Polen und die Ukraine gefährdet würden.
Als der französische Staatspräsident **Macron** 2017 für die weitere Entwicklung der EU konkrete Vorschläge machte, wurden diese von der deutschen Regierung nicht aufgenommen.

Kontra-Argumente

Die Kritik an Deutschlands **Hegemonie in Europa** ist allerdings ungenau. So trifft es nicht zu, dass der wegen der Staatsschuldenkrise 2012 im Euroraum beschlossene **Europäische Fiskalpakt**, der eine harte **Austeritätspolitik** für hochverschuldete Mitgliedsstaaten vorsieht, nur auf Deutschland zurückgeht. Er wurde von fast allen Mitgliedsstaaten ratifiziert.

Abstimmungsregeln in der EU

Auch erlaubt Deutschlands **Gewicht bei Abstimmungen** in den EU-Organen keine hegemoniale Bevormundung kleiner Staaten. Je nachdem, um welche Frage es geht, beschließt der Rat der EU z. B. mit einfacher Mehrheit (14 Mitgliedstaaten stimmen mit Ja), mit qualifizierter Mehrheit (55 % der Mitgliedstaaten, die mindestens 65 % der EU-Bevölkerung vertreten, stimmen mit Ja) oder einstimmig. Richtungsentscheidungen im Europäischen Rat der Regierungschefs verlangen stets Einstimmigkeit.

Wiederaufbaufonds

Während der Coronakrise einigte sich die EU im Juli 2020 – unter maßgeblicher Beteiligung Deutschlands – auf einen **Wiederaufbau-**

fonds über 750 Milliarden Euro, mit dem die wirtschaftlichen Folgen der Pandemie gemeinsam bekämpft werden sollen. Zum ersten Mal in ihrer Geschichte wird die EU zur Finanzierung Schulden aufnehmen, für die dic 27 Mitgliedsstaaten gemeinsam haften. Daneben wurde ein EU-Haushalt von über 1 Billion Euro verabschiedet. Hinzu kommen die fast unbegrenzten **Anleihenkäufe** der unabhängigen Europäischen Zentralbank, die derzeit Staaten und Unternehmen mit billigem Geld versorgen.
Zu berücksichtigen ist schließlich auch, dass die **Wirtschaftskraft eines Landes** vor allem von **privaten Unternehmen** abhängt. Unternehmen orientieren sich eher an kurzfristigen wirtschaftlichen Zielen als an langfristigen politischen Gestaltungsinteressen.
Ohnehin **ausgeschlossen** ist ein **militärisches Hegemonialstreben**. Die „Parlamentsarmee" Bundeswehr ist vollständig in die Nato integriert und Deutschland hat auf die nukleare Bewaffnung verzichtet. Friedenserhaltende Einsätze müssen von der UNO mandatiert sein. Die außenpolitische Ausrichtung des Grundgesetzes, die die normative Bindung an Frieden, Völkerrecht und ein System kollektiver Sicherheit betont, wird von allen Parteien unterstützt.

Fazit

Die Gegenüberstellung von Pro- und Kontra-Argumenten erlaubt **Zweifel** daran, dass Deutschland heute eine **hegemoniale Rolle** in Europa einnimmt. Ein selbstbewusstes Agieren Deutschlands aufgrund seiner nationalen Interessen, sei es allein oder in Verbindung mit Frankreich und anderen Partnern, entspricht der internationalen Normalität. Wie stark sich Deutschland in der EU und darüber hinaus auf dem Gebiet der internationalen Sicherheit engagieren wird, hängt auch von der künftigen Entwicklung des Verhältnisses zu China und den USA ab. Am ehesten kann man von einer wirtschaftlichen Hegemonie in Europa sprechen. Deutschland trägt aufgrund seiner Wirtschaftsmacht wesentlich dazu bei, dass die **EU** in der Krisensituation der Pandemie ein gigantisches Investitionsprogramm auflegen kann, zur **Sicherung des Gemeinschaftsgutes wirtschaftlicher Sicherheit**.

Um Ihnen die Prüfung 2022 schnellstmöglich zur Verfügung stellen zu können, bringen wir sie in digitaler Form heraus.

Sobald die Original-Prüfungsaufgaben 2022 freigegeben sind, können sie als PDF auf der Plattform **MyStark** heruntergeladen werden. Ihren persönlichen Zugangscode finden Sie auf den Farbseiten vorne im Buch.

Prüfung 2022

www.stark-verlag.de/mystark